望古神话

蜀山异闻录

流浪的蛤蟆◎著

九州出版社
JIUZHOUPRESS

图书在版编目（CIP）数据

蜀山异闻录·望古神话 / 流浪的蛤蟆著. -- 北京 :
九州出版社, 2017.10
ISBN 978-7-5108-6302-8

Ⅰ. ①蜀… Ⅱ. ①流… Ⅲ. ①长篇小说－中国－当代
Ⅳ. ① I247.5

中国版本图书馆 CIP 数据核字 (2017) 第 261496 号

蜀山异闻录·望古神话

作　　者	流浪的蛤蟆　著
出版发行	九州出版社
地　　址	北京市西城区阜外大街甲 35 号 (100037)
发行电话	(010)68992190/3/5/6
网　　址	www.jiuzhoupress.com
电子信箱	jiuzhou@jiuzhoupress.com
印　　刷	三河市华润印刷有限公司
开　　本	710 毫米 ×1000 毫米　16 开
印　　张	20
字　　数	260 千字
版　　次	2018 年 4 月第 1 版
印　　次	2018 年 4 月第 1 次印刷
书　　号	ISBN 978-7-5108-6302-8
定　　价	39.80 元

目录

CONTENTS

第一章 赤子归乡

张羽拖着旅行箱，在火车站的出租车等候区坐上了一辆的士，用熟练流利的本地话对司机说道：“师傅，西宝路开到底，长阳公寓门口下。”

那司机一脚油门向前开去，一边通过后视镜望了望张羽年轻的面孔：“小伙子，刚从外地回来啊？在外面上学还是工作？”

张羽笑了笑：“我看起来还像个学生么？都工作好几年啦。”

这已经是张羽大学毕业，进入职场的第三年了，但他向来穿得简单清爽。夏天就是一条牛仔裤、一件T恤、一双运动鞋，长年不换，看起来倒确实一副学生样。

“嘿嘿，不像，真不像。”那司机笑着摇了摇头，“那你这是回家探亲啊？话说，今天又不是周末，又不是过节，不用上班啊？”

似乎全天下不论走到哪里，出租车司机都是最爱找人聊天的职业，然而张羽实在没有心情跟他扯闲淡，礼貌一笑，摇了摇头没有说话。

车开了二十分钟，在家门口停了下来，哪怕张羽一路上只是淡淡地应付着，几乎没有开什么口，那司机依旧口若悬河，滔滔不绝。

直到付完钱下车后，张羽才长出了一口气——这一次回家，他还没有告诉父母。

拎着箱子走上三楼，轻轻将钥匙插进去，张羽小心翼翼地转动了两圈——很好，门是反锁着的，家里没有人。

这让张羽的心头微微一松，今天是星期四，现在只是下午三点，爸妈都要到六点才能到家，这也就意味着他还有三个小时的时间来仔细想想怎么告诉二老他丢了工作的事情。

张羽推开家门，看见家里的摆设依旧是半年前自己回家时的模样。破旧的布面沙发虽然有了不少的磨损和脱色，但却始终被擦洗得干干净净，一尘不染。茶几上摆着一沓报纸，电视机和空调的几个遥控器被整齐地排成了一排。

张羽将行李放到墙角，随即在沙发上躺了下来，熟悉的舒适柔软让他的心一下子放松了很多。

张羽的父亲是一家大型国企的会计，成天和一堆数字打交道，他性格也是沉默寡言，一天几乎说不上十句话。母亲是个教语文的小学老师，每日里总是笑眯眯的，深得学生的喜欢，张羽从小到大，也没见过母亲发过几次脾气。

父亲每日里经手的钱成百上千万，但却从来没有往自己口袋里落过一分；母亲虽然带着两个班的课，也从没像有些老师那样，出去捞点外快。这个小家庭日子谈不上清贫，但也不算富裕，能供张羽和弟弟张彦读完大学，也算是相当不容易了。

张羽大学四年中一直品学兼优，毕业后顺利地进了一家建筑设计院工作，到现在已经有三年了，公司的待遇算得上相当优厚，发展前景也很好，原本算得上一路顺风顺水，升职加薪的职业生涯，现在却……

想到这里，张羽叹了口气，前些日子里，他发现自己的直属上司利用职权，在给业主方出一栋大楼的设计图时中饱私囊。当然，若这个人只是为了钱，张羽或许便忍了下去，但他仔细看完了上司修改的图纸之后，发现业主行贿的目的竟然是减小施工难度，让上司取消了很多应有的钢筋和强度结构。

若是楼塌了，那可要出不知多少人命！考虑再三之后，张羽还是选择了向单位实名举报。却没想到，一番调查下来，他的上司被辞退，张羽自己也被开除了。

张羽清楚，父母都是正直的人，自己的选择绝不会被他们否定，但关键的问题是……弟弟张彦还在读大学，少了自己每月给家里的收入，二老的日子又要艰难些了吧。

就这样，张羽抱着后脑仰躺着，脑子里不停胡思乱想，不知不觉竟然进入了梦乡，直到听到一声讶然的惊呼，才全身一跳，睁眼醒来。

“小羽？你怎么回来了？”

站在面前的老两口，手上还拎着两个塑料袋，几根葱尾巴露在外面，看样子是下班后一起去了菜场才回来，虽然语气惊诧，但看着儿子的目光上，却是欣喜多过惊讶。

“爸、妈，我……”张羽连忙站起身，犹豫了片刻，才咬牙说道，“我被开除了。”

“开除？小羽，你怎么了？”张羽妈妈一愣，脸上有些讶然，但还是关切的成分居多，连忙将手中的菜放下，拉着张羽坐回沙发上，“快跟妈说说。”

张羽爸爸一言不发地搬了一张椅子，坐到了沙发前张羽的对面。张羽抬眼看了看妈妈的表情，满脸担忧，轻轻叹了口气，将自己在设计院里被开除的前后经过都叙说了一遍。

“而且，我在整个行业里怕是都没法找到工作了……”说完了经过之后，张羽一脸无奈地望着父母，“建筑行业都是互相有联系的，我在走人的时候，之前那个上司跟我说了，要在这行里彻底赶绝我……”

妈妈听完，脸上露出了慈祥的笑容，拉住了张羽的手：“我还当是什么大事呢。儿子，别担心，你没做错，妈支持你！”

爸爸在张羽讲述的过程中一直沉默着一言不发，直到这时才点了点头，抬眼看了看张羽：“做得对。”

张羽心中一片暖意，虽然之前就知道父母一定会认同自己的想法，但此时亲耳听到，心里还是更开心了一些。

妈妈从地上拎起刚买回来的菜，朝厨房走去：“既然离职了，那就先在家住上几天吧，工作的事暂时不急，我和你爸两人多养你一张嘴还没问题。”

妈妈的话，让张羽突然有了一种想哭的感觉。

晚饭时，二老再没有提到工作的事情，怕又影响到张羽的心情，只是随意聊些张羽小时候的事情。从来滴酒不沾的父亲甚至破天荒地下楼买了两瓶啤酒，陪着张羽一人一瓶干完了。

吃完了饭，张羽抢着要帮妈妈收拾桌子，却被妈妈一把推开：“吃完了就去看电视歇着去，妈来就好。对了，小羽，你难得回来，不如这两天好好散散心吧。以前的那些老同学老朋友，都去见见聊聊，一起吃顿饭什么的，身上没钱的话，妈给你。”

说着，妈妈回过头去沙发上翻自己的皮包，要给儿子钱，张羽忙拦了下来。他陪着爸爸在沙发上坐着看电视，国家一台黄金档历史正剧的画面在眼前不停地过着，但演了什么却丝毫没进脑子。张羽爸爸就在茶几旁一根接一根地抽烟，也没有和以往一样去阳台，但妈妈却也一反常态地没有赶他走的意思。

虽然表面上做得平静淡然，但他们心里还都是担心着儿子的。

张羽心里实在不好受，匆匆洗了个澡，便回到了自己的房间。虽然他在外地工作，弟弟也在外上学，但每次回家时房间里的摆设都未曾变过。小小的房间里，一个上下铺的双人床，床头墙上依旧贴着小时候兄弟两人共同痴迷的罗纳尔迪尼奥海报。纵使张羽已经半年没睡过了，但床单依旧干净整洁，没有一丝灰尘，明显是时常勤洗勤换。

张羽躺在下铺自己的床上，心里依旧郁郁寡欢，想了想，掏出手机拨通了凌未平的电话。

凌未平自小学起便和张羽是同班同学，随后两人初中和高中也一路都在同一个学校同一个班，直到高考过后，两人考上了不同的大学，才不再如之前一般形影不离。但即便如此，每次放假回了老家，两人见面喝酒聊天依旧是必做的事情。

在大学之前的十几年时光里，凌未平便是张羽除了弟弟张彦之外，生活中最亲近的人：一起收集干脆面卡、凑钱合买漫画书、一同逃课打游戏、喜欢班上同一个漂亮女生……

大学毕业之后，凌未平回到了家乡，由家人安排进了一个当地的事业单位，收入不错，工作也清闲。

张羽想想已经半年没跟凌未平见面了，自己最近这段时间情绪不太好，也没跟凌未平在微信上聊过天，不如就趁今天出去碰个面吧。

然而奇怪的是，张羽拨出了电话，那头响起的却是通信商“您所拨打的电话是空号”的提示。

这根本不可能！

且不说凌未平从没换过手机号，也不说凌未平就算换号也一定会通知自己，就算是换了号码，原来的号码最多就是关机或者停机而已，也不可能立刻就成为空号的状态。

张羽又试着给凌未平发了个微信，却没有回应，看了看他的朋友圈，才发现凌未平已经三个月没有任何更新了。

这是什么情况？张羽疑惑丛生，自己和凌未平也差不多有那么长的时间没联系过了。他……到底怎么了？

正百思不得其解之时，张羽手中的电话却突然响了起来，看了看来电提示，是高中的同学赵麟。

张羽接起电话，就听见那头赵麟兴高采烈的声音：“喂，小子，猜我在干吗！”他说话的舌头已经有些大了，兴奋地哈哈大笑着。

张羽道：“在喝酒吧？”

赵麟再度哈哈大笑了起来：“没错！我们一群高中同学，约出来碰了个面，大家正好聊到你了，就给你打个电话。怎样？羡不羡慕哥几个留在老家没事能出来聚聚啊？你不在真是太可惜了，好几个女生都说想见见你呢！”

张羽没想到竟然那么巧，愣了一下：“你们人很多么？”

“谈不上很多，就是当年玩得好的七八个人罢了，就是临时起意出来碰个头，都是留在本地离家近的，能有这数量已经不错啦！只可惜就是少了你小子。不过没事，我们喝着你看着就好，哇哈哈哈哈！”

听着电话那头赵麟的大笑，张羽想了想，问道：“你们在哪里？”

赵麟嘿嘿一笑：“还能在哪儿？老侉子这儿撸串呢！怎么，你馋啦？可惜喽，今儿晚上你可没这口福啦！”

老侉子是当年几个老同学常去的一家烧烤店，老板一手脆骨和羊筋，算得上是本城一绝，自从考上大学离开了家乡，张羽便再没吃过那么好的手艺，也难怪赵麟会拿来馋他。

“待着别动，我十五分钟就到。”

张羽说完这句话，没等赵麟回答便匆匆挂了电话，套上了衣服走出房间：“爸、妈，我出去跟朋友碰个面。”

张羽妈妈正在厨房里忙活，伸出脑袋叫道：“知道啦，但是少喝点酒，妈给你熬了点绿豆汤冰镇着，回来记得喝。”

“嗯。”张羽关上门，匆匆下楼向着老侉子跑去。

老侉子离张羽家不远，还没到十五分钟，张羽便跑到了门口。晚上九点多钟，正是烧烤店生意最红火的时候，店主把桌子都支到了店门口来，张羽一眼便看见门口一张桌子周围围了七八个人，正在高抬着手碰杯，赵麟那大嗓门依旧显眼。

张羽走过去，拍了拍赵麟的肩膀，又笑着跟桌上的几个同学打了个招呼。

“哎哟？哎哟！张羽！你小子怎么在这儿？”赵麟一时愣住了神，随后夸张地大叫了起来，“你怎么回来了！”

张羽笑了笑：“听到你们在撸串，馋了，就飞回来了。”说完一肩膀拱了拱赵麟，让他往旁边挪一挪。

赵麟连忙高声呼喝，让老板再搬凳子拿餐具，又加了两大把羊筋和脆骨，随后一口咬下一个啤酒盖，将酒瓶递到了张羽面前：“老规矩，迟到了先自己吹一个。”

“我这也算迟到？”张羽哭笑不得，然而赵麟向来都是如此，也由不得他反驳，只能咕嘟咕嘟一口气吹完了整瓶啤酒，才重重将空瓶顿在了桌上。

“来来来！这就是刚才你们说想得不行的张羽，还不赶紧一人再敬一个？”看见张羽喝完，不等他吃半口东西，赵麟就招呼着桌上的两个女孩，对她们挤眉弄眼不停。

那两个女孩也是跟张羽他们高中时就关系很好，自然没有什么拘束，嘻嘻哈哈地一起冲着张羽端起了酒杯。

张羽再灌下两杯之后，喝得太急，酒意已经有些上头，心情也比此前好了不少。

但刚才落座之前，他就已经细细看过，这桌上……竟然没有凌未平的身影。这可实在有些奇怪，桌上这七八人，都是高中时的老玩伴，今天难得聚会，竟然会没把凌未平叫上？

难不成，是他和谁闹了什么不愉快？

张羽犹豫了一下，还是对着赵麟问道：“老赵，未平呢？他怎么不在？今晚有事忙么？”

赵麟正咬着一串大腰子，闻言抬起头来，不解地望着张羽：“卫平？

啥卫平？你说卫平·布莱恩特么？他在解说 NBA 呢吧？"

张羽看着赵麟那张脸，确实是一副讶然诧异的模样，没有丝毫的作伪，心下顿时一股荒谬感浮现："凌未平啊！老赵你搞什么鬼！我今天给他打电话，发现他手机变成空号了。"

赵麟眨巴了两下眼睛，摇了摇头："凌……未平？你到底在说谁？我不认识这人啊。"

张羽顿时皱起了眉头，不明白赵麟为何是这个态度，心下有些不太高兴："老赵，你就算跟未平有什么不高兴的事，说出来给我听听也好，这么装不认识，有点太没气度了吧？"

"什么叫装不认识！"赵麟一把甩下手里的羊腰子，瞪大了眼睛望着张羽，"羽子，咱们也小十年交情了，你把我当成什么人了？我就是要跟谁翻脸，也不会拿这套话来装傻吧！你说的这个凌未平，我是真不认识！"

看着赵麟脸上有些生气的模样，若不是张羽清清楚楚，他和自己与凌未平在高中同班了三年，此刻便已经信了。但……赵麟说他不认识凌未平，那根本是不可能的事情！

张羽深吸一口气，望着赵麟说："老赵，凌未平是我们高中三年的同班同学，咱们那时候就成天一起玩。去年我回来的时候，咱们还一起在小厨娘聚过一次，你这就忘了？"

"高中同班同学？"赵麟一愣，随后哈哈大笑了起来，"羽子，你酒量怎么越来越渣了？才让你按照老规矩自杀了一瓶，这就开始说胡话了？你可看看清楚，这桌上坐的可都是高中一个班的同学，谁听过凌未平这名字？"

张羽愕然抬起头，扫视桌上其他的同学，人人都摇了摇头，说自己从没听过这个人。当他的目光再转回赵麟的脸上时，赵麟已经耸了耸肩，得意地笑了起来："我说羽子，你回来这两天还是跟着哥混吧。每天多喝两次，酒量就能回来了。”

张羽不敢置信地再度扫视了一圈桌上的同学，最后死死盯着赵麟：“我没喝多，是你们都喝多了吧！”

地上已经摆了两箱空瓶，虽然以此刻桌上的人数来说，也算不得很多，但除了这个解释之外，张羽也实在想不到别的解释了。

赵麟哈哈一笑，摆了摆手，对张羽说道：“行吧，你说他是我们高中同学，那你翻出照片来，让我们看看这家伙长什么样啊！”

“好。”张羽点了点头，便掏出手机，开始翻起凌未平的朋友圈。

可诡异的是，明明他刚刚离家出门前，才给凌未平发过一条微信，应该是排在对话列表的最上面才对，而现在张羽无论怎么翻找，无论是在对话列表还是通讯名单里，都始终找不到凌未平的名字。

“怎么？找不着？”赵麟一脸揶揄的笑意，凑到了张羽的脑袋旁望着手机。

张羽的脑门上已经开始沁出了汗珠。他连忙退出微信，打开微博。可同样得，微博的关注名单里也找不到凌未平的名字。

这绝对不可能！从给凌未平发完微信到现在，张羽的手机就没离开过他的口袋，可现在，一切任何社交账号上与凌未平有关的内容却离奇地消失了！

赵麟用力拍了拍张羽的肩膀：“得啦，别装了，大不了今晚接下来让你少喝点好了。老板，再给我们搬一箱！”

“不对……这不可能啊！”

张羽的脸色已经变成了惨白，抬起头，目光自面前的同学脸上一个个扫过去，然而每一个人望着他的眼神，都充满了疑惑、奇怪以及担心。

“我……再确认一遍。”张羽深深吸了一口气，死死望着身前一干同学，“你们认真回答我，你们不是事先商量好了，合伙跟我开玩笑吧？如果这是个玩笑的话，那么现在就可以停了。”

赵麟看见张羽的样子，心下顿时有些紧张，不再像刚才那般嘻嘻哈哈，表情严肃了下来：“羽子，我们没开玩笑，我们是真不认识这人！”

“是啊是啊！张羽，你没事吧？”

“确实不认识啊！”

“我李响对天发誓，这辈子从不认识一个叫凌未平的人，若违此誓，天打雷劈！”

一众其他同学也都意识到了张羽此刻的状况不太对劲，纷纷七嘴八舌地呼应了起来，诚挚地望着张羽。

张羽摇摇晃晃地站起来，苦笑着扫了一眼众人，摇了摇头，转身便走。赵麟连忙也站起了身，紧追在张羽的身后：“喂，羽子，你到底怎么了！”

“我……”

张羽转过头，看着赵麟那关切的眼神，脸色依旧惨白，此刻是晚上九点多钟，夏日人来人往的大街上，他却感到了一阵彻骨的寒冷和恐惧。

“我有点不太舒服，回家休息休息，你们先喝着吧。”张羽叹了口气，拍了拍赵麟，“别担心，我没事的。”

赵麟看着张羽的脸，良久才点了点头：“成，那你回去了早点休息。有什么事的话，给我打电话。”

张羽点了点头，没再说话，一路向着家里走去。

张羽回到家里，发现父母都还没睡，正坐在沙发上看着电视。看见他推门回来，妈妈有些惊讶地问：“怎么那么早就回来了？不是说跟朋友吃夜宵去了么？来，先喝一碗绿豆汤吧。”

说完，妈妈站起身向厨房走去，张羽走到了她面前说：“妈，我问你个事，你还记得凌未平么？”

凌未平的家一直住得跟张羽不远，直到高中时才搬走。小时候，他几乎每天早上都会来张羽家的楼下，等着他一起上学，周末或是假期来张羽家里玩更是家常便饭。就算那些同学不知为何忘了凌未平，但张羽相信至少自己的爸妈总不会忘记。

可张羽妈妈想了想，却摇了摇头笑着说："不记得这名字了。"

张羽看着妈妈的脸，心中的恐惧越来越庞大，忍不住便了起来："妈，凌未平啊！从小和我一起长大，小学初中高中都是同学的凌未平啊！他还经常来咱家吃饭，总夸你做的饭好吃呢，你真的一点都没印象了？"

张羽妈妈皱着眉头，仔细想了想，摇了摇头，抱歉地笑道："小羽，妈妈年纪大了，真没啥印象了。"

张羽望向爸爸，可他也只是轻轻摇了摇头。

"这不可能！"

张羽用力捏着拳头，一收一放。事到如今，他竟是没有丝毫办法来证明凌未平这个人的存在，就好像他已经完全从这个世界上消失了一般。

不——还不是消失，而是压根没有在这个世界上存在过一般！

"对了！"张羽突然想起，小学六年级春游时，自己和凌未平有过一张合影，而那张照片一直便放在家里的相册之中！只要找到那张照片，便能证明凌未平的存在了吧！

张羽连忙跑向电视机柜，从下面的抽屉中翻出了相册，仔细一页一页翻找着。翻了许久之后，张羽终于找到了那张相片，但当他的双目视线落到相片上之时，他却感觉自己全身的血液都凝结了一般。

张羽清楚地记得，那张照片上，他和凌未平两人都穿着校服，他站在树下，而凌未平爬在树上，一同对着镜头做出了鬼脸。然而此刻照片里却只剩下挤出鬼脸的自己，树上却空荡荡的，什么也没有！原本凌未平的位置上，没有半点被修改的痕迹。

"小羽，到底怎么了？"妈妈凑过来，向着张羽关切地问道，等看到了那张照片时，才笑了出来，"哟，这不是你小学时候去春游的照片么？你拿回家的时候，你爸跟我还说呢，你这鬼脸做得，丑得都不像我俩生的了。”

“这张照片……你们记得？照片上原本坐在树上的那个人呢？”张羽依旧不死心，用颤抖的声音问道。

“哪有别人？这张照片上一直都是你一个人啊，小羽你是不是喝多了？”张羽妈妈一脸忧色地伸出手，摸着张羽的额头。

“不，没事，可能我记错了……”

张羽仅存的理智让他不愿害得父母担心，只是恍惚地摇了摇头，随后将那张照片抽了出来，紧紧捏在手中，站起身向着自己房间走去：“妈，我今天累了，想休息会儿。”

张羽妈妈点点头说了一声好，随后便望着儿子失魂落魄地向着房间走去，转过头望了望沙发上的张羽爸爸，脸上还是有些担忧之色：“儿子……没出什么事吧？”

张羽走进房间，锁上门，将那张照片放在桌上，打开台灯仔细地观察着。照片里，每一个细节都清晰可辨，树冠的枝叶看得清清楚楚，没有半点被遮挡过后又修改掉的痕迹，更何况这张多年前的老照片已经微微有了些泛黄，更是不可能被修改掉重新冲印出来替换过的。

那么……照片上的凌未平究竟去了哪里？他本人，又去了哪里？

社交网络……同学……父母……照片……张羽能够想得到的一切能够证明他存在的方式，都已经被宣判了死刑。现在的他，似乎真的已经没有了任何办法，能够让别人相信曾经有一个叫凌未平的人，存在于这个世界上。

张羽坐在床上正想着，脑中突然灵光一现。虽然没有凌未平父母的联系方式，但他还记得凌未平的家住在哪里啊！

至少，可以去他家里看看吧！

就算同学们都忘记了他的存在，但至少，凌未平的父母不该忘记自己的儿子吧！

张羽心中稍定，匆匆关了灯，躺上了床。

第二天，张羽早早便醒来，刷牙洗脸之后，跟父母打了个招呼，便匆匆跑出了门，打了一辆车。

今天恰好是周末，凌未平的家里应该会有人，只要他们的住址还没有变过。

自从高中毕业后，张羽已经好些年没来过凌未平的家了。他下了车，在凌未平家的大院门口停下，仔细确认了一下眼前的建筑和位置，靠着回忆找到了凌未平家的那栋楼，走进了单元里。

三楼……左边……应该不会错了！张羽反复回忆着多年以前来凌未平家的画面，确认无误之后，按下了门铃。

门铃一声又一声叮咚响起，而张羽的心也开始怦怦狂跳。

终于，不知等待了多久，门被打开了，一个中年妇女开了门，疑惑地看着面前的张羽："你……找哪位？"

"阿姨！我找凌未平！"张羽看着记忆中那张熟悉的面孔，心中一喜。果然没有找错路，眼前站着的正是凌未平的母亲！

然而眼前凌未平的母亲却皱起了眉头，看看张羽，随后摇了摇头："你找错了。"说着便要关门。

张羽一愣，连忙向前站了一步，伸手拦住了门："阿姨，等等！"

"你干吗？"凌未平的妈妈关门没关上，脸上顿时挂上了一丝警惕之色。

张羽连忙挤出一脸微笑，用最温和的嗓音缓缓道："阿姨你别怕，我是张羽啊！你不记得我了？小时候我还经常来你们家玩呢！"

凌未平妈妈依旧皱着眉头，仔细上下打量了一眼张羽，然而脸上的犹疑警惕之色反而更浓，转过头大叫了一声："老公！"

随着她的叫嚷，一个壮实的中年汉子从里屋走了出来，走到了门口，站到了自己妻子的身后："怎么了？"

凌未平妈妈拉住了身后丈夫的手："这小伙子，跑到我们家门口来，说找一个叫凌未平的，还说他认识我俩，以前经常来玩。你认识他么？"

张羽看着那汉子，心中更是笃定。那确实也正是凌未平爸爸的长相，绝不会有错。

但……他们为什么也对自己儿子的名字毫无印象？！

张羽深深吸了一口气，言辞恳切地对着面前两人道："叔叔，我是你们儿子的同学，我叫张羽。我和凌未平从小学，到初中，到高中，都一直是同班同学，从那时起，我就来你们家玩过很多次。我这次来，只是因为突然找不到他人了，所以想来问问叔叔阿姨你们。"

张羽说完，目光清澈地望着面前凌未平的爸爸妈妈，等待着他们的答案。

凌未平爸爸看着张羽认真的表情，原本不耐烦的样子竟然渐渐平息了下来："你说的凌未平，是我儿子？"

"对啊！叔叔，阿姨，你们……不会也不记得他了吧？"张羽紧张地等着他们的答案。

凌未平爸爸摇了摇头："抱歉，不过你可能记错了。我确实姓凌，但是我们夫妻结婚多年，一直没有要过孩子。"

张羽只感觉一阵五雷轰顶，不敢置信地死死望着凌未平爸爸："这……这不可能！"

凌未平的爸爸看着张羽的样子，虽然明知道自己从没有过儿子，但不知怎么，心中却奇怪地泛起了一个念头——这个年轻人，不是骗子也不是疯子，他确实是在找寻他的同学，自己的儿子。

"你说……你和我儿子是同学？"说到自己那个不存在的儿子时，凌未平爸爸心头也忍不住泛起一阵荒谬感，"那你说说看，他是个什么样的人？"

张羽心中又泛起了一阵希望："凌未平他……从小学就跟我同

班……”

张羽站在门口，将自己和凌未平从小到大的点点滴滴都述说了一遍，甚至包括自己来他们家里玩的时候记得的一些细节。

张羽越说，凌未平的父母二人心中便越是震惊。眼前这年轻人，分明自己从未见过，但为何说起自己家里的一些事时，却丝毫不差，简直像是真的来这里住过一样。

“阿姨你最拿手的菜是糖醋排骨和鲫鱼奶汤，我每次来都吃得最多。还有叔叔你，你一直都只抽黄鹤楼，我没记错吧。”张羽说完，抬眼诚挚地望着面前凌未平的爸爸妈妈。

面前二人对望了一眼，都从对方的眼睛中望见了惊恐之色：他说的关于那个不存在的儿子的事情，倒是听不出真假，但两人的生活习惯，却是一点都没错。

“抱歉。”凌未平爸爸长长叹了口气，“可是……我们确实从来没有过一个儿子。”

“对不起，打扰了……”张羽黯然低头，向两人道了个歉，随后便转身向着楼下一步步走去。

而身后的凌未平父母两人望着他的背影，心中也同样疑惑不解。

凌未平的妈妈转脸望向自己的老公，迟疑道：“我们……真的曾经有过一个儿子？”

然而话刚出口，她也知道这是不可能的事情，苦笑着摇了摇头：“要是真能有个儿子，该多好啊……”

张羽失魂落魄地走出了楼道，尽管外面的天气依旧很热，他却仿佛坠入冰窟。虽然原本也想到了凌未平的父母同样不记得他的可能性，但始终还是抱着一线希望。

可现在……

张羽浑浑噩噩地打上一辆车，回到家中倒头就睡，待到醒来时，发现外面的天色已经昏暗了下来。

张羽起了床，发现外面妈妈已经在厨房快要忙完，桌上已经放了几个菜。

“小羽，起来啦？之前看你在睡觉，就没叫你起床，正好吃饭。先去洗个手啊！”

张羽答应一声，跟着爸妈一起吃完了晚饭，脑袋里却一直环绕着那个巨大的谜团，连自己吃下肚的是什么都不知道。饭桌他上对父母主动挑起的话题也几乎充耳不闻，最多只是嗯啊两声。吃完了饭，便匆匆丢下碗筷，又跑回了房间。

昨天的那张照片，依旧放在桌上，原本笑着的两人此刻只剩下了一个。张羽越是看着，越是心中感到一阵恐惧。

每一个人，都不记得凌未平的存在，难道……难道错的真的是自己？

难道……自己真的疯了？

张羽努力让自己不要向这个方向去想，但脑海中的思绪却始终停不住地向着这方向飘去。

房门突然被敲响，外面传来张羽妈妈的声音:“小羽，喝碗绿豆汤吧。”

张羽心中轻轻一叹，虽然刚刚吃过晚饭，现在压根没什么胃口，但不想让妈妈担心，还是去打开了门，看见妈妈正端着一碗绿豆汤站在门前，微笑着望着他。

“知道你喜欢喝冰的，放在冰箱里一直冻着。”张羽妈妈端着绿豆汤走进来，放在了书桌上，看见了那张照片：“还在看呢？这照片有什么好看的，那鬼脸都丑死啦。”

“嗯……没啥。对了，张彦什么时候回家？他也该放暑假了吧？”张羽心烦意乱，不愿再提那相片的事，随口岔开了话题。

张羽妈妈转过头，奇怪地望着张羽：“小羽你在说什么啊？张彦又是谁？”

张羽只感觉脑袋上被重重砸了一锤般眼冒金星，死死瞪大了眼睛望着妈妈："妈，你……你在说什么啊！张彦是你儿子，我弟弟啊！"

"……"张羽妈妈深深吸了一口气，看着儿子那张惊骇的表情，手中的绿豆汤一抖，洒在了桌面上。

"妈，你别吓我……"张羽竭力挤出一个笑容，这样可以让他心里稍微放心一些，"你……你不会连你自己生过几个儿子都不记得了吧！"

"小羽你……"张羽妈妈忍不住伸出手，摸了摸张羽的额头，一脸担忧。张羽却猛地向后一挪头，躲开了妈妈的手，脸上渐渐惊恐起来："妈，你告诉我，你生过两个儿子对不对！一个是我，一个是张彦！"

张羽妈妈的脸僵硬着："小羽你到底是怎么了！你是爸爸妈妈的独子啊！从小到大你都是家里唯一的孩子，你什么时候有过弟弟了？"

"你……你在跟我开玩笑吧！"张羽死死瞪着眼睛，"妈，张彦就是我的弟弟！"

第二章 谁在消失

张羽妈妈的脸上露出了恐惧之色，匆匆端着绿豆汤又走出了张羽的房门。门外响起了小声的嘀咕，之后不久，她又带着张羽爸爸两人走进了房间里，一个坐在书桌前的椅子上，另一个坐在了床上张羽一旁。

张羽爸爸坐在椅子上，点起了一根烟，面色严肃："小羽，你刚才跟你妈说，你有个弟弟？"

"……爸，妈，你们这是怎么了！凌未平你们不记得也就算了，可张彦是我的弟弟，是你们的亲生儿子啊！"

张羽几乎绝望地用力抓紧着身下的床单，死死望着爸爸："他比我小五岁，1996 年 5 月 15 日的生日！现在在海东大学读社会学专业，大二！他喜欢吃肉丸子和鲫鱼，讨厌皮蛋和油面筋，和我一样爱喝冰的东西。他身高一米七五，常打篮球，喜欢听周杰伦……这些……这些你们都忘了？"

张羽的爸爸妈妈互相对视了一眼，面上都露出了骇然的表情。许久，张羽爸爸才吐出了一口烟圈，面色严肃，一字一顿道："小羽……你是爸妈的独生子，从来没有过什么弟弟。你……最近是不是因为工作的缘故，精神不太好？"

"这不可能！这不可能！"张羽像是发了疯一般大声嘶吼了起来。

张羽妈妈紧张得一把抱住了身旁的儿子，然而张羽已经原地跳了起来，却忘了双人床的上铺还在头顶，“砰”的一声撞了上去。

张羽捂着头，发出了一声痛苦的呻吟。张羽妈妈心疼地赶紧要查看张羽头顶的伤势，却看见张羽猛地一下抬起头来，眼睛里爆发出了一阵亮光，伸手拦开了妈妈。

刚才头顶的剧痛，一下子让张羽脑中灵光一现。

“你们……口口声声说只有我一个儿子对不对？”张羽一边揉着自己的头顶，一边指着身后的床，望着身前的父母，那这张床你们又怎么解释！

爸爸妈妈两人面面相觑，不知道儿子在说些什么。

“这是张双人床！上下铺的双人床！张彦六岁那年，你们买回家的！从那时候起，张彦就一直跟我一起睡在这个房间里，我睡下铺，他睡上铺！如果我从来没有过一个弟弟的话，那家里为什么会摆着一张双人床！你们给我解释啊！解释啊！”

张羽的爸爸妈妈顿时面色一变，互相看了看对方，心下也开始了疑惑起来。

如果说做父母的，会忘了自己有几个孩子，那简直是个笑话。他们记得很清楚，夫妻近三十年，两人的的确确只有过张羽一个儿子。

然而现在，张羽说出的这个问题，却实在令他们无法回答。

张羽的房间里……为什么会有一张上下铺的双人床？

在正常人家里，绝不会有这么一张大学宿舍里才会有的上下铺双人床，除非……是因为家里有着两个孩子！

然而夫妻两人绞尽了脑汁，也都想不起来这张床是哪里来的了。在他们的脑海中，这房间里从头到尾，都只住了张羽一个人而已，而那张床……便好像从一开始就摆在那里一般。

张羽看着父母一脸疑惑纠结的模样，心下更是一阵恐怖袭来。看样子，他们是真的把弟弟这个人给忘了。

张羽丢下了正在一旁沉思的父母，独自走出了自己的房间，向着客厅走去。他翻出了昨天那本相册，在里面仔仔细细地找了一遍，发现与凌未平的情况完全一样，相册里也一样看不见任何弟弟的照片。不单没有一张独照，就连与自己或是父母的合照里，张彦都仿佛蒸发一般凭空消失了，而那些原本张彦所在的位置，背景竟然都清晰可见。

这实在是太诡异了。先是好友凌未平，再是弟弟张彦，这两人都一模一样地消失在了这个世界中。无论是现实世界中存在过的痕迹，还是他人的记忆中里，都彻底抹去了这两人的存在。

而能够记得他们的，只剩下了张羽自己一个人。

尽管屋子里开着空调，但张彦的背后还是汗湿了一片。

“小羽，你……早点睡觉吧。”父母两人也走到了客厅，神情还有些恍惚：“一张床而已，说明不了什么。还是你太累了。”

张羽站起身，点了点头，走回了自己的房间。就在关上门的一刹那，还听见了妈妈在身后的小声嘀咕：“咱们不是就生了小羽一个儿子么？他哪里来的弟弟？”

张羽长叹了一声，躺进了床上。抬头望着空荡荡的上铺，心中一阵恐慌。

他拿出手机，翻找着张彦的号码，打过去时却与凌未平一样，是一个空号。而所有的社交网络里，张彦的痕迹也同样消失了。

原本如果只是凌未平一人，张羽心中还有些担心，会不会自己才是发疯的那一个。但现在，他已经确定了，自己绝对没有记错，是除了自己的所有人，都忘记了凌未平和张彦的存在。

然而张羽心中的恐惧，却不仅没有少了半分，反而越来越深重。

如果明天早晨起来，发现父母也消失在了这个世界上，那该怎么办？

而更可怕的是……尽管张羽竭力按捺着自己的思维，不要向着最可怕的方向去蔓延，但他还是忍不住想到了最不愿想到的那个可能性。

——如果消失的那个，是他自己呢？

张羽并不怕死，他害怕的是“消失”。

哪怕是死了，但消失在这个世界上的只是张羽的肉体而已。他留下的痕迹，曾经存在过的证明，在别人心中的记忆，依旧会存留在这个世界上。但像是凌未平与张彦一样，就连曾经来过这个世界的印迹都被抹消得干干净净，这在张羽看来，是最恐怖，最不能够接受的事情。

张羽并不笨，而且还很聪明，即便是经历了这样匪夷所思的事情，他还是很快面对了现实——凌未平与张彦两人，确实是消失了。尽管还有很多疑点没能想通，但至少张羽不会再继续怀疑目前现状的真实性。

可是……他们到底为什么会消失？又为什么只有自己一人，还能记得他们的存在？

带着这样的疑问，张羽缓缓进入了睡梦中。

第二天，太阳高悬，张羽刚走出房门，发现爸妈已经出门去上班了，只在桌上留下了两个煎蛋，一碗稀饭。

张羽匆匆吃完了早饭，开始盘算起自己接下来该做些什么——上一份工作的收入算是不错，而他又一直是单身状态，所以尽管每月需要定时向家里打钱，贴补一下父母，但手头还是攒下了些积蓄，就算暂时不找工作，也饿不死。而且，自己这次回家，本来就是想要散散心，休息一下，既然如此，也就不用那么急着四处去找工作投简历了。

目前，好友和弟弟两人的消失，才是让张羽目前最为担心的事情，若不能把真相弄清楚，他此后的一生都无法再生活在平静之中。

张羽正在纠结中，却听见了两声轻轻的敲门声，他不由一愣，父母都出去上班了，这个点来的又会是谁？

张羽拉开门，眼前突然一亮——门外站着的竟然是一个绝色美女！

她穿着一件紧身的T恤，下身一条细长的牛仔裤将玲珑凸透的曲线凸显得清晰无比。一头披肩长发垂到腰间，漆黑得光可鉴人。挺直俏丽的鼻梁，吹弹可破的肌肤，以及娇艳欲滴的红唇，尤其是那一双明媚的大眼睛，正盈盈望着张羽。

眼前这美女的绝世姿容让张羽不禁呆了，片刻之后才回过神来："请问您……找哪位？"

那美女一笑，仿佛湖面上朵朵莲花盛开："张羽对吧？我就是来找你的啊。"说着，她低头看了看张羽的脚，"怎么，你不打算让我进去么？"

"找我？你是……"张羽虽然方才一瞬间被她的姿容所震撼，但毕竟没有失去理智，回过神来之后，却还站在门口，没有为女孩让开路。

这个女孩突如其来出现在家门口，口口声声说是找自己，但张羽记忆里却从来没有任何见过她的印象，心里自然多了几分提防。

"不用担心，我不是什么骗子，也不是什么仙人跳。"

门口的女孩笑了笑，仿佛看出了张羽心中的念头："虽然你不认识我，但我却对你知道得很清楚。你叫张羽，1991 年出生，今年二十五岁。你有一个弟弟，叫张彦，还有一个好友叫凌未平。但最近，你却突然发现他们在你的生命中消失了。"

听到这里，张羽的脑中如同五雷轰顶般巨响了起来——她知道张彦和凌未平的事情，她知道他们曾经存在过！

她到底是谁？

女孩说到这里顿了顿，抬起头，看到张羽的眼神里已经充满了震惊，微微一笑："怎么，你还打算让我站在这里说完么？"

张羽连忙后退了两步，给女孩让开了路，心中怦怦直跳。

女孩大大方方地走进了客厅，不等张羽招呼便坐在了沙发上，面带着笑意上下打量着他，脸上笑意盈盈。

张羽坐到女孩的对面，心中思绪起伏，不断反复翻搅着，他仔细看着这女孩，试图努力从记忆中找出她的形象，却一无所获。

"我叫洛姬瑶，我们确实是初次见面，但我却已经知道你很久了。"女孩又是一笑，"我相信，你现在一定有很多的疑惑，而所有这些疑惑，我都可以为你解答，但最终是否相信，则取决于你自己。"

张羽深吸一口气，连珠炮一般问出了一大串问题："凌未平，还有我弟弟张彦，他们为什么会消失？为什么所有人都忘记了他们，连他们在这个世界上存在过的痕迹都不存在了？为什么只有我才能记得他们？你……又是怎么知道他们的？"

洛姬瑶没有正面回答，只反问道："张羽，你觉得……这个世界上有神存在么？"

张羽一愣，不知道洛姬瑶这个问题是什么意思，他眯缝起眼睛望着她，没有立刻回答，想了很久，才谨慎地道："我……以前是个无神论者，不相信世界是神创造的。但现在……我不确定，至少凌未平和张彦的消失，应该是出于某种超自然的力量吧。"

洛姬瑶赞赏地点了点头："很好，至少你很快地接受了现实，没有其他人那么顽固不化。"

张羽敏锐地捕捉到了洛姬瑶话中的重点："其他人？你说还有其他人遇到了和我一样的遭遇？"

洛姬瑶道："是的，你可知道这个世界，以及世界上的人类，并不是神所创造的。恰恰相反，倒是人类创造了神。"

张羽静静等着洛姬瑶说下去。

"当人类诞生之后，每一个人都是独立的个体，有自己的想法，做自己想要去做的事情，人类会互相交流，但他们从不以为交流出去的是自己的思想，也不觉得交流出去的思想会有什么变化，人类也并不知道自己的思想在浩瀚的历史长河中交织，不知道什么时候，什么情况下，诞生了独属于自己的意志，它集合了所有人类的意识，它叫——'乾'！"

"那就是……你所谓的，人类创造的神？"张羽点点头。

"不能说创造，'乾'是人类集体意识的聚合，它就是人类的本身。它诞生之后，一直都在庇佑人类，满足人类的愿望，但却也发现了人类有自我毁灭的倾向，甚至会做出无数毁灭自身的举动，因为人类根本无法控制自己的贪婪和愚蠢，以及各种恶质之念。所以'乾'一直在保护人类，为了让人类一直繁衍，也为了延缓自己的崩灭，它做出种种的挽救。

“在一次又一次的危机中，‘乾’终于发现毁灭的倾向也是人类意识的一部分，作为人类意识的本身，它无法做出违背自身的事情。

“最终，它做出了一个决定，把所有会对人类造成毁灭的事件，抽离出时间与空间的长流，化为独立存在的传说世界，借此维护人类的繁衍与生息，我这样说，你能明白么？”

洛姬瑶一口气说了许多，随口一双美目紧紧地盯着张羽。

张羽低垂着脑袋，目光望着地板，脑袋却在飞速地转动，良久之后才抬起头来说：“如果按照电脑里的术语来说的话，你说的那些被抽离出去的世界，就像是一个沙箱，或者……隔离区，所有被检测到的病毒，都会被放进那沙箱里去，就不会干扰到系统的运行？”

洛姬瑶轻轻拍了拍手掌，眼睛中放出了异彩：“很好，理解得很出色，你果然没有让我失望。”

张羽的面色突然一变：“难道你想告诉我，我的好友和弟弟，是会影响到主世界运行的因子，所以被抽离出了这个世界？”

“不，你错了。”洛姬瑶摇了摇头，精致的脸上带出了一丝黯然，“乾虽然幻化出了许多独立的传说世界，将那些会导致主世界崩溃的因子收纳了进去，但现在，有一个世界却已经濒临崩溃，所以……”

“所以什么？”张羽急忙问道。

“被抽走的因子虽然被放入了你所谓的沙箱之中，但与主世界之间的因果线却只是被隔离，而不是斩断。当传说世界一旦进入了不稳定的状态，就会逆冲主世界，影响到主世界的因果。而最可怕的是，如果传说世界彻底崩溃，那么连带着主世界的一部分也会一同毁灭！”洛姬瑶叹了口气，“你的弟弟和好友的消失，就是因为传说世界崩灭，逆冲了主世界的因果线。”

“那么，我还能把他们救回来么？”张羽紧握着拳头，问出了最关键的问题。

洛姬瑶的美目闪了一闪，轻轻点了点头："可以的。"

听见这个回答，张羽的心猛地一抽，激动地站了起来，死死盯着洛姬瑶："你……你是说真的？"

洛姬瑶点头道："是真的，只要能够拯救那个即将崩溃的传说世界，就能够拯救主世界以及已经消失的所有人，每一个被因果线牵连的人。"

"拯救？"张羽沉声问道："怎么拯救？以及……为什么是我拯救？"

"因为能够拯救即将崩溃的那个传说世界的人，只能是被因果线所牵连着的人。那个人之前是你的好友凌未平，然后是你的弟弟张彦。我曾经找过他们，但他们都拒绝相信我，拒绝去拯救世界，所以……他们都消失了。而现在，因果线已经转移到了你的身上。所以只有你，才有能力拯救这根因果线，继而拯救那个传说世界，最终……拯救主世界，还有你的弟弟和朋友。"

"也就是说，如果我不相信你，或者即便相信也选择拒绝的话，那么下一个消失的，就将会是我了？"张羽笑了笑，"像他们那样，被逆冲的传说世界抹去，就像从没有在这个世界上存在过一样？"

"是的。所以……你会拒绝我么？"洛姬瑶站了起来，目光一霎不霎望着张羽，表情紧张，"若是你拒绝，那么我就只能等待你消失之后，去寻找因果线转移的下一个对象了。"

张羽连半点犹豫都没有，随着洛姬瑶一同站了起来，望着她的目光坚定清澈："当然不会！"

洛姬瑶拍了拍胸口，松了一口气，欣慰地笑了起来，那张绝美的脸上所绽放出的笑容，又让张羽看得一呆。

"那么……我该怎么去拯救那个世界？"

张羽刚说出口，却突然听见了开门的响动，抬眼一看，妈妈正提着一袋刚买的菜站在门口，一脸惊讶。

张羽的妈妈刚刚推开门，便看见了客厅里的张羽和坐在对面沙发上的洛姬瑶。她脸上先是惊讶，随后便一下切换成了热情："小羽，这是你朋友啊？你好，我是张羽的妈妈。”

“你好。”洛姬瑶礼貌地对着张羽妈妈一笑，随后站起了身，对张羽道，“既然这样，那我先走了。”

“什么？等等！”张羽一愣，至关重要的事情还没说，她怎么就要走了？

洛姬瑶转头看了看张羽妈妈，随后将头凑到了张羽的耳边，轻声道：“让更多人知道，会扰乱因果线。下午三点，在河滨公园见吧，我会给你打电话的。”

这样的姿势说话时，洛姬瑶柔软的发丝扫在张羽的肩膀上，口中吐出的气息如兰似麝，让张羽心中忍不住一荡。

“好了，那我走了，再见，阿姨。”洛姬瑶轻轻转过身，冲着张羽妈妈挥了挥手，便向着门口走去。

“哎！等等！这都中午了，干脆在咱家吃了饭再走吧！”看见洛姬瑶要走，张羽妈妈连忙急得叫了起来。

张羽连忙一把拉住了妈妈的手，瞪了她一眼：“妈！”

洛姬瑶走到了门口，大大方方地冲屋里两人挥了挥手：“记住，下午三点，河滨公园。”

门刚一关上，张羽妈妈顿时把张羽拉到了一旁，笑眯眯地看着他：“小羽，这姑娘是你同学？我以前怎么没见过？”

张羽小声嘀咕了一句：“别说是你了，我也没见过。”张羽妈妈没听清那句话，继续追问着：“你俩现在……发展到啥程度了？能不能成？”

张羽无奈地长叹了一口气：“妈，你想哪儿去了，我跟她什么关系都没有！”

张羽上一次恋爱，还得追溯到大学的时候，毕业后因为天各一方，双方的感情只能无疾而终。自从工作之后，他单位里几乎看不到什么女同事，再加上工作又忙，更是没什么时间谈恋爱。他自己不着急，倒是让当妈的成天操心，今天看到洛姬瑶这样一个大美女出现在自己家里，让老太太心里简直笑开了花。

“没事没事，现在没关系，以后保不准就有了呢？她这不还约你下午见面么？妈做菜去了啊！”张羽妈妈笑眯眯地拎起菜去了厨房，嘴上还哼着小曲。

张羽爸爸的单位离得远，中午不回家，就是张羽妈妈也只是因为儿子回来，才特意中午赶回家给他做饭的。做好了饭，赶紧扒了两口之后便匆匆赶回单位上班了。但在出门之前，她还不忘了提醒一下张羽：“记得那姑娘说的啊，下午三点，河滨公园，千万别忘了！”

张羽苦笑着看着妈妈关门离开，随后往沙发上一倒，盘算起洛姬瑶之前对自己说的话来。

虽然什么主世界、传说世界、因果线、逆冲……这些东西听起来实在太过荒谬，但是现在除了洛姬瑶，张羽没有任何别的办法去解释凌未平与张彦的消失？

当你排除了所有的不可能，无论剩下的是什么，即使再不可能，那也一定是真相。

而洛姬瑶所说的拯救，究竟应该如何做到？

张羽想着的只是该如何将好友和弟弟带回这个世界。而妈妈盘算的那些事情，不管洛姬瑶有多漂亮，他现在也无暇去胡思乱想了。

接下来的时间，张羽几乎是死死盯着墙上的挂钟，看着秒针一格一格地跳动着，生平第一次有了度日如年的感觉。

好容易等到了两点半，他自沙发上一跃而起，出门打了辆车，到了河滨公园时，离三点还有十分钟。

河滨公园是这个城市里最大的公园，因建在穿城而过的那条河边而命名。狭长的公园沿着河道蔓延，从一头走到另一头至少也要二十分钟。平日里多是到了晚上，才有着各种散步的情侣，健身的老人，遛狗的宠物主人等等在这里出现。而顶着大太阳的下午三点，公园里几乎空空荡荡，看不到什么人影。

张羽也不知道洛姬瑶会在公园的哪里出现，干脆就随意找了一条树荫下的长椅坐着，手中紧攥着手机等待她的来电。

手机终于响起，是一个陌生的号码，不过张羽并不感觉到奇怪。洛姬瑶这个神秘的女孩既然知道他的名字，知道他的住址，那么多知道一个手机号也并没有什么离奇。他接起手机，便听到了洛姬瑶的声音："张羽，你到了的话，来河边小码头吧。"

张羽挂了电话，向着洛姬瑶所说的小码头走去。那是公园里出租游船的一个小小码头，张羽小时候还经常缠着爸妈带他来这里划船，只不过现在已经早就停止经营了。

远远的，张羽便看到了洛姬瑶俏丽的身影。她站在河边，背对着自己，河面上的风将她的长发轻轻吹起，在空中飘扬如柳丝。

张羽走到了洛姬瑶身旁，跟她并肩站着，没有开口，等着她将上午没有说完的话说完。

"你确定，自己已经做好了准备？我必须提醒你，你可能会死。"洛姬瑶侧过脸，深深望了一眼张羽。

"就算不去拯救世界，下一个要消失的不就是我么？"张羽笑了笑，"不必多说，快告诉我怎么做吧。"

"很好。"洛姬瑶点点头，开始讲述，"人类历史上出现的那些传说，之所以在主世界中再也消失不见，正是因为被乾抽离的缘故。抽离之后，分门别类地建立成一个个独立的传说世界，而现在出现崩溃的那个传说世界名为蜀山界。"

张羽好奇地插话道："蜀山界？传说有御剑飞行的仙人的那个？"

洛姬瑶微微一笑："没错，蜀山界就是你想象的那个样子，一个修真世界，它本来就曾经出现在你生活的世界里，被抽离出去，还残留了很多痕迹。蜀山界有修行者，能吸取天地灵气，修习道法，最高深者便是传说中的所谓仙人，他们不断和域外天魔战斗，保护那个世界的安静祥和，直到有一天……有一个人创立了血神经。”

张羽又问道：“血神经？那也是道法的一种？”

洛姬瑶摇头：“不，那不是道法，而是一种‘科技’。”

见张羽一脸的不解，洛姬瑶摇了摇头，轻笑一声：“也许我说得超纲了，或者你可以把它当成一种魔道的功法。道法所吸取的是天地灵气，而血神经吸取的，却是生灵的生气，通过吞噬生灵，凝练自己的血魄，然后血魄成为血池，血池成为血海……创立血神经的那人，吞噬了无数生灵之后，就建造了一个‘器皿’，或者你也可以理解成……他在蜀山界中凝练出了一片血池！自称血魔老人，只要血池不干，他便也永远不会死。

“蜀山界中的修士，初始时并没有将血魔老人放在眼里，虽然也有讨伐，却是各自为战，最终一一被他击破。而当他们意识到血魔老人已经强到不可单独面对，必须联合起来对抗时，却已经晚了。现在的蜀山界，已经几乎全部被血海所淹没，也正是因为如此，即将崩溃的蜀山界才会逆冲主世界，导致了主世界的变动与紊乱。”

“也就是说，我要做的就是……消灭那个血魔老人？”张羽苦笑了一声，“按照你的说法，那血魔老人如此之强，又几乎是不死之身，我一个区区普通人，该怎么去跟他对抗？”

洛姬瑶道：“以你现在的能力，自然不行，但蜀山界中还有着残存的修道人门派没有完全被消灭，只要你投身其中，成为弟子，修习道法，有朝一日自然能够击败血魔老人。”

“有朝一日……还自然？”张羽叹了口气，“这也说得太轻巧了吧，不过……似乎也没有别的办法了。那么，我该怎么去到那个蜀山界？”

洛姬瑶转过脸，向着张羽微微一笑，绝艳的脸上绽放出的笑容，让张羽眼前一阵炫目：“你跟我来。”

张羽随洛姬瑶走了一段路，来到公园深处的一个地下通道前。

从上面朝下看，通道散发出阴冷的空气。张羽有点冷，但还是随着洛姬瑶的步伐走下去。

一个激灵，只见他前面不知道什么时候耸立起一道门，门的风格和花纹充满了科幻感。

“虫洞？”张羽脱口而出。

“对！”洛姬瑶轻笑道，“这种时空跨越的技术对地球人来说是不可思议的，但在宇宙里已经很普遍。”

张羽随洛姬瑶走进那道门，一时间他有点失重的感觉，头脑一昏，像早上起床前那种似梦非梦的感觉。等他清醒过来，才发现四周的景色竟然已经全变了。

眼前是一片茫茫无边无际的血海。猩红色的海水不停扑打着脚下的岩石，发出震耳欲聋的响声，在那水声之中，遥远不可及的方向，还有着无数痛哭、咆哮、哀号、惨叫……交织着响起。

张羽的鼻腔之中，也顿时充斥着一股刺鼻的血腥气，混杂着腐烂的恶臭，不停地向着肺里钻去，可谓是令人作呕。就连他头顶的天空，也变作了一片暗沉沉的血红色乌云，宛如一块巨大的锅盖压在头顶之上，压得他几乎喘不过气来。

“这里……就是蜀山界？”

张羽的心脏怦怦直跳，几乎要爆裂一般，之前仅仅是听洛姬瑶描述，并没有什么直观的印象，而直到亲身站在了这里，他才清晰地感受到眼前那无边的血海有多么可怕。

“是的，这里就是蜀山界，已经被血海所包围的蜀山界。”

洛姬瑶轻叹一声，伸出纤细柔软，婉若无骨的右手拉起了张羽的手，向前伸去。然而仅仅前伸了一点点，身前便突然浮现出了一道金光，仿佛有形有质一般，挡住了张羽前伸的手，虽然触手处有如按在了棉花上，但无论张羽如何用力，也无法再向前半分，金光触手之处，柔软无比，但却又坚实异常。

“这是峨嵋派在峰头上设下的禁制，若不是这禁制，血海早就将山峰淹没了。”洛姬瑶淡淡道，随后转过身去，“跟我来吧。”

两人的身后，也不再是方才的公园，而是一座山峰。峰上苍松翠柏，一条石板小道直直通向山顶，纵使天光阴暗，被头顶的暗红乌云遮挡住，但山顶却隐隐有一丝金光落下，照出一片房屋模样。

张羽跟在洛姬瑶身后，一步步向着山上走去。他平日里热衷健身，也时不时相约同事朋友去登山，但这山虽不甚陡，又有着现成的平板路，却实在高得离奇。走了不知多久，张羽已经开始有了些喘息，然而身前的洛姬瑶却似乎没有丝毫疲惫一般，脚步依旧如一开始那么稳定。

而上下看一看，张羽发现两人竟然连半山腰都还没有走到。

“累了？”洛姬瑶停下了脚步，转头微笑望着张羽，“那我们休息一下吧。”

张羽怎能让一个女孩子看扁，用力摇了摇头：“不用。”随后继续迈开脚步，向上走去。

直到踏上最后一级台阶，张羽才喘着粗气，蹲在了地上。好半天，他才抬起头来，看见了眼前洛姬瑶脸上的微笑。

在张羽的面前，是一片连绵不断的房屋。方才在山脚下，只能看见山顶的一角，而直到登上了山顶，才能看出山顶这片房屋的庞大，甚至抵得上他原来的世界的一个小城市一般。房屋的最顶头，是一片高耸的宫殿，山脚下看见的金光正是由那宫殿传来。

“这便是峨嵋派的山门了，也是……你未来的师门。休息好了，便跟我来吧。”说着，洛姬瑶便向着前方中走去，张羽紧跟在她身后。

在张羽原本的想象中，修道之人所住的山门，应该是人迹罕至，毫无红尘气象，仙气飘飘的场所。然而他迈步走进前方的街道，却看见路边时不时走过的人群却分明是普通的百姓而已，虽然穿着的都是电视剧中常见的古代衣衫，扎着发髻，但无论是老是少，是男是女，都相貌平庸，满面愁苦之色，步履之间甚至还没有张羽来得轻快灵动。

张羽看见街道边，一个不过四五岁的小孩手正望着滚落地上的馒头大哭，旁边一个胖妇人正厉声训斥着，终于忍不住对洛姬瑶问道：“这……

就是你所谓的修道之人？”

“当然不是。”洛姬瑶摇了摇头，伸手指向了最前方那座宫殿，“那里，才是峨嵋派的本堂，而这里，只不过是一些凡俗的人类而已。”

“那他们为何会在这里？”张羽刚刚问出，自己便已经醒悟了过来。

“山下已被血海包围，蜀山界已经到了毁灭的边缘，你眼下看到的这些人类，若不是被硕果仅存的几个宗派在山门中保护着，此刻便早已灭绝了。即便如此，也已是岌岌可危，若是血海不得消退，就连这些人……”洛姬瑶叹了口气。

两人说话间，已经走到了宫殿的门口。这宫殿虽然雄伟壮阔，却丝毫没有任何浮华的装饰，只是最粗糙的石壁石柱，简朴单调，便营造出了一种令人敬意油然而生的气魄。

在宫殿的门口，几人早已站在那里等待着。为首的是一个长衫布衣的中年男人，颔下三绺短须。在他的身后，是一排须发皆白的老人，或是手中握着拐杖，或是腰间悬着长剑，看站着的位置，应该身份比为首那中年男人还要低了几分。

看见洛姬瑶领着张羽出现，那中年男人的面上露出了一丝微笑：“终于带来了，这就是那因果线所纠缠之人？”

洛姬瑶点点头，对张羽介绍道：“这便是峨嵋派的宗主，也是你未来的师尊了。”

尽管心中早有准备，但此刻骤然看到只有在电视剧里才能见到的装扮场合，张羽还是有些别扭地低头看了看自己身上的牛仔裤和T恤，实在是和此处格格不入。

“师尊……么？”

那为首的中年男人向前走了两步，走到了张羽的身前，目光柔和地在张羽身上打量了一番：“在下峨嵋派宗主卓以宁，已经等待少侠许久了。”

“呃……你好……”张羽不知所措地转过头望了望洛姬瑶，不知现在应该如何回应？是拱手，还是作揖，又或是磕头。

洛姬瑶看出了张羽的为难，笑着道："时间紧急，也不必拘礼，我在来此之前，已经与峨嵋派上下交代过，你现在便已是峨嵋派的弟子了。"

"可……我的父母怎么办？"张羽突然意识到自己的家庭和社会关系，不能全数抛却，"修习道法也好，斩杀血魔也好，那都不是一朝一夕所能完成的，我突然在那个世界消失的话……"

洛姬瑶宽慰道："不用担心，你是被因果线所缠绕之人，蜀山界的时间流逝在你的身上不会发生作用。只要你斩断了因果线，再回到原来世界之时，依旧是你离开的那个时间节点。于你而言，在那个世界只不过是过去了一瞬而已。"

张羽点点头，放下了心来。再转过头望向卓以宁时，看见他正微笑着望着自己："张羽，此刻你便是我峨嵋派的弟子了。我这便带你在日月峰上走一遭，让你知悉一下本门事务吧。"

"好……呃，师父……"张羽笨手笨脚地对着卓以宁先拱了拱手，想了想，又弯腰鞠了一躬。

"我要做的事情，已经做完了。张羽，接下来便看你自己的努力了。"洛姬瑶对着张羽挥了挥手，随后她的身影便渐渐在张羽身前淡化，转瞬间消失在原地。

洛姬瑶离开之后，张羽便跟着卓以宁走入了那宫殿的正门，被他带着在本堂之内走了一圈，听他将蜀山界的现状细细道来。

之前洛姬瑶对张羽所说的，只不过是一个大略而已。听完了卓以宁的讲述，张羽才清楚地知道了蜀山界此刻的现状。

原本的蜀山界是一个方圆数百万里，人口以亿计的广阔天地。

除了凡人之外，尚有着近百个大大小小的修道门派，于普通百姓而言，尽管每日便是日出而作，日落而息，但因这蜀山界天地灵气充足，几乎人人都可无病无灾地活到百余岁以上。

第三章 异界迷情

蜀山界的修道之人，寿元可长达数千年之久。

各个宗派各有自己的灵山洞府，也时不时会下山寻访良才美质，带上山去收为弟子。

虽然蜀山界的宗派甚多，但彼此之间却是一团和气，没有丝毫的龃龉，盖因这蜀山界内的天地灵气实在太过充足，而修道之人也无甚争斗之心，故而彼此之间根本没有引发争斗的理由，各个宗派之间始终保持着友好的往来。

原本整个蜀山界一片祥和，人人安居乐业，然而在血魔老人创立血神经之后，便在蜀山界掀起了一阵腥风血雨。

蜀山界所有的修道门派所修之道法，虽然法门不同，但基本的原理却是大同小异——皆是汲取天地之间的灵气，淬炼自身的元神，最终舍弃肉体，羽化登仙。而唯独血魔老人所创立的血神经，彻底反其道而行之，是将元神与肉体合二为一，化作一团血光。

那血光在初成之时，虚弱得很，几乎没有任何攻击力，甚至几乎连一阵轻风都能吹散。然而只要能够自事先准备好的鲜血中汲取元气，便能滋养自身，提高修为。一旦修为到达一定境界，便无惧刀枪，可以直接扑杀生灵。只要血光一旦附身，便能够将生灵体内的鲜血精气一吸而空，化作自身的修为。

到了这个阶段，便可成为血魄了，然而血魄也并非无可阻挡，碰见术法轰击，一样会魂飞魄散。

然而创立血神经那人，却在创立之后，并未马上修炼，而是潜伏在一处人迹罕至的偏僻之地，先杀戮了大量的野鸟野兽，在自己的住所中囤积了大量鲜血，方才将自己转化为了血影之身。

在成了血影之后，那人便马上吞噬了自己囤积的鲜血，化作了血魔之身，随后一直潜伏在荒野之中，昼伏夜出，从不杀伤人命，而依旧只以野外鸟兽作为自己精气的来源。

直到在那一片荒山之中，所有的飞鸟走兽，都已被他吞噬一空，于山底凝练出一片血池之后，他才突然横空出世，将周围的一干百姓尽数吞噬一空，化作自己的精气。

而即便到了这时，蜀山界中的各个宗派也不过将那血魔视为疥藓之疾，除了距离最近的几个宗派派出了弟子进行剿灭之外，其余宗派竟是丝毫未有行动。而此刻血池已成，只要血池一日不空，血魔便是不死不灭之身。

直至那几个围剿血魔的宗派弟子被全灭，他们才意识到了血魔不可小视，可那时却已是为时已晚。

修道之人精气凝聚，岂是凡人可比？更不必说周遭山野之中的那些野鸟野兽。那血魔吞噬了前来围剿的一干弟子不说，还将他们的元神也在血池之中炼化成了血魔，而自己则号称血魔老人。

到了这时，周围的几个宗派纵使全力攻打，也无法再与血魔老人相匹敌了。血池一天天扩大，直至化为一片无尽血海。而血海越是扩大，吞噬的生灵越多，血魔的实力也就越强。

到了今时今日，整个蜀山界只剩下了六个宗派尚且存留，除了峨嵋派之外，尚有雪山派、天机剑派、玄道门、吞海宗、大阿修罗教。这六个门派各自以本门禁制护住了山门，如同水坝一般阻止血海向着山门之上蔓延。而世间凡人也被他们保护在山门之中，作为人类最后的种子。

这峨嵋派的山门，原本便只有山顶那宫殿，名为乾坤宫。门内第一重为太阴阁，乃是门内弟子修行之处，第二重为太阳殿，坐镇宗主与七名长老。在太阳殿之后，尚有药园、丹房、经阁等地。

卓以宁带着张羽一一走了一圈，最后又回到了太阴阁之中。

太阴阁名虽为阁，但却并非仅仅一座楼阁，而是依着山顶之势，绵延而上的一排宫殿，共分五重，每一重皆是一座巨殿。卓以宁领着张羽上到了第五重，在阁中心的两块蒲团之一坐下，指着对面的另一块蒲团，让张羽坐到了对面。

张羽好奇地打量着这太阴阁第五重里的布局。相比于下面的前四重，这里明显小了许多，不过大约数十米见方，空荡荡毫无一物，只在中央偏后的位置立着一座雕像，却并非人物，而是一黑一白的两只阴阳鱼互相咬合而成的太极图。

待张羽坐下之后，卓以宁便面色凝重地指着那太极图道："我峨嵋派开山立派的祖师张讳百延，当年自日月朝升夕落中悟出了阴阳合一的天地之理，从中开创出了我们峨嵋派的道法一脉。正因如此，我们在太阴阁中才会将这立派之本立于此处，盼望所有弟子都能从中悟出祖师所悟的大道。"

"太极图啊……我们那个世界里，也有这样的东西。"张羽点了点头，"只不过，在那个世界里，没有道法一类的东西……"

他想了想，又小心翼翼地开口问道："我……在此之前，从没听说过什么道法，什么修行，我只怕自己会不会……学不下去。"

卓以宁笑了笑："这我自然明白，使者在将你带来之前，已经对我说得很清楚了。不过既然你乃是因果线所纠缠之人，这一节上倒是不用担心。"

张羽意识到卓以宁对洛姬瑶的称呼，有些疑惑地问道：“对了，那个……为什么要叫洛姬瑶使者？她……到底是什么人？”

卓以宁一愣，讶然道：“你居然还不知道她的身份？”

张羽摇摇头，老实地道：“不知道，她将我带来这蜀山界之前，只简单地跟我说了没两句而已。什么人类意志，什么乾，什么蜀山界内血魔为祸。我当时听得急，也没顾上问她究竟是什么身份，她自己也没有主动告诉过我……”

卓以宁点了点头：“使者也没有对我详提，我所知道的，也不过是她代表了乾的意志而已。除此之外，便是她将会为我们带来一名身缠因果线之人，斩杀血魔，拯救这蜀山界了。”说完，他自怀中掏出一本薄薄的小册子，递到了张羽的面前，“从现在起，你便是我峨嵋派的弟子了，此乃本门《太清心法》，一应入门弟子皆由此筑基，你便以此心法为修持根本吧。”

张羽接过《太清心法》的册子，想了想，按照电视上所看过的那些古装剧一样，转为跪姿，向着卓以宁磕了三个头：“弟子张羽，拜领师父厚赐！”

“不必拘礼。”卓以宁微笑着扶起了张羽，“虽说你现在是我的弟子，但毕竟你身份不同。从此之后，师父的称呼照旧，但却不必再行这等大礼了。”

“是。”张羽抬起头应承道。

自此，张羽便正式成为了峨嵋派的门下弟子，开始了道法的修行。他一直都以为自己在现代社会长大，一定修炼得比较艰难，难以收束各种杂念，但却没有想到这本《太清心法》似乎非常契合他的性子，初入手就能入定，不过十余日就诞生了第一股灵机。

太清心法中正平和，讲究先通奇经八脉，再通十二正经，待得周身经脉悉数贯通，便为筑基成就。

张羽诞生第一股灵机不过十日，就贯通了第一条经脉，又复十日，再贯通一道经脉，修行起来突飞猛进，短短数月之间，便已经越过了寻常修道人两三年才能够越过的最初门槛，不过大半年的光景，就打通了奇经八脉，十二正经，完成了筑基。

内室之中，张羽缓缓吐出一口气，结束了调息，内视自己身体，丹田处有数十道气机牵扯，化为一团星云般的云雾，正在缓缓旋转不休，以难察的速度一点点增长着自身的真气。

睁开眼，张羽看见师父卓以宁正站在自己身前，连忙赶紧站起身来："师父！"

"不必多礼。"卓以宁轻轻拍了拍张羽的肩膀，"真没想到，短短六七个月，你便能完成筑基，进境如此飞快，我峨嵋派有史以来，你还是头一个能在一年之内完成筑基的弟子。"

"呃？"张羽有些不好意思，不知该如何回应，但卓以宁已经继续道："你既然已经筑基成功，就能修炼法术，即便直面血海的秽气也是无妨了。今日你便随我一同，去山下驱逐血海吧。"

张羽点点头："是，只是不知那驱逐血海……是怎样的。"他自从来到了这蜀山界之后，除了第一天随着卓以宁在峨嵋派山门走了一遭，听他介绍了一番之后，每日便只是修炼，至于什么驱逐血海，还是头一次听见。

"去了便知。"卓以宁微微一笑，转身向着房外走去，张羽连忙紧紧跟在了身后。

这几个月内，除了淬炼元神，培养道行，张羽并没学什么入门的法术，出门之后卓以宁纵身而起悬空腾飞，他就只能大步狂奔，紧紧跟上。

张羽此刻已经有了些根基，体内元气灵机流转，身体轻如鸿雁，虽然在地上奔跑，但也不显得太慢，居然能跟得上缓缓悬空飞行的卓以宁，片刻后就赶到了山脚之下。

下山的时候，张羽才看清了这山的模样——小路自山顶直通向下，一直延伸到血海之中。看起来原本日月峰的高度远不止如此，只是自腰间以下，都已被淹没在了血海之中。

在小路的尽头，已经站着了一群峨嵋派的弟子，总数越有近百人之多，人人背上都背着一柄飞剑，正目光严肃地望着眼前的血海。

在那群弟子之后，便是张羽第一日时曾见过的七名白发苍苍的长老。

一名身材矮小的长老看见卓以宁落下，身后跟着张羽，表情有些讶然："宗主，这张羽修炼还不足一年，怎么就带下来了？只怕这里对他而言，太过危险了吧？"

卓以宁淡淡摆了摆手，向着前方的血海慢步走去："无妨，他今日不会上阵，只是让他来旁观一番而已，毕竟……那也是迟早的事情了。"

那矮小长老点了点头，不再说话。

卓以宁抬起头，看了看头顶天色："午时……就快到了。"

张羽有些诧异，整个蜀山界的天空无时无刻不被笼罩在一片血色乌云之中，卓以宁又是何以判断出此刻正是午时的？

"诸弟子结阵！"

另一名干瘦长老大喝一声，随后站在前方的众峨嵋派弟子齐齐发出一声喊，背后的飞剑无风自动，自鞘中飞出，暴涨了数十百倍，化为各色虹光，悬浮在了每个人的身前，那些弟子纵身一跃，跟剑光相合，就如有一层霞光笼罩体外。

弟子们驾驭剑光，在空中盘旋了几圈之后，便结成了一个阵势，外圆内方。张羽虽然自从来到蜀山界之后，便一直都只是在卓以宁的教导下自身修行，并不认识那些门内其余弟子，但有了些眼力之后自然便能看出，最外围的一圈弟子，功力明显要比内围的深厚了许多。

七名长老却未曾加入那阵势，而是每人自掌心中发出了一道金光，与山脚下那层金光屏障连在了一起。

卓以宁也未曾加入这阵势，而是站在了张羽的身边，留在一干弟子的后方。

“张羽，待会儿你可得用心看好了，再过上些日子，你便也会成为他们其中的一员。”

卓以宁在身前轻轻一挥手，随后一道稀薄的清气挡在了两人之前，若有若无，流动不休，但却丝毫不影响张羽看清楚前方的画面。

七名长老联手射出的金光，在前方的金光屏障上连接了起来之后，每个人的脸上都露出了凝重之色。

“开！”

当先那矮小长老一声低吼，随后七名长老齐齐将双手向后一扯，那金光竟然被撕裂了一道口子，原本被金光挡在之外的血海顿时汹涌起来，不停向着缺口涌上去。

早已蓄势待发的飞剑阵势，此刻丝毫没有迟疑，便向着那缺口飞去。

七名长老自撕扯开了金光之后，便人人平伸出手掌，随后掌心中渐渐向上浮起一面明镜。

明镜上光华流动，一道黑气与一道白气纠缠盘旋个不停，在被七长老自掌心召唤出来之后，便悬浮在了七人身前，向着前方那缺口处的血海照射而去。

血海原本气势汹汹，但被镜中的光芒照射之上，竟然发出了一阵刺耳的尖叫声，随后一道道焦黑的烟气也自血海中不停向上飘起，便仿佛是被蒸发了一般。

峨嵋派的弟子便趁着这空当，飞出了缺口，停留在了金光之外的血海上空。

卓以宁指着那七名长老手中的明镜，对张羽道：“那便是本宗最高的心法，日月玄光鉴了，以镜中的日月之力，便能够净化这血海之中的魔气，将其炼化至彻底消散。”

张羽点了点头，又见卓以宁继续道：“前方这阵势，便是我宗的两仪玄天阵。一阴一阳，各七七四十九人，两仪合一，上参玄天。”

“可是，既然有着这日月玄光鉴，可以炼化血海，又为何要……”张羽话没说完，便看见前方血海之中无数虚影正自血海中浮起，向着天空之上的两仪玄天阵飞去。

卓以宁幽幽一声长叹：“因为血海之中，尚有无数血魔啊……不除尽血魔，血海永不干枯。不炼化血海，血魔也永不消亡。二者相辅相成，这才是那血神经最可怕之处啊……”

张羽心中骇然，若真按卓以宁所言，这血海岂不是永无干枯之日？

卓以宁仿佛知道张羽的心中所想，淡淡笑了笑：“但血海的广阔虽无穷无尽，却已不会再扩大，就这么炼化下去，终究还是有一天能将其炼化，只是不知道要花上多少时日而已，只要……在那之前，血海中孕育出的血魔不会将这金光打破便好。”

“为何不会再扩大？”张羽连忙问道。

卓以宁转过头望了望张羽，苦笑道：“血海的来源，自然是生灵的精血，而如今这血海之中，哪里还有更多的生灵？”

张羽点了点头，明白了这道理。

此时七长老的日月玄光鉴，已经逼住了不住自缺口涌入的血海，而那门下众弟子所组成的两仪玄天阵，则已经与血海中的无数虚影战成了一团。

“那便是……血魔？”

张羽看见血海中飞出的一条条虚影，心中一阵烦恶。

那些虚影有些是人型，有些却是各种飞禽走兽的形状，刚刚自血海中露头，便不住地发出令耳膜都颤抖的诡异尖叫，向着玄天阵猛扑过去。

那些虚影每一个的身上都是色泽鲜红，仔细看去，甚至能看见一道道的鲜血在流淌不休，流到脚下的位置时便凭空消失，再度出现在头顶，看起来黏稠异常，却又丝毫未停。

“没错，那便是血魔，只不过与那血魔老人不同，这些血魔并非自行修炼血神经而生，而是他在炼化了生灵精血之后，魂魄在血海中自行滋养而生出的邪灵，纵使一时杀死，也依旧会在血海之中重生。”

卓以宁正说着，张羽便看见空中的两仪玄天阵中已经有一柄柄飞剑激射而出，一半向着那群血魔迎去，另一半则环绕在阵势周围，盘旋不住。

“这两仪玄天阵，乃是攻防一体的阵势，阳阵四十九人主攻，阴阵四十九人主守，生生相续，圆转如意。”随着卓以宁的解说，阳阵的四十九柄飞剑汇聚在一起，向着空中的血魔绞杀而去。

血海中浮出的血魔虽然数目众多，但却是各自为战，丝毫没有任何配合。而那玄天阵中射出的飞剑却是依托着阵法，变化精妙。两三柄飞剑在空中分进合击，只要轻轻一搅，便能将那血魔绞杀为齑粉。

一团团血影不断自血海中浮出，向着空中的玄天阵不停扑去，想要拦住阳阵的飞剑，却又纷纷被阳阵的飞剑绞成碎片，向着血海中落下。

而阳阵的飞剑却没有丝毫停留，一路向着血海之中飞去，但却仅在血海之上数米的高度停了下来，围成了一个圆环，剑尖与剑柄首尾相接。

一阵厉喝自头顶的玄天阵中传出，之后阳阵的飞剑便骤然盘旋了起来，速度越来越快。在飞剑的盘旋之中，一道道激烈的气流也被卷起，仿佛一阵飓风。

在那飓风之下，周围的血影已经无法再扑向阳阵飞剑阻拦，一阵凄厉的尖叫之后，纷纷向着头顶的玄天阵扑去。

玄天阵之上的阴阵飞剑早已守护在阵法周围，再度与一只只血魔厮杀了起来。

“这是在……”

张羽看得呆立在原地，忍不住开口。卓以宁解释道：“这是以飞剑之中所蕴含的阳气，来炼化血海之中的污秽。”

“可……血海并没有丝毫减少的模样啊！”张羽喃喃道。他眼前不论是七长老正挡着的金光缺口处，还是玄天阵下方的旋涡处，虽然血海之中的黑气正在不停冒出，但那茫然无边无际的血海却没有丝毫降下的势头。

“如此辽阔的血海，怎么可能出现肉眼可以察觉的下降？”卓以宁淡淡地道：“只不过是略尽人事而已，至少……总比任由血海每日冲击来得好一些。”

血海上空，一头头血魔仍在不断冲击着玄天阵，纵使离得远，张羽也依旧看出了玄天阵之中的众弟子已经渐渐显出了疲乏之相。纵使飞剑依旧在身周盘旋不休，不停绞杀着空中的血魔，但在无穷无尽的血魔面前，迟早要被击溃。

“师尊……”张羽刚开口，卓以宁已经轻叹一声，轻声发出了号令：“玄天阵归位！”

卓以宁的话音并不大，只是以平日里说话的音量说出，然而那声音却直直传到了前方的玄天阵之中，随后阵势便突然一变。

听见了卓以宁的传令之后，原本在血海海面上方盘旋的阳阵飞剑猛地停止了旋转，在空中刹住，齐齐剑尖向上立了起来，随后一齐向着上方飞去，加入到了阴阵飞剑之中。玄天阵在汇合了阴阳两阵之后，便缓缓向后退去。

血海中的旋涡渐渐平复，原本因被炼化而散发出的黑气也一点点停止下来。海中的血魔越发疯狂，向着天空中的玄天阵不停猛扑过去。而阴阳两阵的飞剑合流之后，威力陡增，一边拦阻着血魔的猛攻，一面向着金光被打开的缺口退去。

下方飞剑卷起的飓风越来越激烈，不仅是周遭的空气，就连海水也渐渐被搅动起来，在血海之中形成了一个旋涡，而随着旋涡的剧烈搅动，那些血海中未及飞起的血魔也纷纷发出了无比刺耳的惨叫之声。

旋涡之中，一道道黑气不停地散发出来，然而在触及了阳阵飞剑所组成的圆环之时，又再度消散无踪。

在玄天阵终于退到了金光缺口之前时，九十八柄飞剑猛地爆发出了一阵光芒，随后在空中悬停着组成了一柄巨大的长剑虚型，向着海面猛地斩下。

那巨剑上带起的滔天威势，让眼前疯狂的血魔都不禁猛地飞退躲避，不敢直缨其锋。巨剑在空中划出一道耀眼的光痕，重重劈在了下方的血海之上。广阔无边的血海在这巨剑的斩劈之下，竟然被斩出了一道恐怖的裂口。尽管两旁的血水又再度涌回，飞遁躲避的血魔也在这一剑斩下之后重新嗥叫着飞扑过来，然而借着这一剑所击出的空当，玄天阵之中所有的弟子都已经飞回了缺口之中。

那七名长老手中的玄光鉴也猛地一晃，射出的黑气与白气向外暴涨，一时间推开了正相持着的血水，随后金光猛地一闪，那原本被打开的缺口已经被重新封上。

在金光重新被封上之后，外面的血海这才重新席卷而回，方才被巨剑劈开的海面也已重新被填平，不停地拍打在那金光之上。然而金光已经重新被封起，重归原本的坚固，无论那血浪在金光上扑打得多么汹涌，也只能是被打散，徒劳无功地拍回海面之中。

而那已经撤回了金光之内的玄天阵众弟子，已经几乎人人都软瘫在了地上，不停喘着粗气，脸上汗珠冒个不停，只有两人还能勉强保持着站立。就连那七名长老，此刻也是个个精神委顿。

“这消耗……竟然会如此之大？”张羽一愣。

“那是自然，要催动这两仪玄天阵，消耗的道力可非同一般，更何况最后凝聚成破天一剑的那一击，为了打开空挡，撤回禁制之内，需要将全身最后所剩下的道力尽数倾泻而出。”卓以宁领着张羽，向着前方的玄天阵众弟子走去，一面走一面对张羽解释道。

走近了之后，张羽才看清前方那依旧保持着稳稳站立的两人是一男一女。

男子看起来二十余岁，一身青色道服，头扎冲天髻，双眉斜飞入鬓，目若朗星，鼻梁高挺，面目英俊异常，他背后的长剑比其余弟子长了三分之一，尽管背在背后，也几乎要拖到了地面之上。

而在他身旁站着的那女子，穿着的是一身素白纱裙，却是两柄短剑，交叉着背在背后。她的年纪看上去比那男子要小了两三岁的模样，杏核一般的双眼俏丽动人，一双红唇娇俏欲滴，有倾国倾城之姿，是个不折不扣的绝色美人。

卓以宁领着张羽走到了那一男一女面前，而他们看见了卓以宁，连忙快步走上前，在卓以宁身前跪下，齐声道："见过宗主！"

"起来吧，不用拘礼。"卓以宁摆摆手，对身旁的张羽道，"男子叫方若海，女子名林淡月，都是我们峨嵋派年青一代中的佼佼者。方才的两仪玄天阵中，他们便分别是阴阳两阵的阵眼。"

"呃……师兄师姐好！"张羽连忙冲着两人问了声好，来到了蜀山界这些日子，他还几乎未曾见过任何一个同门的平辈弟子，今日方是第一次见到这两人。

没想到，那男子方若海的脸上却顿时浮现出一道不悦的神色，暗暗瞪了一眼张羽。而林淡月也柳眉微蹙，有些别扭的模样。

看到两人如此表情，张羽有些不知所措，不明白自己说错了什么。

"方若海见过大师兄。"

"林淡月见过大师兄。"

就见两人低下头对张羽行了个礼，齐声道，却让张羽吓了一跳，不知所措："这……这……你们这是……"

卓以宁哈哈一笑，对张羽道："你方才叫错了，你是我门下唯一弟子，亦是峨嵋首席大弟子，峨嵋派二代所有弟子都要跟你叫大师兄啊。”

“什么？”张羽猛然一愣，“师尊，我……我刚入门没多久……怎么可能是大师兄？您搞错了吧！”

在他这么说的时候，他留意到方若海的脸上再度浮现出一丝愤懑来，林淡月的眉头也更为紧锁了些。

卓以宁摇摇头笑道：“本门虽然以入门先后为序，但唯独宗主一支之下，高于其余同门，你是我唯一的亲传弟子，从入门的那一刻起，便是他们的大师兄了。”

“可……师尊您怎会只有我一个亲传弟子？”张羽茫然不解。

卓以宁听张羽提到此处，轻轻叹了口气，表情变得有些黯然：“都死了。我峨嵋当年最盛之时，有四万八千弟子，现在却仅余数千人而已，我门下亲传弟子二十八人尽皆战死，亡于血魔老人之手。”

张羽知道自己戳及了卓以宁心中的创痛，不敢再问，这才明白为何方林二人的表情会变得那么古怪，称呼自己为大师兄时，也难免有些不情不愿。

这些日子来，张羽虽然没与这些同门弟子照过面，但他们自然早就知道了张羽的存在，知道有了这么一个新入门，没有任何法力的大师兄。

峨嵋派是以宗主这一支长门为尊，无论入门先后，都要比其余各支地位更为尊荣。

其余各支的弟子，自然心中早有些怨怼。但此前宗主门下尚有着不少弟子，其中也不乏秀出群伦之辈，惊才绝艳之徒，那些不满也只能压在心头，无人敢于表露。

可如今卓以宁的门下只有张羽这硕果仅存的一个新近入门的弟子，入门才不过大半年，功力低微浅薄，无论威望还是道行都远不足以服众，外门弟子心中对他有嫉恨，也自然是理所应当的。

张羽向着方若海和林淡月两人行了一礼，表情谦和：“在下新近入门，不懂得我峨嵋派之规矩，还望两位同门海涵。其实说起来，这所谓的长幼有序，在下也并不怎么看重。既然都是同门，何论大小？何况……两位入门已经许久，能充当这玄天阵的阵眼，此刻门内弟子中，想来必定是两位的道行最高。在下以后只怕还得多多请教。”

张羽这一番话，没有提及半句师兄师弟、师姐师妹的称呼，而只以同门相称，丝毫没有用着那大师兄的身份去压人，何况语气又如此恭谦礼让，听完了之后，方若海与林淡月的面色都稍稍松弛了些，向着张羽客气地点了点头，而身旁的卓以宁则更是拈须微笑，心中深深赞许张羽这番处事能力。

“你入门时间不长，但是进境却实在神速，不到一年，便能筑基初成，那想来再过上不多时日，便足以加入这两仪玄天阵，每日午时来驱逐血海了。今日带你来，只是想让你先看一看这两仪玄天阵的情形，有所准备。”卓以宁对着张羽说完，又看了看方若海和林淡月两人，“你们……今日感觉如何？”

“回宗主，虽然尚有些疲惫，但还可以支撑，晚上子时的守备，弟子也愿一试。”方若海沉声道，而张羽却没听明白，他口中所谓的子时守备究竟是何意。

卓以宁沉吟片刻，缓缓摇了摇头：“还是……再等一段时间看看吧，揠苗助长，终究不好，你们二人此刻消耗的道力也并非半日时光便能恢复的，今晚还是好好调养，明日午时，便又是一场厮杀了。”

方若海眼中滑过一道失望之色，但是点头道：“是，谨遵宗主吩咐。”

卓以宁勉励了几句，便带着张羽回到了乾坤宫的太阴阁。

“张羽，既然你筑基已成，为师今日起便要传你飞剑之术了。”卓以宁在张羽面前坐定，掌心一摊，自掌中缓缓浮现出一柄长剑来，剑身狭长，作青紫之色，锋刃之处寒光森森，不停流转着。

“此剑乃为师昔年所用，名为吞蛟，锋锐无匹，挡者披靡，你修习时日尚短，道行不足。手持此剑，当能补足一些缺憾。”

张羽心下感动，连忙双手接过卓以宁递来的长剑：“多谢师尊！可……师尊您将这飞剑给了我，您自己……？”

卓以宁笑着摆了摆手：“无妨，为师早已修成日月玄光鉴多年，有镇派功法在身，这飞剑之术，已无用武之地了。”

“那弟子便愧领了！”张羽再三拜谢。

卓以宁看着张羽将飞剑捧在膝上，便开始为张羽讲解：“此前为师始终都只是教你如何汲取天地精华，淬炼体内灵机，此乃修炼道行。然而若只有单纯的道行，并没有任何意义，只有修习了法术，才能将体内的道力外放，或收纳，或攻击，或禁制，如此种种，不一而足。

“飞剑之术，天下各个宗派皆有，虽然法门各有不同，但却大同小异。我峨嵋派的飞剑之术，重的是圆转如意，互相配合，组成阵法之后，远比个人的单打独斗更强，今日驱逐血海时的那两仪玄天阵，便是我宗飞剑之术的至高境界。”

张羽点点头：“弟子明白了。”

卓以宁继续道：“然而飞剑之术，毕竟只是小道。我宗法术的根本，便是今日你所看见的七长老所施展的日月玄光鉴。此乃交合太阴太阳之力，依靠体内道力所凝聚而成的法镜，进可攻灭敌人，退可守卫自身，可以称得上是攻防一体的法术。然而这法术不仅需要道行足够，更要天资超卓。虽然你此刻尚未到修炼的时候，但以你的天资，假以时日，不需多久应该便能修习这日月玄光鉴了，只是现下为师还是先传你这飞剑之术吧。”

说完，卓以宁便开始传授起张羽关于飞剑之术的口诀来，刚讲了没两句，一名弟子便匆匆跑到了门口禀告道：“宗主，雪山派大师兄王孚来访，说有要事与宗主相商。”

卓以宁一愣，表情疑惑：“王孚？他竟然还活着？”

那弟子没有接话，只恭敬地站在门口，等待卓以宁的吩咐。

卓以宁想了想，点了点头吩咐："你且去，让七长老先去相迎，我随后便到。"

那弟子答应离去之后，卓以宁站起身，便向着门口走去，走了一半，却突然转过头望向张羽："张羽，你也随同我一起去见见那王孚吧。此人乃一代英才，不可不见。你身为我峨嵋派的大师兄，与他也是对等的身份，更应认识一番。"

张羽连忙应和，跟在了卓以宁身后。

到了太阳殿时，张羽远远便看见了殿内七名长老正坐在一侧，而另一侧的对面，盘膝坐着一个一身红衣的年轻人，应该便是此前那弟子所说的雪山派大师兄王孚了。他的头发并不如这蜀山界的众人一般长发扎成发髻，而是一头精神整齐的短发。若不是身上穿着蜀山界的古代装束，看起来简直便如同张羽来自的那个世界的年轻人一般。

而他的五官轮廓算不上十分的英俊，至少比不上方才两仪玄天阵之中的那个方若海。但一股勃勃的生机却自整个人身体里不住地向外散发而出，一双眼睛明亮无比。单单只是向着张羽此处扫了一眼，便仿佛一道闪电射来般，让张羽全身一凛。

大殿的上首处空着，那是宗主的位置，卓以宁步入了大殿之后，原本坐着的七长老与王孚齐齐站了起来，行了一礼以示尊敬。卓以宁还了一礼之后，便走到了上首坐下，让张羽坐在了七长老的下首。

"不见你，已有快一年了吧，居然神采依旧。"卓以宁落座之后，便对着王孚笑道。

王孚躬身道："承蒙宗主挂念，在下好歹是活着回来了。"

"血海之中凶险异常，你居然能深入其中一年，虽然嘴上说得轻巧，但这其中的艰辛，只怕非我等所能想象了。"

卓以宁笑着对王孚夸赞道，却让张羽心中骇然。

此前见过了驱逐血海的场面，张羽早已知道那血海与其中的无数血魔是多么可怕。峨嵋派近百名弟子结成的两仪玄天阵不过杀入了血海十几分钟，便已经几乎个个脱力，而那压阵的七名长老，看起来也是消耗不轻。然而眼前这王孚，竟然可以深入血海一年，还能全身而退？！

那他到底强到了什么程度！

“宗主谬赞了，若不是靠着上古至宝霹雳神座，在下焉能在血海之中活过瞬息？”王孚连忙摇头谦虚道，“不过这一年以来，在下倒确实从血海之中获得了一些情报，事关重大，不得不对宗主禀报。”

说完，王孚自怀中掏出了一个卷轴，在身前的虚空中立起，缓缓展开。卷轴展开之后，顿时在大殿的中央投出了一副地图来。

“宗主请看。”

说是地图，其实几乎只是一片汪洋血海的猩红，只在这一片猩红之上浮动着六个闪着亮光的小点，除此之外，还有七个黑点，一收一放，如同心脏般跳动着。

卓以宁仔细看着眼前浮现在虚空中的地图，凝视片刻，缓缓道：“这六个点，是如今我蜀山界一息尚存的六个宗派，然而那七个黑点……”

“此乃在下深入血海一年，所探寻到的七个血海海眼。”

王孚细细将他这一年来的经历对着峨嵋派众人解说了一遍，张羽这才渐渐明白，他在血海之中究竟发生了什么。

第四章 雪山王乎

在一年多前，血海已经蔓延了蜀山界的表面一成的面积，三个中小宗派被血魔彻底吞噬。直到此时，蜀山界的各个宗派才意识到了血魔的强大与恐怖，若是再不联合剿灭，整个蜀山界都将被血海淹没。

当时天下最大的三十三个宗派携手而出，尽出门下精英，前往血海剿灭血魔。然而血魔老人吞噬了太多的生灵，尤其是那三个宗派中被他所吞噬的门人，更是尽数被炼化成了血海之中的血魔。一战之下，那三十三宗派大败而归，几乎全军覆没。

在这一战之后，血海也暴涨到了蜀山界一半的面积，皆因为血神经的吞噬能力，让那些惨死在这一战中的各宗派门人，统统成了血海的养料。

这一战，在后世人们口中，被称作了血噬之战。自血噬之战之后，蜀山界各个宗派再也无力组织起力量，与血海正面对抗，而只能各自固守自己的山门，落下禁制，竭力将血海挡在禁制之外。

血海开始蔓延，而一些较小的宗派，以及在血噬之战中元气大伤的大宗派，就连依靠禁制挡住血海也吃力无比，渐渐被血海尽数吞噬。

最终到了如今，天下只剩下了六个宗派，尚在苟延残喘，而王乎所在的雪山派便是其中之一。

就在一年之前，王孚却突然自雪山派之中消失，独自一人深入血海当中，只留下了一句话："单纯的较力，永远无法驱逐血海，要击败血魔，只能从血海之中找到办法。"

而经过了一年之后，王孚才再度出现在世人面前，而他第一次露面的地方，竟然便是峨嵋派。

这一年里，王孚一直在血海之中四处搜寻，然而他却并非依靠个人实力，强行硬撑。昔日三十三宗派总集了全部精英都在血噬之战中败给了血海，更遑论王孚只有孤身一人？

然而雪山派的道法，却自有其独特之处。

雪山派的道法最讲究淬炼气血，修炼到了极致，能肉身炼做金刚之躯，万劫不灭，甚至能硬抗法宝法术，运使法术的时候，几乎不牵扯天地元气。王孚又曾有奇遇，得到一件上古至宝霹雳神座，此宝攻守一体，能放出千百霹雳轰击敌人，也能隐秘自身气息，消除元气灵机，让人无从窥测，配合上雪山派的功法，斗法时也无元气波动，便能让王孚在深入血海之时隐去行踪。

这一年之中，王孚潜入血海之中，几乎踏遍了整个血海也未曾被发现，便是靠着雪山派的功法和霹雳神座的妙用。若非如此，血海之中的无数血魔群起而攻之，哪怕他的功力再如何逆天，也只有饮恨当场这一个结局。

靠着这一年的探查，王孚发现了血海之中有着七个海眼，每个海眼都是深不可测的深渊，血海之中的血魔，尽是由这七个海眼之中所生成。

"所以……在下认为，只要能够封印这七个海眼，便能够阻止血海中血魔的再生。而哪怕当下的血魔数量再多，只要能够断绝其根源，那假以时日，终究便能将血魔与血海彻底清除。"

"封印这七个海眼……？"卓以宁苦笑了一下，"这种事情，谈何容易？且不说那海眼处在血海深处，有着无尽的血魔护卫，单是深入血海，便已经是人力不可为了。”

“也并非如此，至少在下在血海中深入一年，这不是完好回来了么？”王孚一笑，站起了身，走到了大殿中央，伸手指着那虚浮在空中的地图又道，“距离峨嵋派最近的一处海眼，不过三千余里，我想，便先从那一处开始试试看吧。我一人之力不足，只能求助于宗主你们了。”

卓以宁沉吟片刻：“可……为何是我们峨嵋派？”

“因为余下的五宗之中，不独是我们雪山派，包括天机剑派、玄道门、吞海宗、大阿修罗教任何一家，都没有能封印那海眼的道法，除了日月玄光鉴！”

“我明白了。”卓以宁点点头，“所以，你的意思便是要我们峨嵋派一人随你同去，深入血海，找到那海眼，以日月玄光鉴将其封印？”

王孚沉声道：“正是如此，但此事却还有一条为难之处，便是那同去之人，道行却不能太高。”

“这又是为何？”卓以宁皱眉问道。

“在下方才已经说过，在下能深入血海，全靠了上古至宝霹雳神座。在下修习本门功法，配合了霹雳神座之后，连斗法时都不泄漏元气，自然能隐去自身的气息，使得在血魔眼中看来与同类无异。然而生人毕竟并非血魔，在下靠着本门功法，尚能隐匿自身，但若是并非我雪山派的弟子，道行太深时，霹雳神座也无济于事了。所以此人必须道行不能太高。至少如宗主这般，或是贵宗七长老的道行，必然是不行的。”

“既然如此，那我峨嵋派却也无可奈何了……”卓以宁缓缓摇了摇头，面色无奈，“如今我峨嵋派内，修成了日月玄光鉴的，只有我与门内七长老而已，并非我不愿相助，而是实在没有合适的人选。”

“什么？”王孚一愣，面上也浮现出失落之色，“峨嵋派当下能够修成日月玄光鉴的弟子，竟然一个都不剩了？”

“血噬之战之后，哪个宗派不是人才凋零？也不独我峨嵋派一家……”卓以宁摇头叹道。

“既然如此……”王孚咬了咬牙，站起了身来，便要告辞离去。

“且慢！”

一个声音在大殿内激昂响起，所有人的目光都投向了声音的来源，正是张羽。

“阁下是……”王孚看着张羽年轻的面孔，有些讶异。方才张羽随在卓以宁身后进了这太阳殿，坐在七长老的下首，就让他在心中揣测这年轻人的身份，只是不便开口询问而已。

“在下峨嵋派张羽。”张羽向着王孚行了个礼，目光转向卓以宁，“师尊，弟子虽不才，但雪山派王师兄的提议，弟子却认为很有道理。若师尊不弃，弟子愿意一试！弟子虽然道行不高，但谋事在人成事在天，若是能在短时间内修成日月玄光鉴，或许能助王师兄一臂之力。”

“张羽，你可莫要把自己看得太高了。”坐在首席的正是之前那矮个长老，面上有些不悦之色，“日月玄光鉴乃本门至高功法，便是多年修行的弟子，也未必能有资格蒙受传授，更遑论修炼成功！而你居然说要在短时间内修成，这把我们峨嵋派历代前辈都当成什么了！”

“孙长老且勿动怒。”卓以宁摆了摆手，站起身缓缓向着张羽走去，“张羽，你为何认为自己有机会成功？”

“有没有机会，谁能知道？”张羽摇了摇头，“弟子只是觉得，王师兄的想法是当前我们唯一的机会了，弟子纵使一试不成，无论对谁都不会有什么损失。”

卓以宁皱眉沉思了一会儿：“孙长老说得没错，若是道行未到，强行修炼日月玄光鉴，从没有成功的先例，况且……”

说到这里，他抬眼望了望王孚，似乎有些欲言又止的模样，顿了顿：“况且我们此刻还不清楚，你以峨嵋派弟子的身份随他前往血海，是否便能够顺利靠着那霹雳神座掩盖住身上的生人气息，若是一旦被发现，别说是你自己，怕是王孚也有生命危险。”

“事已至此，不行险何以搏胜利？”张羽微微一笑，“师尊，我今日随着你前往山下，看了本门弟子驱逐血海的全程。虽然声势浩大，但那血海却没有半分减退，血魔更是源源不尽，杀之不绝。照着这么下去，要到何时何日才能够将血海彻底荡平？若是王师兄的这计划能成功，那么这血海便成了无源之水，那才能勉强看到一丝胜利的希望！”

卓以宁眉头紧锁，似乎在苦苦沉思，但却始终没有出声。王孚知道他心中正在犹豫，也不再开口。

终于，卓以宁抬头对王孚道：“王孚，你可有信心保证，你的霹雳神座能够将张羽的气息掩盖住？毕竟你所谓的道行深浅，并无一个定论。若是张羽随了你进入血海，却依旧泄露了生人气息，到时候你们两人可都将死无葬身之地！”

“以这位张师弟的道行，应该不会有什么问题。但在下空口无凭，自然不能给什么保证。不如此刻便为峨嵋派的诸位前辈先演示一番吧。”王孚微微一笑，自怀里掏出了一枚形状离奇的古玉来。

那古玉看起来造型奇怪，仿佛一个粗壮的圆筒，然而上面却布满了一个个小孔，中间是空心的，整块玉都是纯净剔透的红色。

“这便是本门秘宝，霹雳神座了。不知诸位长老可否帮在下一个忙，在这大殿之上布置出一个禁制来？”王孚掏出了那块古玉，将它握在掌心之中，对着身前几名长老恭声道。

七名长老望向卓以宁，看见他点了点头，纷纷自掌心中召唤出了日月玄光鉴，七人合力，七道黑白交缠的光芒向着大殿中央射去，在大殿中央形成了一个围栏。

王孚微微一笑：“多谢了。”随后又从怀中取出一个小木瓶来，将握着木瓶的手探入了金光围成的圈子之中，随后轻轻拔开了木瓶之上的塞子。

随着砰一声轻响，那小小的木瓶中骤然流出了一道血红色的黏稠光芒，却并不扩散，而是仿佛液体一般垂落下来，随后在地上扭动了几下，化身成了一个血红色的人形。

“血魔？”卓以宁险些便叫出声来，就连正全身心投入布置禁制的七名长老，虽然无法开口，但面上也现出了惊讶之色。

“你……你怎能捕捉到这血魔？”卓以宁喃喃说道。

那血魔正和张羽此前在血海之上所见到的一般无二，身作人型，只是一个虚虚的血影，看不清面目无关，只有鲜血自上而下不断地流淌着，到了脚底之后便即消失，又重新在头顶出现，周而复始。它一待落地之后，立刻尖叫一声，望向了身边的一众人等，便在禁制之中左冲右突起来，试图逃出这禁制的范围。然而每次撞上那一道黑白交缠的光芒所组成的边界，身上便骤然冒起一阵青烟，随后惨叫一声。如此反复数次之后，那血魔也知道了自己冲不出这禁制，不再犯那徒劳的工夫，只缩小了身体，在禁制之中盘成了一团，只不时发出一声示威的吼叫声。

“在下在血海中一年，除了那地图之外，总还是得有些收获才成。”王孚看着卓以宁面上的震惊之色，自己却丝毫没有半分自得，只诚声道，“若是宗主不弃，不若由在下先来说明一下这血魔的特性？”

“如此甚好！”卓以宁激动得竟然双手都微微有些发抖。他身为峨嵋派的宗主，昔年还参加过那血噬之战，自然不知多少次地近距离接触过这些血魔。然而那不过是短兵相接，直面杀戮而已，对于血魔这等非人非鬼的东西，除了知道他们能吸取精血，且只要有血海的存在，便不死不灭，即便消散也会重新回归之外，便没有更多的了解了。

而现下，王孚竟然活捉了一只血魔，这是卓以宁此前从没想过的可能性。看起来，王孚已然是此时尚存的六大宗派之中，对血魔最为了解的人了。

王孚谢了一声卓以宁，解说道："这血海之中，确实是遍布血魔，但却并非均匀散布。除了源源不断向外涌出的七大海眼之外，便是集中在此时尚存的我们六大宗派的山门附近了。而除了这十三个点之外，血魔虽然也在血海四处都有散布，却是距离越远，数量便越是稀少，在距离海眼与宗派山门遥远的血海深处，有时甚至行上一天，也碰不到一个血魔。"

"原来如此……你正是在血魔稀少的地方，才会生擒到一只，而没有遭到围攻了？"卓以宁点头赞许道。

王孚点头："正是如此，在下在血海中游荡了半年之后，渐渐摸清了这些血魔的行动习惯，跟踪了这只血魔三日三夜，才终于等到了他落单，一举将它困住之后，收纳到了这瓶中，幸而没有引起其余血魔的注意。"

"这血魔虽然是人形的，但看起来却更像是野兽一般……"张羽靠近了那禁制的外壁，蹲下身仔细打量着阵中那只血魔。那血魔感受到了张羽的目光，发出了一声尖利的吼叫，猛地扑了上来，却再度撞到了黑白光芒之上，冒出一阵青烟，惨叫一声滚回了原地。

"没错。"王孚点了点头，"血海之中的血魔虽然形态各异，有飞禽、有走兽、有人类，但无论造型有多少差别，智力却都是极端低下，驱使他们行动的只是本能，而并非自己的思考意志，哪怕是眼前这人形的血魔，也只会依靠身上的气息与外形来判别敌我，并无多少真正的理解力。"

"难怪你能瞒过这些血魔那么久。"卓以宁道，"你的霹雳神座能够将自己的元气灵机消除，便能让这些智力低下的血魔视而不见了。"

"正是如此。所以，若非我雪山派弟子，便不能有太高的道行，否则无论霹雳神座如何神妙，终究无法将气息掩盖得住。"

说着，王孚向前走了两步，果然那禁制之中的血魔再度发出了一声尖叫，向着他猛扑过来，又一次被黑白光芒弹飞出去，吱吱尖叫不停。

张羽心中突然一跳，眼前这血魔让他想到了自己在原本生活的那个世界中所熟知的一种东西——僵尸！无论是电影还是游戏里都有着大量的僵尸题材，尤其是最著名的生化危机系列，最为典型。当人感染了病毒之后，便会变为僵尸，疯狂地袭击其他生物，但却丧失了智力，只能靠本能行动。同时，僵尸也奇怪地不会同类相残，仿佛有着某种感应一般。

除了战斗力的高下有着天渊之别以外，它们和眼前的血魔竟然如此相似！

“那么，这些血魔又为何会主动围在我们的山门之外？若是无人操纵，只靠本能的话，不该会出现这等局面。而且……”卓以宁沉吟片刻，“而且自从血噬一战之后，似乎便再也没有人曾见过那血魔老人了。”

“这……在下便也不太清楚了。”王孚缓缓摇了摇头，“在下虽然隐藏了自己的身形和气息，在血海中游荡了一年，但却始终没有见到有自己意识的血魔，不过……”

王孚想了想又道：“不过在下却始终觉得，绝不可能所有的血魔，都是这样只靠本能行动的。血魔老人既然创造了它们，那便一定有办法在一定程度上控制它们。在血海深处，或许会有着比它们更高级的血魔存在。”

“但愿……不会有吧。”卓以宁喃喃自语道。

“不过那都是后话了，在下此刻要做的，便是试一试这血魔是否能够辨识出张师弟的气息。”王孚说着，伸手拉住了张羽的左手，“有劳诸位长老，为我们暂时腾出一道空隙来。”

那矮个长老点了点头，手中的日月玄光鉴轻轻一晃，放出的黑白光芒便停了下来。原本的七道光芒只剩下六道，顿时在禁制上现出了一个缺口，而趁着那缺口一闪而逝的工夫，王孚用力一拉张羽，闪身便进到了禁制之中。

这一次眼前没有了禁制的阻碍，两人身上的生灵气息顿时在血魔眼中变得无比浓重，发出了一声长长的嘶吼，它随后化作一道长长的血影，向着两人猛扑过来。

张羽知道只要被那血影扑中，自己全身的精血都会被血魔瞬间吞噬，成为一个空洞的皮囊，然而他却依旧站在原地稳稳不动，没有丝毫闪躲，因为他深信王孚必然有办法抵挡这头血魔。

王孚左手轻轻一招，一朵青色的莲花便浮现在了两人的头顶，散发出一道道青霞将血魔拦在了身前。

王孚发的青莲有一股特出的清香，淡淡的沁人心脾，看似柔弱，但却万邪不侵。

就连卓以宁都忍不住叹息一声："王孚贤侄果然了得，居然已经把雪山派的天地青莲法修炼至如此地步，此法与我峨嵋派的日月玄光鉴并称，另有一种妙用，就算没有霹雳神座，也能纵横血海，不惧寻常血魔围攻了。"

王孚微微一笑，并不自矜，对卓以宁的夸赞坦然受之。

那血魔早已饥渴难耐，想要突破青莲所散发出的银光，吞噬掉面前的两人，但无论它如何扑击咆哮，却始终无法冲得进去，不禁在原地不停打转，暴跳如雷。

而王孚此刻却依旧有着余裕，对着阵外的卓以宁和几名长老微笑道："宗主且看，这便是在下未曾祭出霹雳神座时的状态，血魔眼中只有生灵的血肉，不论有何阻挡，都挡不住它的饥渴，然而……"

说着，王孚将手中那造型古怪的霹雳神座挥动了一下，口中轻声默念了几句口诀，古玉上顿时散发出了两道流动的红色光芒将两人笼罩在了其中。

"别动，别说话。"

瞬息之间，张羽只感觉自己的身周的空气骤然一滞，随后眼前所看到的景象尽数变成了血红的颜色，无论望向哪里，都仿佛透过了一片血水一般。

修道之人本来就更依赖气机交感来辨识万物，当两人消弭了元气灵机，卓以宁等人的眼中，阵中的张羽和王孚就好像突然消失，虽然肉眼可以看到，但却无法感应到任何元气灵机，这种空荡荡的感觉，尤为古怪。

就在霹雳神座被发动之后，那血魔便突然止住了向前扑击的动作，而是站在了原地，停了一下之后小心翼翼地四下里逡巡。尽管没有五官，看不见表情也听不见说话，但众人都感觉到了那血魔的疑惑之态。

张羽站在原地，屏息凝神，看着那血魔将头向着自己的身前凑来，上下抽动着脑袋，仿佛在嗅闻着什么一般。而此前王孚招出的那朵青莲此刻已经被收了回去，他二人与血魔之间再无阻隔，只要那血魔向前一扑，王孚将会如何张羽不清楚，但他自己却是必死无疑。

然而血魔凑在张羽和王孚两人身前上下晃了半天脑袋之后，竟然没有发现两人，就好像两人完全都不存在，它缓缓向后退去，再度盘在了地上，化成了一团圆乎乎的血影。

王孚晃了晃手中的霹雳神座，重新召唤出那青莲之后，那血魔再度感受到了生灵之气，发出了一声愤怒的咆哮，又向着两人冲来。然而这一次，王孚身前的青莲却越变越大，不仅挡住了那血魔的扑击，甚至调转了上下，自上而下缓缓地压去。那血魔吱吱乱叫不停，猛力向上挣扎，却始终挣不脱那青莲的重压，一点点被压向地面。

直到青莲将那血魔完全压到了地面之上，王孚才低下身，将那朵青莲紧紧捏在了手心之中，随后手掌一挥，重新现出那木瓶，把包裹着血魔的青莲重新塞了进去。那青莲此前明明化作了斗大，但塞入不过拇指粗细的瓶口时，却丝毫没有突兀的感觉。

“如此，卓宗主可信了么？”王孚将木瓶重新收起，对着卓以宁微笑道。此刻旁边的那七名长老也收起了日月玄光鉴，方才只是布置一道禁制，并非苦苦抵挡喷涌的血海，所以他们倒是神色自如，没有半点疲累之态。

而张羽虽然表情镇定，却只有他自己知道，就在这片刻间，自己的背后已经被汗打湿了一片。

“看来……此事确实可行，只是这日月玄光鉴……”卓以宁望了望张羽，面上表情复杂。

“弟子虽不知是否能成功，但情愿一试！”

卓以宁长叹一声，点了点头道：“王孚，你便先在我峨嵋派休息数日，待我看看张羽的资质，是否能够修成这日月玄光鉴吧，张羽，你跟我来！”

说完，卓以宁便领着张羽向着太阴阁走去，而王孚则自有门下弟子前来引出，安顿下来休息等待。

到了太阴阁之中张羽修行的房间里，卓以宁让他坐下，脸上泛起了一丝苦笑：“张羽，你确实勇气可嘉，值得赞许，但关于那日月玄光鉴，你却还有所不知。”

张羽早在太阳殿内，便看出了卓以宁当时欲言又止，有些话未曾说出：“还望师尊教导。”

“唉……”卓以宁叹了口气，“这日月玄光鉴，是我宗的最高法术。寻常弟子，都要循序渐进，一路修炼下来，一边积累道行，一边修习其余法术，才能由师尊判断是否能够将其传授，你可知这是为何？”

张羽想了想道：“难道不是因为这日月玄光鉴太过精深，若是道行不够，便无法修习么？”

卓以宁摇了摇头：“这么说未免太简单，事实上，日月玄光鉴的修行，倒是没那么艰深，但这法术与其余不同，无论道行的深浅，元气灵机凝练程度的高下，要修习都没有任何门槛。”

卓以宁的答案确实让张羽讶然一愣，与他原来心中所想截然不同：“没有门槛？”

卓以宁点头："是啊，没有门槛，或者换句话说，门槛在门内。"

见张羽一脸茫然的样子，卓以宁继续解释道："本派的所有道法，或者说，几乎天下的所有道法，能否练成都与修习者本身的资质、道行的深浅有关。若是资质不够，或是道行不足，那么便不得其门而入。然而日月玄光鉴却与众不同，只要凝练出了元气灵机，那么便任何人都可以自由修习，但是否能成功，看的却不是入门，而是最终功成的那一刻。

"天地有日月阴阳，人体内同样存在着阴气与阳气。我们峨嵋派的功法在采集了天地的灵气之后，便是将其引入体内，化作阴阳二气，这一节我在传你心法之时你便已经知道了。"

张羽点了点头，卓以宁继续道："日月玄光鉴，便是抽取出体内的阴阳两极之气，将其淬炼成一面明镜，与肉身合二为一，镜便是身，身便是镜，一旦淬炼完成之后，明镜便同时灌注着被压缩到了极致的阴阳之气，可外放攻敌，可回收护体。所以，只要体内凝练出了元气灵机，哪怕只是筑基初成也足以将这阴阳之气凝聚成日月玄光鉴了。"

"那么……困难之处究竟在哪里？"张羽听卓以宁说到这里，只觉得这日月玄光鉴应该是极易修成的法术，不禁追问道。

"困难之处便在于……这日月玄光鉴所要求的阴阳两极之气，必须绝对的精确平衡，任何一方都不能多一分，也不能少上一分，哪怕是一丁点的误差，也不能存在。否则，轻则体内阴阳之气失衡，紊乱不休成为废人，重则阴阳冲突，爆体而亡。"

讲到这里，卓以宁叹了口气又道："要精确地平衡修习之时的阴阳之气又谈何容易？且不说每人体内的阴阳之气在凝结金丹之时便总有着细微的差别，况且在修习这日月玄光鉴之时，不论有意无意，还会吸取天地之间的阴阳之气。而阴阳之气的平衡，又与每天太阳的朝升夕落时间有关。

"夏日长，冬日短，这最简单的道理，你应该明白。日长夜短之时，便是阳气充足，而日短夜长之时，便是阴气充足。光是平衡体内的阴阳之气，便已经不是轻易能够做到，更何况还要每日平衡着来自天地之间的阴阳之气？所以若非修习本门心法到了极高境界，对阴阳气的平衡了若指掌，匆忙修习这日月玄光鉴，实在太过危险。我昔年修习时，也险些造成紊乱，爆体而亡，加上那七名长老在内，谁不是打鬼门关上走了一遭回来的？”

听完了卓以宁的解释，张羽这才明白了这日月玄光鉴的凶险之处。虽然要求的并非道行，但却是比道行更为重要的，对体内气息的控制。道行可以日积月累，然而这精准的控制力若是没有足够的天资与丰富的经验，那便还真的更难做到。

“所以，我再问你一遍，是否真的要决定修习这日月玄光鉴？毕竟你……是使者所带来的因果线纠缠之人，若是你不小心死在修习的过程之中，这蜀山界怕是便真的……危在旦夕了。”卓以宁说完，目光炯炯地望着张羽，等待着他的回答。

张羽默然低下头，在心中反复思忖着。天地之间散布的阴阳之气，委实如卓以宁所言，控制起来太过艰难。尤其是此刻的蜀山界，天穹中永远布满着血色乌云，根本看不见太阳何时升起，何时落下。虽然白昼与黑夜还是有着光亮程度的差别，但要想精确地判断日夜的长度，那完全是不可能的事情。

张羽心中不停地挣扎着，究竟是行险一试，还是就此打下退堂鼓，他此刻也不知该选择哪一条。

卓以宁看着张羽纠结的表情，有些解脱地笑了笑：“也罢……这样的风险，本来便不该由你来承担，我这便去对王孚说，让他放弃这办法吧，反正他的归来，已经让我们获得了宝贵的消息了。”

张羽的脑中却恰恰在此刻突然灵光一闪，急忙张口叫道：“不！等等，师尊！我有个问题！”

卓以宁原本正要起身，闻言又坐了下去："但问无妨。"

张羽想了想："弟子认为，这日月玄光鉴修习时的难度，更多的还是出在体外天地之间的阴阳之气上，但若是在一年之中，春分秋分这两天里，是否修习得会更加轻松容易一些？"

卓以宁的双眼一亮，露出了惊异与赞许："你居然能想得到这样的问题，不错！很不错！正是如此！一年之中，春分秋分两日等长，天地之间的阴阳之气达到绝对的平衡，所以本宗之中的所有弟子，一旦得到师长允许修习日月玄光鉴，都会将这两天作为修炼的第一日。这一日的进度，往往便能赶得上平日里的数十天。但一年之中，春分秋分不过只有两天而已，所以纵使进度神速，却也没有什么大意义。"

"弟子明白了！"张羽眼中难以抑制的兴奋，匆匆自地上跳了起来，"师尊，可否容弟子一日？一日之后，弟子无论如何决定，都必定会给师尊一个答复！"

卓以宁看着张羽，不知道他为何突然如此神采飞扬，但想来却必定是心中有了好的主意，点点头道："那好，便是一日。"

送走了卓以宁，张羽连忙飞奔到了自己的卧房之中，深深吸了一口气。如果自己还能够回到来时的那个世界的话……就一定会有机会！

"洛姬瑶！洛姬瑶！洛姬瑶！"

张羽不停地念着这个名字，盼望着那个神秘的女孩能够出现，他的声音并不大，因为他知道她能否听见自己的呼唤，与音量没有任何关系。

张羽的手机在来到蜀山界的时候虽然带在身上，里面也存着洛姬瑶的号码，但过去了那么久，电量只怕早就消耗空了。何况在这蜀山界里，也压根不可能有任何手机信号。所以他唯一有可能联系到洛姬瑶的方式，便是赌她能否听到自己的呼唤了。

张羽不停地对着空气轻声念着洛姬瑶的名字，若是此刻有人在一旁看着他，只怕会将他当成失心疯了。

只希望……洛姬瑶此刻正好在超越各个世界之上的某处，正看着他吧。

终于，不知道过去了多久，张羽早已口干舌燥，连口齿都已经含糊不清时，终于听到了在心中期盼已久的那个娇美声音自身后传来：“喊了人家名字那么半天，你到底是想干吗啊！”

“你终于出现了，你知道我叫了你多久么！”张羽连忙回过头，一脸欣喜若狂的表情，看见洛姬瑶正俏立在自己的身后，身上穿的不是当日见他时的那套T恤牛仔裤，而是一套样式古怪、质地不明的袍子，从脖子一直垂到脚踝，将曼妙的身材完全遮盖在了其中，只留下一张绝美的脸蛋。

洛姬瑶撇了撇嘴，冲着张羽轻轻一笑：“人家很忙的好么，哪有空一直盯着你，有那么多世界要看着的，好在因为担心这里，偶尔看了你一眼，才看见你一直在叫我。”

“那么多世界……你一个人看着？”张羽一时抛开了自己原本找洛姬瑶的目的，好奇地问，“说起来，我还没问过你的身份呢，关于主世界和传说世界，因果线、乾的意志……那么你在其中扮演的到底是什么角色？”

洛姬瑶笑着叹了口气：“太复杂啦，今天没有时间和你细说，你不是有急事找我么？还不赶紧说？”

“哦……好吧。”张羽只能点点头，“我是想问你，如果我现在有急事，要回到原来的世界，也就是我来的那个地球的话，你能带我回去么？”

洛姬瑶一愣，随后瞪大了眼睛，有些凶巴巴地瞪着张羽：“回去？你要放弃拯救蜀山界？我可告诉你啊张羽，如果你放弃的话，错乱的因果线会一发不可收拾，你即便是回了原来的世界，也不可能成功地躲过，最终还是要消失！而且当蜀山界最终崩溃时，不仅是你，你原来的世界也将被逆冲得支离破碎，彻底毁灭！”

“我知道……”张羽苦笑了一声，“我什么时候说过要放弃了？我只是为了修习峨嵋派的一种功法，需要在我原来的世界里找一个合适的环境而已，你就告诉我能不能回去吧。”

“能是能，但什么功法需要……”洛姬瑶说着，却没有看向张羽，而是伸出一只纤纤玉手，在空中虚点了几下，目光也聚精会神地盯着身前那空无一物的地方，虽然张羽看不见任何东西，但也能猜想得到洛姬瑶是正在查看此前发生了什么。

数秒钟之后，洛姬瑶便放下了手，目光重新转回了张羽的身上，有些惊讶与赞许的笑意：“我明白你要做什么了，看不出来，你倒是还挺聪明的，居然能够想到这等取巧的办法。”

“再好的办法，也得你愿意帮忙才行。”张羽笑了笑，“怎么样？到底能不能做到，给我个准话吧。”

洛姬瑶嘻嘻一笑，点了点头，“没问题，你这就去答应你的师父吧。”

“真的？”张羽喜出望外，捏紧了拳头重重在空中挥了一下。在蜀山界待了那么久，洛姬瑶还是他重新见到的第一个勉强算得上和原来的世界有关系的人，对着她的时候，也让张羽的口气与举动一时变回了原来那个来自现代世界的青年。

“那么明天这个时候我再来接你吧，地点……你想好去哪儿了么？”

“厄瓜多尔吧。我记得那里有一座赤道纪念碑，应该是定位最为精准的了。”张羽想了想，对洛姬瑶又道，“对了，我以后保不齐还可能会找你帮忙，难道我永远都要这样，跟个傻子一样念叨着你的名字，赌你会不会正好在看我么？”

洛姬瑶偏过了脑袋想了想，表情一瞬间变得无比天真可爱，让张羽一下都看得有些呆了。

“嗯……蜀山界确实是最为危险的一个传说世界了，你这里的任务也确实最为艰巨。那好吧，我就行行好，给你一个联络我的方式吧！”

说完，洛姬瑶后退了两步，上下打量了一下张羽，眼睛滴溜溜地转了两圈，直到看得张羽都有些不好意思了，才笑眯眯地对着张羽伸出了手："把手给我！"

张羽迟疑地将左手伸到了面前，就见洛姬瑶左手握住了他的左手，随后右手轻轻在张羽的手背上一拍："好啦！"

张羽低下头，看见自己的左手手背上多了一个造型奇怪的符号，像是汉字"三"，又像是图案，仿佛文身一样深深印在手背之上。

"这是……"

"这算是……我个人的标记吧。以后你要是有急事要找我的时候，只要把右手的掌心按在这标记之上，心中默念我的名字，我就能知道你在找我啦！"洛姬瑶嘻嘻一笑，"怎样，是不是很好看？"

"唔……好看……"张羽看了一眼手背上那不明所以的古怪图案，只能点了点头。

"不过你要记得，我可是很忙的，以后除非真的是很重要的急事才能找我，否则的话我会生气的！"洛姬瑶摆出一副认真的表情，再三叮嘱了几遍之后，才向着张羽挥了挥手，"好啦，我走了。明天这个时候，我再来接你！"

张羽看着洛姬瑶的身影在身前逐渐一点点变淡，很快便消失在了空气中，突然意识到她好像突然变了个人一样。

在初次见面的时候，洛姬瑶显得神秘而又沉稳，虽然也经常露出微笑，但却始终是淡淡而温和的笑意，说话时也从来没有像今天这样带上了一丝小小的娇嗔。

她……到底是个怎样的女孩？

不过这念头在张羽脑中只是一闪而过，他的注意力马上便又回到了自己即将修炼的那日月玄光鉴之上，该是时候去找师父了！

"已经决定了么？这还不到一日呢，张羽，你可要务必慎重一些，我再警告你一次，若是稍有不慎，后果可是不堪设想的。”看见张羽这么快就重新出现在了自己面前，卓以宁心中还是有些忐忑，担心地问道。

“弟子已经决定了，这日月玄光鉴，弟子一定要修炼！”张羽跪坐在卓以宁身前，表情坚毅严肃，“请师尊传授给弟子！”

卓以宁长叹一声，自衣袖中取出了一片玉牒，“这上面，便是休息日月玄光鉴的口诀。待为师传授你体内气息运转之法之后，配合口诀，你便可以自行修习了。只可惜，若是其他法术，为师还可在一旁护持一二，但这日月玄光鉴，却只看修习者本身对精气的掌控精准程度，旁人却是丝毫没有办法帮忙的。”

说完，卓以宁命张羽盘膝坐下，自己站在了张羽的身后，伸出手按在了张羽的头顶之上。张羽只感觉到一阴一阳两股气息从头顶直贯而下，在体内盘旋交汇之后，聚集在了小腹的丹田之处，再返回到胸前，交织凝聚起来。

张羽虽然闭着眼睛，但眼前却出现了一片漆黑的空间。在空间的中央，随着那两股气息的凝聚，一个小小的光团正一点点凝聚起来，盘旋不休。

很快，那光团便又消失在虚空之中，而自头顶传入的阴阳两道气息也撤出了张羽的身体之外。

“如何凝聚阴阳之气的法门，已经记住了么？”卓以宁自张羽的头顶抽回手掌，温声问道。

“记住了。”张羽点点头，感激地望着卓以宁，“师尊，弟子可能会离开些时日……去别处修习。”

“别处？”卓以宁不解地望着张羽，“此刻你能活动的范围，便只有我宗的山门。除此之外，便是一片茫茫血海，你能去到什么别处去？”

“弟子说的别处……并非蜀山界。”张羽摇了摇头，“而是……弟子来的那个世界。”

“这是为何？”卓以宁皱眉问道。

张羽笑了笑：“弟子若是没有些把握，怎敢断然决定修炼这日月玄光鉴？实是弟子知道，在弟子所来的那处世界中，有一去处，每一日都是昼夜等长，在那里修炼，当可事半功倍。”

“竟然还有如此去处？”卓以宁听了张羽的讲述，猛然一愣，瞪大了眼睛。

张羽点了点头，淡淡一笑。

“既然如此……那你便去吧。”卓以宁心头多了几分信心，宽厚地笑着对张羽道，“为师便在这里等你回来。”

“是，弟子告退了。”

张羽辞别了卓以宁，回到了自己的卧房，先闭目养神了片刻之后，想到反正明日洛姬瑶才会来接自己，干脆自己先试着修炼一会儿试试。

第五章 玄功大成

张羽掏出了卓以宁交给自己的那片玉牒，仔细读了读上面的口诀，随后在脑海中重温了一遍方才卓以宁为自己模拟出的气息运行图线，便自行尝试起来。

凝神静气之后，张羽便重新进入了内视的状态，看着自己小腹中的元气灵机吞吐涨缩，随后一阴一阳两道气息便自丹田中流动出来，在胸口交织盘旋。

然而刚刚一开始，张羽便意识到了这修炼究竟有多么艰难。

日月玄光鉴的修炼，便仿佛织布一般，要精确地将数量与质量完全相同的阴阳二气抽取出来，再一点点凝结在胸口，但凡有了一丝的不平衡，无论是阳气稍重，还是阴气稍重，胸口那刚刚凝聚的光点便会猛然爆散开来。

若是仅仅自己身体内部的气息，张羽倒是有信心能够协调得好。然而在气息自丹田向着胸口流动的过程之中，却始终有着外界的阴阳二气在向着其中渗透。

那是身周自然中存在的阴阳气息，随着张羽自身体内的流动而被带动着，其中阳气略重，而阴气略少，于是原本自丹田送出时被张羽调动得恰好平衡的阴阳二气，在被外界渗透了之后，抵达胸口光点处之时便已变得不再完全等同，短短片刻之间，他胸口的光点便已经爆开了三次。

幸好那光点仅仅是刚刚凝聚，所以爆裂开来的威力并不甚大，只让人觉得眼前头晕目眩，胸口一阵剧痛与烦恶而已，喘息片刻，也就慢慢恢复过来，然而张羽可以想见得到，这日月玄光鉴的修炼时间越长，光点凝聚得越大，一旦失衡爆发时的伤害自然也就越大。以自己现在的道行，恐怕修炼上一两日之后，再碰上一个失手，自己便真的会粉身碎骨了。

一试之下，知道了究竟有多凶险，张羽连忙停了下来，不敢再修炼这日月玄光鉴。而他心中对师尊卓以宁和那七名长老的敬佩，也顿时油然而生。能在这般艰难的环境之下修成日月玄光鉴，那简直是可敬可叹可怖！

到了第二日，张羽几乎是一分一秒地等待着洛姬瑶的出现，当洛姬瑶的身影渐渐自身前的空中浮现时，张羽终于松了一口气。

“你终于来了！等你好久了！赶紧走吧！”洛姬瑶的身形刚刚由淡转浓，张羽便忙不迭地开口对她道。

刚刚出现，看见张羽脸上的急切神色，洛姬瑶脸上顿时浮现出一丝笑意，然而紧接着便听见张羽的催促，顿时蹙起了眉头，眼睛瞟了一眼张羽，似笑非笑：“还以为你是着急等着我来呢，原来是急着回去啊。”

张羽被洛姬瑶那一瞟之下，弄得有些尴尬，摸了摸鼻子：“只是不想耽误时间而已。你也说了，此刻蜀山界危在旦夕不是？”

“好啦好啦，我逗你的！”洛姬瑶嘻嘻一笑，伸出手拉住了张羽的右手：“厄瓜多尔对吧！”

洛姬瑶带着张羽来到第一次来到蜀山的那个地方，那道门还耸立在那里。

又经历过一次半梦半醒，张羽清醒过来，再度看见了蓝天白云，青草绿树。脚下的地面上是一条铺着方砖的大道，而前方不远处，一个四方形尖柱，顶上一个圆形球体的纪念碑正矗立在眼前。

看着眼前熟悉的景象，张羽忍不住捏紧了拳头，高叫了一声："我回来了！"

尽管他明知这里是南美洲的厄瓜多尔，几乎与自己的家乡相隔了半个地球，但至少——他脚下踩着的是地球的土地，是他从小出生长大的那个世界！

"你看你，兴奋成了这个样子。"洛姬瑶盈盈笑着对张羽揶揄道，而张羽只能不好意思地笑笑。

"那么，这里就是你要的，全年到头都是昼夜等长的地方了。还不快赶紧修炼？我还有事呢。"说完，洛姬瑶也不等张羽答话，便冲着他挥了挥手，身影淡淡消失在了空气之中。

张羽冲着已经没有人的洛姬瑶的位置挥了挥手，也不管她能不能再看见，随后便沿着地下的那条以铜条标记出的赤道线向着东方走去。

厄瓜多尔的这赤道纪念碑，张羽此前便在杂志上看到过，才会知道这里的存在。同时他也知道这儿也算个不大不小的旅游景点，自己可不能在这纪念碑处长待，否则被当地人或是游客看见一个盘膝打坐着的东方人在这儿一动不动，只怕到时候自己便成了景点了。要是被围观的人一不小心分了心，体内阴阳二气失衡爆炸，那可就冤得很了。

幸好纪念碑向东不远处便是一座小山包，上面长满了各种稀奇古怪的热带植物。张羽一路向东，一边仔细回头看着身后地上的那道铜条赤道线，确保自己一直严格保留在赤道上。

因为阳光和雨水太过充足的缘故，热带的植物长得密密麻麻，远比张羽在国内所看过的茂盛得多。张羽用力拨动着那些藤蔓和树枝，深深走进了雨林中，找了块隐蔽的地方坐下，随后从怀中掏出了那片玉牒，再度仔细看了一遍口诀，确保没错之后便盘膝闭目修炼起来。

当体内的气息开始流转之后，张羽顿时一阵惊喜，果然自己之前的猜测没错！在赤道之上，每一天都是昼夜等长，一秒不多一秒不少的各十二个小时，因此天地之间的阴阳二气也完全相等，均匀地自体外向着体内渗透而去。

张羽既然不必再考虑外界的干扰，自然便可以尽情地调动体内的元气。一黑一白两道气息自丹田中如细线般流出，在胸口交汇凝结，形成一个小小的光点，缓缓壮大。

这一次，张羽自丹田中送出的比例，与胸口凝结的比例完全没有任何改变，因为不用再小心翼翼地掌握平衡，那阴阳二气在胸口交织的速度比先前不知快了多少倍，聚精会神在内视中，张羽很快便进入了物我两忘的境界。

在丹田凝聚之后，张羽已经可以靠着摄取天地之间的灵气滋养自身，不用进食也能维持身体的运转。

热带的蛇虫鼠蚁虽多，但慑于张羽身上的气息，也自觉地游走远远避开，不敢靠近。

无论日夜如何变幻，是烈日暴晒还是大雨滂沱，张羽都始终保持着如一的姿势，坐在原地一动不动，有如一块顽石正在接受风化。在他的脑海中，已经完全忘记了自己身处何处，外界是何样，只是竭力催动着丹田中的阴阳二气向着胸口送去，精心控制着阴阳气息的比例，看着胸口那小小光点一点点壮大起来。

如此日月轮换，昼夜如梭，也不知道过了多久……

张羽缓缓睁开了眼睛，长长出了一口气，他刚刚睁开双眼望向四周，便感受到了与此前截然不同的感觉，自己的视觉变得前所未有的清晰，望向身边的一草一木，无论形状和颜色都比以往鲜明了无数倍。

张羽甚至能感觉到，自己从正面望向一棵树的时候，竟然像是同时从不同的角度望去一般，将这棵树的所有细节都一览无余。张羽可以看见朝着自己的那一面上蚂蚁正缓缓向上爬去，同时背面一条小蛇正游走在藤蔓的缝隙之间。

张羽微微一笑，平伸出了手掌，意念一动，随后一面明镜自掌心缓缓向上浮起。那明镜的镜面之内，有着黑白两色的气息在翻滚旋转，盘绕不休，但无论黑气与白气如何游走，都始终占据着完全相同的面积。

成了！

张羽试着凝聚心神，将意念灌注在那面明镜之上，随后镜面心随意转，对准了前方树丛中的一块大石。

黑白二色凝聚成的光芒自镜面中陡然射出，轰在那大石之上。石块甫一接触光芒，便猛地炸裂开来，而碎裂的碎屑却并未四散崩飞，而是原地化作了一摊粉末。

张羽在修炼阴阳玄光镜之前，一直曾幻想着自己修炼成功的那一天将会如何激动不能自已，然而当这一天真的到来之时，他却丝毫没有原本预想时的那么冲动，心情反而平静得如同熟睡中的婴儿。

张羽抬起左手，看着手背上洛姬瑶留下的那古怪图案，右手轻轻按在了上面，默默念起了她的名字。

看起来，那图案的通信果然有用，过了没多久，张羽的身前便出现了一个淡淡的人型，变得浓郁清晰起来。

“成功了么？”洛姬瑶刚一出现，便笑盈盈地望着张羽：“嗯，既然人没死，又叫我过来，那应该是成功了。”

张羽微微一笑：“已经修成了，多谢你。”

“谢就不用了，也是为了这个世界嘛。”洛姬瑶嘻嘻一笑，“那么，你现在便要回去了么？”

“不回去还干吗？在厄瓜多尔旅游么？”张羽翻了个白眼。

“我是说，既然都已经回来了，你难道都没有想过，回自己家去看一看？对我来说，那儿可一点都不远哦！”洛姬瑶挑了挑眉毛。

张羽顿时一愣，自从见到洛姬瑶，去了蜀山界之后，他脑中整日想着的便是如何击败血魔，清剿血海，拯救蜀山界与世界，已经将家人抛在了脑后。

或者……与其说是忘记，倒不如说是强迫自己不再去想而已。

而现在，被洛姬瑶这么一提醒，张羽倒猛地想起了还在家中的父母，心中突然一慌，连忙问道："对了，你原来说，我去了蜀山界之后，两界之间的时间线便被各自锁定了。我在那里不管过了多久，在世界都只是一瞬而已。可……现在我回到了世界，他们……他们岂不是要发现我突然失踪了？！"

张羽越想越是慌张。他回到世界修习这日月玄光鉴，物我两忘，也不知道过去了多久。但哪怕只是一天，只怕父母都要急死了。

洛姬瑶轻轻咂了咂嘴，一脸调侃的笑意："怎么？现在才想起来这事？我还以为你早就不在乎了呢！"

"怎么可能不在乎！"张羽急得差点叫了起来，"他们……他们怎么样了！"

看张羽真的着急了，洛姬瑶才不再逗他，笑着轻轻拍了拍张羽的肩膀："别担心别担心，不会有事的。不管是你的父母也好，身边所有认识你的人也好，都已经不记得你的存在了。关于你的记忆，被我暂时封锁了起来，等到你解决完蜀山界的事情之后，才会重新开启。"

张羽心中一松："你是说……就像凌未平那样，被所有人忘记？"

洛姬瑶点了点头，脸上有些小促狭："这点权限我还是有的，只是暂时的封锁，以后还会解开，所以你不必担心。不过……你自己忘记了，我都没忘，还帮你预先处理好了，你都不知道谢谢我么？"

张羽连忙正色对着洛姬瑶立正，鞠了一躬："谢谢你，真的谢谢你。不过我不打算回去，因为可能我回去了，就再也没有了拯救世界的勇气。"

洛姬瑶深深地望了他一眼，忽然扑哧一笑，说道："难得你居然这么正经，好啦好啦，和你开玩笑呢，你不是还急着回去么？我们走吧。"

当张羽从鞠躬中抬起头来时，眼前的雨林已经消失，取而代之的是自己在峨嵋派的那个卧房。

“好啦，你赶紧去做你该做的事情吧，我走了，还有那么多的世界要去照看呢，再有事的话再来找我吧！”洛姬瑶冲着张羽摆了摆手，随后便再度在他眼前消失了。

张羽待洛姬瑶消失后，便急匆匆跑到太阳殿去找卓以宁。

看见张羽出现在面前，卓以宁顿时愣住了，脸上流露出不可置信的表情：“张羽？你……你怎么这就回来了？！”

张羽莫名其妙地望着卓以宁，眨眼道：“弟子……修炼已成，自然要尽早回来。”

卓以宁缓缓摇着头，依旧一副不敢相信的样子：“你已经修成了日月玄光鉴？你才离开不过十日，怎么可能修炼成功？张羽，你可不要信口开河，随同王孚前往血海，可不是你想的那么轻松，你若是未修成，这一行便是九死一生！”

张羽笑了笑，平伸出了右手，随后一面明镜自掌心中缓缓浮起：“弟子怎么会胡乱信口开河？师尊请看。”

这下，卓以宁这下的惊讶却比原先更为激烈：“你只花了十日，便修成了日月玄光鉴？”

“我离开了十天么？”张羽点了点头，感觉自己似乎做到了什么不得了的事情，“弟子……刚刚修炼完成，不知道已过去了几天……”

卓以宁压抑着激动，长出了一口气：“你可知道……我宗自立派以来，修成这日月玄光鉴最快的一人，花了多久？”

张羽哪儿会知道峨嵋派的这些典故，老实地摇了摇头。

“十三年又三个月零五天。”

卓以宁说出这数字时，将张羽大大吓了一跳：“那么久？！”

卓以宁缓缓点了点头，又说出了一个令张羽震惊万分的事实：“而这位前辈的速度，直至今日，别说追击，就连多少接近一丝的人都未曾出现过。除了他之外最快的一个，也花了五十八年五个月又二十一日。所以……你竟然只用了十天，便修成了这日月玄光鉴，简直是……简直是骇人听闻。”

张羽老老实实道：“弟子之前已跟师尊说过，主要还是因了弟子去的那地方，天地灵气阴阳平衡，没有丝毫偏倚。若非如此，弟子别说多久修成，只怕不过三日便横死当场了。”

“即便如此，那也……”卓以宁摇了摇头，不再多说，“且不说这个了，我赶紧知会王孚，让他回来吧。”

张羽奇怪道：“回来？王孚没有在这里等着么？”

卓以宁苦笑道：“谁能想得到你那么快便修成了日月玄光鉴？我们当时本以为你虽然来历出奇，也许去了什么洞天福地，洞中时光与外界不同，怎么也要数年才能归来，总不能让王孚长久在这里等着，他自然是先回了雪山派了。”

张羽听见卓以宁如此说，心下顿时好奇起来：“回雪山派？此刻这山门之外，尽是血海，他要怎么回去？难不成是像来时那样，以霹雳神座隐匿身形，从血海再潜回去？”

卓以宁呵呵一笑：“那自然不是，我们此刻现存的六大宗派，彼此之间尚有来往。若是只有王孚一人能够自由穿行，那岂非变成了六个孤岛了？”

看见张羽依然一脸迷茫不解，卓以宁转过身，向着殿后走去：“跟我来吧。”

张羽连忙跟上卓以宁向着殿后走去，直到穿过了太阳殿，绕过一片药园，又穿过几栋建筑，来到了一片巨大的广场之上。

此前卓以宁带着张羽在峨嵋派内走了一圈，也只是大略逛去，这里还是张羽头一次见到。那广场宽大平整，地上铺着一块块巨大的石板，在广场之上，排着两排巨大的木门。

说是木门，其实那大小几乎接近一个小小的牌楼。两边的木柱都有一人合抱粗细，木门的顶上各悬挂着一个巨大的牌匾，牌匾上涂着金漆，写着一个个宗派的名号。

而木门的中间，却各自覆盖着一片白茫茫的雾气，一眼望不到头。

张羽仔细看了看，发现有几块木门牌匾上有着不断的五彩光芒在流转不休，而其余的牌匾纵使涂着金漆，也依旧是一片黯淡之色。

“这是……”张羽转头望向卓以宁。

卓以宁道：“在血噬之战之后，我们幸存下来的各大宗派便已经意识到了血海的蔓延已经不可逆转，再也无力去重新组织起力量进行反击，只能各自固守自己的山门，以禁制抵抗血海。当时我们便已经预见到了如今的现状，于是各个宗派便联手在每一个山门中，都修建了这离遁万界门。

“当时，炼器宗的所有人都投入了这离遁万界门的建造，过程中耗费了各派山门之上无数的天材地宝。在一座座万界门被建好了之后，又是玄道门与百识宗来为这门上加持了通遁之术。自那之后，这门便成了各个宗派之间来往的方式，纵使到了后来，血海蔓延到了整个蜀山界，但只要跨进对应的万界门之中，便能瞬息到达对应的山门，只可惜……”

卓以宁说到这里，轻叹了一声：“只可惜当年立在这广场至上的三十二座离遁万界门，如今已经只剩下了五座尚在运转。其余的那些宗派，此刻都已经被淹没在了血海之中了，就连昔日建造这离遁万界门的那三个宗派，现下也只剩下了玄道门一脉尚存。你看那一个个灰暗的牌匾，便是一个个被血海吞噬的门派。”

张羽看着前面的那两排离遁万界门，果然如今牌匾之上尚有五彩光芒流动的，便是雪山派、天机剑派、玄道门、吞海宗、大阿修罗教那五个门派了，他忙道：“弟子明白，那弟子便是要去雪山派，找寻王乎么？”

卓以宁点点头："不过，你初来蜀山界不久，更是从未去过雪山派，一人独行未免不妥，我……"他想了想，又摇头叹道，"你已见过了每日午时的驱逐血海，此乃如今本宗头等大事，必须由我亲自坐镇，我还不能亲自陪同你前去……"说完，他伸出手，在身前虚空中划了起来。手指划过之处，便留下了一道金光。

张羽看见卓以宁在空中写出了一行字："速来离遁万界门处。"随后那金光在空中闪烁了一下，即便消失无踪。虽然知道卓以宁是在向某人传讯，但却不知究竟对面是谁。

卓以宁不再开口，张羽也只能在原地等着，两人都不发一语。

过了不多时，一个身影匆匆飞来，落在了两人身旁，眼前的女孩一身素白纱裙，身背两柄短剑，容颜俏丽，竟然正是此前两仪玄天阵阴阵中掌阵眼的林淡月。

林淡月瞟了一眼张羽，随后眼神便马上移开，对着卓以宁行了一礼："宗主，有何吩咐？"

"张羽有要事去面见雪山派的大师兄王孚，但他从未去过雪山派，此刻门下弟子中，只有你一人去过几次，你便陪同他一番吧。"卓以宁对林淡月交代道。

"是，宗主，可今日午时的驱逐血海……弟子……"林淡月点点头，略有犹豫地问道。

"无妨，阴阵的阵眼，由我充当便是，你便带着你大师兄去吧。"卓以宁摆摆手，便转身向后走去。

听见大师兄这三个字，林淡月的柳眉又微微一蹙，看在张羽眼里，又是心头一阵无奈。不过至少，她的表现没有像那个方若海一般明显，也就只能当没看见了。

"走吧，大师兄。"待卓以宁离开后，林淡月瞥了一眼张羽，便转过身走向通往雪山派的那扇万界门。

张羽知道自己的身份尴尬，也不愿多话自讨没趣，老老实实跟在林淡月身后，也向着那扇弥漫着浓厚雾气的万界门走去。

当踏入那弥漫雾气之时，张羽顿时有了一种奇怪的感觉，仿佛时间与空间都交错了一般，说不出的古怪。此前他被洛姬瑶带着穿梭外面世界和蜀山界之时，都只是眼前一闪便到达了不同的空间，丝毫没有任何突兀感。但这一次，却只觉得整个精神都处在了恍惚之中，忽而觉得周围一切都已静止，只有自己在活动着；忽而又觉得仿佛周围的一切在纷动不息，却只有自己仿佛被封在了琥珀之中，看着外面的时空一点点流过。

仿佛过了数万年之久，又仿佛只是短短一瞬，张羽的眼前再度出现了光亮，也看见了那个素白纱裙、身背双剑的身影。

“我们……到了？”张羽怔怔地看着四周的一切，自己也不知道是在对林淡月说话，还是自言自语。

这里的环境与峨嵋派大相径庭，虽然同样是一片广场，但广场之下所铺的石板，还有远处的山体与岩石都是一片银装素裹。

虽然张羽有所预料，但也没有想到居然真的能看到雪山，雪山派的山门，就是建立在一座大雪山之上。

雪山派的广场之上与峨嵋派一样，也立着两排离遁万界门，自己走出的那一扇，上面正写着峨嵋派三个字。

“到了，这就是雪山派所在的雪峰山。”身前的林淡月没有回头，淡淡说了一句，却没有向前迈步。

“那……我们该怎么走？”张羽看见林淡月站在原地没有动弹，不禁奇怪地问了一句。

林淡月转过身望了张羽一眼，脸上没有什么表情，只在眼神中有一丝迷惑：“不对劲。”

“怎么了？”

林淡月看了张羽一眼，淡淡地答道：“雪山派的守备弟子没在。”

“守备弟子？那是什么？”张羽不解地问。

林淡月不答，只在原地盘膝坐了下来，闭上眼睛静待着，看得张羽心头焦急万分。

等了半晌，林淡月依旧没有开口说话，张羽轻轻咳嗽了一声，忍不住开口问道：“守备弟子到底是什么意思？为什么他们没出现，我们就必须在这里等着不动？”

林淡月抬眼望了一眼张羽，又望了望四周，微微摇了摇头对张羽道：“这是礼数。”

两人已经等了好一会儿，然而依旧没有任何雪山派的弟子前来，这让林淡月也心中微有诧异。此刻左右无事，干脆便跟张羽解释一番，也算给自己找点事做：“如今天下，只剩下了六大宗派，这你应该知道。在六大宗派的山门之间，门人来往，便是靠着这血海蔓延到整个蜀山界之前便修建完成的离遁万界门了。

“离遁万界门虽然穿行不需要对面的许可，但六大宗派之间为了礼仪，各自都会安排下弟子，在门口迎接。若是没有对方的弟子等候，那么即便是穿过了万界门，也不可擅自行动。这是昔年便早已定下的规矩，不得更改。”

“明白了。”张羽点了点头，看现在的状况，原本应该守在这里的雪山派迎客弟子，却不知为何擅离职守。而林淡月以前来过雪山派，自然清楚规矩，不敢妄动。否则若是一旦引起了两宗之间的误会，那就大大不妥了。

毕竟各个山门都已被血海封闭，那么这离遁万界门，也就等同于了以往各个宗派的大门。不论关系再好，没有任何通报便直接进去，确实大失礼数。

“但……若是一直没人来，难不成我们就一直在这里干等着？”张羽想了想，忍不住还是问道。

林淡月看了他一眼，没有答话，干脆盘膝坐在了地上。

张羽叹了口气，也只能无奈坐了下来。

看见林淡月闭上了眼睛，独自默默养神，左右反正无事，张羽干脆自己打探起周围来。

自从修成了日月玄光鉴之后，张羽便意识到了这其中的无穷妙用——它虽然是修炼的功法，但却并不仅仅是功法，而混杂了一些法宝的性质。那凝聚成的明镜虽然是由体内道力所化，但一旦功成之后，便几乎可以视为是一枚收发由心的法宝了。

原本张羽看了那七名长老自掌心召唤出日月玄光鉴之时，便先入为主地以为那是将其以空间法术藏匿在体内。但当他自己修成之后才明白，原来这日月玄光鉴修成之后，乃是将自身都化为了一面阴阳二气所组成的明镜，而当日七长老只不过是将这明镜自掌心凝练出来而已。

而自从修成了日月玄光鉴之后，张羽便感觉到自己的洞察力远胜从前，即便不特意集中注意力，对身周的一系列响动也明察秋毫，可以看到全身周围三百六十度的视角，没有一丝遗漏，而若是集中精力，那么甚至能将神识探索的范围远远扩张到周围目力所不能及的范围。

而现在，既然林淡月不允许自己随意走动，那么张羽便向着周围展开了自己的神识，想看一看究竟发生了什么。

与峨嵋派一样，雪山派的万界门同样是放在了整个山门的最后方保护着，毕竟这是各个宗派时间互相来往的唯一通道，必须好好保护。然而就在这核心处，竟然周围连一个弟子都没有。

张羽闭着眼，不断向着周围放出自己的神识来。虽然并不能如同肉眼所见一样，清晰地看到远方的画面，但却能够感受到周围一切生灵的气息。

那是一种玄之又玄、难以用语言形容的感觉，并非视觉，并非听觉，更非触觉——但是张羽就是能够感受到周围的一切存在。

然而此刻，在这万界门周边，除了自己和林淡月之外，张羽却感受不到半点气息——这实在有些太过诡异。

于是，张羽把神识逐渐向着山脚下延伸过去。片刻之后，他却猛地面色一变，轻呼一声自地上跳了起来。

林淡月皱起眉头，睁开眼望着张羽："你做什么？"

"雪山派出事了，跟我来。"张羽一脸凝重，伸手向着一侧指出。

林淡月看出，那正是雪山派通往山脚下的道路，然而这个大师兄分明是第一次来到这雪峰山！她微微摇头："怕是不妥，雪山派的弟子尚未来迎，我们……"

她话音未落，已经被张羽急匆匆地打断："还来迎个屁，雪山派马上就要灭门了，你去不去，不去的话我就自己去了！"

说完，张羽不待林淡月答话，便纵身而起，向着山脚之下飞去。

"等等，张羽！"林淡月面色一变，连忙紧追着张羽身后纵身而起。她一面是担心张羽如此胡乱闯入，会让雪山派中人不悦，另一面则是也心下有些惶恐，不知张羽所说的灭门究竟是怎么一回事。

张羽拼尽了全力向着山下飘飞，一路上依然没有看到半个人影，然而此前那让他心下忧心的杀戮气息却越来越重。

"张羽，你快停下！"林淡月在身后不断呼唤，心中焦急万分，张羽却丝毫不管她在身后的喊叫，头也不回。

向着山下又飞了片刻，终于看见了眼前的景象时，张羽的心头顿时一沉。

与日月峰一样，雪峰山也同样布下了禁制，以抵挡血海，而那禁制不同之处在于，并非峨嵋派的金光，而是一朵朵盘旋不定的青莲在山头周围围成了一圈。此刻，那青莲却破了一个缺口，连绵不绝的血海正沿着那缺口向内不断地涌进，伴随着血海涌入的，还有无数疯狂尖叫嘶喊着的血魔。

在缺口内部，无数雪山派弟子正不停放出法术，轰击着身前的血海和血魔，但他们虽然扎成了一堆，却似乎在仓促之下并未结成阵势，而只是各自为战，面对着无边无际的血海与血魔，几乎没有还手之力。

而随着血海的狂涌，那一朵朵青莲所组成的防线还正在缓慢地崩塌着，眼见着缺口正变得越来越大，那些雪山派弟子莫说是封堵缺口，就连抵挡已经冲进来的血魔，都变得左支右绌，不时有弟子难以顾及身周密密麻麻的血魔，被突破了防御，扑在了自己身上，随后便是一声惨叫之后，化作一道干尸。

若是这样的情形继续下去，只怕雪山派今日便要覆灭。

“张羽，怎么办！”身后的林淡月也同样看到了这一切，骇然对着身前的张羽大叫道。

张羽在空中生生刹住身形，深深吸了一口气，此时此刻，他也不知道该如何是好了。

虽然修炼了几个月，但时日实在太短，除了日月玄光鉴之外，师父卓以宁却只传了张羽一些粗浅的飞剑之术，纵使有心相助，他也不知自己应该如何出手。

只有靠日月玄光鉴了！

张羽此前见过那七名长老联手放出日月玄光鉴，靠着阴阳二气封住血海涌入势头的情景。既然他们能做到，那么修成了日月玄光鉴的自己必定也能做到。虽然他们是七人联手，但当日金光打开的缺口为了容纳近百名弟子杀出，所留出的缺口比面前青莲的缺口要大上了数倍。

自己……能不能做到？

眼见着自缺口中涌入的血魔与血海已经越来越多，越来越密集，张羽已经来不及再多加思考，若是还要犹豫，只怕自己和林淡月两人也都要死在这里。他顷刻间便做出了决定，一面平伸出掌心，一面对着林淡月低喝了一声："护住我！"

林淡月啊了一声，还未来得及问明张羽要做什么，便看见他平伸出的掌心中，一面明镜正在缓缓向上升起。镜面之中，黑白两色光芒不断缠绕着，正是本门最高心法日月玄光鉴！

"什么？"张羽手中那日月玄光鉴升起，顿时让林淡月骇然大惊。随后她便看到那玄光鉴转了半圈，对准了下方的缺口，而镜中的黑白二气直射而出，凝聚成一道光柱照向了奔涌而入的血海。

原本如同万马奔腾般向着缺口中涌入的血海在接触到了玄光鉴之中射出的黑白二气之后，顿时喷涌的势头为之一滞，随后一道黑烟自血海中连绵不绝地升起。除了血海之外，每一个被光柱所照耀到的血魔都在不停地挣扎惨叫个不停。

"你……你竟然已经修成了日月玄光鉴？这不可能！"林淡月顾不得下方的血魔和血海，瞪大了眼睛死死盯着张羽，心中一片骇然。

原本峨嵋派年轻一代弟子中，修成日月玄光鉴的只有卓以宁门下的三名弟子，而都是入门数十余年，乃至近百年之后才艰险修成。然而在血噬一战时，那三名弟子却在奋战之中一同陨落。在那之后，峨嵋派年轻弟子里便再没有一人能够将其修成。即便林淡月与方若海两人已经是现在门中年轻弟子的佼佼者，但别说修成，便是尝试修炼的念头都从未有过。

毕竟，那可是但凡稍有差池，便会爆体身亡的风险啊！

而现在，眼前这个不知从何而来的所谓大师兄，竟然入门刚刚几个月，便修成了这日月玄光鉴，简直是用匪夷所思这四个字都难以形容的奇迹。

但张羽现在可没空去搭理林淡月，他的全部心神，都集中在了掌心里那面明镜之上。黑白二气凝聚成的光柱刚刚一放出，张羽便感觉到体内的法力在飞速地被抽走，仿佛开闸的洪水一般源源不断流向那镜面，再向外放空。

“好可怕的消耗……”张羽紧咬牙关，在心中默默惊叹着。

他至此方知，那七名长老当日靠着这日月玄光鉴抵挡血海其后恐怖的底蕴。虽然这日月玄光鉴修炼时并不依赖体内道行深浅，但修成之后的威力，以及能够运用多久，却是和体内积累的法力息息相关。法力若是不够深厚，那即便修成，勉强运用之下，也顷刻之间便会被抽空，便如张羽此刻这样。

然而纵使体内的法力在疯狂倾泻着，张羽此刻却再没有其他办法可以选择，只能咬牙硬撑下去。

第六章 雪山大难

下方，原本正源源不断涌入的血海与血魔被玄光鉴放出的光柱阻拦在了外面，雪山派的弟子顿时得到了一丝喘息之机。原本已经在漫天血魔之下绝望的众弟子尽管还未来得及顾上那光芒从何而来，却已经重新开始奋战。

雪山派弟子修炼的青莲宝鉴，乃是在身周凝聚成一朵朵青色莲花，运用之时犹如飞剑，不但可以外放攻敌，更可护住周身，青莲宝鉴的至高心法就是天地青莲法，威能莫测。

原本血魔与血海涌入之势实在太过猛烈，每个弟子都只能自己顾住自己，以青莲保护着身周，而无力反击，现在得了张羽的相助，众弟子终于得到了空当。

无数青莲离开了周身，盘旋着向身旁的血魔飞去。那莲花的无数花瓣便有如无数利刃一般，将血魔切割成一道道稀疏分离的血影，随后渐渐淡化下去。渐渐的，雪山派众弟子由原来团成一团的阵势变作了一个半月形，反而将血魔包裹在了中央，紧紧压逼在缺口之中。

这时，众弟子中又分出了一半，开始修补起禁制上的缺口来。一道道青色的光芒自手中放射而出，照在禁制的缺口边缘。而随着那光芒的照射，禁制上的青莲又有如得了生命般，开始自行地缓慢生长起来。

而张羽此刻的眼前已经一片漆黑，几乎什么都看不见了。短短数十秒，那玄光鉴便已几乎将他体内的法力完全抽空，整个人都已陷入了油尽灯枯的状态。玄光鉴疯狂地自掌心中抽取着丹田的法力，几乎让他每一秒都以为自己已经彻底要被抽空，小腹处空荡荡的，因剧痛不停抽搐着。

然而张羽却依旧始终在不停催动着手中的日月玄光鉴，死死地将血海堵在缺口之外。丝毫不顾小腹处如刀绞一般的痛苦。

林淡月此时刚刚自震惊中清醒过来，却看见张羽的眼神已经失去了焦距，一脸恍惚无神的模样。而下方的血魔似乎已经意识到了这里的光柱才是关键，一部分纷纷飞身而起，尖叫着向着林淡月和张羽二人飞扑过来。

林淡月心中顿时一惊。虽然光柱已经临时堵住了禁制的缺口，先前涌入的血魔已经在雪山派众弟子的斩杀之下少了不少，但此时的数量却依旧惊人。

她虽然面对过的血魔远比此刻扑来的更多了不知多少，但那时却都是依托着两仪玄天阵，以阵法来对抗着无数的血海血魔，要说孤身一人与血魔战斗，这还是生来头一遭。

然而张羽此刻已是绝无任何反击的能力，下方的雪山派众弟子也忙于围剿最后的血魔，并重新修复禁制，此刻张羽的安危，只在自己一人手上。

不及细想，林淡月在虚空中一顿足，身后的两柄飞剑已经自行腾空而起，在身周不断飞行着，而她的身上也冒出了一阵虚虚的金光，随后向外扩张了几层，将她和张羽两人包裹在了其中。

就在金光刚刚包裹住全身时，那最前方的一只血魔已经扑到了林淡月的身前，但却被金光屏障挡住，重重撞在了金光之上，被弹了开去。随后在空中的两柄飞剑交错在了一起，如同一柄剪刀般在那血魔身上一剪，伴随着一声凄厉的尖叫，那血魔已经化作了一团红色云烟消散了开来。

然而扑向空中的血魔却成千上百。飞剑斩杀了一只，其余的却接连不断地向着金光之上撞去。那金光原本便稀薄，此刻在无数血魔的撞击之下，更是摇摇欲坠，转眼间便已经淡得看不出形状了。纵使飞剑依旧在空中不停盘旋斩击着，但身周的血魔却丝毫不见减少。

而身下的雪山派弟子才刚刚缓过气来，更是无暇前来帮助林淡月张羽二人。此刻他们手头最重要的乃是封堵住禁制的缺口，若是这缺口不能在张羽的玄光鉴光柱消失之前被封上，那所有人都终将死在这里。一半人在死死将血魔压逼向缺口之处，另一半人则在拼命修补着青莲组成的禁制，竟是无人有暇前去加以援手。

林淡月不过是个年轻弟子，虽然在同辈之中算是佼佼者，但何尝独自面对过如此之多的敌人？不过片刻间，布下的金光便已经摇摇欲坠，脸上也开始沁出了粒粒汗珠。

眼见着身周的金光即将被打破，而血魔依旧无穷无尽，林淡月已经开始了惶恐。而在她守护之下的张羽，此刻竟似已经失去了神智，陷入昏迷一般，只是掌心之中那面日月玄光鉴却始终没有停止过放出光芒。

“要……死了么！”金光终于在血魔不断的扑击之下被打破，林淡月绝望地操纵着飞剑在身周不停盘旋着，但却知道那已是徒劳。下一刻，只要血魔扑上二人的身体，那么两人便将瞬间化作一具干尸。

眼见着一头血魔已经扑到了自己面前，林淡月的双眼中已经出现了对死亡的绝望时，一朵青色莲花却骤然开在了她的身前，挡住了那头血魔。

林淡月骇然大惊，却看见身周一朵朵莲花凭空在虚空中绽放，将她与张羽两人牢牢护在了中央，而无论周围的血魔如何扑击，都再也无法穿透那莲花组成的圈子。

随后，无穷莲花中的花瓣猛地爆发绽放出来，向着周围放射而出。而这一次，被花瓣射中的血魔却不像下方一样被斩碎，而是像是被腐蚀了一般，落到了地上，不停嘶吼挣扎着渐渐化作一摊脓血。

终于……得救了！

方才只差瞬息便要送命，林淡月至此才松了一口气，然而双手依旧因为后怕而微微颤抖着。她转头四处望着，却看见了身后一个飞翔在空中的身影。

穿着月白色衣衫的王孚对她挤出了一个微笑，随后猛地向下方飞去，左手轻轻一招，那已经被雪山派众弟子挤压在缺口处的血魔群中再度出现了一片片青色莲花。

爆发，炸裂，无数血魔再度惨叫着被腐蚀成了一片片脓血，流淌在地上。

缺口终于被重新封堵住了，尽管外围的血海依旧咆哮着扑打着青莲组成的禁制，一个个血魔也将头颅高高仰上天，发出愤怒的嘶吼，但却已经无力重新突破开这禁制冲入其中。

最终残余的零散血魔也被清剿一空之后，所有雪山派的弟子都纷纷长出了一口气，或跪倒或坐倒或软瘫在了地上，眼中流露出的尽是险死还生的庆幸。

而直到此刻，张羽手中的日月玄光鉴才停止了光柱的射出，也不知是直到此刻才真正陷入了昏迷，还是尚存的一点意识让他知道了禁制已重新补完，身体在半空中摇晃了两下，颓然向着下方落去。

林淡月轻轻惊叫一声，连忙纵身向下飞去，赶在张羽摔落地面之前抱住了他的身体，随后轻轻落在了地上，而前方的王孚也连忙飞来，落在了两人身旁。

“大师兄！你没事吧！”林淡月轻轻摇晃着张羽的身体，满脸担心与惶恐。看过了张羽方才施展日月玄光鉴之后，此刻她已经忘却了此前对张羽心中的芥蒂，无意识地叫出了大师兄三个字来。

王孚落在了张羽身前，伸出手在张羽的头顶与小腹分别按了一下，面色稍霁，道："别担心，他只是消耗太大，脱力了而已。"说完自怀中掏出了一粒朱红色的丹药，塞进了张羽口中。

"这究竟是怎么回事？为什么血魔会突破了禁制？啊！你怎么了！"林淡月听到王孚说张羽并无大碍，这才稍稍放下心来，望向王孚。然而一看见王孚之时，她却心中一震，发出了一声低低的惊呼。

王孚的胸口之上满是血迹，看着那位置和形状，应该是他自己口中所喷出的。而他的脸色也是一片苍白，说话之间的中气也多有虚弱，仿佛刚刚受过了重伤一般。

"待张羽醒来再说吧，不过是法力消耗过度，服了我宗的雪魄丹，很快便好了。"王孚叹了口气，没有立刻回答林淡月的问题。而身后，很快便匆匆跑来了两名弟子，跑到了王孚的身前，满面悲戚与惶急："大师兄！师父和两名师伯都……战死了。"

王孚原本还算轻松的面色顿时化作了震惊，向着前方禁制处聚集的一群弟子望了一眼，骇然道："什么？怎么会这样！我被送去山上之时他们不是还好好的么！"

那两名弟子看来应是同辈弟子中地位较高者，满面悲戚地摇了摇头："原本那缺口……比大师兄你看见时大上了十倍都不止。若不是师父和两名师伯……为了堵住禁制，逆转青莲宝鉴，将自身化作青莲，堵住了那缺口的话……我们根本坚持不到现在，只怕现在整个雪峰山都已沦陷了……是师父和两位师伯救了我们……"

王孚面色铁青，却没有开口说话，只是双手已经紧握成拳头，不停发出骨节响声来。

"大师兄，禁制已经修复完成，但是我们接下来……该怎么办？"其中一名弟子回头望了一眼身后众师兄弟，低声道。在那里，一众雪山派弟子刚刚才自厮杀中稳定下来，开始不断传出悲痛哀悼的哭泣声。

林淡月茫然地看着身前王孚与那两名雪山派弟子，心下也同样惊骇万分。

他们所说的师父和两名师伯，难道就是雪山派上代仅存的三人，掌门赤松与师弟皎梅苦竹三人？

若真的这三人都在方才死去的话……那么雪山派此刻，岂不是只剩下了以王孚为首的下一代弟子？那么雪山派纵使目前还存在着，却也已经距离灭门并不遥远了。

“王孚……？”

一声虚弱的声音自身下传来，林淡月连忙低头，看见张羽已经缓缓睁开了眼，正茫然地望着王孚：“禁制……修复好了？”

“修复好了。”王孚点了点头，然而却难掩悲痛，自双眼中滑落了两行泪水来。

“这……这究竟是怎么回事？你们雪山派的禁制为何会被打破？”张羽挣扎着手撑地试图站起来，却一晃差点跌倒，幸好王孚眼明手快，伸手扶住了张羽，摇了摇头道：“我们先回到山门再说。”

“大师兄，那颜色她……”其中一名雪山派弟子连忙问道。

王孚低头想了想，长叹了一口气：“先关起来吧，过上几天，我再亲自找她谈一谈。”

“是。”那两名弟子重重一点头，便退了开去，看来自上一代的三人战死之后，他们已经彻底以王孚这大师兄马首是瞻了。

王孚待他们二人离去之后，才望着张羽叹了口气：“方才发生的事情，实在是一言难尽。我们先回到山门再说吧。”

说完，王孚便架着张羽，与林淡月一同向着山顶飞去。

待得到了山顶，王孚落在了一座大殿之前，扶着张羽进去，将张羽轻轻放在了一个蒲团之上，随后撩起衣衫下摆，扑通一声跪在了地上，对张羽重重磕了三个头。

张羽看见王孚跪下磕头，连忙抬起身便要拦住。然而他此刻已然全身虚脱，即便服了王孚的雪魄丹，又怎有力气拉得住他？王孚不顾张羽的阻拦，磕完了头，才直起身来："今日若非张兄相救，只怕我雪山派便已全军覆灭，这等救命之恩，王孚与雪山派以下所有弟子，此生此世不敢或忘！"

"如今我六大宗派同气连枝，怎能见死不救？此事王兄再也休提。"张羽连忙摆了摆手，"只是……今日到底发生了什么？"

王孚叹了口气，对着张羽娓娓道来："恭喜张兄数日之间，便修成了贵派的日月玄光鉴。此事实在太过惊世骇俗，然而在下当时却未曾想到张兄能够如此之快。所以三日之前，在下便回到了雪峰山，打算等张兄修成之后，再做打算。"

张羽点了点头，等待着王孚继续向下说去。然而王孚的面上却浮现出了一丝苦笑："在下当日回到了雪峰山，将此事禀报了师尊，却招来了一名晚辈的异议……她的名字叫颜色，她认定自己是更加合适的人选，师尊和两位长老当然不会同意，呵斥了她一番。颜色是她那一代弟子中最有天赋之人，入门时间虽然短，但修为进境神速，但我雪山派又怎么可能让一个女孩子去冒险？"

"啊！那然后呢？"张羽一愣，突然想起了方才在山下之时，听见了那两名雪山派的弟子提到了这个名字。

王孚叹了口气，微微摇头："颜色的家人、朋友，甚至连一个师父所传的师兄弟，都已经死了，死在血魔的手上。她原本是个温婉可人的女孩子，向来说话都是细声细气，但从那之后，就像是变了一个人一般，整日里所说所想，都是杀尽天下所有的血魔。"

张羽忍不住也微微摇头："这名叫颜色的姑娘，执念也未免太重，杀尽血魔谈何容易！"

“正是如此。”王孚苦笑道，“不单是我，就连师尊和两位师叔也都是如此劝告于她，当时她悻悻罢手，我们还都以为她听了进去，没想到，她只不过是隐忍待机而已。”

“难道……”看着王孚苍白的面色，以及身前一摊血迹，张羽心中已然猜到了几分，骇然问道。

“正是如此。”王孚低头看了看身前衣衫上的血迹，苦笑了一下，“师尊他们担心我在血海中的一年里太过疲累，回到雪峰山后让我休息了数日，直到今日驱逐血海之时，才命我一同参与其中，负责维持禁制。然而就在我全力聚精会神，无暇他顾之时，颜色却骤然对我偷袭，要抢夺霹雳神座，冲出血海。我当时全副心神都在禁制之上，哪有余力再去顾及身旁？更没有想到，颜色竟然会突然对我动手。猝不及防之下，我被颜色打伤，而原本控制着的禁制也一下崩开了一个缺口……虽然颜色也马上被其余同门制住，我也被送回了山门紧急疗伤，情况开始尚可以控制！但却没有想到，血魔忽然暴增了十余倍，超出了平日，强行冲开了缺口，无边血海疯狂涌入，余下的同门便再也无力堵住了……”

“这也太……”张羽说到一半，最终却只是摇了摇头，那毕竟是雪山派的家事，自己不好胡乱置评。

“你想说，太不明智？太愚蠢？”王孚又叹了口气，“这样的想法并没有错，她虽然几乎造成了无法挽回的后果，但毕竟本意不坏，只是想要替我去探血海，谁也料不到血魔忽然暴增，冲破了禁制，我还是不会去恨她，不会去将她的做法看作是对师门的背叛，或者说……对人类的背叛。”

“我明白。”张羽点了点头，“所以……你只想先关她几日，然后再跟她谈谈？”

王孚点头：“是的。让她清醒一下再说吧。”

“那你的伤……有没有什么大碍？何时能够前往血海？”

王孚微笑道:“再休养几日便好了,颜色只是为了抢夺霹雳神座而已,出手并不重，若非如此，我也不能简单处理了一下伤势，便重新回到山脚之下。”

张羽想起王孚出手救下自己二人之时，确实伤势并不算重，忙点了点头。

“那么……张兄和这位师妹便在我雪峰山盘桓几日吧，不独我要养好伤势，张兄你只怕也得好好休养一番了。我听说这日月玄光鉴虽然威力奇大，但消耗也同样不可小觑，趁着这几天的时日，我也得处理一下门中的事情。”

“那……”张羽抬眼看了看林淡月,见她没有阻拦的意思,点了点头,“那便打扰王兄了。”

唤来了两名弟子，王孚将张羽和林淡月安排到了一间小院之中。张羽此刻是峨嵋派的大师兄，又刚刚救下了雪山派满门，那两名弟子自然是满脸感激之情，为两人安排的住所也是雪峰山上最好的客房小院。

两人的住所虽然不大,但却清雅异常。庭院之中一颗翠柏,几栋假山,更有着潺潺泉水自假山之上留下，轻轻叩响着下面的竹节，韵律仿佛音乐般美妙动人。

小院中的客房共有三间，林淡月坚持要张羽先挑选，张羽也不再推辞，随意选了一间之后，便自己盘膝坐在床上调息了起来，恢复白天里消耗一空的法力。

不知过了多久，张羽才听到了轻轻的门扉叩响声，他睁开眼，听见外面传来了林淡月的声音，清脆而淡雅：“大师兄，你睡了么？”

张羽睁开眼，发现窗外已经黯淡了下来，而屋顶凭空悬着的一粒明珠已经自动亮起了光芒，心知已是晚上。而这时候，林淡月又找自己何事？他想了想，还是起身下床走到门前打开了门。

“大师兄……还未休息吧？”林淡月看见张羽打开门，却站在门口没动，微笑了一下问道。

“还没……”张羽摇了摇头，没有把林淡月请进屋，而是自己走了出去。在假山泉水之旁有着一张石质圆桌，几张石凳。张羽走到了圆桌旁，坐在了石凳之上：“有什么事么？”

“没什么。只是……想来感谢一番大师兄……”林淡月低着头，跟在张羽的身后走到了圆桌之旁，却没有落座，就站在一旁轻声道。

“呃……应该是我谢谢你才对。白天若不是你守在我旁边，恐怕我此刻已经死了吧……”张羽连忙道。

“若是守不住你，封不住禁制上的缺口，所有人都得死，大师兄何足言谢？”林淡月微微一笑，看着张羽，“说到这里，我倒是心中有个疑问，不知大师兄能否解答？”

“呃，随便问好了。”张羽看着林淡月的表情，心中微微疑惑，不知道她想要问些什么。

林淡月再度笑了笑，但那笑容里却复杂万分，良久才轻声问道：“大师兄你入门仅仅几个月，便修成了本派最高心法日月玄光鉴，不知……其中有何诀窍？”

张羽看着林淡月那期待的眼神，顿时恍然大悟。

除了卓以宁，此前还没有任何人知道张羽已经修成日月玄光鉴一事。林淡月若不是今日看见他施展，也是一样懵懂不知。而此前即便是师尊卓以宁，也为他的神速所震撼，自然更不必说林淡月了。

何况先前那些时日，张羽还只是在修炼基础的道行，凝练丹田而已，真正用以修习日月玄光鉴的，不过只有区区十天，当然这一节却是林淡月所不知的了，否则只怕她此刻便已经被惊到崩溃了也说不定。

而她此刻前来找张羽，便是为了探知究竟，或许对自己未来的修习能够有所助益。

“这……”张羽想到自己是回到了世界，依靠着赤道上全年昼夜等长，没有外界的阴阳气不平衡带来的影响才能那么快便修成。若说是诀窍，这也可算作诀窍，但又岂是蜀山界中的其他人所能够模仿的?

且不说张羽自己都只能通过洛姬瑶穿梭于两个世界之中，更重要的是洛姬瑶此前说过，乾正是为了保证世界的稳定，才会刻意将那一个个的传说世界分离出去，又怎么可能再容许他们来到世界?

这诀窍纵使再如何逆天，也只有张羽一人才能够使用得了。

看见张羽沉默着没有开口，林淡月轻轻抬头道：“今天……王孚说的那个叫颜色的女孩，我见过。”

张羽一愣，不知道林淡月为何突然提到她。

“王孚师兄说，颜色的父母亲人，都死在了血魔的手上，其实我也一样。”林淡月回忆着往事，脸上泛起了一丝哀愁，“我的父母都是普通人，原本住在日月峰之下，而在血噬之战之后，血海飞速地蔓延……我虽然明知道他们就在山脚之下，却没有办法前去将他们救上山来！”

张羽讶然问道：“为什么？”

林淡月的身子颤抖了一下，目光游离：“因为我们当时所有的峨嵋派弟子，都在师门长辈的带领下布置禁制。若是禁制不能在血海蔓延到来前布置完成，那么所有人都得死，无论是峨嵋派的弟子，还是在那之前被救到山顶的普通人们……我就算再怎么担心爹爹妈妈，也绝不能为了他们，耽误禁制的布置……那时我一边在凝聚法力，跟随其他同门师兄弟一起构筑禁制的金光，一边却在心中想着山下没有来得及被接上山来的爹爹妈妈……我努力克制自己不要去想，但脑海中却始终停不了地出现他们被血海淹没，被血魔吞噬的画面……”

说到这里，林淡月的双眼中已经泛起了泪光。

“我……明白的。”张羽叹了口气，轻声道。

“不过，大师兄，你不必担心我会像颜色那样偏激。”林淡月微微摇了摇头，擦去了脸上的泪水，“我并不后悔，也不会怨恨我的师尊和宗主他们……因为我很清楚，我虽然没能救下他们，但那是为了山上所有的峨嵋派门人，以及已经被救上山的所有人！”

张羽伸出手，轻轻拍了拍林淡月的肩膀：“你……做得对。”

林淡月突然抬起头，一双美目中目光坚定如铁：“所以，我一直在刻苦修炼，努力让自己变得更强，直到自己有一天可以将血海整个消灭！我比所有的同门都刻苦，从一个资质有限的普通弟子，直到现在能够和三师伯麾下最得意的弟子方若海并驾齐驱！我已经修得了峨嵋派几乎全部的法术，却唯独师门最高的心法日月玄光鉴，我却试了几次之后，便再也不敢轻易尝试……所以，如果大师兄你真的有什么诀窍的话……”

想到自己在蜀山界试图修炼时，那光团一次又一次因为失衡的阴阳二气爆炸的回忆，张羽心中也是有些后怕，若是自己没有回到世界这近乎作弊的一手，别说十天之内修成，只怕现在已经爆体而亡了。

但这样的事情，如何能对林淡月实说呢？

“实在抱歉，并非我不愿说，而是……那法子真的除了我之外，没有别人能够做得到了。”张羽摇摇头，腼腆地笑了笑。

听见张羽所说，林淡月的面色有了些黯淡，她本也知道问出这样的问题相当不妥，但迫于心中急切，还是勉强鼓起勇气，现在遭到拒绝，也便不好意思再追问下去，轻轻哦了一声便低下了头去。

“真的抱歉……”张羽叹了口气，不知道该如何安慰下去。

“没关系的……”林淡月轻轻摇了摇头，神色一片黯然。

张羽想了想，苦笑了一声道：“而且……对你来说，修成了也未见得是什么好事。”

林淡月愕然抬头：“大师兄……你这是什么意思？”

张羽重新坐回了石凳上，指着面前的石桌：“你也坐下吧。”

待到林淡月坐在了张羽的面前，他才道：“你来之前，师尊还没有对你言明，为何要你陪同我一并前来雪山派吧？”

林淡月摇头：“师尊并未说过。不过……听方才大师兄你和王孚师兄的对话，像是要和他一起去做某些事情。”

张羽笑了笑，点头道：“没错，是要和他一起做点事情，而且很危险。可偏偏这件事情，只有我这样道行不高，却又修成了日月玄光鉴的人才能去做的，这就是为何我对你说，修成了对你也未必是好事的缘故。”

“危险？”林淡月讶然问道，“怎么危险？”

张羽凭借着那天心中的记忆，从地上捡起几个石子，在桌上摆出了王孚那天展示出的图案来：“王孚说，血海中有七个海眼……”

张羽将那一日王孚所说的情形对着林淡月说完，就看见林淡月的脸上逐渐浮现起了不可思议的表情。

“就你们两个人……潜入血海之中？”林淡月茫然摇了摇头，“这……这和自寻死路有什么区别？”

“或许吧……但至少我们总得一试。宗主和七位长老的道行都太高，王孚没法遮掩得住，所以便只有靠我了。”张羽笑道，“若是真的能够成功，那岂不是天遂人愿？”

“但愿吧……”林淡月低下头去，望着桌上那几个石子，面上突然现出了疑惑的表情，“咦，这看起来……好像一张人脸啊。”

张羽一愣，低下头看去，却什么也看不出来。

“你来我这里看。”

此时林淡月正好坐在他的对面，张羽站起身转到了林淡月的方向，重新低头看去，心中也猛然一跳。

此前张羽看到的是王孚画出来的图形，然而在换到了林淡月的角度之后，才猛然意识到那七个代表着海眼的石子看起来竟真有如一个人的面孔。

两只耳朵、两只眼睛、两个鼻孔以及一张嘴巴——位置对称且平整，看上去活脱脱就是人的七窍。

“这……”

张羽一时竟然愣在了当场，若说是巧合，那这巧合也未免太诡异了一些吧。

看见张羽惊讶的模样，林淡月抬起头疑惑地问道：“大师兄，你和王孚师兄之前……难道都没有发现么？”

张羽缓缓摇了摇头，迟疑道：“不，至少我没有……”他决定，待见到王孚之时，便将此事向他问明清楚。

和林淡月又闲谈了几句，张羽便与他分别回了屋里，一边调息将养，一边等待着王孚处理完雪山派的事情。

第七章 神秘海眼

在那小院中足足住了三日，张羽终于等到了王孚再一次的出现。

“都好了。”王孚一脸疲惫的模样，看起来这几天不仅未曾好好休息，更是忙得昏天黑地，毕竟雪山派无论功力还是身份都是最高的三人在一役中同时死去，这对雪山派自然是巨大的打击。

“你现在……是宗主了？或者叫掌门或者别的什么？”张羽好奇地问道。

“怎么可能？”王孚苦笑着摇了摇头，“此次重回血海试着封印海眼，我也不怕告诉你，实在是九死一生。我虽然是雪山派此刻资格最老、功力最强的弟子，但若是我继承了掌门，却又死在了血海之中，雪山派岂不是又要再经历一次大变？”

“九死一生啊……”张羽嘿嘿笑了起来，“无所谓，我若是会怕，起初也便不会答应你了。”

王孚也笑了起来：“我早知你不是那种胆小如鼠之人。关于宗主，我已经在宗内定下了人选，若是我与你在一个月内不能回来，那便由他来继承这宗主之位。”

说完，王孚拍了拍张羽的肩膀：“好了，那我们这便走吧。”

张羽跟着王孚来到了雪峰山的山脚之下，讶然发现山脚下已经站满了一群雪山派的弟子，人人精神抖擞，看见王孚领着张羽到来，齐身向下一鞠躬："大师兄！"

"不必多礼，我这就与张兄前往血海之中了，这一个月中，你们好好守着雪峰山，每日的驱逐血海，也暂时停一停。"王孚对着当先的一名雪山派弟子简单交待了两句，便领着张羽走到了那一排青莲禁制之前。

"我们这便走吧，记住，尽量收敛身上的气息。"王孚说完，自怀中取出了霹雳神座，两道血色流光闪过之后，张羽眼前的视界又变成了之前那流动的血色，无论天地或是那群雪山派的弟子，都笼罩在一片朦胧的血光之中。

"开！"身后那领头的雪山派弟子轻喝一声，随后一众雪山派弟子面色凝重地在手上捏出了法决。原本整齐排列在雪峰山与血海之间的朵朵红色莲花微微地闪出了一条缝隙，而这缝隙刚刚打开，外面便传来了疯狂的叫声，大股大股的血海与血魔便趁着这一刹那，向缝隙缺口之内疯狂涌来。

趁着那青莲禁制开启的一瞬间，王孚拉着张羽飞速闪出了缺口之外，而缺口也立刻合上。门内的弟子早已严阵以待，在迅速关上了缺口之后，马上便开始绞杀起那片刻之间涌入的血魔来。

纵使血魔如同漫天的苍蝇一般，飞速向着那小小缺口而来，但两人刚刚闪出之后缺口便被关闭，无数的血魔找不到刚刚打开的路，疯狂地向着那青莲组成的禁制之上乱撞个不停，却始终只是徒劳。

而张羽和王孚两人，却只是静静站在一旁，看着那些血魔在身周游走飞舞，没有一只上前攻击他们。

"果然伪装得很好。"张羽本来还有些紧张，此刻已经完全放松了下来，对着王孚笑了笑。

"那是自然，我可是靠着这霹雳神座，在血海中待了一年呢，待会儿进入海中时，可能会有些不适，你忍耐着些。另外，不要离开我身周十臂的距离，否则便会超过了霹雳神座的范围了。”

“是。”张羽顿时面容肃然，重重点了点头。他自然知道，若是自己身处血海之中，被那无尽的血魔围攻的话，必然片刻之间就会被吸成一具干尸。

随着王孚二人缓缓下降高度，在双足刚刚接触到血海之时，张羽便骤然感觉到了一丝可怕的气息自足尖传上，向着全身蔓延开来。

那气息中满是疯狂与暴虐，仿佛无数怨灵在嘶喊着一般，让张羽的全身都浸透在了一股彻骨的寒意之中，就连呼吸都因此而不畅。

张羽骇然转过脸，向着王孚望了一眼。王孚对张羽笑了笑：“霹雳神座护住了我们二人，不会受到这血海的伤害。若是没有它，只要接触到这血海的海水半点，我们的精血便会开始被吞噬。但虽然如此，那血海中的暴戾气息却是无法尽数拦在外面，只能自己慢慢习惯了，好在……并没有什么实际的伤害，不必担心。”

张羽点了点头，随着王孚继续向着海水中沉去，血海渐渐漫过头顶，那股海水中无处不在的疯狂暴虐之气息也越来越浓厚，让张羽心中满是烦闷，只想大喊大叫，或是发足狂奔。

深深吸了一口气，张羽才渐渐冷静下来，也同时发现了即便全身都沉入了血海之中，呼吸却依旧没有受到任何的阻碍，只是眼前的视线变得比之前模糊了许多，纵使穷尽目力，也无法看清楚几米之外的东西。

“一切便都如陆地上无二，只是……你在血海中需要用神识来探索四周，而不是双目。不过既然你已经修成了日月玄光鉴，这对你而言应该不成问题。”王孚的声音在张羽身旁响起。

听了王孚的话，张羽点点头，干脆闭上了双眼。进入了血海之后，虽然视线受阻，但神识的探索却远比之前在地面之上来得更为清晰。他试着将神识外放，却发现几乎能在闭着的双眼中看清四周的一切事物——那一只只血魔在海水中漂浮游弋，甚至是与他们二人擦肩而过。

等了一会儿，待张羽渐渐熟悉了在血海之中的状态，王孚才道：“习惯了的话，我们这便出发吧。”

张羽定了定神，随着王孚向着血海深处进发。

整个蜀山界都已被血海占据，茫茫大海之中，哪有什么路途可言？但王孚在血海之中游历了一年之久，对方位的把握已然到了极致。纵使没有任何参照，但依旧毫无迷惑地直直对准着一个方向前进着。

这是张羽第一次接触血海。在血海中前进时，张羽依旧是依照着在空中飞行时的法诀。虽然速度略微慢了些，但却并非如同真在海水一般，反倒是更接近黏稠无比的雾气。向前飞行之时，阻力虽然存在，但却和真正的液体有着不一样的感觉。

“王兄，这血海中……当真是血水么？”

行了一阵，张羽忍不住对王孚问道。

王孚沉默了一会儿，有些迟疑地道：“我……也不太确定。”顿了顿，他继续道，“若是从远处看，这血海确实看起来与一般的大海完全没有差别，那海水也会涌动，会奔流。但每个人只要一触及那海水，便会被吸走全身精气而亡。靠着霹雳神座潜入血海之中的，我还是第一个，但当我第一次接触到血海中的海水时，也有了和你一样的感受——这与其说是海水，倒不如说是黏稠到了极致的雾气，然而有些时候，却又能表现出海水般的性状，委实有些奇怪。”

“嗯……”张羽沉吟了一下，见王孚也并没有对这血海有那么深的了解，便暂且不提。又想到了此前和林淡月的对谈，他问道：“王兄，你可曾发现过，那七个海眼的位置排列有什么不对劲么？”

王孚有些讶然：“不对劲？什么不对劲？”

“那七个海眼的位置，若是调换个角度来看的话，很像是……像是人的五官七窍，难道王兄你从来都没意识到？”

说着，张羽便让王孚在虚空中点出了那七个海眼的位置，两人在血海中虽然都闭着眼睛，但依靠神识，却是比肉眼“看”得更为清楚。

“向着这个方向，转上半圈多一点……这样！”张羽指挥着王孚将身前的七个海眼转了个角度。

王孚顿时愣住了，他在三个月前便已经走遍整个血海，将七个海眼的位置统统确定了位置，却从来没有想过换一个方位来看这张地图，现在在张羽的指点之下看上去，还真发现了这古怪之处。

王孚沉吟片刻：“确实很像人的七窍，不过……这又能说明什么呢？”

张羽摇了摇头：“这就并非小弟能知道的了。只不过，我总觉得这排列不会是天然形成的，其中必定有什么玄机。”

王孚想了想：“不过现在也只有走一步算一步了，纵使真有什么玄机，好歹也要等到你我二人到了一处海眼才能探究清楚，此前我虽然走遍了血海，但却始终未曾真正接近到海眼之处。”

张羽点点头，随着王孚继续向着海眼的方向飞速前进起来。

两人虽然全速飞行，但这蔓延了整个蜀山界的血海实在太过广大，足足飞了三日三夜，依旧没有抵达目的地，若不是此刻修道有成，已经无须再进食饮水，否则光是这三日三夜不眠不休的赶路，便已经让张羽的身体拖垮了。

而到了此时，张羽已经感觉到了身边的不同。

正如此前所说，刚刚离开雪峰山时，身边四处都是飘荡着的血魔，而行了半天之后，两人便只是偶尔才能碰上一只了，似乎在这无边无际的血海之中，也有着空荡的区域。

但此刻，两人身边已经再度出现了越来越多的血魔，不时在周围逡巡着，发现了两人之后，也会游荡过来，在身周警惕地转上两圈。发现并没有什么异状之后又远远飘开。

当血魔靠近之时，尽管张羽对王孚的霹雳神座有着信心，却依旧会难以自抑地提心吊胆起来，压抑住呼吸，警惕地看着血魔靠近又飘走。

“快到了吧？”待几只血魔晃晃悠悠地飘走之后，张羽问王孚道。

“快了，大约再有不到一个时辰的路程便能看到海眼外围了，但从现在起，为了掩藏身份，我们也不能再用之前的速度赶路了，尽量表现得和那些血魔一样吧。”王孚说完，便拉着张羽缓缓降下速度，而飞动的身形也变得飘忽起来。

“那么……到了海眼之后，我们应该怎么做？”张羽到了此时才想起王孚还未曾与自己商讨过一个清楚明确的行动计划。

虽然看不清王孚的面容，但张羽还是能感觉到他话中的苦笑之色：“未曾抵达海眼，此刻我也不知。但你放心，我绝不会莽撞行事的。若是发现事不可为，我们自然是立刻撤回。哪怕只将此行当作是前来查探一番也好。”

“嗯。”张羽应了一声，随着王孚继续飘飘荡荡地向前行进着。越是靠近海眼，前方那些血魔便越是密集，警惕性也越是高涨，往往看见王孚和张羽二人，都要飞上来转个半天，有时甚至还要挨挨擦擦，或是伸出头颅以鼻子的位置上下扫动着，仿佛嗅闻一般，即便它们都只是一个个模糊的血影，根本看不出五官。

按照王孚的说法，这些血魔并没有太高的智力，他们这些动作应该都是在模仿生前残留下来的习惯而已。

在越来越接近海眼之后，张羽开始全力运转起了体内的日月玄光鉴，将神识向着前方直线放出，渐渐地，终于扫到了前方一片巨大的异样。

在约莫还有三四十里的前方，海底之下有一个巨大的深黑洞穴，围绕着那洞穴的，是无数盘旋飞舞着的血魔。虽然整个血海中尽是那似水似雾的血水，到处都看不出区别，但张羽还是能够感觉到有着一股血水正从那海眼中向上不停地继续涌出着，如同喷泉一般。而随着那自海眼中涌出的血水，更有无尽的血魔源源不断地一同被喷出，旋即便加入了海眼周围那些逡巡的血魔群中。

远远看去，那海眼与周围的血魔，便如同一个巨大的蜂巢一般。

而那血水是从何而来，张羽便全然不得而知了。

蜂巢之下，又会不会有着……蜂后？

“以这海眼的大小，靠着日月玄光鉴怕是很难封得住吧……”在终于接近了海眼之后，张羽望着眼前大到恐怖的那漆黑洞穴，忍不住喃喃自语道。

王孚也深深吸了一口气，面前那巨大的海眼，方圆怕是有两三里之大。别说是张羽一人，便是峨嵋派的七长老和宗主卓以宁一起出手，只怕也对这海眼起不到什么作用。

之前虽然探明了七个海眼的位置，但王孚却以谨慎起见，没有真正靠近过那海眼近处，直到此刻才震慑于这海眼的广大，心中不禁有了些动摇。

“那么……在周围探查一遍，我们便离开吧。”王孚想了想道，“待我回去之后，再想别的办法。”

“不。”张羽却对着王孚摆了摆手，面色凝重地沉默在了原地，他的神识，向着那海眼之下竭力延伸了过去。

王孚知道张羽正在探查海眼底下，便也不再说话，静静等待着张羽凝神静气。

张羽竭力延伸着自己的神识，向着海眼之下一路而去。一路上，无数的血魔正向上不断飞出，密密麻麻。越是向下，神识所感受到的那暴戾肃杀气息便越是浓厚，甚至连远处的本体都忍不住地颤抖了起来。

纵使没有任何实质性的攻击，但神识所受到的气息冲击却实在太过可怕，正当张羽快要受不了时，背心处却突然传来一阵暖流。张羽心中顿时一阵感激，那是王孚看出了他难以坚持，通过掌心按在他背上传来了一股道力，帮他稳住了心神。

有着王孚的帮助，张羽顿时精神一振，神识沿着洞穴继续向下探索而去。

延伸了几乎有数十里之远，张羽的心头顿时突然一跳——终于，看到了海眼之底！

海眼向下越是延伸，便越是收窄，到了那数十里深的海眼底部时，已经变得只有数十丈大小了，而让张羽惊讶的，却是海眼之底，赫然有着一个人影！

在海眼之底，地面并非平坦，而是起伏不平，看上去竟然像是一只闭着的眼睛，而在那眼睛之上，正盘膝坐着一个人。

虽然血魔的形象千姿百态，有飞禽、有走兽，更有人型，但那人却明显并非血魔那般的模糊血影，而是有着清晰轮廓的实体。

他盘膝坐在原地，双手背在背后，扭曲着摆了个奇怪的手印，双目紧闭看不出死活。而在他的身周，血水凝聚成了一个巨大的旋涡。在搅动不停的旋涡之中，正有着无数的血魔飞速凝聚而出，刚一成形，便不住发出尖利的叫声，向着上方一团团飞出。

“找到了！”

张羽猛然睁开眼，额头已是大汗涔涔。

“找到什么了？”王孚连忙问道。

“海眼之下，有一只闭着的巨眼，巨眼之上坐了一个人，若是我所料不差……或许便是那……血魔老人……”张羽喘息了几口，对王孚道。

“血魔老人？”王孚一愣，“自从血噬一战之后，他便再也没有出现过，难道竟然藏在这里？张兄，你……确定？”

张羽摇了摇头，苦笑道：“我又未曾见过那血魔老人，怎能确定是不是他？何况以神识查探，虽然能够及远，却终究不如肉眼看得那么清晰，再加上他周围有着一个巨大旋涡，更是难以看清形象。但不管是不是血魔老人，那人都显然是这海眼中生出的血魔之来源，若是能将他连同海眼底部一同轰杀的话……”

王孚一愣：“潜入这海眼底部？张兄你……不是在开玩笑？”

张羽正色道：“自然不是，你我此来，难道不正是为了将这海眼清除的么？”

王孚面上神色转了几转，良久之后，咬牙重重点了点头：“好！既然张兄无所畏惧，那在下自然也不能临阵退缩，干了！”

见得王孚下定了决心，张羽也心头一阵豪气上涌，伸出手与王孚重重一击掌，两人对视一眼，毅然向前飞入了那巨大深穴，向着海眼底部前去。

海眼之中，无时无刻不有无数的血魔在向上飞出，两人左右闪避着迎面扑来的无数血魔，小心翼翼地向下前进着。虽然血魔几乎没有什么智力，单靠着本能行动，但两人依旧还是不敢掉以轻心，生怕自己有什么举动不妥，让那些血魔察觉出了异状。

对于张羽来说，方才神识所感受到的那股暴戾肃杀之气，在自己身入海眼之后变得更加清晰巨大。他本身道行便浅，只是靠着取巧回到世界才强行练就了日月玄光鉴。若不是王孚在旁时时护持，只怕光是那气息便已经让他的精神崩溃了。

终于接近了海眼底部，张羽远远便看到了那坐在海眼底部的人。他依旧闭着双眼，双臂在背后扭曲成手印，似乎没有一点知觉的模样。

他的身周，血海的海水猛烈地旋转着，在那旋涡之中，一个个血魔正一点点在凝聚，一旦彻底成型之后，便会飞出旋涡，向上咆哮着飞出。看到这样的场景，张羽再一次想到了以前所看过的那些科普纪录片里蜂后蚁后的形象。

那人的面相看起来倒只有三十余岁的模样，全身的肌肤都是一片猩红，身上肌肉虬结，只在下身穿了一条犊鼻短裤，上身则裸着，露出一身的青紫色文身，花纹缠绕，也看不出画了些什么。

张羽小声对着身旁的王孚问道："这人……便是血魔老人么？"

王孚摇了摇头："我昔年虽然也曾参与过血噬之战，但却未曾见过血魔老人的面，只是在外围而已，若非如此，焉能有命活到今天？"

张羽点点头，深吸了一口气："那么……这便动手吧，在使用日月玄光鉴时，我自身毫无防备，只能依托王兄护住我了。"

王孚点了点头，面色凝重，自怀中掏出了那霹雳神座："放心吧，你就算是死，也绝不会死在我的前面。"

张羽粲然一笑，随后双眼之中猛地精光凝聚，掌心平伸向前，日月玄光鉴自掌心中缓缓浮起。

随后，黑白交错的光芒旋转着向海底那人以及他身下的海眼爆射而去，就在同时，高涨的气息也打破了霹雳神座对气息的掩盖，原本被笼罩在血魔外形下的两人瞬间露出了原本的模样。

无数血魔陡然间齐齐发出了一声尖叫，正在向上飞去的身形在空中一个转折，便向着身下的两人飞扑过来，与此同时，原本坐在海眼之上的人也猛地睁开了双眼。

两道凌厉无匹的精光向着张羽和王孚射来，不仅如此，他身下的那形似眼睛的海眼也睁开了双眼。然而张羽的日月玄光鉴所射出的黑白光芒却实在太快，猝不及防之下，他还是重重被玄光鉴所轰中，正要站起的身形猛地被向后轰飞，而原本盘旋在身周的旋涡也失却了平衡，化作一团乱流，在狭小的海眼底部四处冲撞着。

就在张羽祭出日月玄光鉴的同时，王孚也将霹雳神座高高抛起，随后悬浮在了两人头顶。这雪山派至宝除了可以隐藏身形，更是无上的防护法宝。立时，一团团雷霆霹雳在两人的身周骤然浮起，生出剧烈震爆，把血海震荡而开。

那被突然打乱的旋涡在海眼底部激荡不休，原本正尖叫着向二人冲来的血魔顿时纷纷被冲得七零八落，而王孚则靠着霹雳神座，才能勉强维持着自己和张羽两人的身形不动。

在玄光鉴重重的轰击之下，原本坐在海眼之上的那人被轰得重重飞出，撞在了洞壁之上，而那底下的海眼刚刚睁眼，已经结结实实地被黑白光芒轰在了其上。

那黑白光芒自玄光鉴中射出之时，照射到血海之中的海水上，顿时发出了一阵剧烈的黑烟，扫过之处便只留下一道空白的空间，而海水尚未来得及补回原来的位置，却又再度被蒸发。然而当光芒射及海眼之上时，冒出的却不再是黑色烟雾，而是如同石沉大海一般，毫无效果。无论张羽如何轰击，那海眼依旧在缓缓睁开，似乎丝毫没收到黑白光芒的影响。

“张羽，攻那人！”王孚看见张羽的玄光鉴对那海眼似乎无效，心中顿时一沉，对着身旁的张羽吼道。而那被轰飞的裸男已经缓缓站起，晃了晃脑袋，嘴角露出了一丝狞笑，即将要向两人飞扑而来。

“你挡着他！”张羽好不容易才从咬紧的牙关之中挤出一句话来看，“有用的！”

“什么？”王孚闻言一愣，还未来得及再追问，就看见那人已经一跃而起，向着两人扑来，嘴角咧出的狞笑之中，无数尖利的牙齿直露在嘴唇之外。

张羽心急如焚，不停地催动着手中的日月玄光鉴，不管那道力的流逝有多疯狂，哪怕再被抽空一次，也一定要在自己被杀之间攻破那海眼！

随着张羽竭力的催动，那海眼终于有了反应，一阵似乎是自地底无尽深处传来的咆哮响彻了整个深穴，洞壁都开始了不断的摇晃，从上而下，无数的石块开始向下崩落。

同时，一道巨斧也劈在了守护在两人周身的青莲护壁之上。

那巨斧足有二人多长，双面开刃，自头部向下弯出左右两道漫长的弧线，几乎将斧柄整个都包裹在了其中，若不是中间的斧柄还清晰可见，那几乎可以被算作一个飞轮了。

斧身之上一道道锈迹般的痕迹遍布各处。

然而王孚一眼望去便知，那并非铁锈，而是血锈——因为沾上的血迹太多，而沁入到斧身之内的痕迹！

而那柄巨斧并没有被握在海眼中那人的手上，而是如同飞剑一般，自行盘旋飞舞着，在那人还未冲到二人身前之时便已经远远飞射过来，与护壁对撞了一记。

王孚只觉得全身巨震，掌心中的霹雳神座也猛地发出一阵哀鸣，那朵被巨斧劈中的青莲虽然毫无裂痕，但却瞬间枯萎焦黑，瞬息间便萎缩成了一团，随后化作粉末消失。

“好强！”

那巨斧仅仅一劈，便废掉了一朵青莲，而青莲所面对的敌人却并非那一柄巨斧而已。无数的血魔方才虽然被紊乱的海流冲得七零八落，现在却已经重新聚拢，向着青莲猛扑过来。一个个撞在青莲之上，在爆发出无穷无尽尖叫的同时，青莲也开始出现了飞速地凋落。

而海眼上那人刚刚召唤出了巨斧之后，手中又再度凝聚出了两团光芒，伴随着狞笑向着王孚张羽二人一招。周围的血海之中，竟然凝聚出了两只巨爪，白骨森森，不住向下滴着血滴，向着两人猛地抓来。

王孚最初召的十朵青莲，前后左右各有两朵，头顶脚底则各有一朵，然而仅仅在这片刻之间，就已经被巨斧斩去了一朵，余下九朵也在周边无数血魔的扑击之下变得摇摇欲坠。若是再被那两只巨爪抓中，只怕便要瞬间被击破，王孚哪里敢硬接？左手抓住张羽，向前猛地一个闪身，堪堪躲过了那巨爪的扑击。

而张羽虽然几乎将全副精神都灌注在了那海眼之上，却依旧分出了一丝神念留意着周围的情形，在王孚拉着他飞速冲开的同时，手中日月玄光鉴中放出的黑白光芒竟然没有丝毫偏倚，依然牢牢锁定着那海眼，不住地轰击着。

此时此刻，那海眼已经完全睁开，而地底发出的轰鸣声也越来越响，王孚至此才终于看见，海眼原本光洁透明的表面上开始浮起了一个个小水泡，好像是被烈火烧灼之后的肌肤，又仿佛起了癞蛤蟆身上的疙瘩一般，恶心得令人作呕。

海眼底那人连续两击不中，而巨眼却在这短短瞬息间已经受了伤，他脸上的狞笑顿时有了些变化，现出了焦急之色。随着他一声厉喝，周围的血魔也齐齐发出了尖叫，扑击的力度与速度也远胜之前，而在头顶上方，还有着无尽的血魔正在源源不断地向下落来。

“张羽！”王孚一面竭力拖着张羽绕着那海眼四处打转不停，而身后的巨斧与利爪，还有无穷无尽的血魔仍旧在不住向上飞扑，短短片刻之间，身周的青莲已经只剩下了一半。

王孚连忙再次催动起霹雳神座，同时也运用天地青莲法重新在身周布下了一片青莲。然而这虽然是防御至宝对道力的消耗却也极大，连续使用了两次，即便以王孚的功力也是竭尽了全力。

两人已经岌岌可危，然而那海眼上虽然水泡越来越多，地鸣声也越来越响，但却始终未曾真正被摧毁。

此刻，张羽眼前再次慢慢陷入了一片漆黑，他的道力实在远远不足以催动这日月玄光鉴太久的时间，飞速自体内流出的道力已经几乎要将他抽空，更不必说要紧紧跟在王孚身边，不能离开十臂的距离。否则不说那些血魔与巨斧利爪，单是失去了霹雳神座的保护，那血海中的海水一旦接触到，便会让他魂飞魄散。

王孚完全顾不上反击，只将全部精神与道力都用在了防护与躲闪之上，那青莲虽然不断地被打破或是枯萎，但也不断地被他重新召唤出来，是以巨斧与利爪虽然不停挥击，但却始终没能真正地击中两人。

海眼底那人面上焦躁之情越发浓烈，双眼中厉芒一闪，原本分进合击的两只巨爪与巨斧骤然飞到了一处，随后紧紧握在了一起。

那巨爪握住了巨斧之后，顿了一顿，仿佛在蓄力一般，紧接着便是一下排山倒海的大力挥动。巨斧仿佛撕裂了空间，原地挥出之后卷起了四周的海水，仿佛一道巨大的刀刃向着二人闪电般飞去。

虽说是刀刃，但厚度却也有两三丈，更有数十丈长，无数血魔也被卷在了其中，有些手舞足蹈地嘶叫着向两人冲来，而更多的则是干脆被这血刃卷碎，彻底灰飞烟灭。

这一下，王孚再也避无可避，他头上渗出一丝冷汗，侧眼微微望了望张羽。张羽的双眼已经失神，只有手中那日月玄光鉴仍在不停地放出黑白二色光芒轰击着海眼。而那海眼被持续轰击到了现在，也终于开始有了异变，原本平直的双眼渐渐向上凸起，仿佛充满了气的气球一般，鼓鼓囊囊，在眼膜之下，不停地有着一处处凸起，就像其中的液体被煮开了一般，正在寻找宣泄爆发的出口。

“张羽！你要是再轰不破那该死的鬼眼睛，我们就一起死在这里吧！”王孚咬了咬牙，爆发出一声大吼。随后，他用力咬开舌尖，一口血箭喷在了手中的霹雳神座之上。原本光芒已经渐渐黯淡下去的霹雳神座此刻突然光芒大盛，隐隐有着激昂的鸣叫声传来。

此时此刻，再无别的去路可逃，王孚只能硬拼了！

在以精血祭炼了霹雳神座之后，王孚眼中的神采虽然黯淡了下去，全身也委顿了些许，但霹雳神座上传来的气息却比先前远远更为庞大，一朵朵青莲在王孚身前被召唤出来，随后在身前排列成了一面盾牌般的模样。

“一定要挡住，给我挡住！”

王孚嘶吼一声，眼睁睁地看着那滔天的血刃撞上了青莲组成的盾牌。

震耳欲聋的巨响响起，两股力量撞击的位置上，血海都被那巨大无匹的力量所排开，只留下一个广阔数十丈的圆形空腔，而那组成盾牌的青莲在这撞击之下顿时轰然片片寸碎，消失无形，那双爪巨斧挥出的血刃也堪堪被青莲盾牌所挡了下来。

就在与此同时，那几乎膨胀到了极致的巨眼也终于再也无法支撑下去，被日月玄光鉴中黑白光芒所射出的阴阳之力已经在其中越积越多，几乎挤满了整个内部的空间，在其中左冲右突不定。

最后一刻终于到来，伴随着一声巨大的爆响，那巨眼轰然爆裂开来。

“不！”这是原本坐在海眼之上那人第一次发出一个清晰明确的字，那巨眼炸裂的同时，整个海眼底都开始了激烈的摇晃，声势远远超过了此前，简直像是整个蜀山界的大地都在震动不休一般。

那巨眼所炸开的位置，则只剩下了一片虚空，原本自巨眼中喷涌而出的血水与血魔此时反倒逆流向下，被那虚空尽数吸了进去。而那虚空仿佛没有尽头一般，无穷无尽的血水和血魔不停地向其中涌入，却始终没有被填满。

虚空之外是什么，王孚完全看不清楚，更不想看清楚，他现在只有一条路——逃！

张羽已经又一次因为消耗过度而陷入了昏迷，王孚紧紧抓住他的一只手，奋力向上飞去。然而那虚空的吸力实在太过庞大，王孚又要负担两个人的重量，竟然不仅未能远离，反倒是一寸寸地被向着虚空吸去。

那原来坐在海眼之上的人虽然也在虚空的吸力之下动作艰难，好不容易才能保持着平衡，但却远比王孚的情况更好，不仅能保持着自己的身位，反倒还向着王孚张羽两人一点点靠近过来。

巨斧与巨爪都已在方才的爆炸中不知吹飞到了哪里，周围的血魔更是自身难保，吱吱乱叫着被吸往虚空之中，但海眼底那人的双手之中又再度散发出了血芒。

“王孚！竟敢击毁尊主一只眼睛！你今日死定了！”海眼底那人大声咆哮着，脸上写满了狰狞与刻骨的仇恨，死死盯着王孚，恨不得将他剥皮抽筋。

尽管他正全速向着王孚飞行过来，但在海眼底的吸力之下，速度却依旧缓慢如乌龟。然而相比于正缓缓向后倒退的王孚张羽二人来说，双方间的距离还是在一点点缩小着。

王孚心中一愣，竟是完全没有想到那人竟然会说出这一番话来。

在血海中行走了一年，王孚早已知道血魔都是没有智慧，单凭本能行动的，但眼前这男人身坐海眼之底，又有着真正如同人类般的躯体，自然绝不可能是普通的血魔，即便有着与常人一般无二的理性与智慧也是正常。

但王孚没想到的是，他竟然认识自己，还叫得出自己的名字？！

眼见着那人距离自己越来越近，而王孚现在除了全速向上飞行，根本什么都做不了，一旦被他近身，那便是死路一条。

而若是停下来试图反击，那便只能是死得更快。或许还没被他杀死，王孚便要和张羽一同被吸进那虚空缝隙之中了。

当时当下，或许王孚唯一的办法，便是将张羽丢开，减轻了一个人的重量，或许便还能有逃生的机会。

然而这念头在王孚心中仅仅一转，便立刻被抛诸脑后。张羽是应了他的请求，才会一起前来这海眼处，而他此前更是对张羽信誓旦旦地保证过，自己绝不会死在他的前面！

如果真的要死的话，那就死在一起！

王孚咬着牙，全力向着上方飞去，只是在虚空缝隙的吸力之下，依旧在一点点向下落去。而身后那人的疯狂狞笑与叫喊，已经一步步越来越近。

王孚头也不回，催尽了全身力气向上飞去，然而与身后那人的距离却还在不断缩小着，他的脸上已经开始渗出点点汗珠。

是一直这样向上飞去，直到被背后一击轰杀，还是干脆拼死一搏，试着与身后那人同归于尽？

正当王孚心中犹豫不决之时，他突然听见了身后传来的一个虚弱的声音。

“去死吧……”

王孚猛然回头，看见张羽不知何时已经醒了过来，一只手被自己抓在手中，另一只手的掌心平平伸出，那面日月玄光鉴重新浮现了出来。

随着张羽那声虚弱的声音，日月玄光鉴中再度射出了一道黑白交缠的光芒，重重轰在了那人身上。

那人虽然实力远强过王孚张羽二人，但此刻正全力向上飞行，本以为眼前二人已是手到擒来，又怎能想到张羽突然醒来？猛然被日月玄光鉴中的光芒轰在了胸口之上，顿时发出了一声惨烈的叫声，向后飞滚着跌去。

那一下轰击虽然并未对那人造成多大伤害，但却让他远远向后飞去，原本已经近到了仅仅数丈的距离一下便被远远拉开，甚至险些落入那缝隙之中。而耗尽体内刚刚生出的最后一点道力轰出那道玄光的张羽用力一拉王孚，与他并肩合力向上飞去。

这下不再是王孚独自拉着张羽，两人共同向上飞行，终于超过了那虚空缝隙的吸力。虽然速度缓慢，但至少已经不再是下落的势头，而越是向上，距离虚空缝隙越远，身后的吸力也就越来越小。

张羽和王孚此刻听见了身后传来的一声凄厉嘶吼，充满了无边的仇怨和怒意：“王孚！我厉战到死也不会放过你的！还有那个用日月玄光鉴的小子！你们一定要死！等着吧！等尊主醒来的那一天，他一定会让雪山派和峨嵋派统统化作齑粉！”

听完了这番话，张羽突然看见身旁的王孚眼皮一跳，脸上露出了些骇然的表情。

然而此时两人尚未脱离险境，张羽自然也顾不上再问王孚，而是拼尽了全力向上飞去。在渐渐脱离了那虚空缝隙的吸力之后，身周的血魔也不再是难以抵御地被吸着向下落，而开始张牙舞爪地试图向着两人扑来。王孚连忙重新将霹雳神座祭出，两道光芒闪过，二人的元气灵机顿时断绝，再也不为外界所察。

周围的血魔原本正作势欲扑，但看见了两人的气息忽然消失，都只是疑惑地上前打了几个转，便摇晃了几下身子离开远去。

直至此时，二人才稍稍放下了些心来。

待到飞出了那巨大的洞穴入口，张羽和王孚两人终于支持不住，软软地坐倒在了海底的地面之上，相视一眼，发现对方的眼神中都是对这一次生还的侥幸与后怕。

“嘿嘿……居然成功了……而且还能活下来，真是……命好。”王孚嘶哑着嗓子，喘息着对张羽道。

而张羽已经彻底说不出话来，躺在了地上，面色苍白如纸。

王孚喘了会气，站起身一把拉起了张羽：“走……不能停留，厉战还不知有没有被卷进那虚空缝隙之中，即便是被卷了进去……也未必不能活下来，万一他跑了出来……这霹雳神座的伪装能够瞒得住那些没有智力的血魔，却多半瞒不过他。”

张羽虽然全身骨头都像是要裂开一般，连动上一根小指头的力气都没有了，但心知王孚所言不差，还是一把抓住王孚的手用力站起了身，跟随着王孚缓慢地向着来路飞去。

“刚才那个海眼之下的人说，他叫厉战……你听过这名字？他……看起来应该不是血魔老人吧？”张羽想起刚才王孚再一次提起了这名字，向着王孚问道。

“何止是听过！”王孚闷哼了一声，脸上浮现起一丝苦笑，“我认识他，只不过没想到他竟然变成了这个样子，难怪方才根本就认不出来。”

张羽一愣，没想到王孚竟然会认识方才海眼之下那人。

“他当然不是血魔老人，而是……以前吞海宗的大弟子！鬼手厉战这个名字，昔年无论在哪个宗派中人面前提起，可都是响当当的一号人物啊……”

王孚说话间，脸上满是感慨与追忆，看得张羽一愣，随后连忙打断了王孚：“等等！你说……他是吞海宗的大弟子？吞海宗难道不就是现在尚存的六大宗派之一么！”

“正是。”王孚沉默了片刻，回答道。

“可……吞海宗的大弟子，又怎么会成了血魔……不……不是血魔……而是……”张羽想了半天，也不知道该怎么形容那个厉战。

他身处在血海之中，坐镇海眼，又能够掌控血魔，分明便应该是血魔的身份。然而他的外形却依旧保留着人身的模样，能说话，能思考，又与那种毫无智力可言的一团血影完全不同。

王孚摇了摇头：“我……也不知道，但至少我清楚的是，厉战是死在了血噬一战之中……自那之后，便再也没有人看见过他。”

张羽虚弱一笑：“但他显然没死……如果你确实没有认错人的话。那么，他是被……”

张羽想半天，才选择了一个词：“被俘虏了？”

“俘虏？我虽当时只在外围，但也听幸存者说过，厉战在血战之下，是被无数血魔一拥而上，透体而过，吸成了干尸的，人都已经死了，还谈什么俘虏？”

王孚只觉得这个词听起来无比荒谬，苦笑了起来：“况且你不知道，厉战是个怎样的人。”

两人此刻已经脱离了海眼周围的范围，一路向着雪峰山行去。路上所能见到的血魔已经越来越少，既然已经暂且脱离了危险，王孚便干脆对张羽说起那厉战的往事来：“厉战乃是吞海宗的首席弟子，更是被誉为我们年轻一代中的最强者。早在二十年前，他便修到了吞海宗中最高的境界——返无归一。无论是我，还是你们峨嵋派此前的大弟子曾堂，在各个师门的评价之中也都远不如他。在血噬一战之中，最先杀入血池的几乎都是各个宗派的宗主长老，而年轻弟子中，只有他一人。

“然而血噬一战……最终还是我们败了，虽然我们拼尽了全力，斩杀血魔，蒸发血池，然而血魔死去，可以自血池中重生，血池干涸，可以靠着吸取我们的精气之后蔓延。我们死去的人越多，便给那血魔老人提供了越多的精气。这一战，从一开始便注定是要失败的，最后撤退回来的人不过十之二三而已，我师门中上辈四十余人，最终只回来了三个，你们峨嵋派的宗主也葬身在血池之中。说句失敬的话，贵宗现任的卓宗主，那时还只是上代长辈中并不算太起眼的一个，但却也是唯一活下来的一个，若不是七名长老那时留守在了日月峰下，峨嵋派也没法一直延续到现在。而其余那些宗派，损失更是惨重，若不是炼器宗与玄道门、百识宗尚有些残余的人才，在各个山门之间建立了离遁万界门，让各个宗派能够互相奥援，只怕我们直到今日，连六个宗派也没法剩下来。”

直到此时，张羽才真切感受到了昔年血噬之战的惨烈，以及血魔的强大。

“那你们昔年，曾有见过像这个厉战一样，有形有质，会说话能思考的……血魔么？如果他还算血魔的话……”他想了想，对王孚问道。

王孚摇头道：“不……至少我没有见过，而即便是那些深入血池后又侥幸得以生还的长辈们，也从没有说起见过这样的存在。血魔老人虽然靠着夺取生灵的精血，自血池中生出无穷无尽的血魔，但除了外形的轮廓以外，与生前并没有什么联系，唯一像人的，便只有那血魔老人一人而已了。”

“那他……是个怎样的人？”

“没有人知道他原先叫什么名字，是哪里出生，当他修成了血神经，以血魔老人的名号横空出世之后，世人才知道他的存在。”王孚想了想，说，“听身入血池的先辈们说，那血魔老人一身白衣，须发皆白，看起来倒是一副仙风道骨的模样，总之，与此前我们所见到的厉战绝无相似之处。”

“那么，厉战此前说的尊主两字，莫非就是说血魔老人？”张羽低头沉思着，“他又说，我们毁了他尊主的一只眼睛……再加上那海眼又真如一只眼睛的形状一般……”

王孚也想到了这个问题，点头道：“所以说，我们毁去的那只海眼，真的便是血魔老人的一只眼睛？说起来，你此前对我说过，那七个海眼的位置，还确实如同人的七窍一般……”

王孚突然停下了向前飞行的脚步，左右仔细以神识查探了一番周围，确认了周边附近没有血魔在游荡，右手虚空点出，在身前点出了七个黑点与六个白点：“这是那七个海眼，这是六大宗派的山门位置。”

随后，王孚将那极简的地图转了大半圈，原本看不出形状的七个黑点便变成了人的七窍模样。他伸出手，在右上角的一黑一白两个点上点了两下，那两个点便开始闪烁了起来。

“你看，这是我们出发的雪峰山，这便是我们方才毁去的那个海眼，若是真将这七个海眼看做是人的七窍的话，那么这海眼便正好对应着左眼的位置。”

张羽仔细看着那副地图，缓缓点了点头：“那么说……或许还真如他所言……可为何血魔老人的七窍，会变作了七个海眼……？”

王孚苦笑一下：“这便不是你我所能知道的了，现在还是赶紧回到雪峰山吧，我们毁去了一个海眼，不知会有什么变化发生。”

张羽点头，两人重新又向着雪峰山的方向飞去。张羽的体力渐渐恢复过来，不再和之前一样连飞行也需要王孚帮扶，两人着急回到雪峰山，飞行的速度也远比此前前往海眼时更快，两日之后，已经接近了雪峰山。

然而此处的景象，却比此前出发时有了极大的不同。

这里已经到了雪峰山的外围，在此前出发时，这里原本仍是血魔密集的位置，然而两人行到了此处，却仍然连半个血魔的影子都看不见。

张羽皱起了眉头，心中微微有些疑惑："王兄，这是怎么回事？"

王孚低头想了想道："难道，是你我二人毁去了一个海眼，所以距离那海眼最近的雪峰山处，血魔便少了？"

张羽思索一会儿，摇了摇头道："不会，那海眼应该只是持续不断生出血魔的处所，纵使被我们毁去，也只不过是斩去了源头而已，已经生出的血魔，却不会凭空消失，我倒是有点担心……"

王孚默然片刻，点了点头，却没有开口，他知道张羽心中所担心者为何。

"抓紧赶路吧……但愿不要如我们所想才好……"叹了口气，张羽与王孚再度加快了些速度。

第八章 鬼手厉战

此刻的雪峰山，已经被包围得水泄不通。在山门正面天空中，一个全身肌肤都作猩红色，穿着一条犊鼻短裤，满身青紫色文身的男人正被无数血魔拱卫着，居高临下地看着下方的雪峰山，表情狰狞，正是此前镇守海眼的厉战。

他身周的血魔紧密围绕在四周，不时发出尖利的叫声。而在雪峰山四周，更是无数的血魔不停地向着围绕山门的禁制青莲上猛地冲撞上去，仿佛毫无理智一般。眼见着在血魔不停的冲撞下，青莲正一片片凋谢下来。

在青莲之后，一个个雪山派弟子正满脸凝重地盘膝坐地，无论年纪大小，道行深浅，将全身法力灌注到那青莲之上，只是他们为禁制补充道力的速度，却还是比不上青莲凋零的速度。

在他们身后，更有着一个个来自其他宗派的弟子，或在青莲之后布置金光，或是将一柄柄长剑按照一定的顺序插到地下，又或是将一张张符纸拍在空中，随后便隐去无形。

那是除了雪山派之外，余下的五大宗派中的弟子。

而在山门之前，面对着厉战的，则是六大宗派此刻的宗主或门内长老。

除了雪山派的三名上代长辈新近战死，王孚又前往了海眼，门内只有三个年纪较大的下代弟子联合处理事情之外，峨嵋派宗主卓以宁、吞海宗宗主印苍、大阿修罗教掌门秦紫烟、天机剑派掌门万霖琦、玄道门掌门天蝉子此刻已经尽数汇集到了雪峰山。

三个时辰之前，留守在雪峰山上的雪山派众弟子便意识到了变故。他们没有等到大师兄回来，等来的却是突然疯狂围攻的血魔。

在此前，血魔不过是在每日午夜会变得更为狂躁，而本能地开始冲击禁制而已。这种出于本能的举动规模并不会很大，因此日常对禁制加以维护便足以应对，然而今日的这般规模，却是自血海蔓延，布下禁制以来前所未有，不过半个时辰，青莲禁制已经几乎崩坏了一半。

王孚指定来管理门中事务的那三名弟子立刻意识到了事态紧急，连忙派出五人通过离遁万界门前往其余五大宗派求援，同时率领所有门下弟子倾巢而出，竭尽全力地加固青莲禁制，以争取时间。

五大宗派的掌门在听完了雪山派弟子的紧急传讯之后，也立刻发现了此事非同小可，连忙带领门下弟子通过离遁万界门赶到了雪峰山。他们前往正门抵御大敌，而其余弟子则在青莲禁制之后不断增加自己门下的禁制，试图一旦青莲禁制被突破之后，还能有第二层、第三层抵挡。

而当他们刚刚抵达了雪峰山，来到正门之处时，看到的便是高悬在前方上空的厉战。

这是自血噬之战之后，他们第一次在血魔之中看到一个真正的“人”，只不过所有人都清楚，眼前看到的那个，恐怕多半已经不能再算是“人”了。

看见厉战那诡异至极的外形，五派宗主纷纷对视了一眼，眉眼中都是疑惑与紧张并存。

“先打探一下再说。”天机剑派掌门万霖琦腰间斜插一柄长剑，剑鞘古朴没有任何花纹，剑柄却奇长，几乎有着剑身的一半长度。他肌肤晶莹如雪，双目之中神光内敛，颌下一绺长须。

“阁下何人？”万霖琦飞上天空，隔着身前的禁制对外面大声叫道。

“万师伯，真是好久不见了。”厉战远远望着万霖琦，发出了一声狞笑，“上一次见你，还是在血池之中，只可惜，你居然逃了出来。”

“上一次？”万霖琦微微一皱眉，仔细看着厉战，但厉战几乎满脸都已被花纹覆盖，已经几乎完全看不出原本的长相。

“怎么？曾经并肩作战过的你，已经不记得我了？”厉战仰天长笑了一声，“亏我还叫你一声万师伯。”

说着，厉战伸出手，双手缓缓张开，数百头原本正在他身边飞舞不休的血魔瞬时变得惊恐无比，一股霸道至极的气息笼罩了方圆百里之内。只见厉战双眼精光一闪，一道天雷自云层中轰下，雷光笼罩下的数百头血魔连一声惨叫都来不及发出，便已经灰飞烟灭，就连方圆百里之内的血海，都被雷光化为虚无。

“这一手，万师伯你难不成已经忘了么？那时在血池之中，我可是救了你一命啊！”厉战嘿嘿狞笑，望着万霖琦。

“吞海宗的五雷夺心咒，你已经修炼至反无归一之境……你是……”

万霖琦纵使修道多年，心神无比凝固，此刻心中也禁不住微微一震，不由自主地转脸望向吞海宗的宗主印苍。

能将五雷夺心咒运用得如此纯熟的，在吞海宗之中也没有几人，能够把五雷夺心咒修炼至反无归一之境，吞海宗更是只有一人，而参与了那一日血噬之战，又不在此处的，也唯有一人而已……

印苍的脸上也微微有了些波动，默然片刻，才轻声道：“厉战？你还活着？”

他的声音虽轻，但却穿过了禁制，远远飘到了厉战的耳边。

“没错！我就是厉战，没想到就连师父你，也得靠着这一手五雷夺心咒才能认得出我。看样子，我的相貌确实变化不小啊。”厉战嘿嘿一笑，低头望着自己双手上那猩红的肌肤，以及遍布的花纹，“不过，你们说错了，我不是还活着，而是在那一日之后，才蒙尊主给了我真正的生命！

而你们……都不过只是一群行尸走肉罢了！”

厉战此言一出，五派宗主都齐齐深吸了一口气。

昔日这三十三宗派中最卓越出色的年轻人，在血噬之战的那一日随着他们一同杀入了血池，他们自然不会忘记。然而那时，他却还是个一身青色长袍，长发飘飘，丰神俊朗的年轻人，脸上总是挂着温和的笑意，说不出来的神采飞扬，只有在战斗的时候，他才会展露吞海宗那霸道激昂的雷法，以及无边战意。

每个人的脑海中，都回想起了厉战死去时的那一幕。

血池上空飞舞的血魔已经越来越多，而无论天机剑派的列缺剑如何斩杀，玄道门的落魂门如何吸纳，在那恐怖的数量之下似乎都已不再有任何用处。

而峨嵋派的日月玄光鉴与吞海宗的五雷夺心咒拼了命地轰击着身下的血池，却始终难挡它一点点地向外扩张。

而那一身白衣如雪、须发皆白的血魔老人，只要一出手，便必有一人丧生，随后体内精魄便自动被吸入血池之中，再生出无数的血水与血魔。

天空中已经布满了暗红色的乌云，阴气森森，天地间一片凄厉的叫声响彻不停，就连外围的各派弟子组成的阵法，也无力再将血池压制在原地中心。

三十三宗派，已经再无胜机，只有此刻退走，方能保住最后一点残余。

“退退退，各自退回自己山门！”万霖琦掌中的长剑猛地横扫挥出，剑气纵横如网，搅碎了一片血魔，冲着身后高声大吼起来，而就在他吼出的同时，身后的却突然冲来了数只血魔。

“万师伯！小心！”

万霖琦刚刚回头，那几只血魔已然近在眼前，下一刻便要飞扑而上，而只要被血魔扑中，那便是精气尽皆被吸走的下场。

厉战刚刚发出一声叫喊，手中已经凝聚出了一道气劲，五雷夺心咒发动，重重自天上劈落，将那几只血魔劈成了粉碎，然而此刻周围的血魔已然越来越多，每个人都被重重包围在了其中，原本应该为自己解围的那一道五雷夺心咒劈向了万霖琦的方向，厉战自己身周自然出现了空当，几名血魔一拥而上，瞬间便已把厉战吸空，颓然自空中掉落，落进了血海之中。

万霖琦抬起头，神色复杂地望着厉战，试图从他的脸上找到些昔日的影子来。

印苍深吸一口气，对厉战道："厉战，你身上究竟发生了什么！"

"发生了什么？当然是感谢尊主给了我真正的生命啊，投入了尊主的怀抱之后，我才明白以前的那些所谓人生，都全是狗屁！"厉战狞笑着握起了手中的拳头，"你们觉得那五雷夺心咒很强？可尊主赐予我的力量，已经不知道强过那多少倍啊！"

随着厉战的吼叫，他的身前顿时再次出现了那柄血色巨斧，以及两只白骨森森的魔爪。这一次，魔爪直接握住了巨斧，原地猛地抡起，尽管并非在血海之中，然而一道几乎撕裂空间的血刃依旧被凭空挥出，向着前方的五人飞去。

这一次的血刃比之此前在海眼底时大了数倍，其上散发出的恐怖气息也远不是昔日能够相比。很明显，当时厉战因为顾忌到身下的海眼，而根本没敢放开全力，而现下那血刃重重撞在了青莲禁制之上，顿时爆发出一阵几乎刺穿耳膜的恐怖响声。

原本在雪山派众弟子的加持之下，虽然仍旧在缓慢衰退，却还有着一定厚度的青莲禁制齐齐爆发出一阵血光。直面其锋的青莲瞬间便被击溃，而周围其他位置的青莲的旋转也齐齐一滞，现出了枯萎的神色，其后所有将自身道力联系在禁制之上勉力加持的雪山派弟子同时全身巨震，口中鲜血狂喷。

而在击破了青莲禁制之后，那血刃竟然依旧其势未衰，仍然向着那五名宗主飞去。

五人顿时面色同时一变，电光火石之间，已然使出了自己最强的手段。

卓以宁掌心中的日月玄光鉴射出黑白玄光，向着血刃猛地轰击过去。万霖琦长剑随心而动，自行出鞘落入掌中，剑气纵横在身前划出了一张巨网裹向那血刃。印苍双手连挥，五雷夺心咒自天空中召唤的落雷带着火球，连连劈向血刃之上。秦紫烟银牙一咬，身前虚空中突然出现了一道巨大的门，材质非铜非铁，非金非银，暗沉沉的毫无光芒，门内一声咆哮吼出，音波以可见的速度直直射出向前。天蝉子掌心连拍，一道道咒印自袖中飞出，瞬间自方寸大小变作了数人之高，金光闪耀飞向血刃之上。

双方之间轰然爆发出一阵巨大的气浪，血光乱飞，待到余波平息下来之时，血刃与五大宗派掌门所发出的攻击已一齐消失。

五人再度抬眼望向厉战之时，眼神中已尽是一片骇然。

虽然都是仓促之下出手，未曾出尽全力，但那道血刃竟然要五人合力才能挡下，简直是骇人听闻！

而且，那还是在击溃了雪山派正面的青莲禁制之后的威力，若是没有那一层遮挡，五人岂不是尽数要死在这里？

厉战脸上再度狞笑一下，不过说话时也有了些喘息，看起来方才那一击全力施为，也并非对他毫无损耗："你们真是……太弱了！尊主早该让我一人出马，把你们全部干掉了！不过就算现在……也不算迟啊！受死吧！"

厉战双眼之中厉芒一闪，身前那一双白骨魔爪再度紧握住了巨斧，眼见着便要再次挥动。

"上，不能给他机会再发出一击！"

卓以宁高呼一声，已经当先冲了上去，日月玄光鉴猛轰在那魔爪之上，将其轰得一晃。

其余四名掌门心中也是同样的念头。若是在让厉战发出这一击，只怕众人便都要死在这里了。

一时间，五大宗派的掌门齐齐冲出，手中得意的兵刃、法宝、法术漫天般祭出，向着厉战席卷而去。

然而厉战却冷笑了一声，自己一动不动，而是原本围绕在身边的无数血魔向前猛地飞出，迎上了五大掌门。

血魔虽然单体实力并不算强，以五大掌门这样的实力，无论法宝还是法术，都能够轻易清除一片，但这铺天盖地的数量，无论再强也要头疼一番，更不用说血魔一旦扑到身体之上，那便是死路一条。

今时今日的血魔，远比此前来得更为疯狂，显然是因为有了厉战在指挥的缘故。无数血魔如同发了疯一般向着五人扑去，身上血光缭绕，完全不管不顾自己的安危。厉战在它们身后凝聚着法力，身前的巨斧与魔爪再度摆出了架势，眼看着便要挥出下一斧。而更危急的还是山门的正门处，青莲组成的禁制已经被厉战的第一击轰出了一道缺口，更多的血魔已经如潮水般自缺口处向着其中涌入。尽管雪山派与其他五大宗派的弟子已经在第一时间堵住了那缺口，然而十余丈宽的缺口实在太大，纵使众弟子如何拼命，却还是挡不住那源源不断的血魔，转眼之间，已经有十余名弟子被血魔扑到身上，被吸干精血，惨叫一声化为了干尸。

五大掌门自然心急如焚，然而几人却被无穷无尽的血魔缠住，向前无法攻击厉战，向后也无法驰援禁制缺口处的弟子，纵使几人已经出尽了全力，却依旧无法脱困。

“那么，该结束了！”

厉战的气势已经蓄满，高声狂笑着，身前的魔爪和巨斧蓄势待发，然而他却没有马上挥出。

眼前的一切，都已注定了胜利。禁制被打破，血魔已经开始涌入山门之内，五大宗派的掌门被血魔缠住，尽管已经拼死一搏，但短时间内也不可能突破那纠缠，攻向厉战的面前。而魔爪握住的巨斧，下一刻便可以挥出，将那五人一并斩杀。

厉战还想要再多享受一会胜利的快感。

“今日之后，蜀山界的修道宗派将全部成为历史。而你们，便将成为尊主重新降临的见证人！”

厉战望着身前远处被无数血魔包围在其中的五大宗派掌门，得意地大笑道，而卓以宁等人心中已是一片绝望。他们没有想到，厉战竟然会变得如此之强，原本只是来驰援，现在竟然眼看着便要尽数死在这里。那一斧只要挥出，五人便再也没有生路可言，身边的血魔无边无际，还在不停地涌来，怎么也摆脱不开，纵使突破了身边的那些血魔，在厉战身前仍然还有着无数的血魔在四周飘舞拱卫着。

“不想今日竟然送命于此！”卓以宁惨笑一声，手中日月玄光鉴向着厉战拼命照去，然而那黑白玄光却尽数被身前无尽血魔挡下，纵使光芒路径上的血魔尽数灰飞烟灭，但却前赴后继，竟是让那玄光不得抵达厉战的身前。

厉战的仰天狂笑终于停下，他已经欣赏够了卓以宁等人的挣扎，现在该是时候结束了——虽然自己镇守的左眼海眼被毁去，但若是一举将剩余的修道宗派歼灭，那么即便尊主重新降世时，也多少能够将功抵过了吧！

厉战目光一凛，双眼中凶光毕露，两只魔爪已经握住巨斧向后挪了两步，眼见着便要挥出，而卓以宁等人心中齐齐悲叹一声，做好了等死的准备。

可就在厉战那一斧即将挥出之时，却突然异变陡生！原本飞翔飘舞，拱卫在他身周的无数血魔之中，一面明镜突然升起，随后如滔滔不绝洪流一般的黑白玄光重重轰在了厉战毫无防备的后心之上。而另一只则召唤出了无数青莲，如电光般的速度飞向了厉战，随后碎裂开来，无数莲花花瓣如同羽毛般紧紧包裹住了厉战的全身。

厉战顿时眼前一黑，被轰得几乎从天上掉下去，然而那无数莲花花瓣却又紧紧裹住了他，一时竟然挣扎不开，动弹不得。而那黑白光芒仍然持续不断地轰在他身上，仿佛跗骨之疽。转瞬之间，厉战的背后已经被玄光侵蚀得血肉坏灭，露出了深深的脊骨。

“是谁！”厉战心中巨震，挣扎着扭过头，才看见身后那两只血魔已经摇身一变，重新化作了人型，正是在海眼底部时曾见过的王孚与张羽二人，尽皆面上露出凝重之色，竭尽全力地向自己攻来。

厉战虽然在海眼底挨过一次日月玄光鉴的黑白玄光，但那只是被轰击海眼的余波擦过而已。这一次不但是全数轰在了他的身上，更是趁着他毫无防备之下骤然暴起偷袭，仅仅一瞬间已经身受重伤。

王孚与张羽的心脏此刻也怦怦直跳个不停，他们在靠近了雪峰山的山门之后，看见厉战率领着无尽血魔攻打山门，心中也都是紧张万分。厉战的实力他们自然清楚，若不是当日在海眼底部，厉战投鼠忌器，不敢全力出手，他们两人早已死在当场。而他既然敢一人带着血魔前来攻打雪峰山，自然更是心中有着十足的把握。

只不过王孚与张羽还是低估了厉战的实力，竟然仅仅一招便击破了雪山派的山门，这威力简直是撼天动地。更可怕的是，除了左眼位置的那个海眼已经被毁去之外，余下还有六个。

若是那六个海眼中，也同样有着镇守者，而且至少也有着厉战的实力的话……莫说是六个，哪怕再来上一个，蜀山界硕果仅存的六大宗派，顷刻间便要化为齑粉！

但那都是后话，至少……现在得先杀了厉战！

靠着霹雳神座的伪装，两人小心翼翼地动作，尽力让自己不显得有任何突兀，一点一点地向着厉战靠近过去。厉战正在志得意满之间，又哪有余暇再去注意四周身遭？两人死死盯着厉战，逐渐终于来到了距离厉战最近的位置。

就在厉战全副心神都集中在了前方之时，张羽和王孚两人便猛地发动了偷袭，且一出手便是全力以赴，电光火石之间已经重创了毫无防备的厉战。

得手之下，王孚和张羽更是没有片刻停歇。青莲花瓣缠住了厉战，不停地向着他的身体内钻去，仿佛要直直钻入骨头之内一般，而日月玄光鉴之中放出的黑白玄光，更是一刻不停地轰击着厉战的后心。

厉战死命挣扎，一时间却哪里能挣扎得开？他原本已蓄势待发，下一刻便要挥出的魔爪巨斧此刻也停在了半空中，甚至就连周围原本飞舞不休的血魔也在此刻齐齐停止，定在了空中。

在厉战前往雪峰山之时，便运转起血神经，将这些血魔都纳入了自己的心神控制之下，只为了能让它们按照自己的心意行动，此刻猝不及防下骤然遇袭，他一时顾不上再用心神操控那些血魔的行动。若非如此，王孚和张羽纵使最初能够得手，只怕也早就被一拥而上的血魔撕成碎片。

原本早已认为自己即将身亡的五大宗派掌门，此刻已然齐齐呆住，他们本以为今日必无幸免，谁又能想得到异变陡生，厉战竟突然被偷袭？

不过那惊讶也只维持了片刻而已，当此危急存亡关头，怎能再做迟疑？身边狂涌而来的血魔也突然停住之后，五大掌门马上得到了机会，立刻冲向了厉战。日月玄光鉴、五雷夺心咒、列缺剑、落魂门……无数法宝道术拼了命地向着厉战身上轰击。厉战本来便已经重伤，此刻在五大掌门的跟进轰击之下更是无法抵挡，五人丝毫不敢再留手，转瞬间便已将厉战的身体轰得粉碎。

肉身被轰碎，厉战却并未立刻死去，而是一道如同其他血魔一般的血影自身体内飘了出来。然而那道血影的颜色却并非通体血红，而是与厉战的肉身一样，上面画着无数青紫色的图案。

随着厉战肉身的崩溃，周围的一片血魔也骤然齐齐爆发出了一阵尖利高亢的惨叫，随后漫天无边无际的血魔竟然疯狂抖动起来，随后爆开了一阵血花，再化作血雨纷纷落下。

几人连忙在身周撑开了防护，以免那血雨落在自己身上。即便如此，血雨一滴滴洒落在防护上，依旧掀起一片片波澜，拼命向内钻去，直到渐渐被防护消弭于无形。

当血雨落尽之后，雪峰山之前的天空上终于再度恢复了一片空旷。

“修补禁制！”王孚连忙向着山门之内的一众弟子大吼道，刚才厉战轰出的缺口有十余丈之宽，若不趁着现在赶紧将它修补完毕，再来下一波攻势，雪峰山必然立刻被攻破。

雪山派众弟子自然还不待王孚吩咐，早已便开始拼了命地运起全身法力修补起那禁制来。一朵朵青莲慢慢生长起来，逐渐修补着禁制上的缺口。而厉战的那条血影则猛地爆发出一声凄厉的叫喊：“你们……你们这群阴险小人，卑鄙无耻！”

“卑鄙无耻？”王孚冷笑一声，眼见厉战已经被七人团团围住，肉身又已坏灭，周围的血魔也全部死去，一时间再也没有反抗之力，心中终于定了下来，“对待你们这种邪魔外道，有什么卑鄙无耻可言？你们残杀无数生灵，滋养血海之时，可曾想到卑鄙无耻这四个字？”

厉战虽然已经濒死，但嘴却丝毫不弱，放声狂笑道：“弱肉强食，这本就是天下的至理。狼若是不吃羊，难道便要生生饿死么？何况……我尊主的想法，岂是你们能够揣测得了的？”

吞海宗宗主印苍表情复杂地自众人中当先飞出，飞到了厉战面前，望着这自己昔日最为器重的弟子，不由气得胡子乱颤：“厉战……你……为师……”

厉战不屑地狞笑：“为师？为师个屁的为师！印苍，你还真拿自己当个什么东西了？少在我面前摆什么架子，要杀就杀！反正等尊主重新降临之后，你们全部要死，而我也必将随着尊主一起复活！”

印苍无奈地摇了摇头，心中一片凄凉。厉战昔日不仅道行乃是年轻一辈弟子中最高，直追上代长辈，就连心性也是完美无缺，恭谦守礼、温文尔雅，昔日血噬之战时舍身救下万霖琦，让印苍心中悲痛良久，而今日……居然变成了如今这副样子！

万霖琦也表情复杂，心中再次想起当日被厉战救下的场景，然而此时此刻，他却也不方便再上前多花，只能将对话留给印苍与厉战二人。

“厉战……你为何会变成如今这样？那血魔老人到底对你做了什么！”印苍叹了口气，对厉战缓缓道。这个自己昔年最疼爱的弟子此刻分明神智清明，对答如流，完全不像是被彻底操纵了心智的模样，然而却为何会将那血魔老人奉为天神一般、口口声声不离尊主二字？

“哼，这是在套话么？”厉战冷笑一声，“不过没关系，即便是套话，我也不怕告诉你们。反正在尊主面前，你们都不过只是蝼蚁一般的存在，纵使让你们知道全部的真相，你们也什么都做不了。”

王孚冷冷盯着厉战，手中所捏着的法决依旧保持着原样，那一朵朵青莲漂浮在厉战身旁，无时无刻不保持着警惕，闻听此言冷声道：“那你便干脆点说出来吧。”

“哈哈哈哈！尊主对我做了什么？尊主为我打开了一扇新世界，让我们清楚了他的理想！更重要的是，他把血神经赐予了我们，如同他的子女一样！当尊主重新降世之时，他便会成为这个蜀山界的神，血神！而我们，则是他的儿子血神子！只要尊主不灭，便永远可以重新将我们孕育出来，纵使你们今天杀了我，我也永远不会消失！”

张羽飞到了厉战那团血影之前，仔细打量着他身上那一道道的图案。刚才厉战说的成神那一番话，让他心中有些异样的感觉，再对上此前所经历的事情，有了些猜测：“厉战，你的意思是……如今血海中的七个海眼，果然便是你那尊主的七窍？”

厉战血影的头部向着张羽转动了些。虽然看不清五官，但张羽还是能够感觉到厉战正盯着自己：“没错，你小子倒还算是有些见识。在你们愚蠢地围攻血池，却反而为尊主送上了无数精血，滋养血池之后，尊主便在那血池底坐化了。而他的七窍便化作了七个海眼，成为了支持血海的无尽源头，我们七人身为尊主的血神子，便是负责镇守海眼，防止你们对尊主有任何不利，只可惜……只可惜啊……”

张羽不动声色地追问道：“可惜什么？”

厉战嘶哑的声音如同夜枭般刺耳：“可惜，我在蒙尊主以血神经洗练之后，还不清楚自己的实力原来已经远远强过了你们这些蝼蚁，更因为镇守海眼需要入定长眠，没法离开海眼。否则，什么六大宗派……早就已经灰飞烟灭了！”

说着，厉战又嘿嘿狞笑一声，望向了印苍：“印苍，你老实说，若是今天我没被偷袭，你们还能活到现在么？”

印苍看着自己昔日弟子的这副模样，叹了口气，缓缓摇头：“不能。若是王孚和……这位峨嵋派的弟子没能偷袭成功，你今日便已经胜了。”

厉战得意笑了起来：“不错！你倒是还算老实，既然如此，那你们便老老实实地洗干净脖子，等着受死吧！要知道，我在七名血神子之中，可算是最弱的一个了！”

“那七人……除了你之外，还有谁？”印苍满面凝重地问。

“哼……等你们见到他们时，不就知道了？先留个惊喜给你们吧，不过可以先告诉你们的是，除了我以外，还有你们认识的人存在啊！”厉战狂笑，“好了，作为蝼蚁，你们需要知道的也就是那么多了，要杀便杀吧！”

接下来，无论众人如何询问，厉战也不再开口，而眼见那禁制已经渐渐要被修补完成，只留下仅供两三人出入的小小缺口，人家都心知事不宜迟——爆开来的不过只是雪峰山附近一带的血魔而已，若是再多浪费时间，又有无边无际的血魔涌来，那可就一发不可收拾了。

“交给……在下来吧，先谢过诸位道友了。”印苍回过头，看了一眼身后其余几名掌门宗主，眼神复杂。

其余几人没有开口，也都只是默默点了点头。印苍深吸一口气，回过神，掌心中道力凝聚，五雷夺心咒已经蓄势待发：“厉战，你最后还有什么想说的话么？”

“想说的？”厉战的那团血影大笑起来，笑声中满是张狂，“尊主万岁！”

印苍长叹一声，五雷夺心咒瞬间发动。天空中一道水桶粗的狂雷猛地劈落，带着无数火球围绕在周围，重重劈在了厉战的头顶。顷刻间，血影便惨叫一声消失无形，厉战已然灰飞烟灭。

印苍怅然若失，低着头默然无语，张羽在身旁看着这一幕，心中也涌起透骨的寒意。

发生在厉战身上的事情，简直太可怕了。

一路上，王孚零零散散地对着张羽说了不少厉战的往事。看得出，就连王孚这样的天纵英才对着厉战也是无比敬仰，甘拜下风。而厉战半生行侠仗义，锄强扶弱，更是让所有宗派门人弟子都无尽佩服。

但在被血魔老人以血神经所玷污之后，他竟然整个人都彻底被洗脑，成为了血魔老人的忠仆，哪怕临死之前也不忘了高呼万岁。张羽简直不敢想象，厉战的心智到底遭到了怎样的改变。

而若是自己……也遭遇了与厉战同样的事情，又会变成什么样？还是否能够保持一片初心不改？

“张兄，回去吧。”王孚的声音打断了张羽的沉思，拍了拍他的肩膀，指着已经快要封口的禁制。

“是。”张羽点了点头，随后便跟随着王孚与五大掌门一起，向着禁制之内飞去。

在众人都回到了雪峰山上之后，王孚先安排门下弟子加固禁制，随后便将众人领进了议事厅，自己坐在了主位之上，向着五大宗派的各掌门宗主深深行了一个大礼：“多谢诸位长辈前来驰援，不顾自身安危，若非如此，今日雪山派早已惨遭灭门之祸了，此恩此德，王孚永世不敢或忘！”

五大宗派的掌门自然连忙推辞，客套了一番。所有人都清楚，雪山派的宗主赤松与皎梅苦竹三人都战死之后，王孚便已经是雪山派事实上的宗主了。

如今血海成劫，大难临头，自然也不会有人去管繁文缛节，还会想到举办什么仪式，都已经心照不宣。

此刻厅内除了六大宗派的宗主，便是张羽了。虽然他无论身份还是道行，都远不可同日而语，但他却毕竟是跟随着王孚一同进去了血海，并且全身而退，自然也有资格留在这议事厅上。

卓以宁抬头望着上首王孚，拱了拱手："王……宗主，这一次前往血海海眼处，情形如何我们都还不清楚。厉战为何会率领血魔前来攻山，此节也有待王宗主说明。"

他本想称呼贤侄，但想到雪山派已经无人，就不在顾忌，直接称呼王孚宗主。

"卓宗主不必客气，这本来也正是我要向大家说明的。"王孚点了点头，把这一重身份默认了下来，如今宗主的身份，已经不是荣耀，而是最重的责任，他责无旁贷，随后将自己与张羽一同前往海眼，如何潜入海眼之底，如何轰破海眼，又是如何与张羽一起逃出生天的经历对众人一一说明，听得五大宗主或是惊讶，或是感叹。待到王孚终于说完了前后经历，直到他与张羽如何隐藏着身形接近厉战，偷袭得手重创的时候，接下来的事情大家便都知道了。

厅内众人都唏嘘感叹起来，王孚与张羽这一行，不啻九死一生，能够如此顺利地回到雪峰山来，又恰巧赶上厉战攻山，实在太过巧合。若是稍微有半点差池，今日在座的所有人当真便要死无葬身之地。

王孚感慨道："我们当日能够毁去那海眼，也实在是侥天之幸，以那厉战的身手，若不是当日顾忌到损伤海眼，我两人绝不会是他的对手，哪怕是再强上十倍，也必然饮恨当场，而若不是海眼被击毁之后，露出一片虚空，吸力极强，我们二人也更是绝无幸理。"

卓以宁点了点头："确实如此，若是再重演一次，胜负真的难料，那么……"他顿了顿，继续道，"那么接下来这六个海眼，你们二人打算如何处置？"

此言一出，其余几名宗主也都凝神注视着王孚和张羽，等着他们的回答。

在此前的介绍中，卓以宁已经对几人说明了王孚张羽二人现下的情况，大家也都清楚，唯有王孚靠着霹雳神座遮掩身形，再加上张羽所修炼的无须道行高深便能发挥出极大威力的日月玄光鉴才能潜入血海之中毁去海眼。若是将张羽换成某个道行更加高深的宗主，霹雳神座便掩盖不住身上那生灵气息了。

“此事便是我正在头疼的问题，正要请各位宗主给点意见。”王孚苦笑一声，“不知诸位此前有否留意，那厉战在临死之前曾说过，他未曾主动攻打我们各个山门，一是并不清楚自己的实力到了何等地步，二则是他为了镇守海眼，必须处在入定长眠的状态，直到被我们攻击了之后才醒来。那时海眼已经毁灭，他不需要再负起镇守之责，才会前来攻打雪山派的山门。也就是说……”

“也就是说，我们若是去攻打海眼，无论成功还是失败，都意味着会有镇守海眼的那什么……血神子被从海眼中释放出来？”大阿修罗教掌门秦紫烟皱着一双柳眉缓缓接话。

六大宗派中，唯独大阿修罗教的掌门是女儿之身，虽然成名已久，但脸上却丝毫看不出年纪。她皮肤白皙如雪，樱唇殷红如丹，鼻梁高挺，可谓国色天香，只是那一双眼睛中却时不时露出凌厉的气息来，整个人都仿佛一柄出鞘的锋锐长刀般。

“正如秦掌门所言。”王孚点了点头，“不论是否能毁去海眼，我们接下来都要面对一个血神子的反扑，若是厉战并未夸大其词的话，那其余六名血神子，只怕都比他只强不弱。”

众宗主都苦笑了一下，厉战在被血魔老人擒去，化作了血神子之后，虽然残忍暴戾，但却完全不像是那种会信口开河的样子，以他表现出的狂气，说那六名血神子都强过自己，应该不会是虚言。

正在他们沉吟之时，张羽开口打破了沉默：“师尊、各位宗主，不知你们方才有否注意到一点？”

众人的目光都齐齐射向张羽，他继续道："在厉战被我们合力斩杀之前，我便注意到，血海的海面已经降下去了很多，相比于之前的海面高度，低了怕是十余丈不止。这说明，海眼被击破之后，无论血海还是血魔的数量，都要下降好大一截，直到我们离开那海眼之时，那被击破后露出的虚空仍旧在不停吸取着海水。"

众人回想了一下，外面的海面还真的有如张羽此前所说的一样，水位降下了很多。

"但……仍在向外吐出着血海与血魔的海眼尚有六个，而被击毁的海眼却只有一个，所以血海终究还是会继续涨上来，若是要让血海停止上涨，至少也要让被毁去的海眼数量多于现存的海眼才行。否则……血海依旧在每日不停地上涨，终有一日我们的山门还是会被淹没。"

张羽停了停，看见众宗主都微微点头，继续道："所以，我们若是不前往海眼，那么最终也只能是坐以待毙，而主动出击，或许还能有一条生路！"

众人沉默良久，还是卓以宁先点了点头："此言无虚。"

天蝉子等众人思考了片刻，也纷纷表示了对张羽的赞同。

"那么，就只能靠着你们二人了，我们虽然有心同去，却实在没有那个能力……"印苍苦笑了一下，对张羽和王孚道，"以我们的道行，霹雳神座必定掩饰不了气机。"

"无妨。"王孚笑道，"此事既然只有我和张羽能够做到，那我们自然当仁不让。况且几位宗主还有更重要的事情做，那便是牢牢守住山门。我们纵使能够成功，接下来要面对的便是那血神子的反扑了，这份任务同样艰巨。"

"更难的还是你们啊……"在见过了厉战的实力之后，印苍是最为唏嘘的一个，"血海茫茫，对手又强到这等地步，只盼你们不要像我那不成器的徒儿一样，被擒走，变成那血魔老人的傀儡奴隶。"

"若是真到了那一刻，弟子自然宁可自杀，也不会让血魔得逞！"

张羽斩钉截铁地说。

接下来，王孚便在身前空中画出地图，将那余下的六个海眼一一点出，算了算距离，从现存的六大山门中出发，距离最近的乃是天机剑派到对应着口部的那个海眼。

“我和张羽此前消耗都不少，需要一两日来休息一下，雪峰山的禁制防御被厉战击破，现在虽然勉强补好，但还需要再加调整，那便……在三日后从天机剑派的永量山出发吧。”王孚征询地看着其余各宗主。

众人都同意王孚的安排，此时要商询的事情已了，各人都各自告辞，回到了自己的山门。张羽自然是也随着卓以宁回了峨嵋派，待三日之后再去永量山，与王孚会合。

再度穿越离遁万界门，又是一阵古怪的不适感，让张羽更是怀念被洛姬瑶带着穿梭的感觉。

回到了峨嵋派以后，卓以宁眼带笑意地望着张羽，话语中尽是开怀：“张羽，你做得很好，虽然在你出发前，我也曾想过此行成功的可能渺茫，但却没想到你竟然真的能一举将那海眼毁去。”

“只是侥幸而已。只盼下次也能如这般幸运吧……”张羽不好意思地笑笑。

卓以宁叹道：“只可惜，你的道行不能再高些，否则王孚便无法再将你的气息掩盖得住。若非如此……我连同七名长老哪怕拼了一身修为不要，也要逆转日月玄光鉴，将自己的道力灌注在你一人身上……”

“逆转日月玄光鉴？那是什么？”张羽好奇地问道。

卓以宁笑道：“你毕竟刚修成日月玄光鉴，便马上随同着王孚一起前往了血海，这一节我却没来得及和你说过。这日月玄光鉴，是介于法术与法宝之间的存在，然而其根基却还是修炼得成的法术。它的奇妙之处，便在于无论道行高低，只要能稳守阴阳二气的平衡，便能在体内以道力凝聚成一面明镜。一旦功成之后，随着道行日增，威力也会越来越大。但日月玄光鉴还有一层妙用，便是能将自身的功力完全传递到别人身上，虽说是为他人作嫁衣裳，但若是在真的有了这份必要之时，这便能起到极大的作用了。”

张羽心中隐隐有了些奇怪的感觉，逼迫着他追问卓以宁：“那么……这逆转日月玄光鉴，究竟应该怎么做？”

卓以宁奇怪地看了一眼张羽，不知道他为何要追问这个，但还是耐心解释道：“与修炼的过程恰恰相反，以玄光鉴为炉鼎，以对方的丹田为器物，将阴阳玄光重新向丹田处凝聚，当那玄光与丹田融为一体之时，便是功成之时。”说到这里，卓以宁又加重了语气强调道，“但你可千万记好了，一旦逆运日月玄光鉴，便意味着自己苦苦修炼出的道行完全丢失，只能重新再度开始修炼，这等为他人作嫁衣裳的事情，若非逼不得已，千万不要做，若不是此次前往海眼的行动太过危险，我和七位长老也不会出此下策。你一路辛苦，先去休息吧，待你休息好了，再来找我，这日月玄光鉴妙用无穷，还有许多法门你不清楚，这三日之内，我细细传授于你。”

“弟子明白。”张羽点了点头，又听卓以宁再度叮嘱了几句，才告辞回到了自己的房间中。

还有三日，便是下一次搏命之旅了！

第九章 再探海眼

张羽回到了自己房中，仰面躺在床上，脑子里反复过着此前的一幕幕场景，尤其是厉战最终那疯狂嘶吼的模样，更是让他心惊肉跳。

张羽不怕死，否则也不会一口便答应了洛姬瑶，来到这蜀山界拯救弟弟和凌未平，他害怕的是自己会不会有一日也变成厉战那模样。

尽管保留着此前的一切记忆，一切神智，但却都将以前的信念当作垃圾般毫不在意，如果自己也变成那样，简直是世界上最可怕的事情。

他不敢想象，若是自己依旧能够记得弟弟张彦，记得好友凌未平，记得洛姬瑶和她所说的关于因果线、崩溃的世界等等一干事情，却丝毫不以为意，只想着能效忠那血魔老人……

张羽下定了决心，若是自己一旦确定要被俘的话，那么一定要抢在那之前自戕。即便是死，也好过成为奴隶和傀儡。

三日后，张羽站在离遁万界门之前，感觉自己已经调整到了最佳的状态。在他身后，站着卓以宁、七大长老以及一众峨嵋派的弟子。

“张羽。”卓以宁唤了一声他的名字，却没有再多说什么，目光慈爱。一切都在不言之中。

“我走了，师尊。”张羽转过身对着卓以宁叩了一下头，随后便走进了通往永量山的离遁万界门之中。

当张羽眼前再度出现画面时，已经到了永量山。

这永量山是天机剑派的山门，同样是苍松翠柏，郁郁葱葱，一副仙界美景气象。只是那天空中的浓密乌云和远处无尽咆哮着的血海，还是让这美景有了些不适宜。

王孚已经先张羽一步到了，正在广场上等着张羽。天机剑派掌门天蝉子与他并肩而立，身后没有带着一个弟子。

“还是那句话，我们什么也做不了，只能盼你们一路小心，一切顺利。”天蝉子拈了拈颌下白须，“我们这三日来，已经全力加固了周边的禁制，就待那血神子前来了。只不过……希望来的不会只有他一个。”

“多谢天蝉子宗主，我们一定会小心行事的。”张羽与王孚一起向着天蝉子行了一礼，随后便告辞向着山脚下飞去。

两人依旧和此前一样，让天机剑派的弟子在禁制上开了一个小口，以霹雳神座笼罩了两人全身，潜入了血海之底。

血海中的血魔还是只会飘来荡去，无法感应到他们的气息，王孚对海眼的位置了若指掌，张羽只管紧跟着王孚，按照他的方向飞速前行着，两日过后，已经接近了那海眼。

这一次这海眼还是和此前一样，一个巨大的洞穴方圆数十里，看不清底部，无数血魔不断自洞穴中涌出，在入口周围盘旋不停。

此刻两人已是轻车熟路，压抑着自身的气息便跃入了海眼之中，迎着那水流飞速下降着高度，待到洞穴渐渐收窄到了数十丈方圆处，两人才减缓了速度，小心翼翼地控制着自身的行动。

这海眼果然与对应的位置一样，处在口部的位置，便是一张巨口的模样。只不过此刻那巨口正双唇紧闭，在双唇的上方，盘膝坐着一个人。他双目紧闭，周身肌肤也同样一片深红，上面覆盖着青紫色的图案，那图案的造型与厉战身上的风格一般无二，只是具体纹路有着细微的差别。

张羽和王孚对视一眼，随后小心地再接近了一些，两人深吸了一口气，定住心神，日月玄光鉴自张羽手中浮起，猛然射出黑白玄光。

黑白交错的光芒再一次射出，指向那坐在口部海眼上的血神子，而霹雳神座掩盖不住如此强大的气息，两人现出了原本的身形。

海眼底部盘旋着的血魔仿佛修到了腥味的鲨鱼一般，飞涌而来，依旧是和此前一样，王孚在身周张开了无数护体的青莲，掩护着张羽以日月玄光鉴轰击海眼，无数血魔不停扑击着青莲，但短时间内却无从破门而入。

在原本的计划中，应该还是和上次一样，张羽以日月玄光鉴击毁海眼，而王孚则负责防御，一直撑到海眼被毁去，然而张羽方一出手，便感觉到了不对。

黑白玄光刚一射出，那只坐在海眼上的血神子就已经睁开了双眼，眼见着日月玄光鉴已经轰到了自己的面门之前，他却不闪不避，而是将手平伸在了面前，表情没有丝毫的慌乱震惊。

张羽反倒是心中一震，看着那血神子身前一道有形有质的煞气陡然凝聚而成。血海中的海水本来便是黏稠的雾气，然而那煞气却似乎比血海更为凝练十倍不止，黑白玄光射在煞气之上，竟然无法立刻穿透，而是仿佛泥足深陷般失去了前进的速度，一点点在其中挣扎着。

“坏了！”张羽心中暗叫一声不好，继续用力催动日月玄光鉴，可以往威力无穷的玄光却依旧没有半点作用，被那股煞气死死困住。

那血神子缓缓站起了身，冷笑道：“尊主早已告诉了我等，没想到你们居然还真敢前来，真是不知死活！”

他的身量修长，并没有厉战那般虬曲的肌肉，双眼中也没有太多的霸气与戾气，然而那沉稳的语气和神情，却更让张羽感到今日不好。他竟是没想到，已经坐化的血魔老人尽管七窍都化作了海眼，却依旧拥有自己的意识，甚至能将左眼海眼处发生的事情告知众血神子。

对方早已守株待兔，严阵以待，而他和王孚两人此刻岂非是自投罗网？

张羽连忙收回了日月玄光鉴射出的黑白玄光，跟随着王孚猛地向后一闪，随后日月玄光鉴向着那血神子头顶的洞壁猛地轰出。石壁上轰然炸开，一块块巨大的石块落下，夹杂着无数纷纷扬扬的碎屑，将血海搅浑成了一片。

可那血神子却只是淡淡一笑，也不见他有什么动作。上方的石块眼见着便要落到头顶时，只是几道血光闪过，便骤然化作无形，连半点残渣都没有剩下。

王孚也意识到了情况不妙，低声喝道："张羽，退！"

周围的血魔还在不断扑击着，此刻若是两人马上收敛气息，重新祭出霹雳神座，那么还有机会混入一众血魔之中潜逃而出。

张羽自然明白王孚的心意，双眼一凛，日月玄光鉴中射出的黑白二气一闪一晃，黑气随即消失，而只剩下了白光。

那白光也不再是原本的一道，而是自镜面中向着四面八方射出，如同太阳光般爆发开来。

这正是在他临行之前，卓以宁教给他的日月玄光鉴诸般妙用之一。这白光并无攻击力，但却亮得令人无法直视，原本幽暗的海眼底部在那一瞬间竟然亮如白昼，甚至远远比白昼更为刺眼。除此之外，这白光闪过之时更是摄人心魄，一时间无论是周围的无数血魔，还是那血神子，都失却了对身周一切的感知，无论是视觉还是神识。

光芒一闪而逝，当海眼底部重新黯淡下来之时，张羽和王孚已经消失在了当场。那血神子缓缓晃了晃脑袋，再看向身周，却只能看见一只只血魔正茫然游荡飞舞着。

张羽和王孚趁着方才那短短的空隙，已经重新降低下了气息，随后以霹雳神座掩盖了自身的身形和气息，隐遁于虚空。

两人小心翼翼地收敛起全身气息，跟随着周围的血魔一起，模仿着它们的行动，缓慢地飘动着，一边警惕地注意着那血神子的举动，一边一点点向上飘去。

那血神子仅仅一出手，便让两人都感受到了他那恐怖的实力，心知此时若是继续硬拼，只怕一个照面便要被对方击杀，只能暂时退去再想办法。然而能否在这血神子的手中逃出生天，两人心中却是并无十足把握。

那血神子的眼中诧异一闪而过，随后便马上变作了不屑的冷笑。这样看在两人的眼中，心中更是一颤，然而此时纵使情势如何危急，也不能立刻全速向上飞行，只能与周围的血魔一样慢悠悠地飘荡着，若非如此，马上便会被一眼认出。

“你们觉得，这样躲藏起来就有用了么？”

那血神子脸上挂着淡淡笑意，双手之间血色光芒一闪：“天真。”

张羽和王孚两人正将自己藏在血魔群中，听见那血神子的话语，再看见他双手之间闪过的血芒，顿时心中暗叫一声不好。

然而待他们再飞速上行，却已经来不及了，那血芒比血海中的颜色浅了不少，更是如同火焰一般，在血神子的双手上熊熊燃烧着，直到远超头顶的三四个人高度，自远处望去醒目异常。而血芒的顶端，还漂浮着两个小小的红色圆球，正在不断一点点变大，瞬息之间便有了数尺方圆。

随后那烈焰般的血芒猛地爆发，连带着血芒顶端的红色圆球也一下炸裂开来。随着那炸裂，原本在那血神双手之上的血芒开始飞快扩散开来，而血芒所接触到的海水都立刻翻滚不停，仿佛沸腾了一般。

那些血魔在失去了目标之后，原本只是茫然不知所措地缓缓游荡着，随着海眼中向上的海流慢慢上浮，而在那血芒炸裂之后，突然像是感受到了什么巨大的危机般疯狂地向四周逃窜起来。然而这却也依旧是无济于事，血芒扩散的速度远超血魔飞行的速度，片刻之间已经充斥到了整个海眼底部。它们在被沸腾的海水方一接触，便齐齐爆发出了一声惨叫，以肉眼可见的速度开始溶解，飞速化作无形，溶入了血海之中。转瞬之间，海眼底的所有血魔都被一扫而空，只剩下了张羽和王孚两人。

而在那海水刚开始沸腾之前，王孚已经心中大骇，在身前张开了一朵朵青莲，那血神子明摆着是在无差别攻击，到了此时此刻，已经顾不上隐藏身形了。

血芒看似是如墨汁滴入清水般扩散，然而那速度却实在快得骇人，青莲刚刚被招出布在身周，血芒已经扑到了面前。王孚只看见身前的青莲被不停地腐蚀，转眼间莲花花瓣上已经多出了无数密密麻麻的小孔。

“好厉害！”

王孚暗叫一声，不停地向着身前的青莲中输送着道力，然而那青莲被腐蚀的速度却只是稍微减缓，却不曾真正停止。

而他那句“好厉害”，更多的倒不是说这血神子的实力，而是他的手段——早已知道他二人要前来毁掉海眼，却始终装作不知，引二人中伏，而在二人想要潜藏起身形逃跑时，当机立断，不惜将海眼底部那无数的血魔一同灭杀，也要留下二人。

这份深沉，这份狠辣，才端的是厉害非常！

此刻血魔已经尽数被血芒溶解，海眼底部空荡荡的只剩下两人，王孚自然再没有机会祭出霹雳神座浑水摸鱼地逃跑，而只能咬着牙苦苦支撑着身周青莲。这时原本站在海眼底的那血神子身形只微微一动，已经闪到了两人之前，隔着青莲望着张羽和王孚两人。尽管他也一直身处在那被血芒蒸发得沸腾起来的海水中，但却浑若无事，脸上带着淡淡笑意：“何必再苦苦支撑？早些投降岂不是更好？”

此时张羽王孚二人已是瓮中之鳖，他自然也不急于继续出手。王孚冷笑一声：“投降？然后被你们变成那种恶心的血魔？供你驱策？若真是那样，我宁可自杀！”他一边回骂，身周又再度召唤出了几道青莲，堵在了马上便要被腐蚀一空的几朵青莲之后。然而沸腾的海水始终在不断侵蚀着青莲的花瓣，纵使王孚再怎么支撑，也不过是杯水车薪，一旦体内道力消耗一空，两人终究还是个死局。

“血魔？不不不！这怎么可能？”那血神子大笑着摇了摇头，“你们之前能潜入尊主的左眼之中将其毁去，事后更是击杀了厉战，不仅如此，竟然还敢再次深入血海，妄图再次重演胜利，无论是实力也好、胆识也好，都让我很是佩服，甚至连尊主都高看了你们一眼，所以仅仅吸干净你们的精血用来创造血魔，岂不是太浪费了一些？”

他挑了挑眉毛，望向王孚：“听说，你是雪山派的大弟子，身份上也很合适。恰好厉战已死，在尊主重新降世之后他才能复活。在那之前，我们还需要一个新的血神子，由你来接替他，想必是个不错的主意，至于你——”那血神子对王孚说完，又望向了张羽，“虽然从未听说过峨嵋派有你这样一个弟子，但是……等等！”

那血神子直到此时才看清了张羽的长相，原本波澜不惊的淡淡笑脸突然扭曲了起来，像是被天下最可怕的东西吓到了一样。

“你……你是张羽？”

张羽本连话都不愿多说，只冷笑着看着那血神子的劝降，连听都没怎么留神听，然而那血神子突然叫出了自己的名字，却让他猛然一愣。

按照厉战的经历来看，他是吞海宗昔年的首座弟子，后来被血魔老人擒下，才成了他座下的血神子，否则也不会认得出王孚。但眼前这人……对王孚只是听说而已，却居然能认得出张羽！

这根本不可能！

张羽来到这蜀山界不过只有短短的几个月，又几乎没有离开过峨嵋派，连其他宗派的弟子也没几人听过他的名字，更不必说光看着面孔就能认出他了！

张羽仔细看着那人的面孔，想要从上面找出些自己熟悉的痕迹来，但那面孔却始终是陌生一片。

“你……是谁？为什么会认识我？”

张羽迟疑了片刻，皱起眉头问道，同时掌心中的日月玄光鉴也已经蓄势待发，随时准备鱼死网破，就算今日必定身亡于此，也一定要在临死之前给他留下一个深刻的教训。

“真没想到，你居然也会出现在这里……念着旧日的情分……”那血神子摇了摇头，长叹一声，面上居然流露出一丝苦笑来，“王孚，那就只能委屈你了，你还是乖乖做血魔的养分吧，那个空缺的血神子的位子，是张羽的。”

“放你的屁！”张羽心中怒意勃发，竟然忍不住爆出了粗口来，“你在这里废话连篇，决定这个决定那个的，问过我们的意思了么？快说，你到底是谁，为什么会认识我！”

那血神子此刻却不答张羽的话，而是缓缓握紧了右拳，对王孚笑了笑：“受死吧。”

这一次，他没有使用任何法术，只是单纯的一拳轰在青莲组成的防御壁上，然而那没有任何法术，简简单单的一拳，却爆发出一股滔天气势。原本那青莲尽管被血芒不断侵蚀着，但却还能维持着旋转，保护着核心处的王孚和张羽，却在这一拳之下被彻底轰散！

王孚口中鲜血狂喷，颓然向着海眼底部落去，那一拳没有轰中王孚的身体，但那青莲与他体内的道力息息相关，心神所系，骤然间被尽数摧毁，焉能不被反噬？

张羽虽未受伤，但心中却是一片骇然，猛地向下飞去，抓住了王孚的衣袖，同时另一只手中早已蓄势待发的日月玄光鉴再度射出了黑白二气交汇的玄光，向着身后的那血神子射去。

而那血神子却不闪不避，只如此前一般向前平伸出了一只手。黏稠的煞气又一次凭空出现在身前，将那道玄光重重裹在了其中。

“张羽，没用的，以你现在的实力，伤不了我分毫。”那血神子摇了摇头，却没有再度追击，甚至连原本已经弥漫在整个海眼地步的血芒都骤然逆转，向着他的双手中收了回去，只负手冷冷低头看着下方张羽。

张羽此刻的全身已经剧痛万分，皮肤以肉眼可见的速度不停地冒起着水泡，纵使血芒已经被撤去，但血海的海水本就是能够吸取生灵精气的存在。纵使比血魔附体时慢了许多，但他肉身之中的精血还是不停地向着体外流失着。短短片刻间，张羽已经感觉到自己被抽空了大半，若不是剧痛还让他保持着清醒，只怕他此时已然昏过去了。

王孚虽然一击之下便身受重伤，但还是勉力重新招出了几朵青莲，堪堪护住了二人不被血海侵袭，然而即便只是这样的举动，也让他面色一片血红，喷出了一大口鲜血来，喘息不停。

“你……你究竟是谁！当年蜀山界各个宗派之中，绝没有你这样一个人物！你不是厉战那样被擒获的弟子，报上你的姓名来！”隔绝开了海水，王孚才稍稍缓过来一些，伸手指着那血神子喘息着道。

那血神子悠然点了点头：“没错，我确实不是厉战那样被俘虏的，而是直接成为了尊主的弟子。至于我的名字——我叫宁叱咤，不过我的来路，就算告诉你，你也听不懂的。”他突然咧嘴一笑，露出满口雪白的牙齿，“在这整个蜀山界里，知道我来路的，恐怕也只有张羽一人了吧。”

“张羽？”王孚瞪大了眼睛，望向身旁的张羽，“你认识……这个叫宁叱咤的？”

张羽缓缓摇头，他无论再怎么绞尽脑汁，也想不起自己曾听过这个名字。

“这是尊主赐给我的名字，你们自然不曾听过。”宁叱咤笑了笑，“至于我的真名……”

他突然双目一凛，凶光暴现：“你还不配知道！”

此前他掌心中的血芒再度浮现，熊熊升腾了起来，只是那血芒这一次却并未扩散开来，而是依旧保持着凝聚，更越来越收缩凝练。转眼间，血芒已经凝聚成了一柄长剑，只不过那长剑看不见剑柄，仿佛是长在了宁叱咤的手上一般，只有前段火焰凝聚成了一个剑身形状。血芒火焰组成的剑身不停地跳动着，然而这一次却没有让周围的海水蒸发沸腾开来。

此剑一出，宁叱咤整个人都爆发出了滔天的气势，威如岳海。

“厉战所受传的，不过只是尊主最粗浅的法术而已，而我的血焰剑会让你们知道，尊主的强大之处！”

宁叱咤说完，又冲着张羽笑了笑：“放心，看在往日的情分上，我不会杀你的，待你也投入了尊主的怀抱之后，再来感激我吧。”

那血焰剑刚刚凝聚完成，张羽便已经被剑上的气势压得几乎喘不过气来，而他身旁的王孚已然身受重伤，更是面色苍白如纸，眼中一片震惊。

虽然早知道宁叱咤远远强过了他们二人，但王孚怎么也没想到，他竟然已经强到了这个地步，跟宁叱咤比起来，厉战简直便是个牙牙学语的孩童。

若是那一日，在雪峰山的山门之外，带着血魔前来攻打的不是厉战，而是宁叱咤的话，那么六大宗派只怕当日就全灭了。

正在王孚心念刚一转动之时，宁叱咤已经挥起了手中的血焰剑。血焰剑虽然看似是剑形，但却纯粹是由熊熊燃烧着的血芒组成。宁叱咤虽然原地未动，但右手只是轻轻一挥，血焰剑便猛地暴涨，刚刚挥出时不过三尺长短，在斩到了两人身前时已经变作了近百丈长，别说是剑，便是长枪也远没有这般长的。

眼见着血焰剑便要斩中二人身前，那稀稀落落的几朵青莲，显然完全不可能挡得住如此凌厉的一剑，下一刻王孚便要立刻血溅当场。

但当此危急时刻，王孚的眼中却并未绝望，而是精光一闪，手中已经现出了一块玉璧。

那玉璧不过巴掌大小，通体浑圆，上面雕刻了无数密密麻麻的蝇头小篆，看不清写了什么，在中心处又有一个圆孔，其中光芒流转，五彩斑斓。王孚双手捏着那块玉璧，微一用力，那玉璧竟然轻响一声，碎裂成了两半。

在这时，血焰剑已经几乎便要斩到了王孚的脖颈之上，前方那几朵稀稀落落的青莲完全没能带来半点阻碍，在刚一接触到血焰剑之时便被从中斩开两半，随后猛地燃烧了起来。

就在玉璧裂开之时，原本圆孔中那一团五彩流光竟突然飞速膨胀开来，笼罩在了两人的身周，原本摧枯拉朽的血焰剑斩在五彩流光组成的罩子上，却奇迹般地没有将它斩破，剑刃仿佛被弯折了一般，自那流光罩子上滑了开去，没有任何轰响，也没有任何震动，就仿佛那罩子是一条滑不留手的泥鳅一般。

原本眼中已经写满了信心的宁叱咤仅也不禁全身微微一震，尽管表情还是没有丝毫的变化，但眼神却已经出卖了他惊讶的内心。

而流光罩子之内，王孚原本也紧张万分，但在看到了宁叱咤的那一剑并未斩开罩子之后，也缓缓松了一口气，身体软软坐到了海眼底部的地面上。

“这……这是什么？”张羽讶然看着宁叱咤再度挥剑，不停地一剑又一剑斩在这流光罩子上，却始终无法将其斩开，忍不住对王孚问道。

王孚喘息了片刻，才缓缓抬起沉重的眼皮，望着张羽挤出一丝笑容：“万劫落尘瑗。”

这是张羽第一次听到这名字。流光罩之外，宁叱咤已经停下了徒劳的挥剑，身体一纵便飞到了两人面前，隔着流光罩冷冷望着内部的两人：“怎么？开始扮缩头乌龟了么？我倒不信，这罩子能永远盖在你们头上。”

“确实不能。”王孚轻轻拍了拍张羽的肩膀，“这万劫落尘瑗号称是绝对无敌的防御，虽然只不过能坚持三个时辰而已，但一旦开启，在这三个时辰之内，内外的一切都被隔绝，内部虽然无法攻出去，但外面的敌人不管再多再强，也决计无法打得进来。”

“只有……三个时辰？”张羽一凛，转脸望向万劫落尘瑗外面的宁叱咤。他似乎已经听到了王孚的话，袖手冷冷看着内部的两人。

这样子，两人还真像是瓮中被捉的老鳖一样了。

“不用担心，他听不见我们说话的。”王孚冲张羽摆了摆手，“这万劫落尘瑗虽然无论内外两方的攻击都完全无差别地挡住，但唯有声音却是单向传递的。”

张羽上下打量了一下那半圆形笼罩在二人头上的五彩流光，忍不住感叹道：“雪山派的法宝……果然神奇！”

可王孚却摇了摇头，苦笑道：“这不是雪山派的法宝，而是玄道门的。天蝉子宗主前日特地亲手送来，对我言明了这法宝的妙用，并说若不到万不得已时，不要开启。毕竟炼制这万劫落尘瑗需要采集的天材地宝实在太多，现在整个蜀山界都已被血海包围，已是再也无法炼制，用一个就少一个了。”

张羽一愣，低头看向了王孚脚边的那两片被掰开的玉璧破片，原本流转的光芒已经被释放出来，笼罩在二人头顶。而余下的玉璧已经黯然失色，再也不复原来的光洁润泽，灰扑扑地躺在地上。

这至强的防御法宝，竟然是一次性的！

“那……你身上便只得这一枚万劫落尘瑗？这三个时辰，怕是未必够你复原伤势吧？何况……”张羽顿了顿，还是涩声说，“就算你能恢复到了完全未受伤之时，只靠着我们两人，只怕也……不会是他的对手。”

王孚无奈地笑了笑：“确实如此，但至少能拖上他三个时辰，也算是聊胜于无，只能是期盼……在这三个时辰之内想出什么对策来了。”

“三个时辰……”张羽喃喃道，一边看见万劫落尘瑗之外，宁叱咤已经冷笑一声，掉过头走到了那海眼的双唇之上，重新盘膝坐了下去，闭目无言。而他虽然坐下，身边却没有再凝结出血魔来，显然是防备着两人重新出来时，再度伪装血魔的身形。他虽不怕，但也省得多麻烦一遭。

王孚咬着牙，死死盯着外面的宁叱咤："若是今日不能在这里杀了此人，让他再如厉战一般前去攻打一番，只怕六大宗派没有一人还能继续活着……"

"可……究竟应该如何对敌？王兄无论道行还是阅历都远胜我百倍，这就有赖王兄了。"张羽苦笑一下，对王孚道。

王孚自怀中摸出一颗丹药，吞了下去，面上的苍白才稍稍有了点血色。他凝神苦思了良久，还是只能无奈地缓缓摇了摇头。

"难道真的没有别的办法了？"张羽皱着眉头不甘心地追问道。

"若是……"王孚叹了口气，又缓缓摇了摇头，"算了，此时提这个，也没有什么意义了。"

张羽双眼中顿时一闪："王兄请说，无论是什么法子，至少让我一同参详一下。"

王孚抬眼看了看张羽，想了一下，轻轻点头道："你想来应该知道，我们雪山派的心法青莲宝鉴共有十八层，但自雪山派立派以来，除了开山祖师之外，便再也没有人能修到这一水准，只是相传，一旦能够将青莲宝鉴突破到十八层，那威力几乎惊天动地，当世再无敌手。"

张羽点点头："那么王兄你……"

王孚苦笑了一下："这倒不是自负，但原本我在师门长辈的评价中，是最有可能突破这青莲宝鉴十八层的人。我以一百二十年的时间修到了十七层，甚至修成了天地青莲法，已经是师门中史上最快的速度了，若是能够再有五十年时间修炼，配合上灵丹妙药提升道行，当有不小的可能性。但在那血魔老人横空出世，蜀山界被血海覆盖之后，我又哪有时间闭关潜心修炼，更上哪儿去寻找天材地宝炼制灵丹妙药？"

"也就是说，王兄你若是能将自身修为提升到十八层，当有机会击败那宁叱咤？"张羽隔着万劫落尘瑗的流光看了一眼不远处已然盘膝坐下，闭目养神的宁叱咤。

王孚叹了口气："只能说是有一战的希望吧，毕竟那宁叱咤的强横，实在是我生平仅见。但我们在这万劫落尘瑗中只有区区三个时辰……要在这三个时辰之内突破青莲宝鉴第十八层，岂不是痴人说梦？"

张羽听到这里，忽然心一动，他想起了在他这一次前来血海之前，师尊卓以宁曾经对他说过的话——这日月玄光鉴还有一层妙用，便是能将自身的功力完全传递到别人身上，说是为他人作嫁衣裳，但若是在真的有了这份必要之时，便能起到极大的作用了。

现在，便是真有了那份必要的时候了！

虽然卓以宁也反复对他强调过，一旦逆转日月玄光鉴，便相当于将自己的全身功力尽数传给对方，涓滴不剩。但眼下若是不这么做，那一旦万劫落尘瑗消失之后，两人死在宁叱咤手上还算是好的，若是被他擒下，成为血神子……那简直比死还可怕。

相比之下，不过是功力全失，又算得了什么？

"王兄，坐好。"张羽短短片刻间便下定了决心，面色凝重地对王孚道，"我来助你突破青莲宝鉴第十八层！"

王孚一愣："什么？"

张羽却已缓缓自掌心中召出了日月玄光鉴："我将日月玄光鉴逆转，可以把自己的全身功力尽数传给你。"张羽挥了挥手，止住了王孚开口，"不要多说，此时不是婆妈的时候，只有我的功力足以助你突破那青莲宝鉴第十八层，我们才有脱困的希望！"

王孚深吸一口气，没有开口，只缓缓点了点头。

当此危急关头，他自然也不会再絮絮叨叨，做那妇人之仁。

他只是直直望着张羽，沉声道："多谢。"

再没有耽搁，张羽已经开始了逆转日月玄光鉴的过程。他闭上眼，但却依旧能靠着神识清晰地感觉到自己面前的王孚的存在——盘膝坐在面前，小腹处一枚丹田正急速盘旋着，远比自身的更大更快不知多少倍，显见道行远远强过了自己。

如果说当日从自己的丹田中凝聚道力，炼就日月玄光鉴的过程像是在织布一般的话，那么现在便是将已经织好的布匹重新拆散成一缕缕细丝。日月玄光鉴再度射出黑白光芒，只不过这一次却并非交织在一起，而是黑白两道细细的线，自镜中向着身前王孚的丹田处流去。

王孚闭着眼，将自己的丹田完全开放给张羽，竭力控制着张羽传递来的黑白二气，将它们纳入自己的丹田之中，转化为自己的道力。虽然张羽仅仅修炼了几个月而已，道力并不算深厚，但通过了日月玄光鉴的这一转化，却是凝聚醇厚到不可思议。

只是王孚却不知道，张羽此时全身都已陷入了痛苦的煎熬之中，此前将日月玄光鉴用于攻击之时，只不过是将其作为通道，外放道力而已，便已经让张羽感觉到如同被掏空一般。而这一次却是连日月玄光鉴本身都在被一点点扯碎。日月玄光鉴在被修成了之后，已经成为了张羽身体的一部分，将它一点点摧毁的痛苦简直就像将全身的肌肉骨骼都放入一个磨盘中磨碎殆尽一般。

短短片刻，张羽的头上已经汗出如浆。此前卓以宁对他说起日月玄光鉴的这一功效时，他心中还在疑惑峨嵋派那么多修成了日月玄光鉴的先辈，若是都能将自身功力传给下代，岂不是早已天下无敌了？而直至今日他方才明白，这痛苦实在非常人所能承受。

但即便如此，张羽还是死死咬着牙，不让自己失去神智，不管全身的痛苦多强，也始终将日月玄光鉴一点点化作阴阳二气，向着王孚的丹田之中送去。

王孚闭着双眼，不住地吸纳着张羽传来的道力，已然进入了物我两忘之际，浑然察觉不到外界发生了什么。万劫落尘瑗的持续时间还在一点点流逝，他也忘记了计算时间，全副心神都放在了体内那不断壮大着的丹田之上。

王孚身为雪山派不世出的天纵英才，早已将青莲宝鉴练到了十七层的顶端，但这青莲宝鉴的修炼难度乃是循序渐进，越来越难，不过威力也越来越强大，第二重相对于第一重的修炼时间便翻了一番，第三重也比第二重又翻了一番。王孚用了一百二十年的时间将青莲宝鉴修到第十七重时，靠着修炼累积而成的道力已经微乎其微，若要光靠着自己修炼，只怕不知还要多少时日才能抵达十八重的境界。但张羽所传来的道力却并不受到这一层妨碍，王孚几乎能感受到自己的道力以肉眼可见的速度在增长着。

时间一分一秒流逝，终于当两人身周的流光开始微微闪烁摇晃起来之时，王孚才猛地睁开双眼，他的双目之中精华内敛，神完气足，相比于原来的模样，原多了几分沉稳凝练。

在接纳了源源不断传来的道力之后，丹田终于达到了第十八重的境界，原本浑圆的外形开始自中心缓缓向外开放，犹如花蕾一般。最终绽放为一朵金色的莲花，依旧在小腹之中不停地旋转着。

而此时他全身的道力，也瞬间充盈到了不可思议的境界——青莲宝鉴第十八重，终于成了！

第十章 金莲显威

王孚刚睁开第一眼时，看到的便是身前已经面色苍白如纸，满头满脸都是汗水的张羽，而他的眼神已经开始涣散失去焦距，仿佛行尸走肉一般。

“成……成了么？”张羽还保留着最后的一点意识，但身体却已经虚弱得哪怕轻轻一碰都会倒下。

王孚连忙扶住张羽的肩头，沉声道：“成了！”

张羽虽然已经虚脱欲死，脸上还是挤出了一丝欣慰笑意：“这下若是还打不过那家伙，那可就……可就再也没有办法了。”

“嗯。”王孚拍了拍张羽的肩膀，站起身来，抬眼看着身前那万劫落尘瑗组成的流光罩。原本五彩斑斓的流光已经黯淡得近乎无形，并且还在不停微微闪烁着，如同将死之人的心跳一般。

而宁叱咤此时也早已察觉到了这万劫落尘瑗的变化，站起身来，原地负手望着罩中的二人，面带轻松的笑意。

“终于，没法再做缩头乌龟了么？那就受死吧。”

王孚虽然突破了青莲宝鉴十八重，但面对宁叱咤这样一个强到恐怖的对手，依旧不敢托大，神色凝重，右手轻轻一弹，一朵金色莲花已经弹到了张羽的身前。

莲花在张羽的头顶缓缓停下，随后飞速旋转了起来，与此同时，万劫落尘瑗也终于抵达了自己的终点，在最后一次闪烁之后消失无踪，周围原本被排开的血海瞬间涌了过来。张羽此刻已经将全身道力都逆转送到了王孚体内，这血海的海水哪怕只要沾上一滴，便立刻魂飞魄散，精血被吸取一空，但就在海水涌来时，那旋转着的金莲却射出了一道金光，将张羽笼罩在了其中。

海水虽然紧密包围着金光，却始终无法再前进一寸，而王孚迎面对着宁叱咤，看着他手中的血芒烈焰再度燃起，随后凝聚成了那柄血焰剑，滔天魔气再度席卷了整个海眼底部。但王孚此刻功力大进，青莲宝鉴到了第十八重之后，相比以前简直不可同日而语，右手手指轻轻一弹，又是一朵金莲被弹出，随后莲花花瓣一片片自行弹起，重新回落到了王孚手上，并且组成了一柄长剑。

这长剑通体纯金色，乃是一片片花瓣镶嵌而成，纵使在这极黯淡的血海最深处，也始终放射着灿烂的光芒，与身前宁叱咤手中的血焰剑交相辉映。只不过，一个是猩红的血光，另一个却是灿烂的金光。

“青莲宝鉴的第十八重，原来是这样……”王孚微笑着低头喃喃自语了一声，随后抬起头望向宁叱咤，“就用这莲华剑，来试试你的血焰剑吧！”

宁叱咤冷笑一声，也不再答话，身子原地不动，血焰剑便向着王孚直直劈来，在起手之时的三尺长剑到了王孚面前时，已经又变作了几十丈长度。

莲华剑并不能如血焰剑那一般伸缩由心，然而王孚却闪电般一抬手，挡住了宁叱咤那一剑，不仅如此，血焰剑的最顶端还被莲华剑削了下来。

在挡下了血焰剑之后，王孚便已经一个矮身，飞速向着宁叱咤冲了过去，竟然是当真想要纯靠着近身战来决一胜负。

而被莲华剑斩落的那顶部一小截血焰剑，在离开了主体之后，竟然摇曳晃动了一下，随即便熄灭消失，而宁吡咤的脸色也微微一变，不再如方才那般轻松。

张羽紧紧握着拳头，看着前方两人的打斗。

这里是血海底部，海眼的上方。王孚自然清楚，自己不可能与宁吡咤比拼道力的深厚，盖因自己人力有时而穷，但对方却可以源源不断地得到补充。若是靠着法术对决，进入拉锯战，最后败的一定是自己，还不如靠着近身搏击来找寻一击必杀的机会。

而宁吡咤则是出于骄傲，自然也不肯逃窜，反而主动迎上了王孚。两人各自手持法术凝聚成了利剑，不停闪躲突进，场面间一时凶险万分。

但张羽还是看得出来，王孚已经渐渐占到了上风，那莲华剑每一次与血焰剑碰撞之时，都会将血焰剑削下一小截来，而由宁吡咤体内凝聚而成的血芒烈焰在离开了剑身之后，却总是摇晃两下便消失无形。

宁吡咤的面色已经越来越凝重，然而双脚却始终没有离开那海眼上方，只挥动着手中的血焰剑，不停招架反击，好在血焰剑伸缩由心，一时间也并未完全处于下风。

虽然场面上暂时是王孚占优，但张羽心中的忧虑越来越浓重。宁吡咤直到此时显然依旧未出全力，只是因为自尊的缘故，才让王孚暂且占据了优势，但若他一旦放手开打……

正当张羽想到这里，宁吡咤已经自胸中发出了一声长啸，随后血焰剑猛地爆发出一阵炽烈的血光。

“受死吧！”宁吡咤终于失却了全部的耐心，面目猛地狰狞起来，血焰剑一下在手中爆裂开来，化作无数碎片向着四面八方射去，只除了张羽那方寸小片，都笼罩在血焰剑的碎片范围之内。王孚面色一变，连忙向后退却，身前再度召唤出了几朵金莲，扑哧扑哧的声音连响，堪堪挡住了血焰剑的爆裂，但金莲之上也已是千疮百孔。

然而那只是宁吡咤出手的前奏而已，他身周的海水中血芒再度浮起，逐渐渲染形成了一条龙型，而宁叱咤所在的位置恰好便在龙的口部。

那血龙有形无质，但在形成之后却猛地仰头爆发出一阵惊天动地的咆哮，随后盘旋着的龙身向前暴起一探，对着王孚便扑了过去。

这血龙的威势实在惊天动地，即便是王孚现在的实力也绝不敢硬接，只能向后飞退，而他刚刚退开，原本站立的位置已经被血龙一口咬下，海眼底部出现了一个巨大的深坑，石屑乱飞。

王孚一边飞退，一边不停地召唤出金色莲花来。莲花刚一出现，便不停向着血龙飞去，重重轰击着身体。但那血龙实在太过庞大，又有着宁叱咤的法力支撑，虽然被轰得血芒乱飞，却只是让它不住发出愤怒的咆哮而已，并没有什么实质性的伤害。

张羽看到这里，心中往下一沉。宁叱咤现出真实实力后，果然连王孚都不是他的对手。

王孚一路向后退却不停，每一次都是几乎在间不容发的地步闪开血龙的攻击。而他的反击却始终只像挠痒痒一样，在血龙身上被崩裂开来，根本没有效果。短短瞬息之间，地面上已经留下了无数深坑，只有那血魔老人的口部还安然无恙。

宁叱咤的脸上重新出现了方才那自负的微笑，身处于血龙的口中，每一次扑击都将王孚逼得狼狈逃窜，不禁得意放声道："还以为你的什么青莲宝鉴十八重有多厉害，现在看来，也不过是儿戏一般而已！你的那破剑怎么挥不动了？来砍我啊！"

只是他却没有意识到，自己已经被王孚引诱得离海眼越来越远了。

"挥不动？"王孚原本慌乱失措的表情突然变作了诡秘的微笑，仿佛胜机已经到来一般。始终只能是堪堪躲开血龙身形的速度突然暴涨十倍，在龙牙即将咬中自己时骤然消失在了原地。

血龙一口又扑了个空，然而这一次王孚却并非向后退却闪避，而是猛地冲前，自血龙的下颌，宁叱咤的身下飞过，几乎擦着血龙的下腹，转瞬间已经冲到了那海眼之上。

“那我就挥给你看！”

王孚暴喝一声，死死握紧了莲华剑，重重插到了那双唇之间！

双唇一下张开，如同张口打呼一般。一声凄厉的惨叫响彻了整个海洞，声波将海水轰出了巨大的海啸，而王孚却如同钉子一般死死钉在地上，莲华剑中的金光还在不停向着双唇中灌注着。

而片刻之后，那双唇之中便爆发出了一阵金光，如同溢出一般向着四面八方爆射着。

“尊主！”宁叱咤这才反应过来，此前王孚不过是在用计而已。无论是与自己近身肉搏，还是后来狼狈闪避，都只是为了让自己掉以轻心，追得远离海眼，再突然转身偷袭。他面色骤然变得一片铁青，血龙引颈长嘶一声，掉转身形猛地扑向了站在海眼之上的王孚。

张羽不敢置信地看着眼前一切。王孚自从修成了青莲宝鉴十八重之后，莲花已经由青色变作了金色，威力也暴增何止十倍。原本自己的日月玄光鉴也要轰击上半天才能够击毁的海眼，竟然转瞬间便要毁在王孚的手中！

王孚这一连串的攻击已经竭尽全力。青莲宝鉴十八重何等威力，瞬间便轰碎了这一处海眼。双唇轰然炸开，只留下原处的一大片空虚，再度像上次一样不停将周围的海水向着其中吸了过去。而在双唇炸裂之前，王孚已经纵身飞退，闪到了张羽身旁，一把抄起了他。

更巧的是，此时那血龙的龙首正好刚刚扑到了海眼之上。那虚空的吸力何等强劲，一下便已将宁叱咤死死吸住，而距离稍远的王孚和张羽受到的吸力便远远小了许多。再加上此刻王孚实力大进，终究还是能够艰难地向上飞去。

宁叱咤与血龙一起被吸在了海眼口上，只见那血龙一声凄厉的惨嚎，全身的血芒被一点点吸向了虚空之内，转瞬间便已经消失无踪。而宁叱咤一只手深深插到一旁的地面上，还在不断挣扎，但那片地面也已经开始出现了龟裂，眼见便要崩坏。

王孚紧紧抓着张羽的一条手臂，奋力向上飞去。虽然吸力卷起的海流不停向后倒转，但两人还是缓慢地在向上方移动着。

“成了！”王孚的嘴角弯起一丝笑意，转头看了看身后虚空入口处正勉力挣扎着的宁叱咤，心中一片激动。

若是宁叱咤并未夸大其词，他确实是七个海眼中最强的镇守血神子的话，那么今次既然能够击败他，其余的海眼自然也不在话下。

而宁叱咤被吸入虚空之后，想来也不会再有机会逃出，再去攻打六大宗派。

“多谢你，张羽。”王孚一边拉着张羽向上飞去，一边感动道。为了助他突破青莲宝鉴十八重，张羽废去了自己的全身功力。这等慷慨大义，怎么能不让王孚心中感慨万千？

“不客……”张羽虚弱的脸上挤出一丝笑容，可话刚说了一半，却骤然变色，随后一股大力从王孚拉着张羽的手上传来。

王孚还没来得及反应，便看到张羽已经被拉得脱开了自己的左手，向着那片虚空飞速跌落。而在张羽的脚踝上，一条细长的血芒正紧紧缠绕在其上。

宁叱咤已经几乎要被吸落虚空，然而他一边一只手插在地面之上，另一只手却再度凝聚出了那柄血焰剑。血焰剑伸缩由心，可长可短，竟是化作了一根细长的长鞭，甩出卷上了张羽的脚踝。而两人刚刚大功告成，此刻都是狂喜之中，竟然一时疏忽了身后的宁叱咤。

“张羽！”

王孚声嘶力竭地大吼着，待要回身去救张羽，却看见宁叱咤一手插到的那块巨岩已经抵挡不住吸力，片片寸碎，轰然崩塌。而宁叱咤脸上陡然浮现起一丝诡异的笑意，随后一闪而逝，便落入了虚空之中。而被血焰剑紧紧缠住的张羽，只留下一个惨笑，甚至连一句话都没来得及说，就也紧随着宁叱咤一起落进了那虚空之中。

血海还在不断地升高，海浪不停拍打着六大宗派周围的禁制。无数血魔也在向着六大宗派的山门疯狂地扑击。

而在六大宗派的山门处，更是有着六个血神子坐镇，每人都是法力滔天，魔功超卓。转瞬间，六大宗派的山门便已被轰破。

血魔疯狂地涌进了破碎的禁制之中，无数弟子惨叫着被扑上，瞬间吸走了全身的精血，化作了一具具干尸。而血海蔓延到山门之上，更是将那些干尸也彻底溶解，什么都没有剩下。

只剩下六大宗派的宗主还在苦苦抵抗。然而面对实力远超的血神子，那抵抗也不过是徒劳，一个个被血神子杀死。最后死去的卓以宁满脸绝望，仰天向上嘶喊，却依旧无济于事。

杀死卓以宁的血神子，直到此时才转过脸来，满脸笑意狰狞，而那面容——正是张羽！

“啊！”

张羽骇然惊醒，才发现方才那一幕幕画面不过只是梦境而已。只是那梦境实在太过真实，一切画面都仿佛亲眼所见一般，即便醒来以后张羽也是满身大汗，尚在后怕之中。

一个个弟子惨死的模样，以及最后那血神子转身过来时的面容，都让张羽满心骇然。

他镇静了一下，左右环视四周，却发现这里是一片漆黑，什么都看不见。

更诡异的是，他此刻的身周什么都摸不到——无论上下左右前后，张羽努力伸出手，四处触摸着，然而却什么都没有，便仿佛他正悬浮在虚空中一般。

虚空……到了这时，张羽才猛然想起他此前正是被宁叱咤一同拖入了那海眼被毁去之后的虚空中。可这虚空之中会是什么样子，那时张羽根本来不及去想。

难道……这里就是永远的一片黑暗，除了他自己之外，没有任何物体，无边无际？张羽竭力让自己静下心来，试图伸展着身体各处，但却依旧还是碰不到什么。但他突然想起了什么，伸手去摸自己的脚踝，却发现连脚踝上也是空无一物。原本缠着他的那血焰剑，此刻也无影无踪。

宁叱咤……去了哪里？

此处一片漆黑，张羽什么都看不见，自然也更没法找寻宁叱咤的踪影。片刻之后他便放弃了，开始转头查探起自己身体来。

试着运转了一下道力，张羽发现身体内已是荡然无存。不仅玄光鉴消失无踪，就连原本不停运转着的丹田也不复存在。而当他试着按照自己刚入峨嵋派时，卓以宁传授的法门运了一下气，发现竟然也失去了效用，就连重新修炼也不可能。也不知是因为此处没有天地元气，还是那日月玄光鉴逆转传功的法门连重新修炼的机会都剥夺了。

试了多次都没有效果之后，张羽突然想起了洛姬瑶。自己左手的手背上，还有着洛姬瑶当时留下的那印迹。那时她对张羽说过，若是有什么需要，只要按着这印迹，心中默念洛姬瑶的名字，就能让她知道。

这玩意，简直像张羽来自的那个世界里，那里曾经出现过的一种通信工具——传呼机一样，发了消息过去，也不知道对方何时看见，何时会回复。但此时此刻张羽也没有别的办法了。他将右手按在了左手的手背之上，不停地念着洛姬瑶的名字。

可这一次，不管张羽如何呼唤，都如同石沉大海一般，没有任何的回音。

也就是说，张羽此刻什么也做不了。但他倒是很快调整好了心态，没有气馁。至少自己还没有死掉，那么终究还是会碰见转机的。

张羽干脆便伸出手，抱着后脑伸展开身体，舒舒服服地在虚空中躺了下来。此刻他的感觉并非是以往飞行之时，而是简直就像是宇宙空间中一样的失重感觉，不分上下左右，东南西北，一片混沌。

张羽躺了良久，突然看见了前方一道亮光。那亮光原本细微，只是一个小小光点，但却正在逐渐变亮。

“尊主说，要有光，于是就有了光。”

一个身影渐渐自那亮光中浮现，向着张羽缓缓漂浮而来。直到面前，张羽才看清那正是宁叱咤。他一脸庄严肃穆，望着张羽的眼神也是充满了神圣感。

“装神弄鬼。”张羽冷哼了一下，表情不屑地望着宁叱咤：“你以为你那所谓的尊主是什么？上帝么？”

然而这话刚一脱口而出，张羽自己的心脏便猛然一震，仿佛刚刚挨了一记大锤一般。

他突然意识到了不对！

这句话，是圣经开头的第一句话，可……

一个蜀山界里的人，怎么可能知道这句话！而且还刻意用在这样的场合？

这绝对不可能是巧合！

“你……不是蜀山界里的人！你和我来自同一个地方！”张羽死死盯着身前的宁叱咤说道。

宁叱咤脸上突然浮现出一个笑容，但口中却轻叹一声：“张羽，你果然已经认不出我了……”

张羽一愣，想到之前在海眼时宁叱咤说过的那些话，心中已是一片骇然：“我……认识你？”

他此时心中，已经隐隐有了些不祥的预感，仿佛一件最可怕的事情即将发生。但他却始终捉摸不到头绪。

或者，并不是张羽想不到，而是他本能地在回避着那可能性，不愿意去想而已。

宁叱咤淡淡笑了笑："你总不会忘了自己最好的朋友吧。我是……凌未平啊。"

当凌未平三个字传到张羽耳中之时，终于勾动起了他心中最恐惧最不愿面对的那个答案。张羽伸出手，直直指着宁叱咤的脸，整张脸的表情都已扭曲，张大了嘴却发不出半点声音。

宁叱咤……竟然就是凌未平！

自己最好的朋友！因为因果线的混乱而消失，所有人都不记得他存在的凌未平！！！

张羽脑子里像是炸开了一样。他怎么也没想到，自己竟然还有再度见到他的那一天。

"很惊讶么？就像我刚看到你出现时那样惊讶？不过只可惜，我还能认得出你，你却已经认不出我了。"宁叱咤伸出手，摸了摸自己的脸，感叹道："新的名字，新的身体，你想不到原本的那个凌未平，也是正常。"

"你……你不是消失了么！为什么你会在蜀山界！又为什么会成为那血魔老人的弟子，成为血神子！"张羽连珠炮般发问，身体都因激动而微微颤抖着。

宁叱咤淡淡笑了笑："这是个很长的故事了……你想从哪里听起？"

"一切！"张羽紧紧握着拳头："你可知道，若不是你，我根本不会出现在这蜀山界？"

"好……"

宁叱咤，或者说凌未平点了点头，伸出手打了个响指，原本只有一个光点的黑暗虚空突然整个透亮，但张羽却看不出那光芒自何处而来，只仿佛无处不在。

随着光芒在虚空中亮起，张羽也看见了自己的脚下，一片平面骤然自远方飞速延伸过来，随后形成了一块地面。地面是一片纯白色，光洁平整，看不出半点起伏和缝隙。

凌未平又打了个响指，两张沙发也突然在两人的身后出现。凌未平坐了下来，却皱了皱眉头："好像还少了点什么？"

他想了想，拍了拍脑袋，突然恍然大悟，随后一张茶几在两人身前浮起，上面有着两个玻璃杯，杯中装满了可乐，还在冒着气泡。

凌未平端起玻璃杯，喝了一口，这才满意地点了点头："这样才对。"说完看了看张羽："坐啊。"

张羽心头，浓重的荒谬感油然而生。

这一切……实在太违和了。

自从来到了蜀山界以后，整日见到的便是修道人、道术。穿着的是如同古代一样的衣着，与这里的人一起终日拼死与血魔搏斗，驱逐血海，守护禁制。

但现在，他的面前坐在沙发上的，是在自己那个世界时的好友，手中端着还在冒着气泡的可乐。

张羽坐在了沙发上，端起面前茶几上的可乐。身下沙发柔软的触感和手中可乐中的凉意，让他仿佛恍惚间进入了梦境。碳酸在口中不停释放出麻痒感，这是久违了的味道。

只是，眼前的凌未平已经不再是自己认识的那个人了，无论是外表还是内在。那满身花纹的身体与完全陌生的面容，以及——效忠于血魔老人的血神子身份。

凌未平又大大喝了一口可乐，将玻璃杯握在手中把玩着，身体彻底舒展开，半躺在沙发上："那么，这就开始吧。"

"你既然来到了蜀山界，那么想来你一定已经见过了那个叫洛姬瑶的女人吧？在找上你之前，她先找到了我。"

张羽听到凌未平的话，心中猛然一震："先找上……你？"

凌未平点了点头："是的。先被蜀山界的因果线纠缠的人……是我。而你……只是被自我身上延伸出的因果线再度缠绕了而已。她也找上了我，对我说要我拯救蜀山界。而和你不同的是，我选择了……拒绝。我不相信她对我所说的一切。"

看着张羽震惊的神情，凌未平笑了笑："然而那时的我却还不知道，因果线的纠缠竟然是如此可怕。尽管我拒绝了洛姬瑶，但我最终却还是被混乱的因果带到了这蜀山界。"

"然后呢？你又是怎么会成为血魔老人的……弟子？"张羽皱眉问出了最重要的问题。

"和你不同，我是被因果线所纠缠，自己坠入这蜀山界的。而我出现的地点，则正好是你们后来所说的，血噬之战的战场。"

"那时，尊主刚刚击败了这蜀山界纠集起来的一干废物，将培养皿保护了下来……哦！你们叫它做血池，反正是一样的东西，怎么称呼都无所谓了！而当时的我，则是刚好出现在了血池的上空。"

"我落入了血池之中，却并没有死去。血池已经开始跟尊主的精神融合，落入了血池之后，无数来自尊主的讯息向着我的脑海中涌来，几乎要将我的头颅都撑得爆炸。而尊主的意识，也在那一刻灌注了我全部的心灵。我明白了尊主的心念，知道了他想要达成的目标。从那一刻起，我便成了尊主最忠实的仆从。"

张羽愣愣看着面前侃侃而谈的凌未平，不敢相信这是自己相交多年的好友。他此刻说话的模样，双眼中露出的憧憬光芒，正如他自己所说，已经完全是那血魔老人忠实的仆从了。

"所以……他想要达成的目标，到底是什么？吞噬了整个蜀山界，对他来说又有什么意义？"张羽问道。

凌未平摇了摇头，脸上露出了一丝诡异的微笑："这……就不需要我再来告诉你了。当你成了血神子之后，一切便都明白了。"

张羽一愣，刚要自沙发上站起身来，却发现自己竟然完全不能动弹。而且，并不是身体被束缚的感觉，而是全身上下每一根肌肉，甚至每一个细胞，都完全不听使唤一般。

“不用白费力气了。”凌未平微笑着看着张羽：“你可知道，这是哪里？”

张羽已经说不出话来，只能死死盯着凌未平。

“这是尊主的意识与现世交汇的空间，虽然确实是真实存在的，但却一切都以尊主的意识为依托。所以，尊主说要有光，便会有光。不仅是光，就连你身下的沙发，面前的可乐，都是我借助尊主的力量让它们出现的。而现在……”

凌未平脸上的笑容更加灿烂：“该是你投入尊主怀抱的时刻了！”随着他的笑容和话语，张羽骇然看见自己的脚底，正有无边无际的血海开始涌出。

原本纯白的地面瞬间被猩红所完全覆盖，瞬间就漫到了脚踝处，还在不断飞速上涨。而坐在他对面的凌未平，却还在沙发上一动不动，只是面带微笑地看着张羽。

张羽此刻已经功力全失，更是没有王孚的霹雳神座作为屏障。直接接触到血海的海水时，无穷无尽的痛苦顿时向着体内疯狂涌去。这痛苦还并不仅仅存在于身体内，而是直贯大脑。血海中死去的无尽生灵在疯狂嘶喊着，将张羽整个灵魂都要撕裂一般。

张羽的眼前，出现了无数的画面。从血魔老人成道开始，再到血噬之战，再到其后日复一日地围攻仅存的蜀山界各修道门派。无尽的杀戮，无尽的吞噬，将一切最高的恐怖都写入了他的心中。

而与此同时，更有一个声音在他的脑海中不停响起着。或者与其说是声音，更不如说是直接灌输进他大脑中的意识。

“不……不可能让你得逞！”

张羽死死咬着牙关，努力抵抗着那意识。然而他越是竭力抵抗，脑海中的剧痛便越是强烈，仿佛那意志正在不停激荡着，要冲破张羽的封锁。头疼欲裂，几乎要陷入疯狂的张羽，却依旧死死不肯放开自己的心房。

在这竭尽全力的抵抗中，张羽的全身肌肉都已经绷紧，原本已经丝毫不能动弹的双手，此刻竟然紧紧抓住了沙发两边的扶手，而血海的海水也已经蔓延到了张羽的腰间。

"张羽！够了！这样下去你会死的！"凌未平看见张羽的表情已经扭曲如恶鬼，骇然站了起来，方才脸上的淡定笑意，此时也微微紧张了起来，低声吼道："不要再抗拒尊主的意识！这都是徒劳而已！不管怎样，你最后都会成为尊主的仆人！"

"仆人？"

"没错！血仆！"

张羽咧开嘴，自牙关中挤出一丝痛苦的笑，双眼死死盯着凌未平："我……怎么可能去当你们那血魔老鬼的仆人！如果一定要死的话，那就……让我死掉好了！但只要我还有一息尚存，我就一定要拯救这两个世界！还有你！"

说完了这一番话，张羽几乎已经用尽了全身的力气，再也无法思考，只能不停地发出野兽一般的痛苦吼声。然而灵台深处的一点清明，却始终没有被他所放弃，仍旧牢牢守在自己的意识之中。

"张羽！不要负隅顽抗了！"张羽最后听到的声音，便是凌未平的嘶吼。随后眼前便陷入了一片漆黑，再也没有了任何流动的意识。

不知过了多久，终于血海渐渐退去，凌未平专注地望着眼前那个已然全身赤红的身影。

张羽低垂着头，站立在原地，看不清面孔。而他除了全身的肌肤已经变成与凌未平一样的通红之外，身上也出现了一道道古怪斑驳的黑色条纹。

“张羽，醒来吧。你现在终于和我一样，一同投入尊主的怀抱了。”

凌未平轻声呼唤了一声，面上得意地笑了笑。

既然张羽依旧活着，那就意味着尊主已经成功地将意识种到了他的脑海之中。现在的张羽，已经彻彻底底成了尊主的血神子，为尊主的意志服务。

当血海彻底消失，重新露出两人脚下的白色平面时，张羽才缓缓抬起头来，睁开双眼。他的双眼也已经彻底变作了一片血红，再没有瞳孔的存在，更看不出任何情绪的波动。

他茫然地看了一眼凌未平，却没有开口说话，仿佛已经失去了灵魂，成为一只木偶。

“尊主已经洗练了你的身体。现在的你，应该远不是之前可以比拟的。以你的资质，恐怕会比我更强……”凌未平脸上露出了一丝笑意:“来吧，让我试试你的身手。”

凌未平轻轻拍了两下手，在他的身前便瞬间出现了一个巨大的漆黑球形空间，足有二人多高，无论从哪个方向望去，都是黑漆漆一片，丝毫看不见其中的景象。

“走吧，回到出发的地方去。”

随着凌未平的话声，他已经迈步走向了那圆球空间。而空间的表面在他抬脚迈进之后，顿时泛起了一丝波澜，仿佛那圆球竟是液体一般，但却丝毫不会变形或是洒落。

张羽机械地跟随在凌未平的身后，仿佛麻木了的机械一般，走进了圆球之中。

两人转瞬间消失，而再出现时，已经再度身处血海深处。脚下正是此前被王孚和张羽二人所摧毁的那个海眼。只不过原本那被击碎的双唇，只留下一片的虚空已经消失，只有残余的碎片石渣。在一片石渣上方，便是凌未平和张羽两人迈出的圆球。

凌未平低头看了看脚下，转脸似笑非笑地望着张羽："你们干的好事。"而张羽却仿佛没有听见一般，表情漠然。

"不过，这都是过去了。既然尊主接纳了你，成了他的血神子，那么便不会再怪你。反正被毁去区区两个海眼，不过是让尊主重新降世的时间稍微晚了那么一点点而已。"凌未平拍了拍张羽的肩膀："相信在接受了尊主所有的意识之后，现在的你已经完全顺从于他了吧。"

张羽的表情依旧没有变化，凝立良久，才仿佛用尽了全身的力气一般，艰涩地缓缓点了点头。

"很好，那么……走吧。刚成为血神子的你，现在应该是立威的时候了。那么第一个目标就是——"

"峨嵋派！"

第十一章 血影夺舍

日月峰的太阴阁中，王孚此刻正一脸愧疚自责，与卓以宁二人盘膝对坐着。

在那个海眼中一时失手，让那个名叫宁叱咤的血神子将张羽夺走，两人一同卷入虚空之中，让王孚几乎不忍面对卓以宁，但既然当日是他提出要峨嵋派派出一名修成了日月玄光鉴的弟子，随同他一同杀入血海，那么他便不得不负起责任来。

刚刚回到了距离那海眼最近的永量山之后，王孚甚至还没来得及休息，更没有先回雪山派，而是立刻便通过了离遁万界门，赶到了峨嵋派。

在对卓以宁说明了情况之后，两人都陷入了深深的沉默。

看见卓以宁不开口，王孚自然也不知该再说些什么，只能紧蹙着眉头，默然望着卓以宁。良久之后，卓以宁才长叹了一声，抬起头来，满面无奈与惋惜："能在短短十日之中修成日月玄光鉴，张羽实在是本宗数千年来不世出的天才，竟然……竟然……"

"实在……是在下的疏忽……若是当时能够留意一下那个宁叱咤的举动的话……"王孚紧咬着牙关道。

卓以宁抬起手，对王孚虚弱地摆了摆："罢了，你们区区两人深入血海，本就是行险的举动，何况我也曾见过那厉战化身为血神子之后变得有多么强横。你能回来，已经是不幸中的大幸了，只是可惜……张羽了……来到我蜀山界不过区区数月，竟然便……”

“什么，来到蜀山界数月？”

洛姬瑶降临在蜀山界，将张羽带来之事，只有卓以宁一人知晓而已，王孚此前并不知道张羽是来自另外的世界，只以为他便是蜀山界土生土长的人，此时听到卓以宁这一声感叹，禁不住讶然相问。

卓以宁此前便得洛姬瑶嘱咐，不要透露她和张羽的事情，尽管王孚追问，他还是不愿多谈，只淡淡摆了摆手：“张羽虽然牺牲，但至少也是与那宁叱咤同归于尽，听你此前所说，宁叱咤的功力比此前那厉战还要远强上几倍，这么看来，他被吸入虚空身亡，倒也是为我们残存的六大宗派去了一个强敌。”

“是，不过……”王孚先是尊敬地点头称是，但面上又露出了些许犹豫之色，片刻后还是轻叹了一声，“不过只是希望如此吧……”

卓以宁疑惑地望着王孚：“此话怎讲？”

王孚沉默片刻，才道：“这一次，宁叱咤已经对我们亲口证明，这海眼乃是血魔老人的七窍所化，而他整个人都已经消散，等待血海淹没了整个蜀山界之后，再重新降世。而两次我们摧毁了海眼之后，都只留下一片虚空。在海眼被摧毁之前，是不停地向外吐出着血海与血魔，而在那之后，则是只剩下一个巨大的洞穴，在洞穴那头的无尽虚空，正在不断将海水与血魔吸入进去。我们原本认为，一旦被吸走，落入了虚空之中，即便不是死亡，也将永远在那片无边无际的虚空中飘荡吧，但现在，我心中却有了一丝疑虑……”

卓以宁的面色凝重：“什么疑虑？”

“在我们见到宁叱咤时，他提起过几次，要将张羽生擒，让那血魔老人将张羽炼化成为新的血神子，来填补死去的厉战空出的位子。而到了最后，宁叱咤伸长了血焰剑，将张羽卷走之时，他的眼神也并不是绝望的同归于尽，而是……”王孚仔细想了想，才慎重地道，“而是更像是……在最后关头捕获猎物的兴奋！

“再加上，他之前曾说过的，血魔老人已经将自身的身体消散，只留下七窍作为海眼。那么如果那虚空……其实便是他的身体的话，那么无论是张羽还是宁叱咤，或许都不会死在那虚空之中。”

“不会死？还有可能活着？”卓以宁听到张羽尚有可能幸存，本来还有些激动，但看见王孚严肃的表情，马上便想到了他话中所指，面色渐渐变得低沉下去，“难道你是说……”

“是的……或许对于张羽来说，依然活着才是更大的不幸，而这不幸，不仅仅是对他，也同样是对我们……”王孚长叹了一口气，语气中有些虚弱，“但是……我们也只能寄希望于……这只是我自己的胡乱猜测吧。”

“但若是张羽真的没有死，反而被炼化成了血神子的话……”卓以宁说到这里，竟然压抑不住内心的激荡。

“只能说但愿不会吧。”王孚刚刚说出口，便看到一个峨嵋派的弟子急匆匆地跑进了大堂，满面惶急地禀告：“宗主！血魔又来攻打了，领头的是……是两个血神子，和上次那厉战一样的打扮！”

王孚和卓以宁两人对视一眼，都从对方眼神中看出了一丝恐惧。

卓以宁和王孚两人飞速赶到山门之前，看到前方画面时，都齐齐倒吸了一口凉气。

王孚对宁叱咤的模样自然记得一清二楚，当先在空中站着的，正是那海眼中强横无匹，血魔老人座下最强的血神子宁叱咤。

而在他的身旁，还站着另一个人。同样的一身血色肌肤，布满黑色花纹。而那面孔，赫然便是张羽！

张羽……终于真的被成功猎取，炼化成了血魔老人的部下！

卓以宁虽然并不认识宁叱咤，但张羽的面孔却自然不会忘记，此时看到张羽此刻的模样，心中也是一片骇然。

王孚用力捏紧双拳，指甲都几乎刺入了肉里。

张羽和宁叱咤两人的身边，竟然并没有一个血魔的存在，原本一直在血海中沉浮不停的无数血魔，此时竟不知为何彻底没有了踪影。

空荡荡的天空中，只有那两人漂浮着，但纵使没有一个血魔的存在，对方的实力也绝不是他们能够轻易抵挡的，即便不去考虑张羽的存在，单单是一个宁叱咤，只怕便足以将这峨嵋派连根拔起了。

当日一个厉战，便已经能力敌六大宗派的所有高手，而宁叱咤的实力相比于厉战，又高出了不知多少，此刻，区区一个峨嵋派，又该拿什么来抵御？

七大长老已经齐聚在了卓以宁的身后，他们的身后更有着密密麻麻的一众峨嵋派弟子，在方若海和林淡月二人的率领下，人人面色凝重。

虽然在前往山门之前，卓以宁早已吩咐了下去，派遣弟子去往其余五大宗派求援。但一来援兵不会顷刻便到，二来即便是来到了这里，也未必便能挡得住宁叱咤和张羽二人。即便王孚此前得了张羽相助，突破了青莲宝鉴第十八重，也只不过是借助了王孚必须守卫海眼的掣肘，才能侥幸偷袭成功，若是两人面对面各凭本事再打上一场，王孚恐怕逃脱性命都不是容易的事，更何况击败宁叱咤。

张羽此前虽然将一身道行尽数传给了王孚，助他突破青莲宝鉴第十八重，但此刻经过了血魔老人的洗练，实力又到了何等境界，也仍旧是未知之数。

先前，张羽和宁叱咤二人一直驻足在山门之前的空中，只负手而立，没有丝毫动作。直到巡视的弟子发现了二人，禀报上去，卓以宁和王孚带着众弟子来到了山门之前时，宁叱咤才浮现出一丝淡淡的笑意，向着山门之前的近处飞去。张羽虽然双目中什么神色都看不出来，却也亦步亦趋地跟在宁叱咤身后。

“张羽，你当真成了血魔老人的血神子？”

宁叱咤还未开口，王孚已经紧皱眉头，向着张羽大声喝道。但张羽却始终一副麻木的模样，没有丝毫反应，整个血红的双眼没有焦距，也看不出来正望向何处。

但王孚这一声大喝，却让身后的一众峨嵋派弟子齐齐哗然大骇。

眼前那个人，竟然是张羽？峨嵋派新任的大师兄？

此刻张羽的五官虽然没有改变，但猩红的肌肤与双眼，再加上全身斑驳的黑色条纹，已经让他的容貌有了极大的变化。若不是此前恰好刚刚提及张羽，知道他的情形，卓以宁与王孚也未必便能一眼认出。而峨嵋派众弟子此前与张羽本来便不算熟稔，自然没有认出张羽的。而待到王孚喝出了张羽的名字之后，所有人才骇然发现那漂浮在空中的两个血神子之一，竟然真的是他们的大师兄！

就连七名长老眯缝着的眼睛里，都闪动起震撼的光芒了，更不必说其余年轻弟子。林淡月手掩樱唇，杏眼瞪得滚圆，几乎便要叫出声来，而方若海则是一把捏住了腰间的剑柄，双目中露出不可置信的仇恨光芒。

“张羽，眼前这些人，你都认识吧？”宁叱咤挑了挑眉毛，伸出手指向了前方的峨嵋派众人与王孚。

张羽过了片刻，才机械地点了点头，自从成为了血神子之后，第一次发出了声音：“认识。”声音嘶哑中带着尖厉，仿佛粗糙的金属摩擦在一起一般。

“既然认识，那就把他们作为血祭的第一批祭品吧！先荡平了峨嵋派之后，再去一个个收拾其余五大宗派，待到血海淹没了他们之后，尊主便会降临，以你现在的实力，一人足矣！”宁叱咤大笑道。

张羽低了低头，似乎仍在犹豫，但这犹豫只持续了短暂的片刻，他便重新抬起头来，手中已经凝聚起了两道熊熊燃烧的烈焰。

那烈焰色泽猩红，仿佛鲜血一般，正与此前宁叱咤的血焰剑如出一辙，只是张羽掌中的血焰却并未凝聚成长剑的形状，而是保持在张羽的双手掌心之中，腾起数尺之高。

张羽无神的双眼猛然暴起一阵血光，随后双手向前一招，掌心中的血焰已经如同流星一般，一前一后向着山门前的禁制飞去，在卓以宁等人的震惊之中，撞在禁制之上。

第一道血焰轰击上禁制，原本淡淡近乎无形的禁制顿时响起了一阵尖锐的摩擦声，随后整个在空气中显出了形体，金光暴亮，将所有人的面庞都映照得一片亮堂。而第二道血焰轰中时，金光禁制轰然作响，出现了无数细小的缝隙。

“加固禁制！剑阵出击！七长老以日月玄光鉴牵制！”

就在张羽挥出那两道血焰之时，卓以宁已经立刻叫了起来，同时向前猛地冲出，迎向了张羽。

七长老与一干年轻弟子中的佼佼者也紧紧跟随在了卓以宁身后，看似散乱，却是以极有秩序的队形自一道道细小缝隙中穿出禁制，飞向了张羽。而余下的弟子则拼了命地将自身道力灌注在禁制之上，竭力修补起来。

王孚则独自留在后方，为众人压阵。

阴阳两阵，各七七四十九人组成的两仪玄天阵，在刚刚飞出禁制之外便已经组成。方若海与林淡月二人各自作为阵眼，九十八把飞剑已经环绕在了周围，一半护卫自身，另一半向着张羽卷去。

卓以宁冲在了众人的最前方，掌心中已经召唤出了日月玄光鉴，一道黑白玄光向着张羽轰了过去，口中大喝道：“张羽，你快醒醒，若是成为血魔老人的奴隶，便永世沉沦，再也不得脱离了！”

身后的七名长老，也同样召唤出日月玄光鉴，七人合一，黑白玄光汇聚成有如水桶般粗细，向着张羽照射而去。

宁叱咤此刻却只是负手站在身后的半空中，脸上不屑地微笑，看着张羽被围攻，没有半点出手相助的意思。张羽接受了尊主的洗练，实力如何他自然心中清楚得很，眼前的这些人，还远不到张羽的极限。

张羽手中的血焰暴涨，在身周形成了两条长鞭般的形状，向着袭来的飞剑骤然卷去。四十九柄飞剑原本汇聚合一，形成了一柄巨剑的形状，其威势足以撼山震岳，向着张羽迎面劈来，但那两道血焰长鞭仅仅只是轻轻一卷，也不见张羽如何发力，便被长鞭击散，几柄品质不好的飞剑，甚至当场便被熔炼成铁水。

宁叱咤的面上露出了一丝得意的笑意。血焰神剑乃是尊主血魔老人的最高秘法，虽然看似是熊熊燃烧的火焰，但实质上却是依靠血神经凝练出的生灵血魄，温度奇高，熔金炼铁，却并非真正的火焰，即便在血海的海水之中，也一样没有任何阻碍，更兼且收发由心，心随意动，既可以握在掌心之中作为武器使用，也可对外轰击，威力无边。七名血神子之中，此前得蒙传授的也不过只有宁叱咤一人而已，其余如厉战等人都没能得到这般恩宠，而张羽此刻使出血焰，可见血魔老人对他是何等看重。

血焰长鞭将阳阵的四十九柄飞剑打散之后，阳阵中的众弟子都齐齐一震，纷纷吐出一口鲜血来，就连方若海也面色骤然煞白，全身如遭电击一般。这些未曾修习日月玄光鉴的弟子，每日便是凝练自己的飞剑，将道力灌注在飞剑之上，人剑之间息息相关，刚才那一击，飞剑被重创，人自身自然也同样受伤不轻，尤其是那几个飞剑被毁的弟子，更是鲜血狂喷，几乎便要昏迷过去，若不是其余的同伴扶持着，此刻便已经落入到血海之中了。

而卓以宁与七名长老掌中的日月玄光鉴，便不能再如同飞剑一般对付。张羽虽然面目呆滞没有表情，举止机械，但身形却迅捷如鬼魅一般，明明是如同木偶一般的僵硬动作，但速度却快到异乎寻常。那日月玄光鉴已然是收发由心，但卓以宁等人掌中的玄光鉴却怎么也追不上张羽的速度，无论镜面指向何处，张羽只是略微一个闪身，玄光便即落空。纵使七长老合力汇聚而成的那道玄光粗如水桶，一望可知威力无边，但纵使威力再强，打不中张羽又能如何？

但宁叱咤此刻却渐渐皱起了眉头，感觉到了不对劲。

此前张羽刚刚醒来之时，一副呆滞麻木的模样，宁叱咤并没有感觉到什么异样。被尊主的血海包围，灌注进尊主的意识经历了洗练，一时之间没有能恢复全部的清明神智，这也是理所应当的，好比一个人刚从昏睡中醒来之时，总是没有平日里那么机灵一样。

但到了此刻，张羽却依旧是一副麻木机械的模样，僵硬呆板，那便令宁叱咤心中奇怪了。自海眼到日月峰一路行来，便是此前再如何昏沉，也应该回复正常了，而看张羽现在的表情和动作，却更像是一具木偶。

更重要的是，张羽竟然直到现在，也未曾对峨嵋派的人做出过任何攻击的举动！除了最初的两道血焰轰击了禁制之后，面对着峨嵋派的攻击，他竟然没有丝毫的反击，击散两仪玄天阵中阳阵的飞剑，不过是为了自保而已，而面对卓以宁等人以日月玄光鉴的轰击，竟然只是四处闪避！

虽然日月玄光鉴的威力确实强横，但以张羽现在的实力，就是硬撑着挨上一两下，也能冲到他们的身前，更何况若是如同刚才那样挥出血焰，与卓以宁等人硬拼，更是丝毫不会落到下风。所以，张羽此刻的举动，与其说是躲闪，倒更不如说是退让。

宁叱咤想到此处，心中疑虑更甚，张口暴喝道：“张羽，你在做什么？尊主的命令是杀光峨嵋派的人！”

听到宁叱咤的喝声，张羽全身明显地一颤，原本一片赤红的双眼中竟似湖水被风吹过一般，闪过一股波动来。他回过头，望了一眼宁叱咤，但双手之上的血焰却依旧没有挥出，还是在上下左右不停闪躲着日月玄光鉴的光芒。

此时，两仪玄天阵已自最初的混乱中恢复了过来。阳阵中的弟子稍稍后退，而阴阵则横栏在了卓以宁与七长老之前，飞剑一柄柄旋转起来，如同一个巨大的旋涡。纵使张羽想要突击，也无法直接便杀到卓以宁与七长老的面前，而要先突破这剑阵——虽然无论是宁叱咤、卓以宁、七长老、还是主持阴阵的林淡月，都不认为这剑阵能够将张羽拦得住多久。

“张羽！你若再不动手，那便只有我亲自来了！”宁叱咤看见张羽依旧只是闪避，心中焦躁起来，大声对张羽吼道。

而这一切，都清楚地落在了卓以宁等人，以及后方的王孚眼中。

张羽……或许真的还未曾被彻底污秽炼化，成为血魔老人的仆从？

卓以宁心中一喜，手中的日月玄光鉴轰击的速度稍稍降下了些许，若是张羽真的尚未被完全污秽炼化，那么或许还有拯救的机会，毕竟……他可是身上牵扯着因果线的人啊！

“张羽，回来吧！脱离血魔老人的控制，你一定能做到，不要再被他们操纵心智了！”卓以宁冲着张羽大声叫道，手中的日月玄光鉴含而不发，心中更多的注意力却是集中在了宁叱咤的身上。

此刻张羽不知为何，似乎并没有主动攻击的意愿，但面前却还有一个据说更强的宁叱咤在，更何况……原本应该围绕在山门周围，铺天盖地的血魔，此刻却连半个影子都看不见，若是自血海中猛然一拥而上，眼下的情形便绝不会是现在这般轻松了。

只有王孚心中暗暗冷笑一声，猜到了为何此刻没有血魔的存在。

他身上的霹雳神座，能够遮掩身形，藏身血魔之中，宁叱咤身为另一个血神子，通过血魔老人的传递，自然清楚之前厉战是如何丧命的。而为了防止被王孚偷袭，那便干脆将所有血魔都驱赶了开去，以防王孚偷偷潜入身边，给出致命一击。王孚虽然功力不及宁叱咤，但在突破了青莲宝鉴十八重之后，若是在暗中把握战机，在猝不及防之下全力一击，纵使宁叱咤再强也绝不会好受。

王孚原本打着这个主意，然而此际的战场上半个血魔都没有，他自然也没法找到机会了。

宁叱咤孤零零一人飘在张羽身后的空中，见催了张羽两次，依旧没有半点动静，终于再也按捺不住，长啸一声：“张羽，既然如此，那也就只能我来帮你了，总不能负了你我二十多年相交！”

长啸声刚刚响起，宁叱咤已经如电光火石般向前冲去，他全力出击的速度快若奔雷，如同劈波斩浪般划过长空，竟然在空中留下了一道道虚空中的波纹，转瞬间已经冲到了剑阵之前。

众人虽然一直将目标放在张羽身上，但注意力却始终没有自宁叱咤身上彻底挪开，在宁叱咤刚一冲前之时，众人便立刻反应了过来，飞剑与玄光纷纷迎向了宁叱咤。

林淡月娇叱一声，阴阵中的四十九柄飞剑旋转的速度更加急促，将身后的卓以宁与七长老围得水泄不通，而卓以宁八人掌中的日月玄光鉴则瞬间掉转了方向，向着宁叱咤轰击过去。尽管阴阵的飞剑正在身前不停地飞速旋转，但那玄光却丝毫没有受到任何阻碍，仿佛开了个窗口一般，与飞剑互不交集地穿过。

只是宁叱咤无论是速度还是意识，都远比此前的张羽更快更敏锐，他直直冲前的速度没有丝毫降低，就这样撞进了飞剑的旋涡之中，然而无数的飞剑还没有斩上宁叱咤的身体，便已经被纷纷弹飞。

就在宁叱咤刚刚冲前之时，身边就开始浮现起无数血芒，飞速凝聚起来，而在他冲到剑阵之前时，短短的时间里，血芒已经彻底凝聚成形。

一条血龙，与之前在海眼之中相同的，由血芒所构成的狂暴虬龙！

瞬息之间，血色虬龙就已经形成，发出了一声震耳欲聋的咆哮，而宁叱咤依旧如此前一样，身处在虬龙口中的位置，随着虬龙大张着嘴的咆哮扑击，宁叱咤手中血焰剑也瞬间成形。

一切都不过只是电光火石之间，看似锐利无比的飞剑纷纷斩到了血龙之上，却丝毫没有任何作用地被弹飞开去，而血龙的飞行没有任何停留，直穿过剑阵，向着最当先的卓以宁猛扑而去。

王孚的面色一变，右手飞速一抬，随着人向前飞去的同时，一朵朵金莲也瞬间在卓以宁的面前自虚空中浮现。在修成了青莲宝鉴第十八重之后，他的实力已经超过了卓以宁，若是此刻还有谁有可能挡得住宁叱咤这动若雷霆的一击的话，那也唯有王孚了。

只可惜，王孚的反应还是略微慢了毫厘，早已被宁叱咤料中。血龙猛地一声咆哮，口中的宁叱咤已经挥出了手中的血焰剑，仿佛巨龙口中喷出的烈焰一般，将朵朵金莲焚烧成了灰烬。而卓以宁与七长老所发出的玄光轰击在血龙身上，虽然血芒四处飞溅散落，但却终究没能造成什么重创，不过只是阻碍了短短片刻而已。这短短片刻时间，王孚还未赶得及，血龙便已扑到了卓以宁的身前，张开巨口，一口将卓以宁吞了下去。

血龙乃是宁叱咤所操控的血芒所化，便如同日月玄光鉴一般，介乎于法宝与法术之间。看似是张开血盆大口吞下卓以宁，实则却是宁叱咤在口部的位置借着血龙扑击的去势和速度，一把将卓以宁抄在了手中。

而甫一得手，血龙便瞬间原地盘旋了半圈，向着原本飞来的方向飞去。这一击得手，风驰电掣，动若雷霆，除了王孚之外，竟是再没有一个人能反应过来。

而此时，张羽没有受到攻击，但也不再有动作，只愣愣地浮在天空之中，表情依旧木然，没有半点波动。宁叱咤将卓以宁刚刚抓在手中，血芒已经渗透到了卓以宁的全身，如此迅疾的突袭之下，卓以宁纵使已经预先有了防备，却依旧难以抵御这电光火石的一击，被宁叱咤抓在手中，向着张羽直飞过去。

身后七长老纷纷色变，虽然两仪玄天阵被突破，林淡月与方若海二人以下都纷纷受伤，但他们却立刻祭起日月玄光鉴，黑白玄光向着血龙猛烈轰击而去。这一次，七道玄光合一，威力远比此前大了不止一筹，血龙身上顿时血芒乱飞，昂首发出了一声凄厉的咆哮。但纵使如此，宁吡咤回退的速度却也丝毫没有被阻碍，依旧向着张羽飞速飞去。

王孚此时也终于自禁制中冲出，冲到了宁吡咤与血龙的身后，莲华剑在手中迎风一晃，向着血龙的后背猛地掷出。

宁吡咤嘴角弯起一丝冷笑，但却也不敢托大。在这在场所有人中，王孚是唯一一个有可能伤到他的人。他厉声高吼一声，身体已经自那血龙的口中脱出，一刻不停地继续飞向张羽，而血龙则一个翻身，转头张开大口，扑向了王孚。血龙口中，血焰再度狂喷而出，与金莲剑在半空中碰撞起来。血光与金光轰然爆发，虽然血龙也被震退，但王孚则被吹飞得更远。

就在这一个耽搁之间，宁吡咤已经冲到了张羽的身前。

“如果你还是没能完全甦醒的话……”宁吡咤低下头，看了看已经被血芒侵入，不能动不能说，却依旧保持着清醒的卓以宁笑了起来，“那就，用他的血来让你苏醒吧！”

张羽此前只是呆呆地站在空中，双臂之上的血焰已经由长鞭恢复了原本向上燃烧的烈焰形态。在宁吡咤说完了那句话之后，他才低下头，望着卓以宁的面庞，身体似乎有了一些微微的颤抖，但却没有进一步的动作。

宁吡咤冷笑了一下，随后右手如同闪电般抓住了张羽的右手，狠狠插了卓以宁的心口！

张羽依旧木然，仿佛一个人偶被宁吡咤操纵着，毫无反抗。带着熊熊血焰的右手猛地插到卓以宁的心口。尽管被血芒封住，但卓以宁的意识却依旧存在。身体被刺穿，加上烈焰焚身的痛苦，让他骤然双眼瞪大，大张着嘴巴，却发不出一丝声音。

身后，那血龙尽管脱离了宁吡咤的身体，但却依旧生猛。它不仅口中不停喷吐着血焰，更是双爪向着王孚猛地扑击不停。王孚心中焦急万分，却怎么也无法短时间内突破那血龙的阻碍。而七长老尽管手中的日月玄光鉴不停轰击，让血龙身上血芒乱飞，不停长嚎，仍旧横栏在王孚面前，阻止他向前突破。

张羽的右手被宁叱咤捏紧着，插到卓以宁的心脏之中时，王孚、七长老与身后一众峨嵋派弟子齐齐发出了一声惨烈的惊呼，与此同时，宁叱咤也解除了加诸在卓以宁身上的禁制。

原本被封住的全身肢体骤然获得自由，卓以宁也猛地爆发出一声凄厉惨叫。血焰焚身的痛苦何等剧烈，纵使卓以宁修炼多年，定力深厚，也绝无半分忍耐的可能。

而随着卓以宁的那凄厉惨叫，张羽的全身也猛地颤抖了一下，原本赤红一片的双眼中，第一次出现了两个淡薄的瞳孔。

“如何？张羽？他的惨叫，他的鲜血，他的……死亡！”宁叱咤长笑着死死盯着张羽的面庞，“快点苏醒吧，在鲜血的洗礼之下！”

“宗主！”

身后无数的峨嵋派弟子齐声叫了起来，每个人的目光都集中在了张羽那只穿透了卓以宁胸膛，尚在燃烧着血焰的手。而卓以宁身体正在血焰之中熊熊燃烧，疯狂挣扎着。

但就在宁叱咤解除了对卓以宁的封锁时，卓以宁的掌心中却骤然再度浮现出那一具日月玄光鉴，目光在痛苦中却闪出了片刻最后的清明。

黑白缠绕的玄光以远比之前汹涌得多的威势，在极近距离轰击在了张羽的胸前，爆发出几乎要闪瞎人双眼的绚烂光芒。张羽和卓以宁两人都瞬间被包裹在了一团巨大的光球之中，什么都无法看清。

然而那光芒也不过仅仅闪耀了一瞬而已。当光芒消失时，原本被张羽刺穿胸膛的卓以宁转瞬间便干瘪蜷曲，化作了一团红烟飘散无形。

而在这极近距离被卓以宁全力轰击的张羽，却依旧好端端留在原地，不但身上没有半点伤痕，就连些许的委顿也看不出来。

“张羽……”

王孚也全身冰凉，停下了对血龙的攻击，远远望着张羽，双眼中已经透出了绝望。

卓以宁死了！峨嵋派的宗主，仅存的六大宗派为首者之一，竟然就这么轻松地死了，死得毫无还手之力！

而且……还是死在他的弟子张羽手上！

张羽一直没有主动进攻，他自然看得很清楚，而现在，张羽的手上已经沾满了卓以宁的血。尽管这一切并非张羽自己所愿，但看着宁叱咤的张狂笑容，以及张羽此刻面上的异变，王孚心中已是一片冰冷。

单单宁叱咤一个人，便是集合此刻的所有人，也未必便能得胜，更何况再加上一个张羽?

若是张羽真的在此刻彻底堕入魔道，只怕所有人都将死无葬身之地了！

所有人都死死望着张羽，等待着他接下来的举动。

张羽缓缓抬起头，以那刚刚出现的瞳孔扫视了一圈身前众人，最后低下头，目光停留在了自己的右手上。

除了仍在燃烧着的血焰以外，空无一物，但方才的触感依旧残存在掌心之上。那是卓以宁被刺穿的胸膛留下的触感。胸口……曾经被卓以宁用日月玄光鉴全力轰击，但却还是没有丝毫的伤痕，仿佛那攻击没有半点效果。

张羽的脸虽然仍旧没有表情，却已经不再像方才那般麻木茫然，而更像是不可思议与震惊。

“如何？喜欢这种鲜血和杀戮的快感么？那么……飨宴即将开始了！杀吧！杀光你眼前这群峨嵋派的人。”

宁叱咤得意的狂笑响彻了整个日月峰的上空，甚至连刚刚修复完成的禁制都在这声音下震荡不休。

而张羽的身体再一次颤抖了起来，随后他重新抬起头，双眼中已然满是暴戾和绝望。

“不！”

张羽骤然爆发出一阵野兽般的狂叫，随后奇变陡生，右手裹挟着血焰，重重轰击在宁叱咤的胸膛之上。

宁叱咤猝不及防，根本没有想到张羽竟然会对自己突然出手偷袭，毫无招架地被张羽轰中，全力一击之下，竟然被张羽打得横飞了出去。

而张羽在爆发出了这一声咆哮之后，全身立刻化作了一道血影，瞬息间长长划过天空，消失无踪。

宁叱咤在空中被打飞出了数十丈远，好不容易才稳住身形，面色却连变了几变。张羽在经过了血海洗练，成为血神子之后，功力远超从前，虽然比宁叱咤还有所不及，但全力偷袭之下，还是让他受伤不浅。

看着前方一干严阵以待的峨嵋派众人和王孚，宁叱咤皱了皱眉头，还是恨恨哼了一声：“算你们走运！”说完，同样化作一道血影消失进了血海之中。

而直到此时，看着宁叱咤消失，王孚才长出了一口气，随后便听见身后一干峨嵋派弟子中爆发出了一阵痛哭之声。

王孚不久之前，也刚刚经历过师父与两名师叔丧生，自然知道他们的心情。卓以宁向来为人慈和，功力又高，号令严明，在峨嵋派众弟子心中有如亲父一般。此刻骤然死在众目睽睽之下，当然怪不得众弟子痛哭不休。就连王孚与他相交之时，也时常被卓以宁的为人所折服。但此时宁叱咤方离开，骤脱险境，还不知那无尽的血魔何时会再度出现，王孚唯有打起精神，协同众位长老将一干峨嵋派弟子带领着回到禁制之内。

待到回到了禁制之内，其余几派的援兵此时才刚刚赶到。这倒并非他们太慢，而是方才一切发生得都实在太快，待到其余各派聚集人手赶来援救时，一切都已经尘埃落定。

听闻卓以宁身亡，天蝉子等人都连声哀叹，但却也无可奈何。以往单单抵御血魔，已经不易，更何况如今面对那强出不知多少的血神子？众掌门宗主只能宽慰几句，便各自重新回到了自己的山门。

王孚在陪同七长老安顿一番之后，也回到了雪峰山。余下峨嵋派重新挑选掌门之事，那是门户内部事务，他便不方便参与其中了。

他现在内心始终忧心忡忡的，倒是张羽此刻的状况。直到通过离遁万界门回到了雪峰山，仍旧挂念不休。

最后张羽猛然爆发，打伤宁叱咤后消失无踪，明显是仍旧不愿与正道各个门派为敌，并没有被血魔老人完全控制。若是能够找到张羽，让他重新回归，或许对抗血魔仍有一线希望。但这蜀山界如此广大，王孚也不知该上哪儿去寻找张羽，只能回到自家山门之内，静观其变了。

而张羽此刻，已经距离日月峰万里之遥。

在方才被宁叱咤借着自己的手击杀师尊卓以宁之后，张羽便再也压抑不住自己心头的暴戾。幸而在最后关头，他还依旧保存着一点清明，将那股暴戾之气尽数释放在了对宁叱咤的那一击之上。

而在那之后，张羽借着暴戾被完全释放的短短瞬间，头也不回地冲离了战场。

若不是如此，张羽只怕自己会立刻便忍不住，对着峨嵋派众人与王孚痛下杀手，此前所有的克制与忍耐都将功亏一篑。

没有目标，没有方向，王孚已经不知冲了多远，才赫然看见了前方有一座孤零零的山峰突兀地矗立着。尽管露出血海之外的部分并不算太高，但能够在血海已经上涨到如此高度之时仍旧露出一点头，可见这山峰原本是何等巍峨。

张羽飞行了如此之远，体内的暴戾之气早已重新累积起来，马上便要失却控制。眼见着那孤峰就在面前，再也坚持不住，一口气一泄，重重摔落在了山峰之上。

那山峰顶部怪石嶙峋，张羽自高空中摔落时已经近乎神智不清，如同陨石般重重砸了下来。幸好身体如今已然被洗练得坚如铁石，纵使不运劲护体，也丝毫没有受到伤害，只是将山顶砸出了一个巨大的坑洞。

张羽昏昏沉沉地自坑洞中爬起来，刚要站起却又一个翻身摔倒在了地上，全身剧烈地抽搐了起来，蜷缩成了一个虾米。

张羽的脑中一片剧痛，几乎感觉到头颅都要裂开一般，两个精神同时容纳在头颅中，正在疯狂争斗着。从血海退去那一刻起，这斗争便从未停止过，而到了现在，终于达到了巅峰。

让一切都回到张羽在虚空之中，被血海淹没的那一刻……

当张羽的眼前陷入一片漆黑之时，他的意识却并没有彻底消失，而是依旧竭力地靠着精神力量抵抗着。

然而即便张羽再如何努力，但此前那个一直想要进入他的大脑的意识，却实在太过强大。张羽的心防被一层又一层地突破，纵使竭力抵御也依然无济于事。

终于，张羽的意识再也无法抵御另一个意识的入侵。脑海中轰然炸响，仿佛整个世界都已崩坏。

然后，苦苦的挣扎抵御都已经消失，原本的痛苦也已经消失，仿佛一切都已经消失，只剩下了张羽自己的意识，与对面的那个意识。

那个意识仿佛一轮泛着血光的新月。

并不是看见，而是更像直接“感受”到那意识的存在与形体一般。然而那种“感受”，却比看见或是摸到更为真切而具体。

“你……就是那血魔老人？”

第十二章 血魔老人

张羽经历过了落入虚空的感受，此刻很快便镇定了下来。然而此刻却与之前落入虚空不同。张羽清楚自己的意识存在，但同时却又感受不到意识具体的存在。周遭所处的环境像是无限大地向着远方延伸，又像是只有方寸之地一般。

这里不是任何现实存在的空间，甚至连虚空都不是，而只是张羽的意识世界。此刻在这个世界里存在的，只有张羽和面前的那个意识而已。

张羽在心中刚刚浮起了这个念头，便仿佛已经说出了口一般，瞬间传递了过去。在精神的世界里，似乎并不存在语言和声音，一切交流都在瞬息之间完成。

“没错。不过，这只是蜀山界中的人对我的称呼而已。如果你愿意的话，可以叫我尊主。如果不愿意的话，也没有什么关系。”那意识也同样马上给出了回应。虽然听不见具体的声音，但却更为直接和迅捷，而且在那意识之中流露出来的气息，更是并非张羽此前所想象中那样疯狂，而是要冷静得多。

“不管叫什么，还不就是蜀山界此刻一切的罪魁祸首！”张羽冷笑一声。

那意识却并没有动怒，而是语气和缓：“罪魁祸首？你觉得眼下的一切是我犯下的罪孽？”

“不是罪孽，难不成还是功勋？多少生灵涂炭，化成了你的血海，还有这血海之中的血魔！”张羽却压抑不住心头的怒气，吼了起来，“残杀了这无数的生灵，你却说这不是罪孽？！”

那意识突然长笑了起来，笑声中充满了不屑之意：“张羽，你觉得被豢养的猪，就只能一辈子当猪，只配一辈子当猪，并且子子孙孙，延续万代，都只能作为猪的身份生存下去么？”

张羽没想到他竟然突然岔开话题，说出这样的一番话来，完全不知道该如何回应：“你……你到底在说什么？”

“你既然是‘乾’所派来，所谓拯救这个蜀山界的，那么应该很清楚这一切的前因后果吧。为了维护世界的存在，所以要将那些影响到世界的人和事统统抽离，建立起一个个附属世界。而像蜀山界这样的世界，难道不就是一个巨大的猪圈么？而所有生活在其中的人，不过是被‘乾’所蓄养的猪而已！一切我们……不，是他们存在的意义，就是为了那个所谓的世界啊！”

说到了这里，那个意识也终于开始有了些愤怒。

听到这番话，张羽也愣住了。

他没有想过，这个造成蜀山界此刻惨状的罪魁祸首，竟然也对一切一清二楚。

“当我知道这一切的时候，我陷入了无比的愤怒。这样的想法，你应该能够理解吧！我不能够容忍自己竟然是如同猪圈里被豢养的猪一般的存在，只为了服务……那个世界！而我最痛恨的，就是那个高高站在一切头顶，自以为在维护稳定的那个‘乾’！”

“所以你就将这蜀山界变成了一片血海？！”张羽冷笑质问道，“即便真的是猪，至少蜀山界的人还有着自己的生活！他们根本就不知道世界的存在！而现在你的出现，却干脆直接夺取了他们的生命！你却说得好像这样的结果比原来更好？无耻！”

“与其像猪一样庸碌地生活着，倒不如干脆成为我的一部分，用一个意志思考，用一个声音说话。而成为我的一部分之后……他们最终也将迎来升华！最终的——升华！”

“你……这是什么意思？”张羽敏锐地察觉到了血魔老人话中隐含着，却没有明说的含义。

“这个世界……不，应该说是这些所有的世界，实在太让我不满意了！所以……那个身居所有世界之上的位置，应该由一个更有能力的……‘人’来做啊！如‘乾’这样虚无的存在，甚至连自己清楚明晰的意志都没有，根本没有资格来做所有世界的掌控者！而当整个蜀山界都归于我的身上，成为我的身体之后，我便会拥有足够的力量，去夺下‘乾’那个位置！你懂么！”

尽管此刻只剩下意识，根本感觉不到身体的存在，张羽依旧全身一阵寒意袭来。

那个血魔老人……想要的根本就不仅仅是一个蜀山界！

他要的，是成为一切万千世界的掌控者！

他的野心，比张羽此前的猜测要大了千倍万倍，直至无限！

“这不可能！”张羽高声吼叫了起来：“这么巨大的野心，最终将会摧毁的只有你自己！”

“只有我自己？那我们就走着瞧吧。我想，你会看到那一天的。只不过……是以我的一部分的身份！而在那之前，你将会先一步成为我的血神子！血神万虚空的奴仆！”

这是张羽第一次听见血魔老人的真名，也是整个蜀山界都从不知道的真名。伴随着万虚空的长笑，张羽的心中猛地灵光一现，涌上心头。

在刚刚到达蜀山界的时候，张羽便听卓以宁讲述了血魔老人出现后的一系列经过。但是，从没有人知道这血魔老人究竟从何而来，不知道姓名，不知道出身，仿佛他整个人便是从天上掉下、石头缝里蹦出一般。而并非任何一个宗派弟子出身的他，却竟然能自行创出血神经这样的恐怖魔功。

而且在修习了峨嵋派的道法，又与厉战和宁叱咤交手过之后，张羽更是惊讶地发现，无论血魔还是血神子，都与这蜀山界的任何道法都大相径庭，连半点相似之处都没有。

若说那血魔老人天赋异禀，又蒙得某人传授，自行创出了这一门功法，倒也还勉强能够说得通。但这功法却与蜀山界现存的功法毫无相似之处，这就怎么也难以解释了。

这一节，张羽此前怎么都想不通。但此刻心中那片刻的灵光，却让他隐隐想到了一个恐怖的可能。

“你……你不是这蜀山界的人！你到底是从哪个世界来的？”张羽厉声对着面前的血魔老人万虚空吼了起来。

“哈哈哈哈！”

万虚空的意识发出了一阵漫长的笑声，许久才停歇下来：“真让我惊讶，没想到你居然能够想到这一节！不愧是洛姬瑶那个小丫头选择的人。看来……你应该已经猜到了些什么吧？”

“你……”张羽深深沉默了片刻，才重重道，“你也曾经是和洛姬瑶相同的身份，我说得对么！”

对面万虚空的意识沉寂了下来。过了片刻，他缓缓道：“你猜得没错。我确实……曾经是‘乾’的使者。更准确地说，我便是——洛姬瑶的前任！我控制蜀山界的力量，也不是来自这个世界，而是来自一个叫朔望的门派？可以这么说吧，不过你不会明白这些的！”

尽管此前已经猜到了这样的可能，但亲自听见万虚空说出这答案，张羽依然吓了一跳。

肆虐整个蜀山界的血魔老人，想要将“乾”取而代之的万虚空，竟然……曾经是和洛姬瑶一样身份的，“乾”的使者！

难怪在蜀山界之中，没有人知道他的由来！难怪他可以创出和蜀山界此前的功法完全不同的血神经！

因为他根本便不是这个世界的土著，而是一个远比他们更高层次的存在！

“好了，你知道的真相已经够多了！接下来，乖乖地成为我的奴仆吧！就像你的好友，还有你的弟弟一样！”

“什么，张彦？”

听到这骇人的消息，张羽的意识仿佛要炸裂开一般。

张彦……竟然也和凌未平一样，来到了这蜀山界？而且更是成为了血魔老人的弟子……？

张羽刚要再开口，万虚空却已经不再给他机会。那团意识骤然扑了上来，包裹住了张羽的意识。张羽只感觉万虚空的意识像是伸出了无数的触手一般，不断地向着自己的意识中侵入。

而张羽的意识在被万虚空侵入之后，也一点点开始变色，仿佛墨汁滴入清水里一样，正在变得一片鲜红。

“绝不能……被他控制！”

此刻两人的意识已经都在张羽的精神世界之中，张羽再也没有任何抵御的办法，只能尽力收缩着自己的意识，将意识牢牢凝聚成一个小团，避免被万虚空的意识所稀释吞噬。

若非如此，张羽很清楚，自己终将如同凌未平和张彦一样，被万虚空洗脑成为他忠心不二的仆人。而支撑着他的动力，便是救下自己的好友和弟弟——凌未平与张彦！

一定！一定！一定要守住自己内心最后的清醒！

尽管张羽已经竭尽全力，但万虚空的意识却还在一点点地渗透进来，而张羽的意识也在不断地被同化着。尽管外围已经统统变作了血红，但只是最中心的那一点核心，却依旧保持着纯净。

“不要再抗拒了！！既然结果已经注定，何苦如此徒劳！”万虚空的意识对着已经被包裹的张羽怒吼着。这还是他第一次遇见如此难以吞噬同化的意识。而此前，无论是厉战这样的蜀山界土著，还是张彦凌未平这样来自世界的人，都没有一个的抵抗能够像张羽这般坚忍不拔。

而张羽已经没有余力再去与万虚空对答，只是苦苦支撑，竭尽全力。

“哼……你以为这样就有用了么？”万虚空再度努力了数次，依旧无法吞噬最终的那一小块核心，恨恨道，“纵使你再如何苦苦支撑，你的意识已经大多被我同化，又能翻出什么大浪来？”

张羽的意识却只是沉默不语，仿佛根本没有听见万虚空的话一般。

终于，在不知过了漫长的多久之后，血海渐渐退去。张羽终究还是在意识的核心处保留了一粒最后的种子。

他依旧能够通过身体，感受到外界的一切。无论是视觉、听觉、触觉、嗅觉还是味觉，都能够真切地传递给张羽，但对于这具躯体，却始终没有任何的控制能力。

绝大多数的意识部分，都已经被万虚空所同化，但却并不完整。无论是哪一部分，都没有完整地操控这具身体的能力。更何况张羽最后的核心意识还在不停地反抗，竭力争夺着这具身体的控制权。

正因为如此，哪怕张羽的身体已经被洗练成了血神子，但却无法变得如凌未平和厉战一般，依靠自己的意识行动，而是像一个傀儡木偶一般，木木呆呆。

而被自我封闭在意识最核心的张羽，只能看着自己那具身体被凌未平带着，脱离虚空，回到血海，再来到了峨嵋派。

那之后，他更是眼睁睁地看着自己被绝大部分转化成了血神子的意识操控着身体，袭击峨嵋派的山门。

张羽在竭力地反抗，依靠着自己最后的一点清明，才能做到不对峨嵋派的同门痛下杀手。而那反抗越是强烈，他自己也就越是痛苦。意识被分成了两部分，在精神世界中不停地搏命厮杀。

直到——卓以宁的死！

张羽几乎是眼睁睁地看着自己的右手被凌未平握在手中，狠狠刺进了卓以宁的胸膛。

他疯狂，他嘶喊，但那都仅仅存在于他的精神世界之中。

而为了更刺激他，凌未平更是解除了卓以宁身上的禁制封锁，以让卓以宁发出最后的临死惨叫。

但卓以宁所发出的，却并不只有惨叫而已。

虽然所有人都没有看见，但张羽却看得一清二楚。在生命的最后一刻，尽管自己即将死于张羽手上，但卓以宁的目光里却没有半点恨意，而是饱含着信任与勉励。

哪怕没有只言片语，张羽依旧读懂了卓以宁目光中所传递来的思维。

“我相信你，张羽。请拯救这个世界！”

然后，张羽便眼睁睁地看着卓以宁手中的日月玄光鉴轰中了自己的胸膛。但这一次的黑白玄光，却并不是之前那样的攻击。

卓以宁所有的神魄，都凝聚在了那道玄光之中。仿佛从天而降的奇兵一般，轰中的虽然是张羽的胸膛，却直直透入体内，灌注进张羽的意识之中。

原本已经占据了张羽九成九意识空间，被万虚空所污秽的部分，在卓以宁这一次轰击之下也出现了一个巨大的裂隙。

本只能苦苦支撑，别说是反击，就连自保都逐渐无力的张羽也丝毫没有迟疑地把握住了这道良机。趁着血神子意识摇摇欲坠的时刻，疯狂爆发开来。尽管或许只是临时一刻，但张羽却终于短暂地争得了自己身体的控制权。

逃！逃得越远越好！在被凌未平追上之前！

这是张羽在终于获得一丝喘息之机时，脑海中唯一的念头。血神子的意识仍在不停反扑，而张羽在这时所能够做到的，只有全力一击轰飞凌未平，立刻扭头向着不知何处全力飞去。

当张羽终于在视线中看见那座孤峰，重重摔落之时，在与血神子意识的斗争中几乎被消耗一空的精力已经干涸见底，再也支撑不住。

方才两个意识互相争夺精神空间时的痛苦，早已远超身体。全身无时无刻不像是被千刀万剐地凌迟，撕成无数碎片，散布到整个宇宙中化作尘埃，再重新捏合起来。此刻张羽虽然借着卓以宁临死之前的帮助，压下了血神子的意识，但身体却已经虚弱到了极点，更不知它何时会再度反扑。

正在张羽喘息个不停时，眼前的空间突然出现了一丝波动，随后一个俏丽的身影出现在张羽身前。那一双绝美的眸子里，此刻写满了关心，正是洛姬瑶！

“张羽！你还好吧！”

洛姬瑶将头凑在张羽的面前，轻声呼唤着他的名字。而张羽却还在疯狂喘息着，如同野兽一般的目光在清明和疯狂中不断挣扎，过了良久才好不容易集中起焦距：“洛……姬瑶？”

在认出洛姬瑶之后，张羽猛地从地上跳了起来，不顾自己的虚弱，一把抓住了洛姬瑶的衣领，双眼中几乎喷出火焰来：“你……你还知道在我的面前出现？！”

张羽暴怒之下，再加上之前被血魔老人种下的戾气影响，已经几乎失却了理智，毫无以往温文尔雅的模样，抓着洛姬瑶的衣领用力摇晃着，丝毫顾不上体面。

“张羽，你冷静些。”洛姬瑶没有任何拦阻的动作，只轻声对张羽道，任由自己的衣领被张羽死死拉扯着。

张羽不屑地大声冷笑着：“冷静？为什么没有告诉过我，那血魔老人万虚空，曾经也是‘乾’的使者！是你的前任！说！你还瞒着我多少事情！”

洛姬瑶目光中透出一丝无奈：“并不是我刻意要瞒着你。只不过这种事情，无论你知不知道都是一样。对你来说，无论血魔老人是谁，你要做的事情都是一样。难道你知道他曾是‘乾’的使者，我的前任，你要做的事情，和能做到的事情，会有什么不同么？”

洛姬瑶的话让张羽稍稍冷静了一些，但心中仍然怒火未消：“那你为何直到此刻才出现？！你可知道……我……我已经被万虚空侵占了绝大部分的意识？直到现在……那血神子依旧在我的脑海中存在着！”

说着，张羽伸出手指，用力指着自己的脑袋咆哮道：“就在这里，这里，不知道什么时候它就会重新占据我的脑袋，让我变成和凌未平一样的血神子，变成万虚空忠实的奴仆！”

“我知道。”洛姬瑶点了点头，目光沉静，“但……我也一样做不了什么……”

张羽低吼道：“做不了什么？你和万虚空一样，是‘乾’的使者！你做不了什么，还有谁能做什么？他既然能够靠着血神经，将那么多人变作血魔和血神子，你一定有办法逆转这过程的，对不对？”

洛姬瑶微微摇头，叹气道：“我真的……做不到……至少凭借着我自己的力量，我没法为你做什么。能拯救你的，只有你自己！因为我和万虚空……是不一样的……”

张羽喘着粗气，皱眉：“不一样？到底是哪里不一样？你们不都是‘乾’的使者么？”

洛姬瑶绝美的脸上挤出一丝苦笑：“你若是始终这么激动，我又该怎么好好对你说？”说完，低头瞟了一眼张羽仍紧紧抓着的衣领。

张羽这才意识到自己方才因愤怒而失态，尴尬地连忙松开了手，重重喘息两口，将心情平复了些：“好，那我就先听你说。”

洛姬瑶待张羽松开了自己的衣领，才缓缓道："你可曾想过，'乾'究竟是什么？我又是什么？"

张羽想了想："你不是对我说过么？那是人类意识的聚合体，你是它的使者。"

洛姬瑶点点头："没错。'乾'是人类意识的整体聚合。但和你所想的不一样，'乾'并不存在一个清晰的人格。和神话与宗教中描绘出的那些神明，诸如上帝、佛祖、宙斯完全不同。如果非要比喻的话，那么它的存在，更接近于道家所说的'道'，又或者一台超级计算机。"

张羽此前看过不少杂书，见闻广博，很容易地便理解了洛姬瑶的话，点了点头："也就是说，'乾'的思考方式跟我们不同？"

"没错，你理解得很好。"洛姬瑶看见张羽接受得如此之快，微笑道，"'乾'并不是万千世界的主宰，而只是一个守护者、协调者而已。它没有形体，没有思维，只有由无数人类中所凝聚出来的集合意识。"

张羽点头道："我明白了。那么，你又是什么？更重要的是……万虚空，又是什么？为何你会说，你们是不一样的？"

洛姬瑶苦笑了一下："万虚空说的没错，他的确是我之前的那一任'乾'之使者。但他和我却并不是……同类……"

张羽紧盯着洛姬瑶，等待着她即将说出的重大真相。

"我……和你一样，原本都只是普通的人类。是'乾'选中了我，赋予了我一些常人所没有的能力。而这些能力不过只是能够随心所欲地观察万千世界，在其中穿梭而已。相比于万虚空而言，根本不可同日而语。"

"什么？你是……你曾经是人类？"张羽大惊，此前洛姬瑶并没有对他说得那么详细，他还一直以为洛姬瑶是类似天使一样的身份。

"当然。只不过……那已经是很久之前的事情了。"洛姬瑶再次笑了笑，但年轻美丽的脸上却突然闪过一丝若有若无的沧桑神情，"而万虚空却不一样。他……他来自更高的次元，一个远远超出人类层次的次元，它本身就是近乎神祇的存在！它根本不在乎人类的死活，因为人类对他来说，就如我们豢养的鸡鸭猪狗。更何况，他还得到了某些神秘力量的援助！”

张羽点头：“是那个什么朔望吗？”

洛姬瑶微微惊讶，点头说道：“没错！”她随即轻叹一声，继续道，“‘乾’抽离出无数的世界，其中很多世界比你所在的世界更先进，比蜀山界更强大，甚至有些存在足以媲美传说的神明，甚至能够给‘乾’造成麻烦，朔望便是这其中的一些神明，为了和‘乾’对抗，聚集而成的组织！

“万虚空曾经是‘乾’的使者，如我一样，作为一个执行者来巡查万千世界，但有一天，他被朔望的存在诱惑，开始不满自己的地位，想要取代‘乾’。万虚空很清楚‘乾’是如何诞生的，所以他认为……自己如果能够也同样聚集起一个世界的意志的话，就能够将‘乾’取而代之了！”

张羽这才恍然大悟。为什么万虚空要将整个蜀山界化作一片血海，将无数的生灵都变作血魔。

到了最终，那些血魔与血神子，终究还是会成为万虚空身体的一部分，重新被吸纳回去。而集结了整个蜀山界的意志的万虚空，将会凭借着这个，去挑战‘乾’的地位！

“‘乾’在挑选使者时赋予的能力相同，但使者自身的种族，却让每一个使者之间的实力差距天地。相比于万虚空……我根本微不足道，他在你心中所根植的血神子意识，也不是我能够驱逐的。”洛姬瑶轻轻摇了摇头，但她的最后一句话，却给了张羽一线希望，“不过，或许还有一个法子，能够让你重新恢复人类之身。”

“是什么？”张羽用力捏紧了拳头，满怀期待地望着洛姬瑶，等着她说出那个法子来。血神子的意志仍然占据着他的绝大部分意志，若不是张羽一直在强行压抑着，此刻早已再一次操控了。

“天皇金经，峨嵋派的最高心法！”

张羽一愣：“峨嵋派的最高心法，难道不是日月玄光鉴么？”

洛姬瑶缓缓摇头：“不。准确来说，日月玄光鉴只是‘有可能修成’的最高心法。而天皇金经……自峨嵋派的开山祖师以下，至今也没有一个人曾经修炼成功过，甚至就连他本人也包括在内。”

“没有人修炼成功过？”张羽看着洛姬瑶，满脸荒谬：“连开山祖师都没有修成？这天皇金经，难道不是他自己创出的？然后……一套从来都没有人修成过的功法，你居然觉得可以作为我驱逐血神子意识，恢复本来面目的希望？你该不是在跟我说笑吧！”

“不。你能修成。此刻放眼整个峨嵋派……不，是放眼整个蜀山界，能够修成这天皇金经的，也唯有你一人。”

洛姬瑶说着，右手轻轻一招，洁白如玉的掌心中已经不知何时出现了一片玉牒：“即便是你再怀疑，也不妨一试吧？”

张羽惊讶地看着洛姬瑶：“这……便是那天皇金经？可为何会在你的手中？还有，你为何那么肯定……我能修成？我峨嵋派的功法已经全部通过日月玄光鉴传给了王孚，现下身体又被污秽成了血神子的身体，就连吸取天地元气都做不到，又该怎么修炼？”

洛姬瑶微笑道：“虽然不如万虚空，但我怎么说也是‘乾’的使者。连万千世界之间都可以随意穿梭往来，何况是在这蜀山界之内取一样东西？至于你……”

洛姬瑶将载有天皇金经的玉牒轻轻放在了张羽的掌心之中：“我为何肯定你能修成，自然有我的原因。不过此刻不需我多说。当你修成的那一刻，你自然便会清楚了。”

张羽懵懂地看着手中的玉牒，迟疑着点了点头，刚刚握紧那玉牒的瞬间，无数的文字便自玉牒之中流入到了大脑之中，正是天皇金经的修炼口诀。

“那么……我该走了。相信我，也相信你自己。”

看着张羽若有所思的表情，洛姬瑶微笑了一下，冲着张羽摆了摆手，也不等他回应，人已经消失在了空气中。

张羽也知道此刻事不宜迟，必须争分夺秒地修炼，他脑中万虚空留下的血神子意识仍在不停反扑，更不知道凌未平或是其他的血神子会不会寻来此处。待洛姬瑶离开之后，他便马上盘膝坐地，闭上双眼，仔细体会起这天皇金经的修炼法门来。

自从在虚空中被血海淹没之后，张羽的身体已经被改造成了血神子。那血神经的功法与蜀山界任何一派的功法都格格不入，不靠吸取天地灵气，而是以血海中的无尽污秽气息作为滋养。

但在天皇金经刚刚流入自己意识之中，还没开始修炼，张羽便惊讶地察觉到了这天皇金经的异乎寻常之处。

它竟然也同样与蜀山界的所有功法完全不同，并非吸取天地灵气，但却也不是血神经那样自血海中得到滋养，而是调动先天一点真灵，哺育滋养，最终壮大。

自张羽入了峨嵋派之后，修习功法，但却从未听卓以宁提到过“真灵”这个词语，更是不知道它究竟是什么性质的存在。至少张羽可以确定真灵的概念不存在于峨嵋派的修炼体系之中。

那么他最大的问题是：真灵究竟是什么，又该如何调动真灵？

但既然洛姬瑶一口咬定张羽必定能够修炼成功，他无可奈何之下也只能一试。按照金经中所载的法门，张羽凝神静气，神念调动起来，沿着身体的内部向着小腹开始探寻起来。

在张羽入了峨嵋派，得蒙卓以宁传授修炼法门之时，很快便凝结出了元气灵机。然而此刻的小腹之中原本丹田旋转的位置却已经空空荡荡，没有半点痕迹留存，至于天皇金经中所讲述的真灵，更是丝毫不见踪影。

张羽忍不住苦笑了一下，之前峨嵋派那么多历代先人都无法修炼成功，甚至连一丝踪迹都不可窥测，这部天皇金经简直就是坑人的。

现在的他，连那点真灵都寻觅不到，又何谈滋养哺育？

神念在小腹中再度转了几圈，依旧一无所获。张羽只能无奈地将神念撤回，向上求索，但当神念经过胸口的位置之时，他的心神却忽然猛地一震！

内窥的神念竟然在胸膛的正中发现了一道微弱的光芒！正是原本日月玄光鉴在体内所藏的位置！尽管只是如同夜空中的星点般稀薄微弱，若是方才一个不留神便会错过，但那却真实地存在着！

那难道……便是自己的真灵？

张羽的神念连忙凑近了细细观看。那光点的位置不偏不倚，正在胸膛中央，仿佛呼吸一般闪动着微弱光芒，但无论张羽以神念如何催动，却没有任何变化，既不改变位置，也不会随着张羽的念头有任何波动。

难道这就是自己的真灵？可如果真的是这样的话，它的位置怎么会在胸口，而不是小腹的丹田之中？

张羽无暇多想，连忙按照天皇金经之中所记载的法门运转起来。胸口的真灵竟果然有所反应，闪烁的亮度与速度都有了微弱的提高。

张羽心中大喜，知道自己已窥门径，当下再也心无旁骛，一心运转起胸口的真灵来。这天皇金经之中所载的法门竟然并不艰涩，张羽只感到胸口的那点真灵正在飞速成长壮大着。

一边运转天皇金经，张羽也一边在心中疑惑着。首先，自己的真灵竟然不在金经之中所载的位置之上。其次，既然这金经并不算何等晦涩，又为何峨嵋派历代以来，竟然没一个先辈能够修成？

这两个问题在张羽心中苦苦纠缠着，却始终找不到答案。而在天皇金经进入运转之后，张羽也一直在内视的状态下，根本不知道周围的时间流逝，进入了物我两忘之中。

甚至就连精神世界里，那血神子的意识与自己的意识持久不断的争夺，也被张羽淡忘到脑后，只全心全意地关注着那一点真灵的壮大。但若是此刻有人在一旁看着，便会发现张羽那血红色的肌肤正在一点点地变淡，而体表的黑色花纹图案也仿佛被刺激到了的触手一般，缓缓收缩起来。

在张羽眼中，那点真灵正在不断地变大，还不仅仅是单纯地变大，而是更像他悬浮在空无一物的宇宙空间之中，周围都是一片漆黑，唯有一颗星辰。而他却正在飞速地向着那颗星辰接近。随着他的接近，星辰的光芒从原本的闪烁黯淡，到明亮耀眼，自然也越来越大。最终当张羽接近那星辰时，已经变得远远超越了太阳一般，散发着夺目的光彩。

是的！那看起来完全就是一颗恒星！

张羽直到这时，才猛然意识到这真灵已经壮大到如此地步，心中一片震撼袭来。而与此同时，脑中却突然轰地炸响，眼前那如恒星般放出着光和热的真灵骤然幻化成了一个虚幻的人形。

那人形虚无缥缈，只有外围的轮廓而已，看不清半点五官。然而从身形上来看，勉强能看出那是个男子的形象，穿着一身飘逸的长袍，背插长剑，仙风道骨。

“过去了那么多年……这天皇金经，终于还是有人修成了。”

张羽刚刚从方才的震撼之中镇定下来，眼前这男子的话语便直接在脑中响起，声音听不出年纪，但却无比柔和。

张羽迟疑了一下，开口问道：“阁下……何人？”

那身形发出了一声轻笑：“程远真。”

张羽在记忆中搜寻了一下，发现自己从没有听过这名字。未知对方的身份，只能客气道：“原来是程前辈。”

那自称程远真的身形顿时有些诧异：“你叫我什么？”

张羽不知对方为何突然质问，心中古怪，就听见程远真继续道：“你既然能修成这天皇金经，自然是峨嵋派的弟子。难道面对开山祖师，竟然便只是这种态度么？”

“什么？！”

张羽骇然大惊。眼前这虚无缥缈的人形，竟然就是峨嵋派的开山祖师？

他的任务只是拯救蜀山界而已。被洛姬瑶带入这蜀山界之中后，每日都只忙于修炼，后来更是不停地深入血海。峨嵋派知道他来自另一个世界的唯有卓以宁一人，但却也没有那个工夫和必要，对张羽细细讲述那么多峨嵋派上代的事情。在卓以宁心中，张羽并不单纯是弟子，而更多了一重客人的身份。是以张羽尽管成为峨嵋派弟子已经过去了好几个月，更是修成了日月玄光鉴，却从未听过这些宗门之中的掌故。关于这开山祖师的名号，这还是第一次听说。

可不管怎样，峨嵋派的开山祖师也都是千百年之前的人物了，怎么可能还没死，而且……更出现在自己的体内，以意识和自己对答？这一点上，张羽简直百思不得其解。

张羽有些迟疑地仔细观察了一会儿那程远真的人形，开口道：“在下确实是峨嵋派弟子。只是……祖师难道不应该早已……仙去了么？”

程远真微微一笑：“我的本体，自然早已坐化，也不知过去多少年了。只不过在我临死之前，却在那封存了天皇金经的玉牒之中灌注了一缕神念。纵使历经无数岁月，只要这玉牒尚在，我的这缕神念就不会消失。你可以……把面前的我，当成曾经存在的我的一个影子吧。而只有当有人修成这天皇金经之后，才能在真灵之中看见我的存在。但过去这么久，却没想到直到今日，我才见到了第二个修成天皇金经的人。”

张羽这才明白眼前这程远真的身份。

然而回顾自己修习天皇金经的过程，却似乎并没有遇到任何阻碍，如同顺水推舟一般一气呵成，与之前洛姬瑶对自己说的情形完全不同。

若是天皇金经真的那么容易便能修成，之前的那些峨嵋派先辈又怎么可能一筹莫展？

程远真微微一笑，不等张羽开口便看出了他内心的疑惑：“你是不是在奇怪，为何自己修炼的过程如此顺利？”张羽连忙点点头。

程远真伸出手，指了指身后那已然大如恒星的真灵：“你此前只知道，真灵存在小腹的丹田之中，但在开始修炼这天皇金经时，却发现它竟然在你胸口的位置，难道就没有觉得有什么不对？”

张羽老老实实地回答道：“弟子确实奇怪。但此刻也并无别的办法，只能死马当活马医了，却没想到进展竟然如此顺利。”

程远真哈哈一笑：“你看，你一路修炼下来，并没有碰见任何障碍，这便是根本的原因了！”

张羽道：“弟子愿闻其详！”

程远真笑道：“人人皆有真灵，但若是要让真灵显化出来，那便必须先修炼筑基，将丹田铸成才行。然而丹田一成之后，这真灵也就自然而然地被包裹在了丹田之中。再想依照着这天皇金经中的法门，调动神念滋养壮大这真灵，便怎么也徒劳无功了。”

张羽啊的一声叫了起来，心中已然猜到了几分：“难道……”

程远真点头道：“没错！所以这天皇金经，其实法门简单，却又威力奇大。但最难的却只是那入门的第一步而已——那便是先以日月玄光鉴，将自身全部的功力传给别人！”

程远真所说的，果然便是张羽方才的猜测！

那时他为了助王孚突破青莲宝鉴第十八重，在海眼底部将自己的一身功力尽数传给了王孚。那时丹田便有如抽丝剥茧一般，一点点被日月玄光鉴转化为了功力。而原本被丹田包裹在小腹之中的真灵，也一同随着流向了日月玄光鉴所在的胸口位置。

正因为如此，在张羽自己都懵懂无知的情况下，他竟然跨过了修炼天皇金经这最困难的，也是唯一的关口。

而同时他也明白了，为何峨嵋派历代那么多先辈，无论如何天纵英才，也不曾修成这天皇金经。

能够修成日月玄光鉴之人本来就寥寥无几，而修成之后，能够将自身的一身功力尽数传给他人的，更是凤毛麟角。据卓以宁所说，峨嵋派开山立派以来，也就不过是三五人而已。

毕竟一生苦修得来的功力，自然是珍视若性命，又有谁能够如此慷慨，轻易转手与人？

而这三五人，也都是已经到了风烛残年，油尽灯枯之时，自知命不长久，又有心爱弟子，才会在临终之前将功力尽数相传，但他们既然已经到了这一地步，又怎么还有可能再去尝试修炼天皇金经？

这恰恰便成了最大的悖论——若是不散去一身功力，那便迈不过最初的门槛。而散去一身功力的人，却又不会再尝试着去迈过这层门槛了！

张羽想到这里，心中一阵好笑。这天皇金经的修炼说简单自然也简单，但说难可也实在太难了。那传功的门槛简直比什么葵花宝典、辟邪剑谱还要难以跨越。

但问题在于……那门槛困难便困难在于，所有人都以为自己一旦将全身功力通过日月玄光鉴传给了别人，便此生再也无望。若是知道自己传功之后，天皇金经的修炼就再无坎坷，自然不会再有这么多的人藏着自己的功力。可是，程远真却为何不将这一节告知自己门下的弟子，代代相传？

张羽将自己心中这一层疑问对着程远真问出，只见他呵呵一笑，伸出手在下颌下轻轻摆了摆，似乎正在抚摸胡须一般："能问出这问题，可见你已经想得很深入了。可你再想一想，我若是将这诀窍传了下去，真的是一件好事么？"

“不是……好事？”张羽喃喃道。

“自然不是。”程远真笑道，“纵使我立派之时定下的门规有多严格，但一代一代传下去，门中弟子自然是良莠不齐。这天皇金经的威力你此刻还未曾见到，不知究竟有多强。若不给它做出一点限制，居心不良之辈得到之后，岂不是天下大乱？”

张羽恍然大悟：“原来如此！”

程远真叹道：“只是我没想到，竟然过去了这么长的时间，才终于见到一个能修成这天皇金经的后代弟子。很好，很好……看来你不愧是我等待了这许多年的后继传人！”

张羽微微有些赧然。他将全身功力通过日月玄光鉴传给王孚，也只是因为情势所迫。若非如此，他也未必便真能下得了这个决心。

张羽将事情的前因后果对程远真细细说明了一番，包括万虚空如何将这蜀山界化作血海，又是如何培育出七名血神子，屠杀生灵，他又是如何与王孚一同深入海眼，对抗血神子之事，只隐去了他来自世界一节。

待到张羽说完，程远真才长叹道：“不想这么多年过去，世间竟然已祸乱至此……不过你的身体，倒是不必再担心了。这天皇金经乃是直指本源，重塑肉身。此刻你的肉身已经脱胎换骨，再非原来的凡体。你之前所说的那血神子的意识，现在还有么？”

张羽心中一动，这才发现自从开始修炼天皇金经之后，已经再没有注意过意识中那血神子的侵蚀。而在方才与程远真这一番对答时，早已将此事抛在了脑后。现在被提醒了之后，他才发现血神子的意识已经不知何时消失一空，荡然无存。

“咦，有人来了。”程远真突然对张羽提醒道，“来者气息倒是很强，但现在的你已经不用再怕了，还不赶紧出去迎敌？”

张羽茫然还未反应过来，只见眼前程远真的虚影一闪一晃，随后那大如恒星的真灵猛然爆发出一阵金光，他眼前一花，已经退出了物我两忘的内视境地。

孤峰、周围的血海、以及天空中的浓密乌云，再一次出现在了张羽的视界之中。就连他此刻身处的位置，也依旧是此前跌落时的那个大坑之中。

第十三章 故人再现

张羽连忙低下头，查看起自己的身体来，果然在修成了天皇金经之后，原本猩红如鲜血的肌肤已经变回了原本的白皙，黑色细线组成的图案也消失无踪。正如程远真所言，天皇金经直指本源，已经重塑了他的肉身。

张羽右手轻轻一捏，掌中就生出了一个小小的虚空漩涡，不禁让他骇然大惊——自己的肉身竟然已经强悍若斯?

竟然单凭肉身，就能粉碎虚空！

“天皇金经的威力，可远不止如此啊。”张羽的脑中突然出现了一个声音，正是程远真。

“祖师？你怎么还能对我说话？”张羽一愣，连忙问道。他已经退出了方才物我两忘的内视境界，但程远真的声音依旧在他的耳中响起。

“我不是说过么，准确来说，我已经不是我了，而只是昔日的我留在这玉牒之中的一个影子。既然你修成了天皇金经，身上又带着这玉牒，我自然能够随时通过玉牒对你说话。不过……你真的打算将时间浪费在这种无关杂事之上？敌手可是马上便要来了。”

张羽连忙抬起头，看着远方的一点血影正在飞速向着自己这里飞来。而那巨大的血神子气息自然是张羽再熟悉不过的那个人。

尽管在这蜀山界之中，他的名字已经改成了宁叱咤，但在张羽心里，他依然是曾经的好友凌未平。

“准备战斗吧。以你现在的实力，不需要再有任何担心了。”程远真哈哈一笑，随后便再没有了声息。

张羽定了定神，趁着凌未平抵达之前，再度回顾了一下自己全身的状况。天皇金经果然超凡脱俗，张羽只感觉胸口那一点真灵真的便有如恒星一般，源源不断地为自己提供着无穷无尽的元气，仿佛充沛得快要爆炸一般。

在自身实力提升到了如此境地之后，就连此前凌未平那强得惊天动地的气息，现在看来也不再有什么可怕了。

血影划破长空，转瞬间便落到了这座孤峰之上，正是凌未平。他看见了张羽的面庞，猛然一愣：“你……你怎么……这不可能！”

在凌未平的心中，张羽既然已经被尊主万虚空所洗练，那便该永世不可脱身才对。纵使此前暂且将意识中被血神子侵占的部分压制了下去，但身体的改变却怎么也不可能恢复原状的。

“我怎么恢复了原本的自我，炼化了万虚空种在我身体内的血神子之根？”张羽微微一笑，“怎么，你很惊讶么？看来你们血魔老鬼的血神经，却还是比不上峨嵋派的天皇金经来得强大啊！”

凌未平的瞳孔猛然收缩：“天皇金经？那不是号称自开山祖师程远真以下，便再也没有人能够修成的么？你居然……”

张羽淡淡一笑：“可我就是修成了。”

凌未平心中闪过一丝懊悔。他在被张羽击伤之后，虽然伤势远不到致命的地步，但依然要回到血海之中潜心调养。过了三日，方才恢复原状。彼时凌未平心中想着，反正张羽已经是血神子之身，而在这蜀山界之中，纵使天地再大他也一样无处可逃，不如先安心养伤，待到恢复了全盛的实力，再来重新擒拿张羽。但没想到这三日之中，张羽竟然不知为何修成了天皇金经，将尊主的力量尽数从身体内驱赶了出去。

虽然凌未平与张羽同为外来户，但却终究是早来了许久，万虚空也特意向他的记忆中传输了不少关于蜀山界的知识。是以天皇金经的名号，凌未平早已听说过。只不过威力究竟如何，就连万虚空也同样不知道。

现在念及当日的决定，凌未平自然心中后悔，但嘴上却犹自强硬，冷笑一声："修成了天皇金经，那又如何？我既然能擒你一次，那就还能擒你第二次。我倒是不信，再让尊主洗练你一次，你依旧还能复原！"

说着，凌未平双手一抖，两柄血焰剑已经出现在了手上，目光凌厉："若是不想受伤的话，还是乖乖束手就擒吧！尊主的力量，不是你所能抗衡的！"

"未平……"

张羽见凌未平马上便要动手，连忙摆了摆手："我们可以先谈谈么？"

凌未平傲然一笑："事已至此，还有什么话好说？"话虽如此，但他却停下了手中马上便要挥出的血焰剑。

张羽深深吸了一口气，对着凌未平道："未平……你知道你离开之后，我们的那个世界发生了什么？"

凌未平虽然停下了动作，但却只是冷冷地看着张羽，表情没有半点波动，等着他继续往下说。

张羽苦涩一笑："或许是因为我也被因果线所纠缠吧，我依旧能够记得你的存在。但……也就仅仅是我一个人而已了。除了我之外，所有人都已经忘记了你的存在，所有关于你的一切，都已经被从那个世界抹消。你还记得赵麟吧？当年曾经天天和我们一起逃课打游戏的他，在听到你的名字时，却只是一片茫然。那时的我，疯狂地在全世界寻找，但却连半点你曾存在过的痕迹都找不到……以前的同学、朋友甚至是……你的父母！"

凌未平听到“父母”两字，眼神中才微微闪烁了一下，嘶哑着嗓子道：“你去过我家？”

张羽点点头：“是的。但他们也同样不记得你的存在。在他们的记忆里，甚至从来没有过孩子。就算你不管我，不管其他那些朋友，但是……你能够忍心看见你的亲生父母一辈子永远活在茫然无知之中么！”

凌未平默然不答，但张羽却从他的眼神中看到了一丝希望，急促继续道：“我在被浸入血海之后，已经和万虚空交谈过一番！他不过只是一个想要将‘乾’的掌控夺取到自己手中的野心家而已！若是真的任由他将这蜀山界尽数化作血海，成为他意识的一部分，或许他便真的有可能成为万千世界的主宰！而到了那时……”

“到了那时，不是更好？”凌未平突然暴喝一声，打断了张羽的话：“难道要一个混沌虚无的东西，来掌控所有人的生命？”

“未平……最终他会连你一切抹去，因为他根本不需要第二个生命，跟他分享世界！”

张羽摇了摇头，目光紧盯着凌未平，缓缓开口道：“但我宁愿要一个混沌虚无的‘乾’，也不希望掌控万千世界的，是一个拥有清晰自我意识的万虚空。至少，混沌虚无的‘乾’不会自以为是地要掌控所有人的命运！‘乾’不是神。而万虚空想要的，却是成为神！”

“我不相信你所说，尊主是万能的一切，让尊主成为神，又有什么不好？”凌未平狂笑一声，“张羽，你的话说完了吧？”

张羽刚说了个开头，已经被凌未平恶狠狠地打断：“不要再叫我凌未平了！你刚才不是说过么？在那个世界，已经没有人还记得凌未平的存在了！从现在起，记好了，我的名字是宁叱咤！尊主的血神子宁叱咤！”

张羽长叹一声，知道自己已经没有机会再去说动凌未平了。

他曾以为，被万虚空所污秽的血神子，既然还保留着此前的一切记忆，那么或许还有说动的机会。但结果却只是令他失望，现在面前的宁叱咤虽然还有着当年凌未平的一切记忆，但他的人格却已经完全被替换成了全新的。

若是自己当时没有那么拼命地挣扎反抗，对抗万虚空在他心中所种下的那血神子意识的话，现在的自己，也会变成和宁叱咤一样吧……

张羽心中正在嗟叹之时，曾经的凌未平、现在的宁叱咤已经长啸一声，挥动了手中的血焰剑。

这是宁叱咤第一次正面对张羽出手。全力之下，张羽顿时感觉到了无边的压力，与之前在海眼底时绝大多数都由王孚接住时完全不同。无数暴戾之气自血焰剑之中汹涌而出，明明是燃烧着的火焰所组成的剑身，但张羽精神上的感受却是无边的凄凉阴冷。那暴戾之气仅仅只是触及到了张羽身周，一幅幅惨烈的画面便已经望着张羽的脑海中不断传递——杀戮、死亡、惨叫、折磨……

张羽这时才知道当日的王孚抵挡宁叱咤时，究竟承担了多大的压力。但正当那惨烈之气出现时，张羽胸中那颗真灵已经猛然爆发出一阵暖意。方才还是如同寒冰一般的阴冷气息再也不能损及他分毫，全身都暖洋洋的，仿佛被泡在了热水中一般。

而除了那暖意之外，更有一股汹涌蓬勃的力量自胸中流向张羽的右手，随后仿佛有形有质般，在张羽的掌心凝聚着。瞬息之间，一柄金光四射的长剑就已经出现在了张羽掌中。

那长剑虽然通体发出金光，但剑身本体却是洁白如玉。长约三尺，但却奇宽无比，近乎一尺之宽，而且无论剑锋还是剑刃都形作浑圆，没有半点锋锐。但那剑上的浑厚王者之气，却是铺天盖地席卷而来。

“小子，此乃天皇金经中所凝聚成的天皇剑，有开天辟地之威力。区区一个血神子何足道哉？不用怕，迎上去！”

程远真的声音再一次在张羽脑海中响起，随后张羽手中的天皇剑便重重抖了抖，发出了一阵清亮的鸣叫之声。

天皇剑将血焰剑带来的暴戾肃杀之气席卷一空之后，张羽胸中信心顿时大壮，右足一蹬地面，冲上前去，天皇剑后发先至，斩在了正挥来的血焰剑之上。

在修成天皇金经之后，张羽只觉得自己已经脱胎换骨。原本无论速度还是力量，宁叱咤都远在他之上。而现在，不仅宁叱咤的一举一动看在眼中都一清二楚，就连那此前无坚不摧的血焰剑，也被轻松地挡了下来。

宁叱咤一声怒吼，血焰剑刚刚被磕飞，随后再度以千钧之势重新劈了下来，甚至在身周形成了一个力场，将张羽死死困在其中。一时间充沛的暴戾之气几乎如同有形有质一般，塞满了张羽全身。

气机牵扯之下，张羽的动作也为之一滞，然而他却丝毫没有半点迟疑，大喝一声，自天皇剑之上绽放出一道光芒来，那力场与其中的暴戾之气在这光芒之下竟被生生震开，化为粉碎。余波势头犹未平息，将宁叱咤也高高震飞上了半空。

宁叱咤连续两击都未曾讨到好处，堪堪稳住身形之后双眼中猛然放出一道厉光，全身都浮现出闪亮的血芒来，随后在身周浮起，瞬间便凝聚成了一条血色虬龙，昂首咆哮起来。

张羽心中一凛，知道宁叱咤这是要出全力了。那血龙的威力他自然清楚有多强，纵使修成了天皇金经，依然不敢怠慢。只是此刻宁叱咤身在空中，而血龙已成。失去了日月玄光鉴之后，他还不知应该如何远程攻击。而若是此刻飞上天空继续肉搏，宁叱咤却是占了居高临下的便宜。在自己飞上之时携着雷霆万钧之势向下扑来，张羽必然吃亏不小。

正当张羽心中微微闪过一丝犹豫之时，程远真的声音再度在脑海中响起："挥剑！"

与此同时，张羽掌中的天皇剑也再度鸣叫了起来。

张羽再不犹豫，眼见着那血龙已经向着自己飞扑下来，手中的天皇剑猛然向前挥出。随着他挥剑之时，一道真元也自动地由胸口真灵之中流入到了剑中。

就在张羽挥剑之时，那真元也如同流星一般从剑尖飞出，拖着长长的尾巴向着血龙飞速飞去。尽管不过是星火般的一个小点，但看起来却凝聚得无比紧密厚重，面对着数十丈长的血龙，气势上竟然完全不落下风。

血龙一声尖厉的啸叫，与那道流星撞在了一起，轰然爆发出一阵巨响。血芒横飞，流星竟然将血龙打穿，其势未衰，向着天空中射出，直至消失无踪。

最先迎上那流星的，正是位于血龙口中的宁叱咤。然而他蓄势待发的全力一击，竟然抵不过那流星的威势，整个人被轰得从血龙口中飞出，远远飞到了一边。而那血龙余下的身体更是被流星贯穿，滴滴鲜血不停地洒落，发出了一声痛苦的咆哮声。张羽这一出手，竟然远比此前峨嵋派山门之外，王孚与七长老等人联手出击造成的伤害更大！

血龙一声咆哮之后，在空中飞翔的姿势已经有了些摇晃，而宁叱咤好不容易稳下身形，更是从口中喷出一大口鲜血来。他用力擦了擦嘴角，望着张羽的目光中已经多了几分震惊和骇然。

他没想到，张羽竟然已经强到了这等田地。而到了此刻，宁叱咤也终于下定了决心。

虽然记忆中知道张羽是他的昔日好友，虽然此前一心想的还只是擒获张羽，而不是取了他的性命，但到了此时此刻，宁叱咤终于意识到，若是自己仍旧再留手，那么只怕到最后，丧生的便是自己了！

必须杀了张羽！凌未平不过是曾经的记忆而已，现在的他，是尊主的仆人宁叱咤！

宁叱咤长啸一声，向着血龙飞去。那血龙也昂首咆哮一声飞向宁叱咤。一人一龙在空中重新撞在一起，再度结合。

张羽不能再自下而上，任由宁叱咤居高临下占据优势，也趁着这个当口飞上了天空，与血龙遥遥相对。而血龙的双眼死死盯住了张羽，身处于血龙口中的宁叱咤，也摆出了一个古怪的姿势，双手合抱围成一个圈，圈中比血龙体内更为凝练浓厚的血芒再度聚集起来。

“张羽！你既然练成了天皇金经，那便让我看看你能不能接得住我这戮魂万血炮吧！”

既然决定了下杀手，宁叱咤再也不留任何实力与仁慈。随着双臂之中血芒的凝练，周围的天地也骤然变色，十余道龙卷风自海中卷起，向着血龙的心脏之中源源不断地将血海的海水卷了进去。

无数冤魂哭叫的声音摄人心魄，而血龙身处那十余道龙卷风的中心，仿佛伸出一条条触手的蛮荒怪兽一般，身体更是不断膨胀起来。而随着血海海水被吸入，龙口中宁叱咤的身上气息也疯狂暴涨起来。

两人脚下矗立在血海中的这座孤峰，也在宁叱咤那无可比拟的气势之下摇晃颤抖了起来。接下来的这一击，必然是惊天动地！

此时的血龙，已经自血海中吸足了精血，体型比原来暴涨何止十倍。尤其是龙口之中的宁叱咤，面色更是红得几乎要滴出血来，双臂环绕中的那团血芒已经形成了一个巨大的红色光球。

“张羽！既然你不愿意成为尊主的仆人，那就——给我去死吧！”

宁叱咤狂吼一声，那巨大得无与伦比的血龙先是一个昂首，随后做出了一个重重的喷吐姿势。戮魂万血炮向着张羽轰然射去。

这戮魂万血炮凝聚了此刻两人身周血海中的所有肃杀污秽之气，刚刚自龙口中离开，便瞬间由一人合抱大小的光球变得巨大了数倍，气势惊天动地，直奔张羽飞来。

那光球看似飞得缓慢无比，实际上却无比迅捷。张羽只感觉那光球如同破开了空间一般，无论自己将要向着哪个方向闪躲，甚至还没有动作，都始终牢牢锁定住了自己的位置——最终的下场，一定是被击中！

而无论是宁叱咤此前的语气，还是这戮魂万血炮出招时的威势，张羽都知道宁叱咤全力出手的这一击绝对非同小可，纵使他修成了天皇金经，挨上这一下只怕也有死无生。

张羽一咬牙，不管眼前宁叱咤与那条血龙的气势有多可怕，现下唯一的办法，便只有按着程远真所说，再次挥剑！

张羽双手一齐握住了天皇剑的剑柄，随后胸中真灵顿时暴涨。原本挥洒出的温暖光芒骤然间变得无比炽烈，甚至不仅在内视的视界之中，就连从外向着张羽的胸膛看去，都能隐隐看见光芒在其中透出。无尽的力量从张羽的胸中向着双臂流去，灌注到了天皇剑之中。天皇剑上闪耀的光芒，也远比此前更加耀眼。

“醒来吧，凌未平！”

张羽用尽全身力气，向着头顶的凌未平重重挥出了那一剑。天皇剑在挥出的那一刻便开始暴涨起来，仿佛要横贯天地一般。原本仅仅三尺来长的剑身在落下时，已经长到了血龙的头顶。

自从张羽来到蜀山界之后，甚至更早之前，血海开始蔓延之时，整个蜀山界的天空便被浓密的乌云所遮盖着，终日没有片刻露出。但在张羽挥出这一剑时，那无边的剑气竟然连天空都仿佛被割裂一般。以张羽立足之处为起点，整个头顶的乌云都从中分开了一条巨大的裂隙。

此刻正是午夜时分。透过乌云中的裂缝，一轮明月周围环绕着无数繁星，自苍穹中洒下了柔美的光芒来。

剑气冲霄！

天皇剑划破长空，重重斩在了戮魂万血炮之上。张羽只觉得双手巨震，简直像要脱离自己的身体一般。而无论是戮魂万血炮，还是天皇剑，都定在了空中，谁都无法再前进一步。

在发出了这一击之后，宁叱咤已经全身都委顿了下来，就连那血龙也只是勉强保持着飞翔在空中，体型更立刻缩回了原本的大小。宁叱咤死死盯着前方的张羽，却几乎连再动一根手指的力气都没有了。

这一击，宁叱咤动用的绝不仅仅是自己的真元，而是将整个周边血海中蕴藏的生灵精血都抽取了过来，而无论是他还是那条血龙，都不过只是起到了中转调集的作用。饶是如此，宁叱咤也已经付出了近乎全部的真元，来操控如此庞大的力量。若是这一击还是不能奈何张羽，他便真的无计可施了。

宁叱咤本有绝对的自信，在这戮魂万血炮之下，张羽必然只有灰飞烟灭一个结局。然而让他不敢置信的，是张羽竟然真的挡了下来！

不，不仅仅是挡了下来！

张羽紧咬着牙关，全身的每一寸都绷得紧紧的。胸中的真灵越来越炽热，仿佛整个人都要燃烧起来一般。手中的天皇剑上闪着的光芒几乎如太阳一般暴烈，将这孤峰周围照得如同白昼。

而戮魂万血炮的那颗血光球，终于发出了细微的咯吱声。

“给我——破！”

一声震天动地的爆炸，那血光球终于再也抵挡不住天皇剑的压力，轰然破碎开来，散放成无数血芒。伴随着张羽的一声厉喝，天皇剑斩破了血光球，却其势未衰，继续向着光球后方的宁叱咤与血龙斩去。

天皇剑尽管已经幻化成了数十丈之巨，但挥下之时却依旧势如闪电。宁叱咤此时已经再无还手之力，只能眼睁睁地看着如山般的剑锋向着自己落下。剑锋重重斩在血龙的头顶，顿时响起了一声凄厉的惨嚎。

血龙在剑光之下如同落入硫酸之中一般，全身瞬间开始溶解崩溃，化作一片片血雨洒落，只剩其中的一个人影颓然坠落，重重砸在了孤峰之上。

宁叱咤落地之后，便再也没有任何动作，紧闭双眼，满面惨白，仿佛死了一样。张羽急促地喘着粗气，瞪大双眼望着眼前落下的宁叱咤，简直不敢置信自己已经击败了他。

“小子，还愣什么？你已经赢了！”程远真的声音在张羽脑中响起。张羽连忙一个闪身，向下朝着地上的宁叱咤飞去。

张羽落在了宁吒吒身前之后，虽然原本还是小心提防着，全神贯注地谨慎盯着身前的宁吒吒，但看到了宁吒吒的模样，心中却是一跳。

宁吒吒的胸口到腹部破了一个大洞，甚至能够穿过洞口，看见身下的山岩。但其中却看不见半点内脏，而只是浓稠近乎固体的血浆。而那洞的形状也并非方才天皇剑所斩出，而更像是被气劲击穿一般。

看来，被污秽洗练成了血神子之后，就连肉身的构造也被改变了。张羽心中顿时想到了自己之前也同样被万虚空改造成了血神子。若不是修习了天皇金经，自己现在也依旧是和宁吒吒一样的模样。

听见张羽落地的声音，宁吒吒勉力睁开眼，虚弱地看着张羽。身体的伤势并非大患，但方才天皇剑之中的剑气，却让他的本源受到了无可逆转的伤害。

“你……你变得好强……”

宁吒吒以微弱的声音对着张羽道，看着张羽走近他的身前，蹲了下来。

张羽望着面前宁吒吒的模样，百感交集，心中一片酸楚。

虽然眼前这个人相貌已变，人格也完全不再是之前的那个人，但他却真真切切地拥有着凌未平的记忆！

若是有可能，张羽当然也不愿与宁吒吒性命相搏。但宁吒吒的功力却实在太强，若是张羽不全力出手，自己便只能被宁吒吒所杀，又谈得上什么拯救蜀山界？

此刻望着身前宁吒吒那张虚弱的脸，张羽却不知道该说什么是好。

“那天皇金经……果然强大。”宁吒吒的七窍之中同时流出鲜血来，望之可怖非常，但脸上却挤出了一丝淡淡的微笑，“是我……输了。”

张羽听到宁吒吒提起天皇金经，心中更是悲楚，紧捏着拳头，指甲几乎要刺进肉里。

他正是修习了天皇金经，才能将万虚空在自己体内种下的血神子意识驱逐出去。然而这目前张羽所知唯一的法子，却不能用在宁吒吒的身上。

且不说宁吒咤此刻已经全然成了万虚空的血神子，绝不可能自愿去修习。即便他愿意，这天皇金经也不是宁吒咤能够修炼得成的。他从被卷入蜀山界开始，便落入血海之中，被万虚空擒获，一身实力都是来源于万虚空的血神经，从未凝练过丹田，更没有以日月玄光鉴传递过自身功力，又如何滋养那一点真灵？

宁吒咤……终究不能再变回成原来的凌未平了。

"……安息吧。"张羽咬紧着牙关，好不容易才竭力让自己的声音平稳，对着宁吒咤说出了几个字。

"就算是死了，我也会回到尊主的身体之中……当尊主重新降临世间的时候，我也将再度复活！"宁吒咤尽管七窍之中不停地流着血，但表情却依旧狂热。张羽看着他那副模样，不禁无奈地轻轻叹了口气："若是你能回去……那便好了。"

"小子，面前这血神子，你认识？"在张羽的脑海中，程远真通过神识好奇问道。

"嗯……他曾经……是我最好的朋友。"张羽点了点头，喃喃道。

宁吒咤听见张羽的话，抬起头，微微露出了一丝苦笑："是啊，曾经……只是曾经而已……只不过，我已经回不去了……"

在这一刻，宁吒咤那血红的双眼一瞬间恢复了清明，重新变作了黑白分明："我爸妈……他们还好么？"

张羽一愣，随后瞪大了双眼，疯狂地抓住了宁吒咤的手："你……你回来了？未平？"

宁吒咤不答，只反复地重复着那句话："他们……还好么？"

"好……挺好的……"张羽用力捏着宁吒咤的手，感觉到原本冰冷的手，体温正在一点点回来。血神子的肌肤上，原本没有半点温度，但现在却逐渐向着人类的温度变化。

只不过……那温度却终究还是很淡薄，毕竟无论这具身体是血神子，还是人类，生命都正在渐渐从其中流失。现在的宁叱咤，不过只是回光返照而已，只是不知道为何在回光返照之时，他却恢复了一些往日的神智。

“那就好……你说……他们以为自己从没有过孩子？”宁叱咤挤出一丝笑容，“这样也好……就让他们……彻底忘了我吧……”

“嗯……”张羽只能用力点头，强忍着泪水。

“赵麟他们……都还好吧？那小子半年前才跟我说，终于找到女朋友了，也不知道现在处得好不好……李元华辞了职说要创业……现在也不知道创起来了没有……张阳那小子都那么大了，还是每天不愿意去找工作，闷在家里吃喝全指望爹妈，你以后有空得劝劝他……”

宁叱咤此刻再次变回了之前的那个凌未平，拉着张羽的手絮絮叨叨，说的全是两人曾经一起同窗的好友们。然而那其中有些是在外工作、远离家乡的张羽早已断了联系的，也不知该如何回答，只能用力点着头。

不过凌未平似乎也并不是为了听张羽的回答，只是自顾自地说着。但声音却越来越小。

“好怀念啊……张羽……好怀念那时候……一起去网吧……一起去踢球……一起跟着喜欢的女孩子回家……”

凌未平的七窍之中，流出的鲜血越来越多，就连胸口那个破洞之中，原本近乎凝结成固体的血液，也在开始慢慢软化向着体外流去。

他的整个躯体，都在融化成鲜血！

而他的声音也越来越小，越来越微弱。说到后来，甚至连口中的舌与牙齿，都已经融化成了鲜血，含混不清，再也发不出什么有意义的声音，而只是模糊的呜咽而已。但张羽却始终只是盯着凌未平，不停地点着头。

他的脸上，早已泪流满面。

直到凌未平在张羽的身前完全化作了一摊脓血，张羽才木然缓缓站起身，随后仰面向天，发出了一声如同受伤孤狼一般的嘶喊。

那嘶喊冲破长空，直入云霄，凄厉而悲痛。

足足过了数分钟，张羽才停下嘶喊，缓缓低头，看着自己身前的那一摊脓血，轻声道："再见了，未平。"

在临死之前，宁叱咤终于又变回了张羽曾经熟悉的那个好友。

但也正因为如此，张羽心中反而凄楚，同时对于万虚空的恨意，也更为浓重深厚。

造成现今一切的罪魁祸首，就是万虚空！若不是他，无论凌未平还是张彦，都不会因为错乱的因果线落入这蜀山界！凌未平更不会这样惨死在张羽的手中！

"万虚空……我一定要你付出代价！"

张羽用力捏紧了双拳，最后看了一眼凌未平留下的那摊脓血，头也不回地冲天而起，向着日月峰的方向飞去。

张羽此刻实力已经今非昔比，自然不会再在意一路上血海中的零星血魔。况且他现在的飞行速度，纵使偶尔有血魔感应到了他的气息，自血海中冲出追逐，也会马上便因为跟不上张羽的速度而被远远抛开，要么就是天皇剑一闪，便被张羽斩杀。

但到了接近日月峰之时，周边的血魔便已经越来越多。无数血魔自血海中冲上天空，向着张羽嘶吼着扑来。虽然张羽现在的实力，完全不得让血魔近身，但蜂拥而至铺天盖地的数量，还是让张羽前行的速度慢了下来。

天皇剑不停挥出，在张羽的周围形成了一道道密密麻麻的剑气，如同天罗地网一般。但凡是碰上了这剑气网的血魔，都瞬间化作一团团的血雾。

待到张羽冲到了峨嵋派的山门之前，已经微微有了些疲累。常言道蚁多咬死象，纵使他再强，也不可能在这样的围攻之下永远坚持着。

张羽一剑挥开身后扑来的数百只血魔，冲着山门之内大叫起来："我是张羽！解除禁制！让我进去！”

山门之内的看守弟子远远便早已望见了张羽的到来，此刻一人紧张地注视着禁制之外的张羽，另一人则早已向着山上飞去。

张羽知道看守山门的低阶弟子无力打开禁制，自然也没有催促他，只是焦急万分地等着能够做主的人前来。他一边不停挥动天皇剑，将源源不断扑来的血魔斩杀成齑粉，心中却在琢磨着，峨嵋派之中现在应该是什么状况。

卓以宁已死，而且还是死在他的手上。这几日里，峨嵋派应该早已选出了新的掌门。只是不知那掌门究竟会是七长老中的哪一个。

不多时，无数人影已经从山顶飞了下来，齐齐落在了山门之前。然而让张羽惊讶的却是站在所有人最前方的那个身影。

——不是七长老之中的任何一个，而是……方若海！

方若海的衣着肤色已经换过，与之前卓以宁身为宗主之时一无二致。在他的身后，并排站着七大长老，方位与此前卓以宁尚在时完全一样。在七长老的身后，才是下一辈的峨嵋派众弟子。

不过张羽已经顾不得惊讶。他此刻必须停留在山门之前，如同海岸边的磐石般应对着无穷无尽的血魔冲击。然而磐石再如何坚硬，也不可能抵挡住海水无止尽的拍打。张羽连忙冲着禁制之内大叫起来：“方若海！快给我打开禁制！”

可紧接着方若海的回应，却让张羽全身如坠冰窟。

“张羽？你狼子野心，认贼作父，甘做血魔老人的血神子，更亲手杀了前任宗主，今日还有什么颜面回到我峨嵋派来？！”

方若海冷笑一声，伸手直指张羽，声音高亢激烈。

“方若海……你……你说什么！”

张羽万万没有想到，自己回到峨嵋派时，面对的竟是这样的局面。而他的目光扫向禁制之内，却发现不仅方若海的面上是慷慨激昂和杀他而后快的颜色，就连身后其余弟子也一个个满面仇恨。

而七长老则个个面无表情，但掌心之中的日月玄光鉴却已都浮起，更为明显地露出了对张羽的敌意。

“方若海……你……我……”张羽张口结舌，不知道该如何为自己辩驳。

卓以宁确实是死在他的手上，但那时的张羽却已经被万虚空所控制，成为了一个傀儡。能够用最后仅存的一小块意识竭力压抑着身体，不对峨嵋派众人下杀手，已经是张羽所能做到的极限了。而当时卓以宁却是被宁叱咤握着张羽的手杀掉的。若是真要论起来，杀卓以宁的人应该是宁叱咤才对。

张羽深吸了一口气，对方若海诚恳道：“方若海，我当时确实在潜入海眼之时被宁叱咤所擒获，其后又曾经一度被血魔老人万虚空所控制。那时我身不由己，实在是无力控制局面。而现今，我已经修成了天皇金经，恢复本源，将血神子的意识彻底自身体中驱逐了出去。你难道打算一直将我拦在这禁制之外？”

张羽话音刚落，禁制之内的峨嵋派众人已经一片哗然。别说一般的低阶弟子，就连七长老面上也齐齐露出了惊讶之色。

“天皇金经？简直是个笑话！”方若海冷笑一声，不屑道，“这天皇金经乃是本派最高心法，然而自开派祖师以下，便再也没有人能够修成。你张羽何德何能，竟然能够修炼成功？更何况……上代宗主根本就没有将这天皇金经传你，你又是从何处得来？”

张羽一时语塞。天皇金经所载的玉牒，确实并非卓以宁传给他，而是自洛姬瑶手中得来。而当时卓以宁已死，洛姬瑶自然不可能是向卓以宁索取，而是靠着自己转移空间的能力，不知从日月峰上何处取来，甚至……用“取”字还算是好听了些，本质上便完完全全是偷窃了！

这样的话，张羽自然没法对峨嵋派众人说清楚，只能一咬牙，亮出了掌中的天皇剑："修炼成天皇金经，自然便能自体内凝练出天皇剑！有这天皇剑做证据，难道还不够么？"

众人此时才注意到张羽手中握着的天皇剑。银白色的剑身造型古怪，但却霸气充盈，金光四射，确实看起来绝非凡品。

然而方若海却丝毫不为张羽所动，依旧冷笑连连："这里所有人，包括七长老在内，都没有一个人曾见过天皇金经修成之后是何等模样。你手里随意捏着一把剑，就想来证明那是天皇剑，证明你修成了天皇金经？何况……"

方若海冷笑继续道："何况……谁知道你那剑，是不是靠着血神经中的什么诡异魔法幻化而成，在我们面前上演一出苦肉计？若是我们被你骗得打开禁制，岂不是引狼入室，自食其果？"

"方若海！"张羽将牙齿咬得格格作响，然而他此刻却实在也没有任何能力，来证明自己所言的真实。

深深吸了一口气，张羽高声道："方若海，你现在所说的，可以代表峨嵋派之下所有人的意思么？"

方若海哈哈大笑，目光阴毒："我此刻已是峨嵋派的宗主，我的话不能代表峨嵋派，谁能代表？难道是你这血魔老人的走狗么？"

张羽再次一剑绞杀掉无数身后扑上来的血魔，随后借着空当向着禁制之内的七长老行了一礼："七位长老可否告知，为何我师尊过世之后，接任宗主的却是方若海？无论资历还是实力，也不应是他来继任吧？"

峨嵋派中除了卓以宁与张羽之外，修成日月玄光鉴的便只有七位长老了。张羽本以为继任宗主的会是七长老中的一人，却怎么也没想到最后峨嵋派竟然选择了方若海，虽然在年轻一代弟子中，他确实是佼佼者，但与七长老却还是相差甚远。

方若海冷笑一声："此乃我峨嵋派千百年来传下来的门规，上任宗主若是未曾留下遗嘱，那便必须由长老联合评选，而长老自身却不能参与角逐。七名长老中，有五名都选择了我，我这宗主自然当得天经地义。连本宗的门规都不知道，你究竟配不配做我峨嵋派的弟子！”

张羽这才明白，原来长老没有接任下任宗主的资格。而若是仅仅以下代年轻弟子而论的话，当时张羽已经被万虚空所污秽，佼佼者除了方若海和林淡月之外，也没有别人了。

而这时，张羽脑海中也传来了程远真的声音：“小子，这是本宗门规，你居然都不知道？你被收入弟子之时，都没有人跟你说过的么？”

张羽苦笑一下，在脑中对程远真道：“我入门之时，真的没有人告诉过我……”

他对程远真说完，脑中这时才想起，这峨嵋派的开山祖师分明就在自己身边，心中猛然一动，对程远真连忙道：“那方若海似乎早已嫉恨于我，此时此刻，怕是不会放我进去了。若是你……”

“我什么我？难道你想让我出面，命他们放你进山门？”程远真哈哈一笑，“我早已对你说过，我不过是曾经那个我的一个影子而已，只是被留在了那玉牒之中。没有修成天皇金经的人，根本没法听见我的说话。更何况，他们连你手中的天皇剑都不愿相信，能相信一个虚无缥缈的声音就是他们的开山祖师？”

张羽沉沉叹了口气，知道程远真所说无虚。

方若海自然听不到张羽和程远真的对话，看见张羽不言不语，却又不离开，不耐烦地高喝道：“张羽，你还不快滚！其余五大宗派的人正在赶来，你若再不离开，待到六大派聚齐在这里，你马上便是神形俱灭的下场！”

张羽猛地抬头，目光如电般怒射向方若海。而方若海与张羽的目光接触，胸中仿佛被大锤重重敲了一下般，心脏狂跳不停，一时面色竟然变得煞白，过了片刻才平静下来。

张羽此时的实力已经不知道比方若海高了多少，尽管只是愤怒之下，目光中的凛然霸气，也将方若海的心神冲击得一震。但也仅此而已了，峨嵋派在方若海指挥之下，不愿为他打开山门，他终不成自己强行打破禁制，直闯进去。

张羽绝对有如此实力，也不忌惮使用暴力，但若是他打破禁制，无尽血海中的血魔就会蜂拥而上，峨嵋派也就不会存在了。

方若海从张羽方才那道愤怒的眼神中缓过神来，咬着牙，死死盯着张羽，若不是他知道实力不及，恨不能自己手中长剑能够将张羽一剑刺穿。

方若海在峨嵋派中多年，向来便是年轻弟子之中的佼佼者。林淡月虽然无论资质勤奋都不比他差，但终究还是女流之辈。未来宗主的位置，究竟注定了是方若海的。而张羽从天而降，没有人知道来历，却立刻成了宗主卓以宁的弟子，所有人的大师兄，在身份上就压了他一头。

而张羽刚刚筑基，又得蒙传授了日月玄光鉴，而且竟然在短短十天之内便修成，更是成了峨嵋派之中所有弟子口耳相传的奇闻。方若海虽然早已有了修炼日月玄光鉴的资格，但在尝试了一次失败之后，便再也不敢冒险，只想着自己能在十年之内将自己对天地元气的控制提升到足以修炼的地步。

再接下来，张羽随着雪山派的大师兄王孚一同前往海眼，更是一举毁去了血魔老人的一窍，其后又与王孚一起解救了雪山派外的围困，击杀让五派宗主都束手无策的厉战。

这一路下来，张羽已经飞速从一个外来者，变作了峨嵋派门下无可置疑的第一人，同时在雪山派还有着王孚这样一个强援——尽管王孚并未接任雪山派的宗主之位，但所有人都清楚，雪山派依旧还是以他马首是瞻。

由此，只要没有发生什么意外，那么未来峨嵋派的宗主之位，便必定是张羽的，而绝不会再有任何机会落到方若海的手上。每每想到此处，方若海心中都如同刀绞一般——那本来可是他的囊中之物啊！

十四一章 一剑平海

张羽在第二次前往海眼之时，竟然失手被擒，而且更是被污秽成了血神子之身。更重要的，是卓以宁死了，而且更是死在了张羽手上！

当卓以宁死去时，面上最为悲痛的，便是方若海了。而在场的所有峨嵋派弟子中，却唯有他一人在心中几乎笑开了花。

那个宗主之路上唯一的，也是最大的敌人，终于消失了！

当七名长老决议定下了新一任宗主之位时，方若海本以为大势已经定下。但他却没想到，张羽竟然再一次出现在了日月峰下，而且更是恢复了原本的身体与神智。

不仅如此，他更修成了不知道从何处得来的天皇金经！

纵使所有人都不相信，但方若海却相信张羽所说的话。他知道，张羽确实脱离了血魔老人的控制，也确实修成了天皇金经——但他却绝不能流露出半点。不仅如此，方若海更要做出无比坚决的模样，绝不能让张羽再有任何机会回到峨嵋派来！

最好……就让他死在禁制之外，被无尽血魔所包围，沉到血海的最深处去！

张羽长叹一声。方若海心中所想，他自然看得清楚。但此时此刻，他依然是无论说什么都不会有作用——误会和猜疑并不可怕，可怕的是并没有误会和猜疑，却将它们作为武器。

“方若海，既然如此，那我也再没什么好说的了。”张羽冷冷望了一眼方若海，随后目光向着他身后的其余峨嵋派众人扫了一眼，淡淡道，“我只希望你们想一想，我若是真的仍在为血魔老人效命，有没有必要用这法子，来赚开你们的禁制！以我当前的实力，若是想要破门而入，这区区禁制，难道就能挡得住我？”

说罢，张羽双目一凛，掌中的天皇剑骤然放射出万丈光芒，向着周围扩散而去。

“给我……破！”

张羽猛然大吼一声，天皇剑双手紧握，向着身下重重劈去！

这一次，是张羽自离开那座孤峰之后，第一次对血魔全力出手。天皇剑上放射出的光芒横扫周围一切，甚至就连日月峰下的禁制都被震动得开始不停摇晃起来。一些功力较弱，心智不坚的弟子已经面色惨白，几乎要惊叫出声。

然而那不过是张羽攻击的余波而已。禁制只是稍微摇晃了两下，便再度恢复平稳，而当摇晃平复之后，所有人都瞪大了双眼，不可置信地愣在了当场。

原本飞舞在张羽身周不停扑击的无数血魔此刻已经在张羽那一击之下彻底灰飞烟灭。原本被遮蔽得连头顶的乌云都看不见的天空，此刻却已恢复了一片清明。

那成千上万的血魔，竟然被一剑斩杀！

但最可怕的，却还不是那些被张羽斩杀的血魔，而是他的脚下。张羽挥出的那一剑，并非向着身前的禁制，而是脚下的血海。

现在，已经再没有什么血海了！

在山门之外数百里，原本漫无边际的血海竟然消失一空，被张羽的一剑荡平，只露出赤地千里。干涸的海床原本是陆地，在血海蔓延之后才被掩盖在海水之下，现在却终于重见天日。

所有人都呆滞在了现场，张口结舌，说不出一句话来，心中狂跳，只有一个念头——我是在做梦么！

远方，浩浩荡荡的海水这才开始滚滚涌来，填补被张羽一剑斩去的空当。然而如此之大的面积，奔流的海水也无法瞬息而至，只能看到海天一线处有一道红线带着轰然的声响卷来。

而在挥出了那一剑之后，张羽只是冷冷地扫了一眼身后禁制之中的峨嵋派众人，随后冲天而起，瞬息便消失在了众人眼中。

到了其余五大宗派的援兵到来时，每个人还都呆若木鸡，如同梦中一般恍惚。而直到此时，山门前方的血海竟然还未完全平复。

“这是……怎么回事？敌人呢？”王孚在雪峰山接到了峨嵋派的紧急报信，第一个便率领雪山派众弟子赶到，但却没看见半个敌人的身影。而在日月峰的山门之下，血海竟骇然出现了一个巨大的空洞。那如同浓厚雾气一般的海水从远方不断涌来，正在疯狂地填补着这空洞，但依旧一时半会儿无法填满。

王孚怎么也没想到，自己前来此处看到的竟然不是敌人，而是这等奇景。而峨嵋派的众弟子却仿佛丢了魂魄一般，竟然没有一个人回答他的话。

王孚大步上前，走到一名弟子面前大声又问了一遍，才听见那弟子喃喃道：“张羽……张羽……”

“张羽？”王孚心中顿时大惊，拉着那弟子大声道，“是张羽来了？前方那片血海，是他干的？他没有攻打你们的山门？”

“没……没有……”那弟子被王孚晃了两晃，这才渐渐回过神来，将方才一系列发生的经过对王孚简略说了一遍。

王孚听完，顿时抬起头来看了一眼前方的方若海。此刻方若海正背对着他望着禁制外的血海，看不清表情，但王孚心中已然满是怒火。

张羽说到后来，那些峨嵋派门下的弟子已然对他的话半信半疑了。毕竟张羽此刻身上的肌肤已经恢复了白皙，那些黑色斑纹图案也已消失，与上一次被宁叱咤带着前来攻打日月峰时完全不同。而他手中的那柄天皇剑，正气凛然，也确实完全不像是血神经之中的什么邪术所幻化。

到了最后，张羽一剑荡平数百里血海，更是让所有人目瞪口呆，心知若是张羽真的打算强行打破禁制，此处所有人一个都不得生还。对于张羽所说之话，众人都已经信了八九成。然而毕竟此刻宗主方若海一口咬定张羽仍是血神子之身，余下众弟子自然也无能为力。

听了那弟子的讲述，王孚自然也心中有数。张羽应该的确是自血魔老人的掌控之中逃脱了出来。自张羽被宁叱咤擒走之后，王孚便一直心中有愧，其后更是发现张羽被洗练成了血神子之身。在那日张羽逃离之后，王孚也曾数次潜入血海，想要寻找张羽的踪迹，却始终一无所获。现下张羽终于回归峨嵋派，却被方若海逼走，这如何能让王孚心中没有怒气？

“既然日月峰此处已经无事，那我就先告辞了。后会有期，方宗主。”王孚也不往方若海那处走，只简单对着他的背影拱了拱手，不等回答便掉头率领雪山派众人向着山顶的离遁万界门飞去。

待到回到了雪峰山，王孚简单安排了一下宗内事务，便潜入了血海，向着此前由峨嵋派弟子处询问来的方向行去。

他一定要试着找到张羽！

张羽一剑荡平了日月峰下数百里血海，将胸中一股愤懑不平之气尽数宣泄出来，随后便一路向着那孤峰飞去。

那孤峰矗立在血海之中，但周围的茫茫血海中竟是没什么血魔存在。想来应该是在血噬之战之前便有的一座高峰，只不过并没有什么宗派将山门驻扎在其上。因为没有生灵存活，又距离海眼和其余各个宗派的山门甚远，所以此刻纵使尚未被血海淹没，但血魔也甚少会在这等偏僻荒芜的地方停留。

在孤峰之上落下，张羽低头看着自己离去时的那片脓血，此时依旧留在原地，只是颜色变得深了许多。他静静望了许久，心中一阵烦闷。

好不容易才摆脱了血神子之身，可峨嵋派……却已经不再是他的容身之地了。这天地茫茫，他又该去向何方？

“小子，不过是受了点委屈，这就气馁了？”突然程远真的声音在张羽脑中响起，嘿嘿一笑道。

张羽苦笑一下：“只是受了点委屈而已？出身的师门将我放逐，在你眼里，这不过是受了点委屈而已？”

程远真哈哈一笑：“不过是被逐出师门而已，怎么不算一点小小的委屈？”

张羽叹道：“你……不，你的本体是一代宗师，开山立派。你没经历过这种事，怎会知道我此刻心中凄楚？”

程远真笑道：“你怎知道我没经历过？你只知道我是峨嵋派的开山祖师，却不知道在那之前我是何等身份吧？”

张羽好奇道：“在那之前？”

程远真轻轻叹了一声，但却没有什么忧愁之色，只是语气中有些追忆往昔的感慨：“在我开创峨嵋派之前，我本是另一个宗派之下的弟子。那宗派的名字，此刻也不必说了，而我当时的经历和你此刻倒是相似得很。”

张羽一愣，没想到程远真竟然还有这一层经历，随后便听他继续道：“那时我不过是二十出头的年纪，正是年轻气盛之时。然而却因为某个误会，与你今日一般被逐出了师门。而当时的掌门，还恰恰正是此前与我争夺掌门之位的师兄。

“我当日负气出走，心中所想的唯有一件事，那便是日后一定要扬眉吐气，以雪今日之耻。后来我屡遭奇遇，自创峨嵋派，直至今日仍旧是这蜀山界中一等一的大宗派，而曾经的那个宗派，此刻却早已不知去向。所以啊，小子，你今天纵使受了些委屈，那也不过是一时之耻。来日方长，谁知道将来你会不会如当年的我一般，自己建立一个宗派，反倒将那峨嵋派也压了下去？”

张羽失笑道：“这峨嵋派本是你所开创的，怎么听起来，你这开山祖师反倒像是要看着它被我压倒一样？”

程远真呵呵一笑：“都已经过去了那么多年，现在眼中看什么，还不都是浮云？何况我不过只是当年的那个程远真的一个影子而已。”

张羽笑了笑：“不过……那对于我来说，却是不可能的事情。待到消灭了血海与万虚空之后，我终究还是要走的。”

“要走？”程远真讶然道，“走到哪里去？”

“其实……我本不是这蜀山界的人……”张羽想了想，觉得纵使自己将一切告诉程远真也没什么妨碍，干脆便将自己如何发现好友凌未平和弟弟张彦消失，又是如何被洛姬瑶带到这蜀山界，来拯救濒临崩溃的因果线这一系列前因后果都对程远真细细讲述了一遍。

“原来……竟然还有这等事……”程远真默默听完了张羽的讲述，不禁感叹万分，“我们这蜀山界地方数十万里，生灵亿万，没想到居然竟是……被生生剥离创造出来的。那你所出身的那世界，又是怎样一番光景？”

张羽此刻反正也闲来无事，干脆便放开心头烦闷，对程远真细细描述起他所来的那个世界来。那个世界虽然并无修真者，但种种科技发展对没有接触过的人听上去还是匪夷所思，让程远真听得啧啧称奇。

待到程远真听到张羽是如何借着回到世界昼夜等长的地方，修成日月玄光鉴时，忍不住哈哈大笑了起来，绝口称赞张羽的机智与天资。两人一老一少，一个是蜀山界不知多少年前的修真前辈，另一个却是来自世界的年轻人，这么一聊就聊了三日三夜……

“现在凌未平已死，接下来我只盼……我弟弟能被救回来。只不过……我真的没什么把握……”张羽又想起了弟弟张彦依然是血魔老人座下的血神子，心中又烦闷起来。凌未平变作了血神子宁叱咤之后，对血魔老人是如何忠心耿耿，他看得自然一清二楚。宁叱咤直到临死之前，才回复了原本凌未平的神智。若是张彦也如他一样，那还真的不知道该如何应对。

“这血神经……若真如你所言，是那万虚空从外界带来，并非蜀山界原本所有，那我怕是也没有什么办法……”程远真也无奈地叹了口气，“不过，我倒是可以指点你一些关于天皇金经的运用。若是你能将天皇金经运用纯熟，或许还能有一线机会……”

张羽连忙拜谢，随后便立刻跟着程远真的指导，修习起天皇金经的运用来。他本只是修成了功法本身，凝练出了天皇剑，但一应细节巧妙的法门，却还需要程远真来细细指导。这本也就是当初那个真正的程远真将自己的一丝神识封入那玉牒之中，成为影子的本意。

张羽便在这孤峰之上一直待了一月有余。这一日，张羽手中持着天皇剑，正按着程远真的教导，将天皇剑化作万道光点射出时，突然却听到程远真在脑中道：“小子，有人来了。”

张羽忙收回那万道光点，重新化作天皇剑在手中，随后将自己的神识也放出，果然感觉到远远一股气息正从血海之中缓缓接近，而那气息，还是自己熟悉的。

“雪山派的小子啊……而且竟然还到了青莲宝鉴第十八重。嘿嘿，真是不容易，不容易……”程远真对周围的敏锐程度远高于张羽，马上就判断出了来人。而张羽顿时也想到了来人的身份。

果然不过片刻之后，一个血魔的身影便从血海之中冒出头来，待到看见张羽之后，身上血光一闪，立刻便变回了王孚自己的形象。

“好久不见了，张羽……”

王孚脸上带着微笑，走到张羽面前，对他打了个招呼，随后便细细地上下打量着张羽：“如今，你可终于是脱胎换骨了。”

张羽许久没见王孚，此刻心中自然也激动万分，但想到自己被方若海排挤出了峨嵋派，心下还是有些凄凉：“只可惜，再如何脱胎换骨，峨嵋派终究还是不要我了。”

“那又如何？”王孚摆了摆手，目光却始终紧盯着张羽。此刻的张羽神光内敛，哪怕只是简简单单地站着，都透露出一身的凛然霸气，早已不是当日的模样：“峨嵋派将你驱逐出门，难道你就自此灰心丧气了？”

“不然我还能如何？难道真要自创一个宗派，去和峨嵋派一较短长？”张羽苦笑一声道。

王孚哈哈一笑：“若是从前，此举自然最好。只不过现在这蜀山界已经被血海所淹没，各派山门内所庇护的普通人加起来也不过只有数十万而已，而且其中尚堪被算作良才的，早就被筛选完毕。你便是自行创立一个门派，也无处去收纳弟子。不过……我倒是可以给你一个另外的建议。”

张羽奇道：“什么建议？”

王孚望着张羽的眼睛，缓缓道：“加入我雪山派！”

“什么？！”张羽瞪大了眼睛，不敢相信王孚竟然会提出这等提议：“你在开玩笑么？连峨嵋派都已经将我放逐，你居然还想让我加入你雪山派？！”

王孚笑了笑：“有什么不可以？”

张羽苦笑道：“那一日在峨嵋派的山门之外，我轰开禁制，又亲手杀了师尊卓以宁，这可是所有在场的人都看在眼里的。而当时在场的，可不仅仅是峨嵋派的弟子，更是有无数你雪山派的弟子。就连与我有同门之谊的峨嵋派众人都不相信我已经脱离了血神子之身，更何况是雪山派中人？”

王孚冷笑一声：“你难不成真以为峨嵋派中人，都不愿相信你？不过只是方若海身为宗主，自行决断罢了，他说的话门下弟子自然无法反驳。”

张羽一愣，没想到真相原来竟是如此。随后又听见王孚继续道：“我是雪山派的宗主，雪山派此刻的事务由我一言而决，既然我说可以让你投入雪山派，那自然不会再有人多话。”

张羽微微犹豫，道：“只是方若海这般仇视我，我若加入雪山派，只怕于六派联手不利，会造成各派之间的猜忌。”

王孚哈哈一笑：“你此刻既然已经修成了天皇金经，我听说那其中妙用无穷，可以些微改变你的容貌。你起个假名，换个容貌，又有谁能知道你是那个曾经峨嵋派中的张羽？”

张羽惊讶于王孚的见闻广博。这些日子里，程远真教他的诸多法门之中，还真有改变自己容貌的法门，让此前认识的人再认不出自己倒是轻而易举。

“这……”张羽心中顿时有了几分犹豫。

他对峨嵋派这个整体还确实说不上有多深重的感情。整个峨嵋派里，与他打交道最多的只是卓以宁，而待他最和善亲厚的也是卓以宁。更重要的是，卓以宁还是唯一一个知道他身份真相的人。虽然相处时间不算很长，但张羽却已经全心全意将卓以宁视若亲父一般。

而卓以宁死在他手上时，张羽纵使还无法完全控制身体，心中却是悲痛万分。若非如此，也不能借着那股悲壮之气，暂时压倒了血神子的意识。此后因为被峨嵋派驱逐而心中念念不忘，一方面是因为心中意难平，另一方面就是觉得有愧于卓以宁。

而现在，王孚向他送来了邀请，张羽已经在内心中开始动摇了。

王孚连忙趁热打铁，一把抓住了张羽的手，诚恳道：“你可知道，我找了你多久？自从当时我赶到日月峰，知道你离开之后，便一直在这血海之中不停寻找。这般不眠不休，至今已经一个月零八天了。你若是还不答应我，怎么对得起我这些时日以来的苦心？”

张羽望着王孚诚恳的眼神，深吸一口气，点了点头道：“好，那我就……跟你走！”

王孚大喜，重重拍在了张羽的肩膀上：“多谢！”

“不。”张羽摇了摇头，“应该是我多谢你才对，我六大门派早就受了重创，长辈不存，本来就缺乏人手，加入雪山派，至少我们可以多支撑几年。”

随后张羽在程远真的指导下，将自己的容貌靠着天皇金经稍微变了变。虽然大体五官没有多少变化，但整体的感觉却已经大变，再也认不出是原来的张羽了。

“那么……选个新名字吧。”王孚满意地看着张羽已经变了的脸，点头道。张羽随意摆了摆手：“随便你。连脸都已经变了，还在乎什么名字？”

王孚笑着随便选了个名字：“那就……叫王钟吧。”

事情都已商定，该是随着王孚回雪峰山的时候了。但到了这时，王孚看着张羽，脸上却突然露出了一丝为难来。

“怎么了？”张羽原本正等着王孚祭出霹雳神座，但却不知道他为何停下了动作，不禁疑惑问道。

“竟然忘了……”王孚苦笑着叹了口气，“恐怕……你我还没办法同行了。”

张羽不解道：“那是为何？”

王孚无奈道：“因为……你现在已经太强了，你忘了我之前是怎么对你说的了么？”

张羽这才恍然大悟，此前王孚前去峨嵋派找寻能够一同进入血海摧毁海眼的同伴时，正是希望能够找到一个功力不深，却修成了日月玄光鉴的弟子。盖因日月玄光鉴是现存的六大宗派之中，唯一一门能够在功力浅薄的情形下，也能拥有强大攻击力的功法。

霹雳神座虽然能够掩盖使用者的气息，但也正是由于这个原因，无论是卓以宁还是七长老，都不能成为合适的人选。

而现在张羽的功力，早已远远超出了卓以宁和七长老，霹雳神座自然更是遮掩不住。一路上的血魔，自然会如同闻见腥味的鲨鱼一样蜂拥而至。

“我明白了，既然如此，那就干脆不用管那霹雳神座罢了。”张羽想明白了原因，哈哈一笑，摆了摆手，“我们干脆便一路自血海上方飞行去雪峰山，不就迎刃而解了？”

“这么飞回去……你难道就是这么从日月峰抵达这孤峰的？一路上的血魔……难道都被你给斩杀了？”王孚瞪大了眼睛，不敢置信地看着张羽，随后才想到日月峰之下那数百里被荡平的血海。

眼前的张羽，恐怕还真有这实力，在血海上空来去自如了。

“若是一直停留在血魔聚集之地，那自然也没法长久坚持。但全速飞行之中，血魔其实追不上我。何况你也知道，血海之中也不是随处都有那么多无穷无尽的血魔，要不然你我焉能在这里说上这么久的话？只在接近山门之时，血魔数量增多，才会有些费力而已。只要你们雪山派的弟子能迅速打开禁制，我们自然没有任何危险。”

王孚已经说不出话来，只能冲着张羽竖起了一根拇指，满心钦佩。

“我现在倒只是担心，若是霹雳神座不能再对我生效，日后又该怎么办……”张羽脸上却还挂着忧色，“若是无法再用霹雳神座隐去身形，那将如何毁去余下的五个海眼？”

血海的海水虽然性质更接近于浓稠到极致的血雾，并非真正的血水，但其中的飞行速度仍旧要比空中慢了许多，无法再靠着速度甩掉大部分的血魔。更何况一旦有了交战，在海眼远远之外便会惊动镇守海眼的血神子，也无法再在极近距离突然偷袭了。

“这……倒是无妨。待你修习了青莲宝鉴之后，无论功力多高，霹雳神座也都能隐藏下你的身形了。待到我们回了雪峰山，你便立刻修习吧。只不过现在，怕是还得用你的那法子了。”王孚一番话打消了张羽心中的忧虑。

张羽点了点头：“既然如此，那便立刻动身吧。”两人冲天而起，向着雪峰山的方向疾飞而去。

一路上，果然绝大多数血魔都被两人甩在了身后。而张羽在跟随程远真修习了天皇金经的各种妙用之后，出手更胜从前。天皇剑化作万道金光护住前方，一旦血魔自海中露头，便立刻被金光透体而过，化作一缕青烟消散。血魔既然已经不成威胁，两人不消两日便已经飞到了雪峰山。

张羽挡着禁制之外铺天盖地的血魔片刻，雪山派的弟子便已经打开了禁制，将两人放入其中。扑来的无数血魔依旧不甘心地将朵朵青莲撞得怦怦直响，但却无可奈何。

王孚将张羽带入了宝莲宫中，向众弟子介绍了张羽的身份。只说他是自己在一处孤峰之上碰见的残存修道者，现在带艺投师，加入了雪山派之中。虽然众弟子心中也有些疑惑，为何在血海之中的孤峰之上，依旧还有独立的修道者残存，但王孚身为雪山派宗主，自然也没有什么弟子提出反对意见来。

张羽坐在王孚身边，看着台下雪山派一众弟子，目光却唯独被一人吸引了过去。

那是个漂亮女孩。虽然若说是美女，峨嵋派之中也有着不少，林淡月更是其中的佼佼者。更不必说洛姬瑶，无论面庞体态，都几乎已经达到了完美的境地。然而眼前的那女孩子，虽然单纯看五官并不及洛姬瑶那般超凡脱俗，出尘绝艳，但却别有一番特殊的味道。

最吸引张羽注意的，是她的目光。分明是绝美的双目，其中的眼神却淡漠而没有任何神采，加上那古井不波的表情，看上去只让张羽想到了一个人——他在现实世界时看过的日本动画《EVA》中，无口无面无心的“三无少女”绫波丽！

张羽可以肯定，如果那个女孩子生活在世界，只要戴上一顶蓝色假发，出一个绫波丽的COS，一定会让所有观众都为之疯狂。

不知为何，张羽发现自己在看见这个女孩之时，竟然心脏怦怦狂跳，就好像见到了极其熟悉的人。

这种熟悉的感觉非常特别，并不是普通曾经认识那种，就好像两人曾经一起生活过很久很久，彼此都熟悉到了没有秘密的地步。

只不过这个女孩只抬头看了一眼张羽之后，便又重新低下了头，再也没有望过他一眼。

待到对众弟子宣告了张羽的入门，并且行了代师收徒的仪式，将张羽列为了自己的师弟之后，王孚领着张羽出了宝莲宫的大殿，给他安排了一个小院住下，才对着张羽笑了笑道：“方才，你的眼神怎么一直盯着颜色？”

“颜色？”张羽这才知道王孚一直注意着自己的目光，而且还看出了自己一直盯着的是谁，心中猛地一慌，以为王孚已经看出了自己方才那片刻的心动，正不知该如何回答，却听见王孚继续道：“难不成是害怕她把你认出来？别担心了，她现在已经不会再像此前那般冲动了。何况，她应该从没见过你才对。”

听完王孚的后一句话，张羽才想起自己早就听过这名字，惊讶道：“那不是……之前打伤你的那个……你把她放出来了？”

这是张羽之前来到雪山派时便听过的名字。那一次，颜色为了抢夺王孚的霹雳神座，偷袭打伤王孚，想要去探索血海，最终害得禁制被打破，而上代雪山派宗主与师弟三人，也在猝不及防之下被血魔吞噬。

在那之后，颜色倒是没有被杀，而只是被关了起来而已。张羽竟是没料到，王孚竟然将她又放了出来。

“每日都要驱逐血海，加固禁制，能多一个人总是好的。何况在她们那一代之中，她的天资算是最高的一个，如今的修为几乎不在我之下了，也是雪山派除我之外，另外一个有机会突破青莲宝鉴十八重的弟子。我之前也跟你说过了，被保护在山门的一众普通人之中，所有略有天资的人已经都被挑选加入了宗派之内……每一个能够踏上战场对抗血魔的弟子都是无比宝贵，绝不能浪费的。”王孚叹了口气，苦笑一声道，“此刻各个宗派，几乎都已成了无源之水，而我也与颜色促膝长谈了一次，我愿意相信，她不会再做出这般冲动的举动。”

“那就……好。”张羽点了点头。原本他的注意，也并不是因为担心颜色认出自己，但王孚既然这样认为，反倒省去了他的尴尬。

“今日天色已晚，你先好好休息吧。在那孤峰之上，怕是也没能怎么睡着觉。”王孚笑着拍了拍张羽的肩膀，“明日一早，我再来传你青莲宝鉴。虽然名义上是代师收徒，但传你功法这事，怕还是只能由我代劳了。”

说完，王孚便掩上了门，离开了这小院。张羽也终于在这一个多月以来，头一次好好在柔软的床铺之上睡了一觉。

第二天一早，王孚果然便早早来到了张羽的住处，开始传授他青莲宝鉴的修习之法。毕竟若张羽无法修成青莲宝鉴，那便无法再靠着霹雳神座潜入血海了。而若是单靠王孚一人，实力却还是敌不过血神子带着无数血魔的围攻。

以张羽的天资，再加上修习了峨嵋派的至高心法天皇金经之后，再修习青莲宝鉴自然是事半功倍。不过十余日时间里，便已经修到了第三重，这进境让王孚赞不绝口。

“真快！便是我当年修习之时，也远没有你这么快。虽然青莲宝鉴越到后来便越是艰涩，而起初入门最是简单，但能够在十几天时间里就修到第三重，还是本宗前所未有……”王孚看着刚刚突破第三重的张羽感叹道，“待你修到第五重之时，便可以自由控制自己的气息，与霹雳神座同步了。到了那时，你便可以与我一同重新再前往血海了。若是以这个速度下去，怕是最多也就花上一两个月吧。”

“好。”张羽知道修炼之事也无法心急。何况海眼便就在那里，也不会跑掉。在这一两个月之内只要不出变故，两人便可以重归血海。而血神子虽强，但张羽全力之下连宁叱咤都能斩杀，更不必说其余那几名了。

然而……变故却依旧发生了。正当张羽心中正满怀信心之时，一名雪山派弟子却匆匆冲进了张羽所住的院子，面色凝重地对王孚道：“大师兄，峨嵋派遭到血魔袭击，让我们驰援，而且……有血神子！”

王孚面色一凛，立刻站起了身，刚要迈步时，却转过头看了看张羽，神色复杂。

随后他向着那弟子摆了摆手：“你先去集合众人，在离遁万界门处等我。我随后便到。”

待那弟子得令离开，王孚才神色复杂地看着张羽：“若只是一般的求援，我便自行前去了。但这一次既然又有血神子到来，只怕……不是那么轻易的事情。你……”

张羽挑了挑眉毛，斩钉截铁道：“驱逐我出峨嵋派，那是方若海的事，不是峨嵋派的事。纵使方若海对我不仁，我却不能对峨嵋派不义。这等事情，王兄你居然还怕我挟怨报复，也忒把我看得小了。”

王孚顿时松了一口气，拍了拍张羽的肩膀，笑道：“我果然没有看错你。”

两人立刻前往离遁万界门，此刻门前已经聚集了众弟子。有过两次救援的经验，这一次众人聚集的速度比之前更快了许多。

而张羽，此刻也终于再一次看见了颜色的面庞。

那张清丽脱俗的脸上，依旧没有半分表情，然而张羽却留意到她纤细的手却已经紧紧握成了两个拳头，甚至还在微微颤抖着，暴露出了颜色心中的情绪。

这一次，颜色就连看都没有看张羽一眼，但她的面容落在张羽眼中时，却依旧让他心神一乱。就连张羽自己都不知道，为什么在看到颜色之时，心中竟然会这般慌乱，就好像自己忘了什么，但这件事又是绝对不该忘记的。

幸好这一次，王孚没有注意到张羽的异样。在聚齐了门下众弟子之后，便立刻通过离遁万界门，向着日月峰前去。

刚刚从离遁万界门的另一头走出，张羽的心中便马上一紧。山脚下的禁制竟然已经被打破，而无数血魔正从缺口处蜂拥而至，不停扑击着禁制之内的峨嵋派众弟子。而在缺口之内，两仪玄天阵正飞速运转，挡住了绝大多数的血魔，但却还有一部分血魔绕过了剑阵，与其余一干弟子杀到了一起。

禁制竟然已经破了？！

张羽心中一急，纵身而起便要向着山脚下飞去，却被王孚猛地拉住，微微摇了摇头："待会儿你先不要出手。"

"为什么？"张羽伸手指着前方的杀戮战场，压抑不住心中的急切，"你没见下面已经乱成了这样了么！"

王孚将头凑近张羽耳边，低声道："你忘了你此前曾在峨嵋派众弟子面前施展过天皇金经了么？你现下是隐藏了身份，才加入我雪山派的。若是你一出手，被他们认了出来，接下来岂不是又一场麻烦？"

"可……"张羽刚要开口，又被王孚打断："现在情势还没到生死攸关的那一步，有我在，加上待会儿其余四大宗派的援兵也很快便会赶来，也不是不能一战。若是真的我们也打不过，那时你再出手也不迟。”

张羽想了想，也知道王孚说的确实有道理，只能点了点头，跟随在王孚身后一齐飞了下去。

待到飞到山门之前，张羽暗暗心惊。那两仪玄天阵中的阴阵依旧是由林淡月充当阵眼，但阳阵的阵眼却换成了另一个年轻弟子。虽然功力也算不凡，但比之方若海却还是差了一筹。是以这两仪玄天阵虽然防守暂且足以自保，但却没有余力再去封堵被轰开的禁制缺口了。

绕过缺口与两仪玄天阵之间的空隙，无数血魔正向着内部扑击。没有组成两仪玄天阵的其余弟子只能三三两两互相依托着，不停地以飞剑轰击着周围的血魔，虽然在后方还有着七长老的日月玄光鉴不停轰击掩护，但依旧还是不时有弟子被漏网的血魔扑中身上，惨叫一声之后便被吸干全部精气，化作一具干尸。

尽管心中焦急万分，但张羽却还是只能在最后方压抑着焦急，观看着前方战况。雪山派的众弟子则在王孚的带领之下，冲上了战场。

有了王孚这样一个强大的生力军加入，原本的危急情势顿时一缓。王孚一抬手便放出了无数金莲，护在了禁制的缺口之前。虽然仍有不少空隙供给血魔钻入，但已比方才的洪流好了太多。一朵朵金色花瓣在血魔疯狂的啃咬之下不停掉落，眼见马上又要被冲破，但借着这短暂的机会，众人已经得到了喘息之机，禁制之内的血魔数量瞬间便被清剿得少了许多。

到了这时张羽才算稍微放下点心，目光开始搜寻起方若海的身影来。方才只看见七道玄光，却不知方若海此刻人在何处。

然而张羽还没在人群中找到方若海的身影，前方便传来了一声厉吼：“雪山派？你们来搅什么局！”

禁制之外，一个身影浮在空中，赤红色的肌肤，身上满是乌黑图案，显见那又是一名血神子。

若不是有血神子在此，峨嵋派的禁制也不可能在这短短求援的片刻之间，便被轰破。

“雪山派的人听好了，我今日过来，只是为了向峨嵋派要一个人！此事与你们无关，还不快快退去！”那血神子满面怒意地大吼着，“虽然你们迟早也都要被尊主的血海淹没，但至少还能多活几日！”

“要人？”

张羽听见那血神子的话，心中微微一动，不知为何隐隐觉得有些不对劲。而再仔细一看，他的手中竟然还提着一个人，只是此刻垂着脑袋，生死不知。

那血神子虽然说话霸道嚣张，但却没有立刻动手，而是依旧冷冷浮在空中原位，看着王孚带领雪山派众弟子，挡住缺口之后，清除掉了冲入禁制之内的血魔，再将禁制暂时重新封堵上。虽然一时之间无法回到原来的强度，但姑且抵挡一下血魔却还是足够用了。

只不过……那血神子既然有能力轰开一次禁制，便自然有能力再轰开第二次！

但至少暂时的危机是度过了，张羽一边潜运功力，随时准备出手，一边仔细看着前方的局势。

王孚助峨嵋派从危急中缓了过来，没有马上理会那血神子，而是匆匆飞到了七长老身前，目光一扫，讶然道：“方宗主呢？”

七长老顿时人人面带愧色，纷纷低下了头去，只有一人强撑着羞愧，伸手指了指禁制之外半空中的血神子：“在……他手上……”

王孚顿时大惊，目光扫去，被血神子提在手上那人虽然看不清面容，但衣着服饰却赫然真是方若海，不禁讶然道：“他……他怎会被擒去？”

那血神子远远看着王孚与七长老交谈，只是冷哼一声，也没有继续出手，但却将手中的方若海摇晃了两下：“你们的宗主就在此处，想要他活命，那就拿张羽来换！否则……”

在他那两下摇晃之下，原本昏迷的方若海终于醒了过来，但却只从喉咙中发出了两声。

听完那血神子的话，除了原本的峨嵋派众人之外，王孚以下的雪山派众人都愣在了当场。而张羽更是诧异万分。

若是如他之前所说的，今日不想雪山派的人来碍事，那还可以理解为他只是为了一次剿灭峨嵋派。但现在看他的口气，竟似是只要交出自己，就连峨嵋派的人也可以放过一般。

虽然即便是“放过”，也不过只是暂时的放过而已。但……他又为什么唯独要先杀了自己？

“呸！我们乃名门正派，怎么可能与你们这邪魔外道妥协，做什么交易！”七长老之一高声对着禁制外的血神子叫道，满脸义正词严，但随后又马上补充道，“况且我们早已对你说过，张羽已经被开革出了峨嵋派，不知去向！你便是问我们，我们也不知道！”

张羽心中顿时暗笑。那长老虽然说得剑拔弩张，口气强硬，但最后补充的那句还是明显展现出了他的色厉内荏。

“难道真的要我把你们斩尽杀绝才罢休么？”那血神子怒吼一声，左手提起方若海，右手已经高高扬起。

“且慢！”

王孚眼见血神子的手马上便要挥下，连忙大声叫道。那血神子望了一眼王孚，冷冷道：“你是何人？”

王孚道：“雪山派王孚。”

那血神子点了点头：“我听说过你，算是一号人物。此前杀厉战的人中便有你一个。不过我今日不是为厉战之事来的，暂且饶你一命。与你无关，你且先回雪峰山，洗干净脖子吧，等我解决了张羽，自然再会去找你。”

王孚哈哈大笑：“既然你迟早还是要杀我，为何不干脆便在此时此刻？你非要找张羽，又是为了什么？”

那血神子目光猛然一凛：“你知道张羽现在身在何处？”

王孚笑道：“你先告诉我你为何要找张羽，然后我再决定自己知不知道他在哪里。”

那血神子面对王孚的挑衅口气，面上一寒，右手猛地一挥，一条血龙已经形成，虽然比此前宁叱咤的那只略微小了一些，但速度却远快了很多，向着那禁制急速飞来。

“小心！他之前便是用这招击溃了禁制！”

一个女声高叫了起来，张羽看见那正是林淡月。但话音还未落，那血龙已经飞到了禁制之前。

轰然声响，刚刚修复好的禁制再一次被轰破，无数在外面早已虎视眈眈的血魔得到了机会，再一次蜂拥而入。

幸好这一次雪山派的援兵已到。两仪玄天阵再一次运转起来，挡在最前方，而后面散落的峨嵋派与雪山派其余弟子则互相掩护着形成了一个大团，抵挡起血魔来。虽然血魔铺天盖地，但一时之间却也难以攻入防御网中。

王孚负手立在中央，却是没有立刻出手，而是冷冷望着远处那血神子：“报上名来，再告诉我为何要找张羽。”

第十五章 血神再现

“尊主座下血神子杨影，为宁叱咤报仇而来！”那血神子大吼一声。

王孚笑了一声：“为宁叱咤报仇？这可奇怪了。张羽被宁叱咤擒获之后，不是成了你们尊主座下的血神子了么？为何你现在却跑来找他报仇？难不成……他们之间内讧了？”

杨影怒吼一声：“少废话！那张羽不知为何，修炼了什么邪门功法，竟然脱离了我尊主的控制，还击杀了宁叱咤！赶紧把他交出来，让我杀了他给宁叱咤报仇！”

“哦——”

王孚拉长了声音，随后扫了一眼前方的一众峨嵋派弟子。虽然正与血魔拼死搏斗，但方才王孚和杨影的高声对话，却还是一字不落地传到了他们耳中。所有弟子脸上都露出了悔恨之情，就连七长老也面上微带愧色。

这一次，不是张羽自己，也不是王孚，而是血魔老人座下的血神子亲口说出这一事实。此事的真切，已经再无可置疑。

想到自己当日都不信张羽所言，想到当日宗主方若海一意孤行要驱逐张羽，峨嵋派众人心中都悔恨不已。

若是张羽此刻能在这里，以他当日所表现出的功力，这血神子还有什么可担心的?

王孚要的，正是这样的结果。在引诱杨影为张羽正名之后，他哈哈大笑了一声："可是，为何只为宁叱咤报仇，却不管那厉战？他可是死在我手上的。"

杨影闷哼一声："这就不用你管了！快说，你到底知不知道张羽身在何方！"

"知道……还是不知道呢？"王孚挑着眉毛，用手轻轻搓着下巴，似乎正在犹豫的样子。过了良久，他突然笑了起来。

杨影的面上也突然一变，随后暴喝了起来："混蛋！"

在身后的山顶，无数气息同时出现，随后向着山下飞速赶来。

虽然稍微慢了一点，但其余四大宗派天机剑派、玄道门、吞海宗、大阿修罗教的援兵，终于赶到了。

王孚一见到杨影时，便已经衡量出来了他的实力比自己还要高上一筹。若是自己单打独斗，多半不是对手，于是便借着对答，实则是拖延时间，等待其余宗派的援手。杨影不知除了雪山派之外，另外还有援兵，一时竟落入了套中。

吞海宗宗主印苍、大阿修罗教掌门秦紫烟、天机剑派掌门万霖琦、玄道门掌门天蝉子四人纷纷落在了王孚的身边，面色凝重地望着杨影："新的血神子？"

"居然是为了拖延时间，你这奸诈小人！"杨影看着那几名宗主掌门汇聚到了王孚身旁，顿时大为光火，向着他们右手用力一甩，原本被拎在手中的方若海便被甩向了禁制缺口处的两仪玄天阵处。

不过杨影自然不可能是突然大发善心，要将方若海还给他们。在突然打破禁制之时，杨影突入擒获方若海便退了开去，只留下血魔继续攻打，正是为了以方若海来要挟峨嵋派众人说出张羽的行踪。早在那时，他便已经将自己体内的邪煞之血灌注到了方若海的体内。以方若海这等微薄的实力，如何能够抗衡杨影？连挣扎一下都无法做到，已经昏迷了过去。

而方才那一下甩出之后，杨影已经激发了方若海体内的邪煞之血。瞬间一条微小如蛇的血龙便自方若海的胸口开膛而出，随后咆哮一声，方若海的整个身体便都化作了一摊脓血，如同血雨一般飞溅下去。那血龙得了血雨的滋养，顿时胀大了数倍，仿佛一条大蟒般向着两仪玄天阵扑去。

而费尽心思才当上峨嵋派宗主的方若海，不过只在这位子上待了一个多月，即便惨死当场。

“退开！”王孚神色一凛，知道那血龙看起来虽然不大，但体内蕴含的气息却是强得可怖，以峨嵋派那些弟子的实力绝对挡不住，连忙向前猛扑而去，拦在了两仪玄天阵之前。

而其余四个宗主掌门心中也是同样的想法，纷纷扑向前去，手中法术法宝齐齐放出，与王孚的金莲一起拦在了血龙之前。

岂料那血龙却仿佛有灵性一般，分明眼看着已经全力扑向缺口后方的两仪玄天阵，但却在五人的拦截之下滑溜溜地转了一个方向，竟然向着禁制的另一边扑去。

王孚等人都拦了一个空，一时不及收手，只能眼睁睁看着那条小小血龙撞上了禁制的另一边。

那血龙乃是杨影抽取了方若海体内全部精血所炼化，虽然体型微小，但威力却并不比方才那只大的差。轰然巨响中，禁制的另一侧再度出现了一个缺口，而且竟然比第一个缺口还略微大上了几分。

“糟了！”王孚心中一沉，连忙指挥着门下弟子前往堵住第二个缺口。不过此时也依旧是已经晚了。方才其余四大宗派的宗主心急而提前赶到山下，身后的一众弟子还都只飞到半路。此刻禁制之处只有峨嵋派和雪山派两派的弟子，根本没有余力再分出一半人来堵住第二个缺口。

不过只是瞬息之间，无数血魔已经蜂拥进了禁制之内。

这一次不再是此前的小规模挤进来。如此铺天盖地的血魔扑入，并且依旧源源不绝，已经不再是轻易能够挡得住的了。一时间血魔已经在禁制之内围拢了巨大的一团，疯狂地上下四处飞蹿着。原本被挡在后方的一众弟子，已经纷纷惨叫着被吸干。

张羽顿时急了起来。眼见着无数弟子正在惨死，他却按照之前王孚商议的，不能出手相助。张羽连忙看向王孚，却见王孚也正回头看他，对他微微摇了摇头。

此时，还不是出手的时候。

王孚双手连挥，无数金莲自掌心飞出，在血魔聚集最密集的地方不停炸开。印苍的五雷夺心咒、秦紫烟的修罗万劫门、天蝉子的通天落魂印、万霖琦的斩影剑也一齐出手，向着血魔群中飞去。一时间无数血魔都化为了飞灰，但他们斩杀的速度，却终究还是比不上那巨大的缺口中，血魔涌入的速度。

王孚一边拼死攻击，一边在心中惊叹不已。眼前这杨影似乎比之前的宁叱咤与厉战要聪明许多，而且最关键的便是不在乎自己血神子的身份，宁愿自己远远躲在后面，让血魔来打头阵，意图将他们全部消耗死。

只可惜……这一次再没有此前厉战那次之时那样，能再出现一个王孚和一个张羽突然偷袭了。

张羽此刻更是心急如焚。现在后面赶来的其余四大宗派的弟子也已经抵达了战场，然而人数毕竟还是远远少于血魔的数量。在同时出现了两个缺口之后，他们也不过只是杯水车薪，只能勉强结阵自保，根本无法堵住缺口。而缺口只要不被堵上，血魔源源不断，最终只有所有人一同死在这里一条路。

“修补禁制！”

一个寒冷如冰的女声突然响起，张羽猛地看去，竟然是颜色！

这还是张羽第一次听见颜色开口说话。只见她浑身颤抖不停，就连身边的青莲也随着身体的颤抖不停开谢。她的双眼中，已经不再是原本的淡漠，而是有一种极其坚定的毅然，似乎已经做出了某种不可改变的决定。

而在喊出那一声之后，原本被包围在雪山派众人之间的颜色竟然突然向前冲去，而方向赫然便是那聚拢成团，近乎无边无际的血魔群！

她竟然想要牺牲自己，堵住禁制的缺口！

“颜色！”

“颜色！你干什么！”

她身边的几名雪山派弟子纷纷叫了起来。然而颜色却仿佛完全没有听见一般，眼中仍旧没有任何表情，直冲向那无数的血魔群，身外青莲朵朵，越转越快，显然已经把功力提升到了极致。

每个人都说颜色是王孚以下最具天分的雪山派弟子，王孚甚至因为爱惜人才，免去了她的罪责，把她重新放了出来。

但这一次，张羽才见识到颜色的真正实力。带着怒意的青莲猛地爆发开来，数个血魔首当其冲，被轰成了粉碎，几乎没有一头血魔能扑近她身边，只是一瞬间，就有数十头血魔被青莲斩杀。

峨嵋派弟子几乎不假思索地补充法力，禁制的缺口越来越小，但颜色已经冲出了禁制之外，一旦禁制被修补完整，她可就回不来了……

颜色似乎半点也没有在意这种事情，她把青莲宝鉴十七重功力催到了极致，青莲宝鉴的至高心法天地青莲法，化出数百千朵青莲，层层密密，就如亩许大小的一片池塘。

尽管颜色已经全力以赴，尽管她爆发出来骇人的战力，但是她身边的青莲在这庞大到恐怖的血魔数量面前，仍旧无济于事。仅仅瞬息之间，就有数十朵青莲被扯碎化为无形，紧接着，数百头血魔已经厉声尖叫着向着她扑来。

如果没有意外，颜色最多支持片刻，便要和那些其他死去的弟子一样，被吸干全身精血，化作一具干尸。

只不过颜色的面上依旧没有任何惧色，反倒露出了一丝若有若无的微笑。那微笑并不是胜利，反倒更像是解脱一般。而她的眼睛，也在这一刻闭了起来。

但颜色却终究还是没有死。

一道金光闪过，随后便是无尽的尖叫。

当颜色睁开眼时，却发现眼前是一个坚实的背影，替她拦住了正要扑来的血魔。而他的右手中，紧握着一柄银白色的宽阔长剑，却正放射出绚烂的金色光芒。

“为什么要自杀？”张羽转过头，对着颜色问道。而他手中的长剑尽管完全没有挥动，却在周围撑起了一圈金色的光球。无数血魔不停地向中间扑击着，但却怎么也冲不破那光球。

“王钟……师叔？”颜色方才脸上的微笑转瞬即逝，又恢复了原本的冰冷模样，双眼之中的杀气再度浓烈起来。

张羽一愣，才想起此前王孚对他提起颜色时，用过“她们这一辈弟子”的说法。这么说来，颜色竟然比王孚还小了一辈。而身份是王孚师弟的他，自然也就成了颜色的师叔。

“为什么要自杀？”张羽又重复了一遍。方才颜色身处在雪山派弟子的中央部位，虽然外围不时地有血魔闯破拦截，将弟子扑杀，但颜色的位置却暂时还是安全的。但她方才却突然冲出了阵型，独自一人杀进血魔群中。这样的行为，除了自杀二字以外，没有别的形容了。

颜色摇了摇头，淡淡地道：“只有牺牲，才有胜利！如果没有人挡住缺口，就再没有机会修补禁制，我并不是自杀，只是为了胜利去做应该做的事情罢了。”

张羽怒道：“什么牺牲，还不就是自杀？”

颜色似乎稍微有了一点情绪，低声道："你不会懂的。当你的家人、好友，全部死在血魔手中的时候，你才会明白，只有牺牲，才有胜利！"

张羽望着颜色漠然的面庞，心中竟是一阵心痛。

而此时，峨嵋派的所有人都齐齐发出了一声惊呼。

这里的所有人中，只有他们曾见过张羽出手，更见过张羽的天皇剑。虽然现在张羽的容貌已经改变，但天皇金经施展时的气势却是怎么也改不了的。峨嵋派众弟子突然看见张羽从雪山派弟子之中现身，自然齐齐大惊。

"护好自己。"张羽对着颜色沉声道，随后猛地向前飞去。掌中天皇剑上骤然爆发出一阵金光，向着前方无数血魔射去。

那金光刚刚离开天皇剑，便瞬间分成了无数道，竟然每一道都对准了一个血魔，没有半根落空。而尽管只是微微的一个小孔，但每一个血魔被射中之后，都瞬间发出了凄厉惨叫，随后扭动着化为飞灰。

仅仅只是天皇剑闪了几闪，方才涌进了禁制之内的血魔竟然已经被张羽荡平一空！

"修补禁制！"

张羽对着身后众人道，虽然声音不大，却是出奇地让所有人都听得一清二楚，他自己头也不回地冲到了杨影的面前。

在他身后，众人连忙匆匆分成了两批，一批帮着两仪玄天阵处清剿那一处缺口的血魔，另一批则赶紧继续修补禁制缺口。

而王孚也依旧留在了禁制之中，没有与张羽一同出来。其余几名掌门则面面相觑，不知道发生了什么。他们都曾见过张羽被洗练成血神子的模样，更是亲眼见到卓以宁死在张羽手中。但张羽修成天皇金经前来峨嵋派，又被驱逐之事，方若海事后自然并没有对他们提及。此刻他们心中都有万般疑惑，不知道张羽怎么又脱离了血神子之身，还加入了雪山派。王孚此刻忙着带领弟子围堵缺口，也无暇对他们再多解释。

而在看见张羽方才一剑灭除了闯入禁制的无数血魔之后，颜色也呆立在那里。只不过无论是眼神还是表情，却还是与之前一般无二的平淡无波。

“你要给宁叱咤报仇？”

张羽手持天皇剑，在杨影身前数丈处飘浮着，表情冷漠：“那你可以试着动手了。”

“张羽？”

此前杨影的目光，竟然是一直盯着颜色，直到张羽飞到面前，才收回目光，恨恨地看着张羽：“你的容貌怎么变了？还躲在雪山派的人群里面，当了那么久的缩头乌龟？”

“我现在不是出来了么？”张羽冷哼一声，但说完这话，心头却突然一跳。

眼前的这杨影，分明是第一次见到自己，为何竟然会知道自己容貌有变？！

纵使他曾经从万虚空那里知道了自己的事情，但却无论如何也不能得知，自己这个他从没见过的人长成什么样子。

张羽心中已经有了一个不祥的预感。只不过他却还在竭力地压抑着那预感，让它只停留在潜意识之中，就连想都不敢去细想。

“出来了，那就好。”杨影狞笑一下，伸出手死死指着张羽，“你可知道，宁叱咤是我平生至交好友？你杀了他，就如同杀了我一般无二！今日若你不死，尊主重新降临，宁叱咤复活的那一日，我还有什么脸面再去见他？”

张羽紧握着剑柄，全身都绷紧，喃喃地重复道：“平生……你们是至交好友？”

宁叱咤只不过比张羽早来到这蜀山界几个月而已，但杨影居然却用了平生这两个字……

“没错！他是这蜀山界之中，唯一一个和我有着相同出身的人！”杨影咧开嘴，嘿嘿笑了起来，“我想……你应该知道我在说什么吧？”

“不……这不可能……”张羽心脏狂跳，仿佛要从喉咙里跳出来一般，“这不可能！不可能！”

“当然是可能的啊。”杨影连眼神里都带着笑意，然而那笑意里却满是残忍的光芒，“在我来到这蜀山界之前，我就已经认识叱咤了。虽然那时候，他的名字还叫作凌未平，是我哥哥最好的朋友。这件事，你也很清楚吧？”

说到这里，杨影顿了顿声，脸上残忍的笑意更加浓厚：“我的……哥哥！”

“什么？”

身后禁制之中，所有人都目瞪口呆。

眼前这个血神子，竟然是张羽的弟弟！

张羽手紧紧捂着胸口。他虽然早就听宁叱咤说起过，自己的弟弟也同样成为了血神子，但却还是抱着一丝幻想，希望那是宁叱咤的谎言。

但他却没想到，自己竟然会在此时此刻，再一次见到自己的弟弟——张彦！

“不过……虽然你是我的哥哥……不，准确来说，是曾经的那个张彦的哥哥，但唯有宁叱咤，和我同为尊主座下血神子的他，才是对我而言重要的人啊。所以……你还是只有死了！”

杨影的声音猛然放大，变成了吼叫，同时一挥手，一条血龙已经迅速凝结成形，向着张羽飞来。

张羽心神大乱，只能飞速后退，同时天皇剑一闪，一道金色的障壁已经拦在了面前。那血龙撞在了障壁之上，骤然化作了一团血雾，而原本只是有形无质、由光点构成的障壁竟然在那血雾之下被渐渐溶解。

张羽一时心乱如麻，自然无心反击，只是不停地飞退闪避，加上以天皇剑召出的障壁来遮挡。但杨影却毫无顾忌，左右两手不停挥动，一条又一条血龙向着张羽不停飞去。

杨影的战斗手段，看起来和宁叱咤虽然相似，但本质上却还是有着极大的不同。宁叱咤所召唤出来的血龙，主要仍是用来近战。大部分时候，宁叱咤都是身处在血龙口中的位置，血龙相当于他延伸的肢体。即便是在与张羽最后一战时使出的戮魂万血炮，血龙仍旧只是作为吸取血海中的污秽煞气的增幅器而已。

杨影所召唤出的血龙比宁叱咤的血龙小了许多，而且更是在凝聚成形之后便会自动离体飞出。那血龙虽然是杨影召唤而来，但却仿佛有着自己的意识一般，也不用杨影再去管，直直追着张羽飞去，甚至还时不时以刁钻的角度绕过障壁，又或是一只追逐，另一只却埋伏围堵。

空中一只只血龙飞舞或爆裂，血芒连闪，张羽不愿出手反击，已经越来越狼狈。而杨影脸上却越来越得意，连声狂笑起来。

眼看着张羽渐渐落入下风，后方的王孚终于再也按捺不住，叫了起来："张羽！你难道真的想死在他手上么！"

王孚从一开始听见张羽和杨影的对答，心中便疑惑丛生。他在此前第二个海眼中与宁叱咤一战时，便觉得宁叱咤与张羽之间的关系有些不太对劲。而这一次杨影说出的话语则更是露骨了许多。听见"哥哥"这样的字眼，就连王孚也不禁暗暗心惊。

先是宁叱咤，后是杨影，这两个血神子与张羽之间，究竟是怎样的关系？他们所说的另一个世界，又是怎么回事？

王孚虽然满心想要对张羽问出这些疑问，但现在显然不是什么合适的时机。张羽若是再这么闪避下去，只怕真的要丧命在杨影的手上了。

"我不管你和这家伙究竟是什么样的关系，但再近的关系，也不值得你把性命送给他吧！你若是再不反击，那便由我们来吧！"

王孚再度大声一吼。若是张羽真的依旧这般逃避下去，那也就只能他来亲自上阵了。虽然自知自己不会是杨影的对手，但终究不能看着张羽死在眼前。

听见王孚身后的怒吼，张羽眼神顿时一凛，稍微清醒了一些。

眼前杨影的面容和脸上的狞笑，分明和弟弟张彦曾经的模样毫无相似之处。他与张彦唯一的联系，不过是与宁叱咤一样，拥有张彦曾经的记忆而已。他的人格，早已完全变成了那个只效忠于万虚空的血神子了。

上一次，张羽击杀了宁叱咤，但宁叱咤临死之前，却终于恢复了原本凌未平的人格，在悲痛的同时，却也给了张羽一丝微弱的希望，或许还有机会找到某种办法，恢复张彦的神智。

方才他一直闪避，便是为了争取时间，苦苦思索这法子。然而随着险象环生，加上王孚的当头棒喝，终于让张羽回归到了现实——

至少，首先要做到的是不能死在杨影的手上！若是连他自己都死了，杨影便更不可能回归为原本的张彦了！

张羽的心中暗自怒吼了一声。尽管心中仍寄托着一线拯救张彦的希望，但在那之前，必须先击败他！

心念一动，张羽手中的天皇剑顿时重新绽放出了光芒。金光四射，随心而动，向着一前一后正冲着他扑来的两条血龙射去。那两条血龙被天皇剑的金光射中，却没有爆裂开来，而是诡异地顶在了空中，既不能继续向前，也没有向下摔落，仿佛时间都在它们身上凝固了一般。

而锁住了那两条血龙之后，张羽也猛地向前一闪身，直冲向了远远在空中释放血龙的杨影。

杨影完全没料到原本一直躲闪逃避的张羽竟然会突然转守为攻，一愣之下便马上飞退。

杨影清楚，宁叱咤的功力比他还要高上半筹。张羽既然能够斩杀宁叱咤，那么自己若是堂堂正正与张羽对决，怕是也只有战败一个结局。然而杨影却同样清楚，自己另一个名为张彦的身份，却能够给他带来足够的便利。

就算张羽对着宁叱咤可以下手，但却绝不会有决心杀了自己的！这就是杨影最大的凭借！

但现在，那依仗却似乎消失了！

杨影一个闪身，在张羽突进之前虚幻般向后飞退，两人之间的距离再度拉开了十余丈远。然而张羽的面上满是寒霜，虽然一剑落空，但天皇剑却沿着一个不可能的角度一闪。明明两人之间仍旧隔着十余丈的距离，剑刃却仿佛超越了时间与空间一般，仍旧向着杨影的身上斩去。

杨影心头猛跳。这一次，分明剑刃并没有变长，两人之间的距离也没有缩短，但他却隐隐感觉到，这一剑就是能够斩到他的身上！

此刻再闪身也已经来不及，杨影只能选择硬接。右手中血芒凝聚，一条血龙再度咆哮着出现，向着天皇剑迎去。然而在刚刚碰到剑身之时，那血龙却一声惨叫，随后没有被斩开，也没有爆成血雾，而是倏然消失了。

彻底地消失，再不留任何痕迹。仿佛那天皇剑并非一柄利剑，而是一个黑板擦，擦去了黑板上的涂鸦一般！血龙没有给天皇剑造成任何阻碍，而是重重斩在了杨影的身上！

金光与血芒同时闪耀起来，杨影惨叫着被斩飞，在空中翻滚不停，远远向着远方飞去。被天皇剑斩中的右臂上，出现了一道深深的伤痕。若是普通人的身体，这伤痕已经深可见骨。然而血神子之躯内，却只是一团浓稠到近乎固体的血浆，巨大的伤口之内除了血浆之外，什么都看不见。

而杨影还未来得及恢复平衡，张羽的下一剑竟然再一次斩来。杨影这一次甚至连血龙都来不及召唤，便惨被再一次斩中，血芒四处飙飞的同时，整个人也再度被斩飞。

张羽的一剑又一剑，竟似完全不停一般。杨影被斩得七荤八素，就连稳住身形都做不到，又哪儿谈得上什么躲闪甚至反击？不过片刻工夫，他的身上已经伤痕累累。

不过张羽这已经是手下留情的结果了。他很清楚，若是彻底放开实力，如同那一日对决宁叱咤之时一般，不需片刻就能够将杨影斩杀。但若是那样的话，又该如何让他恢复成原本的张彦？他的一剑又一剑看似沉重，但给杨影造成的却都不过只是皮外伤，而没有彻底驱动胸口的真灵，将天皇金经中的全部力量都灌注在剑身之上。

只要把杨影打到重伤，束手就擒，便总有机会，与程远真和王孚一同慢慢去想对策。这便是张羽此刻心中的想法。

杨影此前虽然知道张羽强过自己，但却没想到张羽竟然已经强到了这等地步，竟然能将自己打得毫无还手之力，不由怒吼连连，却依旧没有任何反击的余地。在被天皇剑斩了十余下之后，他已经遍体鳞伤，几乎奄奄一息，甚至连将自己保持飞行在空中的力量都没有了，向着下方的血海歪歪斜斜地落去。

张羽清楚，杨影体内的血魔本源力量并未怎么受损，虽然看起来凄惨，但却没有性命之虞。而若是任由他落入血海，只怕很快便能回复。他大喝一声，再一次突前，一拳重重砸在了杨影的头上，随后天皇剑金光一闪，一个金色光球已经将杨影笼罩在了其中。

这一次，光球并非守护，而是囚笼了。杨影挣扎着向着球壁重重捶了一拳，然而却只是全身巨震，光球没有半点动摇。

杨影又试了几次，依旧徒劳，大口喘息着放弃了再度尝试，只以一双充满了怨毒的眸子死死盯着张羽："好……很好，张羽……"

张羽张了张嘴，待要说些什么，最终却只是摇摇头，叹了口气。他转过头，向着日月峰山门的禁制飞去。

禁制之前，仍旧有无数的血魔漫天飞舞着，还是试图冲进禁制之内。然而张羽天皇剑一挥，身前数百丈之内的血魔便瞬间在金光下化作了飞灰。

“让我进去。”张羽飞到了禁制之前，对着里面淡淡地说了一声。

这一次，峨嵋派的弟子再也没有迟疑，立刻便为张羽打开了禁制，就好像迎接宗主归来。

方若海已死，不会再出来阻拦。况且此前杨影被王孚套话，已经让在场所有人都清楚，张羽不再是血神子之身。而他还刚刚擒获了杨影，更是早已赢得了所有人的信任。

更何况，上一次张羽被驱逐出峨嵋派时说出的那句话，早已深深印在了所有人的脑海之中。

——“以我当前的实力，若是想要破门而入，这区区禁制，难道就能挡得住我？”

这禁制，只不过能够挡住外面无穷无尽的血魔。对于血神子这种级别的敌人，却已经起不到什么作用了。单是方才杨影就已经三度轰开禁制，更何况是实力已经远胜杨影的张羽？

张羽面无表情地飞入禁制，落在了地上。身后的光球之中，杨影依旧被困在其中，只以一双怨毒的眼神死死盯着张羽的背影。

王孚与其余几名宗主都纷纷围了上来，而峨嵋派的七长老却只是远远站在后面，满脸不自在的神色，想要对张羽说话，却又不知该怎么开口。

当日虽然是方若海做主，将张羽逐出峨嵋派，但他们七人却也同样未曾开口阻拦过。此刻再见张羽，自然心中有着愧意。

“张羽，这杨影和你……”王孚看了看张羽身后光球中的杨影，问出了方才便一直疑惑的问题，也是在场所有人心中的疑问。

张羽回头看了一眼光球中满眼怨毒的杨影，轻轻叹了口气，却不知道该如何回答。

“说呀，张羽。告诉他们呀，我不是你弟弟么，啊！”杨影身上的伤口已经开始慢慢愈合，怪笑着对张羽大叫，“怎么刚才还因为我是你弟弟，就一直不舍得对我出手，现在却说不出口了？有我这么个弟弟，难道让你觉得很丢人么？”

张羽深深凝望了杨影良久，才微微摇了摇头，冷漠道：“你不是我的弟弟，张彦才是。”

“哈哈哈哈！现在我又不是你的弟弟了？”杨影的怪笑越发凄厉，仿佛夜枭的啼哭声般，“伪君子，快杀了我啊！怕我说出来就赶紧杀了我啊！这样他们就不会知道你究竟来自哪里了！”

“张羽，不管怎么样，我都相信你。”王孚深吸了一口气，伸出手按住了张羽的肩膀：“他是什么身份，和你是什么关系，这都不重要。重要的是，你是值得信任的人。”

不管身后杨影的怪笑怪叫，张羽深深凝视着王孚的双眼，感激地点了点头。然而此时，一个清冷的女声却突然响起：“你……是张羽？峨嵋派的张羽？”

张羽转过头，看见自己身后，颜色正冷冰冰地望着自己，叹了口气，点头道：“没错……我就是张羽。我化名王钟加入雪山派，只是为了避免麻烦，但现在……”

张羽话还未说完，颜色的脸上依旧面无表情，但一朵青莲却已经在右手中猛然绽放，向着张羽的小腹轰来。

张羽猛地一惊，完全没有想到颜色竟会突然向自己出手。这距离实在太近，事发又实在太过仓促。他甚至连闪避都来不及，被颜色重重轰在了小腹之上。

以张羽现在的实力，虽然是猝不及防毫无准备之下被颜色偷袭，但依旧是没有半分可能被伤到。本能反应立刻生效，在颜色那朵青莲刚刚轰到小腹之前时，天皇金经已经心随意动，在小腹之前布下了一道屏障。青莲在金色的屏障之前顿时溃散，没有伤到张羽半点。

“颜色！”

王孚早在颜色来到张羽面前之时，心中便已经有了些许预感，但他却还是没想到颜色竟然真会突如其来地对张羽出手。张羽小腹刚刚受到轰击时，他已经闪电般抓住了颜色的双手。

王孚面色铁青，手中一朵金莲已经凝聚成形。眼见着下一刻便要轰在颜色身上。但颜色却依旧是那副冷漠的眼神，淡漠地望着王孚，似乎完全不在乎自己马上便要被力毙当场一般。

“没事，我没受伤。”张羽连忙对着王孚摆了摆手，拦住了马上便要动手的王孚，他能够感觉到，颜色并没有出尽全力，绝对不是想要杀他，那种感觉更像是……泄愤！

对，就是泄愤！

颜色望向他的眼神跟之前完全不一样了，那是一种恼怒，恼羞成怒的那种，她仰着头，就好像完全没有做错任何事情，眼神里在恼怒中还有几分兴奋，以及……喜悦！

“你完全不记得我是谁了吧？一点点也不记得？你这个鬼男人，当初说爱我一万年，但转眼就连我的名字都忘记得干干净净，到了蜀山界也没有来找过我，见到了我都不过搭讪，就连我的样貌都没有留下一丝一毫的记忆，你……个……王……八蛋！枉我为了你来到这个鬼地方，天天杀杀杀，就好像一个女魔头，姑奶奶我当年连鸡都不敢杀，是标准的软萌妹子啊！”

张羽被骂得莫名其妙，刚开始还以为颜色是因为他曾化身血神子，所以对自己充满了仇恨，但现在却好像是……自己曾经始乱终弃，负心薄幸，才被颜色殴打！

颜色一开口，就再也没有停下来，本来想要拦住颜色，还满脸怒容的王孚都有些讪讪，不知道该不该继续管这件事儿。

王孚目视张羽，显然是在问他，究竟什么时候勾搭上自己雪山派最出色的女弟子，只不过这个问题，张羽根本没法回答。

他很想跟所有人解释一下，自己跟颜色并无关系，但是话到嘴边，却说不出来，因为他心底隐隐有一种感觉，颜色骂得没错，的确是自己忘了她，尽管这种感觉实在太荒谬！

就在所有人都被两人的争持吸引，场面一度陷入混乱的时候，一声惊呼却骤然响起，同时伴随着一声怪异的狂笑。

“坏了！”

张羽心中顿时一凉，抬眼向着杨影的方向看去。

果然，杨影已经跳了起来，向着禁制的方向飞蹿了过去，同时一条血龙在掌心中被召唤出来，在前方重重撞在禁制之上，再度轰出了一个巨大的缺口。毫无阻滞地，杨影穿过了缺口之后再不停留，一头扎进了血海之中。

而就在方才杨影跳起之时，一道若有若无、若隐若现的血光也从他的掌心飞出，钻进了颜色的后心之中。

“杨影！”张羽怒吼一声，待要向前追赶之时，杨影已经落进了血海之中，只剩下一个头颅浮在外面，大笑着对张羽道：“多谢那白痴女人了，若不是她让你分心，居然放松了禁制，我只怕再没机会逃跑了。为了感谢，我送了她一个礼物，若是想要她活命，三日之后，带着她一齐到你杀了宁叱咤的那孤峰来，我在那里等你，要是不来，就等着看她死得和方若海一样吧！”

说完最后一句话，杨影再度怪笑一声，随后便沉入了海底。

第十六章 血龙之卵

“杨影！”张羽目眦欲裂，仿佛疯了一般地向着缺口冲去。天皇剑全力斩出，正待向着缺口内涌入的无数血魔又化为飞灰。再一剑，禁制之外的一片血海也被扫空，但光秃秃露出的海床之下，却已经再也看不见杨影的身影。

此刻王孚已经制住了颜色，飞身赶到了张羽身后，拉住了正要继续出剑的他：“没用的。已经走远了。”

张羽回过神，双眼中几乎要喷出火来，胸膛不住地起伏着。虽然不甘心，但却知道王孚说的确实是实情。

“走吧，回去再说。”王孚的声音低沉，拉着张羽向着禁制之内飞去。

张羽只能跟随着王孚回到了禁制之内，任由峨嵋派的其余弟子修复禁制，冲到了颜色的身前。

颜色此刻已经被王孚以法术控制住，方才杨影射出的那一道血影射入了她体内之后，现在看起来却毫无异状。被王孚法术封印的颜色，全身动弹不得，只有一双眼睛看着张羽，似乎半点也不在意自己，只要能看着张羽，就很满足了，脸上都是那种淡淡的、幸福的笑容，就好像是完全换了一个人。

“颜色……你依旧死性不改是么？”王孚也回到了颜色身边，铁青着脸，狠狠瞪着她。

颜色都没有抬眼去看王孚，什么也没有说，只是瞧着张羽，良久才轻叹一声，淡淡地道："临死前能够看到你，我真的好满足！乾果然没有骗我……"

张羽脑海中轰然一响，但颜色软软摔落，失去了意识，他纵然有无数疑问，却再也问不出口半句，因为颜色没有办法回答他。

张羽张了张嘴，他很想告诉颜色，自己如果说过爱她一万年，一定是真心话，绝对不会骗她，却终究还是没有开口。

方才他已经以天皇金经扫查了一遍颜色的身体。杨影所挥出的那一道血影，果然并不是虚招。在颜色的心房之处，除了跳动的心脏之外，还有着另一个小小的物体附着在心脏之上，随着心脏的跳动一齐跳动着。若不是那速度与颜色的心跳微微有些不同，只怕便被忽略了过去。

再加上杨影逃离之前所喊出的最后一句话，要让颜色死得与方若海一样，张羽已经猜到了那是什么——一颗血龙的卵！

血龙并非真正的生物，而是杨影靠着血芒幻化出来，自然也不存在什么胎生卵生。所谓血龙的卵，只不过是杨影的污秽煞气所凝结而成的一个内核而已。这核附着在颜色的心脏之上，随着每一次跳动吸取着眼色体内的精气，当精气吸收到了一定程度，又或者是被杨影主动触发，便会立刻成长为一条血龙。

就如同方若海之前那样，在被杨影甩出之后，依然被体内所钻出的血龙吞噬。

"颜色……"

张羽叹了一口气，伸出手将躺在地上不能动弹的颜色抱了起来，时间像是凝固了一般。没有人再开口，只是在周围静静看着场中的张羽和颜色二人，就连稍微粗重一点的呼吸声也没有人敢发出，生怕打破了这静谧，打破了场中的平衡。

张羽深深吸了一口气，他抬起头，与王孚目光交汇一眼，发现王孚的目光里满是苦笑。

张羽没有开口，只能还以一个同样的苦笑，他实在不知道该跟王孚说些什么，因为他自己也不知究竟发生了什么。

斗室之中，只有张羽和王孚两人，相对而立望着床上仍旧昏迷不醒的颜色。

此处是雪峰山。在杨影逃离之后，两人便带着昏迷的颜色与其余雪山派的弟子回到了雪峰山。尽管当时峨嵋派众人苦苦挽留张羽，甚至七长老话里话外已经含糊透露出了只要张羽留在峨嵋派，宗主的位子便是他的，但张羽却依旧没有留下来。

只要误会已经消除，究竟是在峨嵋派还是雪山派，张羽已经不在意了。他现在想要做的，只有拯救颜色和张彦。

“即便是以天皇金经，也没办法驱除了？”王孚叹了口气，对张羽问道。

张羽摇了摇头：“不行。杨影种下的那颗血龙之卵附着在颜色的心房之上，紧密纠缠着。若是强行驱除，一不小心就会伤到她的心脉。而且……我更不知道若是有什么外界的刺激，会不会让那卵提前孵化出来。”

“那……怎么办？你难道真的要去赴约？”王孚皱眉望着张羽，“你不会那么蠢吧？”

张羽洒然一笑：“你也看过了，杨影不是我的对手。有什么好担心的？”

“那是之前！”王孚低声吼道，“他既然定下了三日之期，又限定了地点，一定还有什么阴谋诡计！你也知道，这杨影比厉战和宁叱咤都要阴险狡诈得多！你纵使实力强过他，也不知道他究竟会安排下什么陷阱，何况你还要带着颜色同去！”

“我不会让他杀了颜色的。”张羽沉默了一会，只淡淡道。

王孚深吸一口气，按住张羽的肩膀，目光直视着：“张羽，告诉我，颜色和你是怎么回事儿？你是不是爱上颜色了。”

张羽与王孚对视着，良久才点了点头：“第一个问题，我也不知道怎么回答你。第二个问题我可以很肯定地回答你：是。”

王孚听到张羽肯定地回答，暴躁地大叫起来，再也没有雪山派宗主的风度：“你居然还跟我说，你也不知道怎么回答？她明明就是跟你有过一腿，而且纠葛很深，你们绝对不是才见过一两面的陌生人。”

张羽无奈地苦笑道：“我没有必要瞒你，如果我知道怎么回事，我一定会跟你说，问题就是……我自己也不知道。我根本就只见过她几面，连话也没有说过，怎会就变成这样？我也很想知道颜色为什么说我是个王八蛋，说我忘记了她，说我曾经给她很多许诺，说她是为了我才来到这里……

“这么多疑问，我也很想有个人回答我啊！”

王孚无可奈何地叹了口气：“你真的要去吗？”

张羽轻叹道：“即便不是因为颜色，你也……一样拦不住我，因为杨影他……确实是我的弟弟。”

王孚紧皱眉头问道：“真的是你弟弟？可你姓张，他姓杨，他又怎么可能是你的弟弟？还有，宁叱咤和你又是怎么回事？为什么你好像……知道一些我不知道的事情？”

张羽摇头道：“杨影是他在蜀山界被万虚空赐予的名字，而他……本来应该叫做张彦。”

事已至此，张羽便干脆将自己从世界来到蜀山界的一切向王孚和盘托出。

王孚听完张羽的讲述，已经惊得目瞪口呆：“你竟然……是来自另外一个世界？！”

张羽点点头道："是的。我曾经希望我能够拯救凌未平，但是我失败了。而这一次，我不能再失去张彦。不管怎样，甚至哪怕是死……我也一定要把他从杨影那个躯体中拖出来带回去！"

"我……明白了。"王孚笑了笑，"看来，我注定是拦不住你的了。"

"是的。所以你要做的，就只是祝我成功吧。"张羽低下头，又看了看床上昏迷不醒的颜色，"而且，我还要拯救颜色。"

王孚望着颜色，不甘心地再问了一遍："真的没有办法自己驱除么？你的天皇金经，连血海都能扫平，又何况是一颗血龙之卵？"

张羽叹了口气："没办法，那血龙之卵距离心房实在太近，我虽然能用神识探查，但却实在没法精确地判断它所在的位置……"

三日之后，张羽终于来到了那座孤峰。按照杨影临去之前的威胁，他孤身一人带着颜色前来，甚至连王孚都没有跟着他一起。

颜色被仔细地绑缚在张羽的背上。这三日里，颜色的神智稍微好转了一些，也从昏迷中醒了过来，但身体的状况却越来越差，她喜欢痴痴地望着张羽，但却不回答任何问题。那血龙的卵尽管还未接到杨影的指令，没有马上爆发出来，却始终还是不停地在吸取着颜色体内的精气。不过三日时光，颜色的面庞已经枯槁了许多。

距离孤峰远远的，张羽便已经看见了杨影的身影。他竟也只是独自一人，盘膝坐在孤峰之顶。

竟然……没有其他的血神子在这里？就连血魔也没有一个？张羽心中顿时疑惑起来。若是这里敌人众多，只怕他还稍微放心一些。而这般空荡荡的只有杨影一人，反倒更是反常，必定还有什么让他意想不到的后手埋伏着。

看见张羽落在面前，杨影没有马上站起，依旧保持着盘膝坐地的姿势，笑了起来："果然很守信啊，哥哥！不但准时，而且只有你一个人前来。”

张羽先没有答他，而是小心翼翼地将颜色从背上解下，轻轻放在了一块大石之旁，轻声道：“在这里等着，很快就好。”

随后他才抬起头，对着杨影大声道：“既然我守信了，你是不是也该守信？你先解了她体内那颗血龙之卵，随后你我再重新打上一场。”

杨影啧啧连声，伸出手摸着下巴，一脸惊异：“张羽！到底你是白痴，还是你把我当成了白痴？她已经成了我手里的人质，我为什么还要平白放弃这么大的优势，去跟你公平较量？你早已知道，我不是你的对手！”

张羽默然不语，但心中怒火却早已熊熊燃烧。他也曾想过杨影或许会各种推托，但却没想到杨影竟然没有丝毫抵赖，而是干脆利落地承认自己的无耻。

杨影得意扬扬地看着张羽竭力压抑着愤怒的模样，哈哈大笑起来：“好了好了！别那么紧张，我在逗你呢，你看看你，从小就是容易跟我生气！”

虽然明知道杨影只是有着曾经身为张彦时的记忆而已，人格却早已被万虚空所侵占，完全变成了另一个人，但看着杨影方才说话的神态，却活脱脱让张羽回想起了曾经与弟弟一起生活时的画面，心中一阵酸楚。

张羽连忙迅速收拾起情绪，重新恢复了原本的冷静：“那么，你还不赶紧解开？”

“解开？”杨影猛地大笑了起来，双手连摆，“不，你理解错了！我说的逗你，可不是指我不解开她身上的血龙之卵这件事啊！而是——我说我不是你的对手这件事啊！”

杨影原本嬉皮笑脸的表情突然变得无比狰狞，一道血网突然从他的手中弹出，迎风一晃便变得铺天盖地，向着张羽劈头盖脸地罩去。而张羽手中天皇剑也猛然射出金光，向着那血网横扫而去。

然而那血网眼看便要被金光射中之时，却骤然膨胀开来，化为了一团血雾。那血雾无比黏稠，然而卷动时却依旧迅捷无比。金光射入了血雾之中，却宛如泥牛入海，半点作用都没有。

张羽心中猛地一震，连忙向后飞退。但血雾却如同附骨之疽一般如影随形，紧紧跟在张羽之后紧追不舍。而无论张羽如何以天皇剑轰击，那血雾最多也不过只是暂时被轰散开来，瞬息便重新凝聚成一团，继续追着张羽。

这……这是什么古怪招式！张羽心中大惊。此前杨影从头到尾都只会召唤血龙，但三日不见，怎么又突然学会了这诡异的新招式？

“哈哈哈哈，果然拿我的追魂血网没有办法？不过这还没完呢！”杨影狞笑一声，右手再一挥，一个血色的圆盘又出现在了手中，“来看看这血月镜，比之你们峨嵋派的日月玄光鉴又如何？”

那血月镜迎风一晃，随后一道粗如水桶的血色光芒便从镜中射向张羽。张羽本已在全心闪躲那团血雾，杨影突然再祭出那血月镜，血光的速度又瞬息而至，完全来不及躲闪，便已经被重重轰在了身上。纵使张羽已经及时在身边布下了金光防御，但却依旧被杨影轰得远远飞了开去。胸口微微一震，随后隐隐作痛起来，竟是已经受了轻伤。

“这究竟是怎么回事？短短三天，杨影为何竟变得那么强了！”

张羽心中惊疑不定，一边不停闪避着追魂血网与血月镜，一边心中不停思忖着。

他此前与宁叱咤交手过，深知宁叱咤的实力。尤其是最后的那一记戮魂万血炮，若是自己不全力出手，死的便一定会是自己。而三日之前与杨影交手之时，从头到尾也没有感受到宁叱咤曾经带给过自己的那种压力。看来宁叱咤所言确实无虚，他便是血神子之中实力最强的一个。而杨影相比于宁叱咤，还要远远不及。

但今日的杨影却不知为何，新的招式法术层出不穷。在血月镜与追魂血网之后，更是不时召唤出一道血色飞轮，又或是原本使用过的血龙，向着张羽轰去。一时之间，张羽竟然被打了个手忙脚乱。

杨影变强了！而且是远比之前更强！不仅学会了新的法术，就以那血龙的速度与威力来衡量，也远比之前强了数倍。但张羽却怎么也想不通，杨影是如何在这短短的三日之内，让实力飞跃了那么多层台阶的。

眼见着又是一条血龙从身后绕了半圈飞来，张羽知道自己若是继续这么被杨影抢着先机，被动挨打，今日便注定丧命于此了。他心中一发狠，金光的障壁在身后瞬间立起。

近距离被血龙轰中，爆炸中血芒乱飞，然而张羽却借着血龙在身后的爆炸力，全速向着杨影突进过去！

这便是张羽的计划，哪怕拼着硬挨一记血龙，也要强行找出一个空隙来反击！天皇剑高高举起，携带着排山倒海的气势向着杨影斩去。

但杨影的脸上却没有丝毫的慌乱，眼见着天皇剑已经斩到了自己面前，也不见他有任何动作，身前便突然出现了一扇巨大的旗门。旗门上白骨森森，血迹斑斑。张羽的天皇剑重重斩在旗门之上，伴随着一连串哀鸣之声，无数黑气自旗门之上散出，但旗门本身却是丝毫无损，更不必说藏在旗门之后的杨影了。

而一道血飞轮也同时从杨影手中射出，却是直直穿透了旗门，仿佛旗门只是完全不存在的虚影一般。血飞轮从张羽竭力躲闪的腰间擦过，锋锐无匹，瞬间便留下了一道深深的伤口。

“怎么样？这天狱不动门的防御也不错吧！”杨影再度仰天大笑，得意扬扬地看着张羽腰间的伤口。流淌出的鲜血竟然并不是向下落去，而是仿佛被吸引着一般，向着那血飞轮飞去，瞬间融入了进去。而不仅如此，那伤口中的鲜血竟然完全止不住停留，裹挟着张羽体内的精气一点点向外流失着。

“只要被血圆斩斩破的伤口，不管多微小，体内的鲜血都会一点点流干，至死方休！张羽，你的死亡已经注定了，哈哈哈哈！”

杨影张狂地大笑着，看见张羽腰间的伤口里鲜血仍旧不停在流出，心中满是得意。

“你……到底做了什么？”修成了天皇金经之后，这样的伤口原本对于张羽来说瞬间便可以愈合。但此刻无论他怎么调动真灵，伤口却始终没有好转的迹象，而其中的精气更是随着鲜血飞速向外流去。

“很惊讶么？这都是尊主赐予我的力量！”杨影知道越是拖延，张羽的精血便流失得越多，干脆也停下了攻击，大笑道，“五个血神子的力量尽数集中在了我一人身上，若是还敌不过你，那我岂不是连废物都不如了！”

“五个……血神子？”张羽猛然一愣，“难道说……”

“没错！尊主将他们的力量都赐予了我！换句话说，就是我在尊主的允许下，将他们全部吞噬了，现在的我是不可战胜的！”

张羽心中暗暗苦笑了一声。万虚空的这一手，确实是他此前所没能想到的。

他曾以为在这孤峰之上，会有其他血神子出现，再不济也会有无尽的血魔等着围攻他。却没料到，竟然会是这样的手段。

不过仔细想想，万虚空的这一手棋，下得却比张羽此前所预见的更精彩！

若是仅仅让其余四个血神子与杨影一同围攻张羽，虽然整体实力会更强，但却也给了张羽各个击破的机会。张羽对着宁叱咤与杨影之时，还会稍微留手，但对其他血神子便没有任何心慈手软的必要了。合则力强，分则力弱。只要张羽能够找到机会，逐一斩杀其余的四个血神子，最后只剩下一个杨影之时，也就谈不上什么威胁了。

但五个血神子的功力都集中在了杨影一人身上之时，张羽却真的是一筹莫展了。此刻杨影无论是法术的多变，还是功力的强悍，都早已超越了宁叱咤，甚至也超越了张羽。

更不必说……直到此时，颜色体内还依旧留着那颗血龙之卵，随时都有可能爆发开来！

张羽忍不住回过头，看了一眼颜色。她依旧是靠在方才那块大石之旁，斜斜倚靠着，脸上没有一丝血色，但却没有丝毫恐惧。她静静地看着张羽和杨影的打斗，没有半点紧张之色，似乎嘴角还有一丝甜甜的笑意，就好像在篮球场外看着自己的男朋友挥洒汗水，随时都可以给他加油一样。

虽然明明——她的性命已经危在旦夕。

方才张羽被杨影完全压制在了下风，颜色自然是看得一清二楚。而只要张羽落败，她自然也是同样必死无疑。但颜色却依旧好像完全不在意这一点一样。

“想好怎么死了么？”杨影狞笑着踏前了一步，“想死在血龙之下，还是血圆斩？追魂血网？血月镜？”

张羽用力握紧了手中的天皇剑，脑中飞速转动着对策。

“不，这倒不是重点……真正的重点在于，你想谁先死呢？”杨影咂巴两下嘴，扫了一眼远处斜斜靠在石块旁的颜色，“你觉得，让她看着你死掉，和你先看着她死掉，哪样更好一些？”

张羽心中愤怒已经积累得快要无处发泄，但他知道自己此刻越是愤怒，就越是应该克制冷静。

“我看……还是让她先死好啦！毕竟之前方若海死掉的时候，都没有让你仔细看清楚。我种下的血龙之卵破体而出，吞噬人体的画面，可是很少有人能看到的呢！好，就这么愉快地决定啦！”张羽一言不发的样子，反而更加激起了杨影猫捉老鼠的逗弄快感。

杨影伸出手，一团血芒凝聚在了手中，不停闪烁着：“看，这就是我将血龙之卵植入她体内时，在我这里留下的印记。只要我稍微灌注一点力量进去，卵吸取她精血的速度就会成百上千倍地飞速提升。不出一秒钟，血龙就会从她的胸膛中咬破钻出，再将她完全吞噬掉！上一次你没有仔细看方若海的表演，这次可一定要看清楚啊！”

“住手！”

张羽看着杨影那团血芒闪烁不定，再也来不及想什么对策，怒吼一声便冲了上去。然而那天狱不动门却骤然再一次浮现在杨影身前，替杨影挡住了斩来的天皇剑。虽然张羽已经是全力出击，但天皇剑却还是在一声金铁交鸣声后被重重弹飞。

“这天皇金经似乎也不是那么强嘛！亏我还吞噬掉了其他全部四个血神子。早知道如此，只吞掉一两个就好了，也可以给尊主将来省点麻烦。”看见张羽又一次被弹飞，杨影再度哈哈大笑了起来。

但他却当然不打算马上便激活颜色体内的血龙之卵。难得能够有这样的机会，可以尽情戏要张羽，折辱张羽，杨影自然不会轻易放过。

就像猫捉住老鼠之后，也一定要好好玩弄一番之后，才吞噬掉。

杨影已经打定了主意，要在张羽彻底绝望的时候，才激活颜色体内的血龙之卵，让张羽先亲眼看着颜色是如何被吞噬的，再取走张羽的性命。

万虚空已经完全放弃了让张羽重新被污秽炼化成为血神子的打算。现在留给杨影的命令很简单——不惜一切代价，也要杀掉张羽。

一条条血龙在杨影身前浮现，高高飞起，向着地上的张羽撞去。张羽连忙不停飞退，在千钧一发时闪过血龙，任它们撞击在地上，爆发出一团又一团血芒。

张羽腰间的伤口处，精气还在不断地流失，他无论是速度还是反应都比此前下降了不少。即便只有血龙，张羽躲闪起来也甚是艰难。而他越是催动真灵，腰间伤口处的鲜血与精气涌出的速度便也相应地更快。

而张羽所要做的还不仅仅是躲闪。自始至终，杨影手中的那团血芒都一直闪烁着，时不时大声讥笑着，对张羽威胁马上就要催发颜色体内的血龙。在闪避向自己冲来的血龙时，张羽还必须不停地对杨影发出攻击，迫使他无暇催发颜色体内的血龙，取走她的性命。

“好了，玩够了！该是结束的时候了！”

终于，张羽已经气喘吁吁。看着张羽的狼狈模样，杨影哈哈一笑，决定结束这场游戏了。

“那么……再见吧！”

杨影在狂笑声中催动了手中那团血芒。下一刻，颜色体内的那条血龙就将飞速成长，将她体内的精血吸取一空，随后自胸口破体而出，吞噬掉整个人。

杨影也停下了对张羽的攻击。他希望给张羽留下足够的余裕，去仔细看着颜色的死。而他也可以尽情享受张羽那哀痛的表情——在此前日月峰那一战时，杨影已经看得出来，张羽对这个女孩有着不一样的感情。

“颜色！”

张羽大吼了起来，几乎要发狂一般死死盯着颜色。而颜色却依旧没有半点恐惧之色，只是淡淡地露出了一丝微笑。

“还有三秒，三！”

“二！”

“一！”

杨影张狂地大笑着，等待着他期望已久的画面。

但那画面却并没有出现。

颜色的胸口依旧好端端的，没有半点变化发生。

这不可能！

杨影的脑中刚刚出现这个念头，却看见身前的张羽竟然动了！

天皇剑上骤然爆发出一股金色的滚滚洪流，向着杨影席卷而来。那洪流犹如万马奔腾，势不可当。而原本以为胜券在握的杨影，此刻还在震撼之中，竟然连反应的机会都没有，便已经被那洪流吞噬。

杨影刚一接触到那金色洪流，便犹如烈焰焚身般浑身剧痛。全身四肢百骸尽数被封锁住，丝毫动弹不得。而在那洪流之后，还跟着天皇剑的剑锋。

一声轻响，剑锋深深刺入了杨影的体内，将杨影带动得向后直飞了起来。张羽仍旧一刻不停地向前飞行，直到撞到了一块巨石之上。天皇剑一半深深插至了巨石内，把杨影钉在了上面。

天皇剑刚一刺中杨影时，其中蕴含着的爆炸性能量瞬间便将杨影全身贯穿。一连串细微的爆裂声自伤口处响起，向着全身蔓延过去，连绵不绝。

而直到这时，杨影才看清了张羽的双眼中，原本的惊惶担忧已经彻底消失，而是变作了自信与坚定。

“你……”杨影只开口说了一个字，一口鲜血便喷了出来。他不敢置信地看着张羽，发现自己的全身功力竟然都被锁住，空荡荡的再也发挥不出一丝半点。

他……他竟然败了？竟然被张羽偷袭击败了？

杨影几乎不敢相信发生的一切。

张羽以天皇剑将杨影钉在了巨石之上，但这却还不是结束。他立刻松开剑柄，双手合拢，连拍在杨影的身上。一道道金光流转着如同镣铐一般，在杨影身上缠绕了一道又一道。

直到一切做完，张羽才深深出了一口气。而这时杨影看见远处的颜色竟然自己站了起来，丝毫再没有此前那虚弱的模样。

“你们……你们骗我？！”

杨影口中鲜血还在不停流着，死死盯着张羽的目光中满是怨毒。他试着挣扎了数次，但却始终只是徒劳，这才放弃了挣扎。

看到张羽点了点头，杨影嘶哑着声音继续问道：“你……是怎么做到的？”

虽然他托大了，虽然他掉以轻心了，但问题的关键却还是出在——颜色为什么没有死？！

杨影很清楚，埋置在颜色心脉旁边的那血龙之卵，便有如附骨之疽一般，绝不可能用外力驱除。那卵紧密地包裹着心脉，只要稍稍偏差半点，便会伤到心脉，可为什么在自己催发之后，血龙却没有如同预想的那样孵化？

张羽转过头，看见颜色已经缓缓走了过来，才淡淡道："我把她体内的血龙之卵除掉了。"

杨影大吼了起来："这不可能！血龙之卵埋藏在心脉之旁！你怎么可能不伤及她的心脉！"

张羽淡淡一笑："这，你就没必要知道了。"虽然他的面上还带着微笑，但想到当时的场景，却依旧有些后怕。

那一日，张羽和王孚两人面对着病榻上的颜色，正在一筹莫展之时，张羽却猛然心中一动，想到了洛姬瑶。

身为万千世界的巡查者，洛姬瑶曾经告诉过自己，她可以看到一切她想看到的东西。

血龙之卵深埋在心脉周围。虽然天皇金经可以除去血魔的邪煞之气，但在无法知晓血龙之卵具体位置的情况下，根本无法贸然动手。然而……若是能够让洛姬瑶充当张羽的眼睛呢？

张羽连忙对着洛姬瑶发出了呼唤，很快洛姬瑶便出现在了他的眼前。

"原来是这么回事啊……也就是说，你需要我帮你看清这女孩体内的位置，方便你下手了？"洛姬瑶听完张羽的讲述，上下扫了他两眼，又看了看仍在昏迷中的颜色，脸上古怪地笑了笑。被洛姬瑶这么一笑，张羽顿时有些别扭，连忙道："到底行不行？"

洛姬瑶促狭地不说话，只望着张羽笑。笑到张羽几乎脸泛红时，才点了点头："没有问题。"

听到洛姬瑶这般说，张羽顿时松了一口气："那就拜托你了！"

两人准备好了之后，便立刻开始动手。洛姬瑶聚精会神地望着颜色，而张羽则在她一旁，右手中一团金光渐渐凝聚起来，成了一根细细的针状模样。

颜色平躺在床上，双眼紧闭，人事不知，只有微微起伏的胸膛才能证明她还活着。张羽将手举在她的身前，金光凝聚成的细针纹丝不动，等着洛姬瑶的指挥。

洛姬瑶聚精会神地盯着颜色的胸口，随后手指轻轻点在了左胸上的一处："这里，刺下去。"

张羽深吸一口气，金针缓缓向着她的胸膛之内刺入。

"稳住，慢一点！"洛姬瑶小心翼翼地仔细看着张羽手中的金针刺入颜色的身体，双眼一眨不眨。此刻在她的眼中，无论是颜色的身体还是张羽手中的金针，都不再是原本的形状与颜色，而是幻化成了一个个光团与光点。

在颜色轻轻跳动的心脏之旁，一团血芒正蛰伏着，伴随着她的心脏一同跳动。而张羽的金针正在缓缓深入，接近着那团血芒。

"向右偏一点，然后再往下，对……再往下一点……很接近了！"洛姬瑶仔细地调整着张羽金针刺入的位置和角度，终于成功地将它引导到了血龙之卵的位置，"就是这里！"

张羽深吸一口气，额头上已经满是汗珠。无法看到颜色体内情形的他，只能靠着洛姬瑶的指点来行动，就像是一个瞎子靠着别人提醒，走在川流不息的马路上一般，自然紧张万分。更何况若是他一个不小心，颜色便要香消玉殒。

听见洛姬瑶最后确定了位置，张羽连忙催动天皇金经，体内的真灵飞速转动燃烧起来，真元沿着那金针传递到了颜色的体内。

血龙之卵似乎感受到了天皇金经的热力，猛地挣扎了起来，似乎马上便要孵化。洛姬瑶面色一变，大声道："快！"张羽一惊，连忙将真元催动的速度加了几倍。

一道真元迅速包裹住了那血龙之卵，随后卵的膨胀晃动虽然剧烈，但却已经被完全限制在了其中，很快便化作了无形，消失在颜色的体内。

"成了……"洛姬瑶轻轻出了一口气，对一旁的张羽道。张羽连忙抽出了金针，也长出了一口气。直到这时他才发现，自己的背后衣衫已经全部被汗水湿透。

"谢谢你……"张羽终于救回了颜色，心中满是感激地冲着洛姬瑶笑了笑。

"不必客气。你也知道，我不像万虚空神通广大，能做的事情不多，能帮到你一点，我也很开心。"洛姬瑶也冲着张羽笑了笑。

张羽低下头去，看见颜色已经睁开了眼，正静静望着张羽。

"你……你醒了？"张羽连忙道。

颜色没有开口，这本就不是一个需要回答的问题。她的目光滑过张羽，又扫过床前的洛姬瑶，缓缓坐起了身。

颜色低下头，伸出手轻轻按在自己胸口上，发现原本胸口那股缓缓吞噬着自己精血的感觉已经消失无踪，抬头对着张羽轻轻一笑，但却并没有说一声谢谢，似乎本来就是他应该做的。

张羽面对着亿万血魔也能够镇定无比，但不知为何，看着颜色时却总是不知所措，慌忙点了点头，随后便拖着洛姬瑶出了房间。

王孚早已在房间之外等着两人，看见张羽领着洛姬瑶出来，连忙走上前来，看到两人的表情，已经知道颜色安然无恙，笑道："救回来了？"

"嗯。"张羽点了点头，"三日之后，我便可以独自一人去赴约了。这一次，我一定会将杨影擒回来。然后……再慢慢想办法，看能不能将他恢复回原本的张彦。"

说到这里，他转头望向洛姬瑶："一定有办法的，对么？等到我把张彦变回来，我就可以带着他回去了，对不对？”

洛姬瑶默然片刻，道：“我不过只是个管理者而已，这种事情……我真的也不知道……但或许，还是可能吧……”

“可能么……”虽然本来也并没有期望得到肯定的回答，但听到洛姬瑶这么说，张羽心中还是顿时一阵失落。

“不过，我还是建议你带着颜色去赴约。”洛姬瑶突然道。

张羽皱眉讶然：“这是为什么？颜色体内的血龙之卵既然已经解除了，我何必再带着她一同前往？”

“既然你想的不是杀了杨影，而是擒获杨影，那么带着她或许会有帮助。”洛姬瑶道：“杨影可并不清楚自己的血龙之卵已经被解除。当他打算发动的那一刻，突然发现颜色已经获救，一定会出现空隙的。”

“空隙？我不需要那种东西，”张羽哈哈一笑：“他的实力，还不及宁叱咤，只要颜色没有被他挟持，我击败他便是轻而易举。”

洛姬瑶轻轻摇了摇头：“只怕……未必。”

张羽一愣，不明白洛姬瑶此言何意。

“杨影在离开日月峰之后，并没有回归自己镇守的海眼，而是逐一去了其余的海眼，找到了其他的血神子，然后……将他们全部吞噬了！”

张羽惊讶地望着洛姬瑶：“你是说……自相残杀？”

洛姬瑶摇头道：“不。那些血神子没有任何反抗，而是心甘情愿地被杨影吞噬的。所以我想，应该是万虚空对他们下了指令，要他们这么做的。而现在，杨影的实力恐怕已经远超了你的想象。虽然我不知道他与你相比孰强孰弱，但至少已经不再是此前的他了。”

“我……知道了。但颜色她……”

张羽自然知道洛姬瑶不会空口白话。身为巡查者的她虽然不能战斗，但却可以看到这个世界上任何一个角落发生的事情。杨影的动向在她掌握之中，自然合情合理。

但若是在颜色已经脱离险境的情况下，还带着她前去赴约……张羽实在没法说服自己。

就算是自己真的没办法击败杨影，张羽也不愿意让颜色陪着自己一同重赴险境。

王孚皱眉凝神思考了片刻，冲着张羽微微摇头："张羽，我支持洛姑娘的意思。此刻杨影究竟强到了何等地步，你我都不清楚。若是真的能靠着杨影不知颜色现状这一点获得一点优势，哪怕只是一点点，都是至关重要的。毕竟在雪山派颜色的修为仅次于我，也是一个极大的帮手，你的目的不是击杀他，而是生擒他。"

"……"张羽听王孚说到这一节，心中确实有些动摇。然而让与自己完全无关的颜色一同去冒险，却还是让他做不出来。

"我和你一起去。"

颜色淡漠的声音突然从两人身后响起。张羽连忙回头，看见她正扶着门框，静静望着门外的三人。

"颜色……"

颜色缓缓走出了房间，站到了张羽面前："只要能够除去血魔，不管再危险，我也去。你答应过我，不管去什么地方，都带着我一起去。"

张羽顿时脸色大窘，不知该说什么好。

王孚生怕张羽再拒绝，连忙道："好，那就这么定了。两日之后，你们两人便一同出发。"

张羽抬起头，又看了看颜色，轻轻叹了口气，目光诚挚地道："谢谢你。"

第十七章 决战前夕

此时，张羽望着面前的杨影，不禁后怕不已。当日他虽然知道杨影已经吞噬了其余的血神子，自身实力得到了大幅飞跃，但却还是没有料到竟然强到了这等地步。

此前的战斗中，虽然张羽也有刻意示弱，并不是真如战局中所表现出来的那般实力悬殊，若是两人生死相搏，还未知鹿死谁手，但即便张羽能够取胜，最终也只能是击杀杨影，而不可能将他生擒。

好友凌未平已死，张羽不能再失去弟弟张彦了！

只不过现在让他头疼的，却是不知是否还有机会将杨影体内的血神子人格驱逐，让他回复本源。

“张彦……回来吧……”

杨影望着张羽的目光怨毒如恶鬼，嘶哑着嗓子道：“想要找回你的弟弟？别傻了！张彦早就已经消失了，现在的我，是尊主座下的血神子杨影。哈哈哈哈，你可以杀了我，但是你永远也不可能再找回你的弟弟了。怎么样？张羽，你怕了么？来啊，来动手啊！”

张羽望着杨影，尽管已经完全不能动弹，却依旧嚣张怨毒至此。他的拳头死死捏紧，恨不得一拳轰死杨影。

但他却终究没办法这么做。弟弟的人格虽然已经被改变，但却终究还是他的弟弟……

而张羽更是不明白，为什么杨影和宁叱咤有着如此之大的差别。

虽然被万虚空灌注了血神子的人格，但以张羽所接触过的三人来看，无论是厉战、宁叱咤还是杨影，都始终保留着各自之前的记忆。他们都清楚自己原来的身份，经历的一切事情。

而杨影与宁叱咤两人，都是来自于世界，因为因果线的纠缠才会被卷入蜀山界。虽然他们都获得了新的身份，但在对待原本身份的态度上却有着明显的不同。

虽然宁叱咤也曾说过，自己并非凌未平，但他还会经常提到身为凌未平时的记忆。而在对待张羽的态度上，也多少念着一些旧情在。

可杨影的身上，却实在是一星半点张彦的影子都不再留存。哪怕是还保留着张彦的记忆，但杨影却从来也没有将自己看作过张彦。哪怕有时会将张羽称呼为哥哥，也都是带着嘲讽讥诮的口气。

尤其是他看着张羽的眼神，还永远都是充满了恶毒的光芒。

如果说对待宁叱咤，张羽觉得还有些许可能让他恢复成凌未平的话，那么在杨影的身上，就连半点希望似乎都没有了。除了……

“张彦……张彦……”

张羽心中正如同刀绞一般的痛苦，却听见身后颜色正一步步走来，他心中顿时紧张了起来，转过头去紧紧盯着颜色。

他清楚颜色对血魔的恨意已经到了扭曲的程度，实在是担心这一次，颜色会不会又突然暴起将杨影杀掉。现在的杨影已经完全失去了抵抗能力，即便是以颜色的实力，也可以轻易杀死杨影。

“不用担心。我不是为了杀他。”颜色摇了摇头，走到了张羽身旁，望着杨影淡淡道：“你……想让他恢复成原来的样子？”

张羽点头，轻声道：“是的……他曾经……是我的弟弟。只不过他的心智，现在已经完全变成了另一个人。”

颜色想了想道："那你打算怎么做？"

"我自己……恐怕做不了什么了。只希望王孚那里的好消息能够尽快传来吧。如果还有一线机会的话……就只能指望他了。"

"师伯？"颜色望着张羽。

张羽叹道："洛姬瑶此前就告诉我们，杨影吞噬了其余的血神子。所以现在的那几个海眼，应该都是无人镇守的情况。万虚空为了让杨影能够在这里一劳永逸地解决我，下了一笔巨大的重注，但却也给了我们机会。所以在我们出发时，王孚也带着霹雳神座前往了其余的几个海眼。若是他能够将那几个海眼都摧毁的话，或许就能斩断万虚空和血海的联系……"

他又看了一眼杨影，接着道："虽然只是猜测，但如果成功摧毁了那几个海眼，或许杨影有可能恢复成原来的张彦也说不定……"

"张羽，你敢！"

杨影原本还在嚣张地狞笑着，听到了张羽这一番话之后，猛然变得激动无比。不管身上的封锁多么坚固，突然暴起咆哮了起来："你若是敢动尊主的海眼一下，我一定会杀了你，把你挫骨扬灰！"

张羽望着杨影冷笑了一下："挫骨扬灰？你现在都已经变成了这个样子，还打算怎么把我挫骨扬灰？还是乖乖等着吧。其余的五个海眼，现在应该已经差不多被摧毁了，王孚可不是手慢脚慢的性子，他这个人做事儿，一贯干脆利落。"

杨影破口大骂个不停，但张羽却已经不愿再理会他，带着颜色向着一旁走去，等待王孚那里传来的消息。他此前已经吩咐过洛姬瑶，一旦王孚破坏了其余几个海眼之后，便立刻告诉他。

尽管走开了，张羽还是对杨影不放心，在他的身上加了无数禁制结界，确保他不可能逃出。而杨影也知道自己没有了逃脱的机会，将一切能想得到的污言秽语都一口气洒了出来。

"张羽……"正当杨影破口大骂时，他的面色却突然一变，喉咙尽管大张着，却啊啊地再发不出声音来，就好像非常难过一样。

张羽心中猛地一跳，瞬间闪到了杨影的面前，毕竟张彦是他亲生弟弟，没有办法做漠然之色。

杨影的肌肤本就是赤红一片，然而现在却远比之前更深，几乎涨成了紫色。而他的双眼也突然呆滞，随后猛地上翻起来，双眼只剩下了眼白，口中更是不停吐出白沫来。

杨影的身体剧烈地抽搐个不停，纵使有着禁制的束缚，但全身的每一寸肌肤下面仿佛都藏着一条游蛇，正在不断跳动，就好像随时要爆肤而出，择人而噬。

难道……

张羽心中惊喜交加。看样子，杨影的神智正在经受剧烈的变故。但是算算时间，现在还没到王孚破坏所有海眼的时候。难道是他比预计的提前了？

杨影的剧烈颤抖只持续了数十秒钟，随后整个人都绷紧了，发出一声凄厉的惨叫之后，便双眼一翻昏了过去。

张羽竭力压抑着心跳，等待着杨影醒过来。而当他醒过来的时候……会依旧还是杨影，还是……变回张彦呢？

过了不多时，杨影低垂着的头缓缓抬了起来，而他的双眼却是一片茫然地望着张羽。

"张彦……？"张羽试探着问了一声，随后便看见眼前的杨影发出了一声尖叫。

杨影此刻正满脸骇然地望着四周，完全不知道发生了什么："这……这是哪儿？"

"你是……张彦么？"张羽心中已经是紧张万分，小心翼翼地望着杨影的脸，等待着他的回答。

杨影这才将目光转移到张羽脸上，随后发出了一声惊呼：“哥？”是张彦！张彦回来了！

张羽的心中一阵狂喜！血神子杨影的人格终于消失，他重新变回了张彦！

“哥，这是哪儿，我怎么动不了，你说话啊哥！”

头顶的乌云，身周的血海，以及远处血魔若有若无的凄厉尖叫，都是张彦此前从没有见过的场景。骤然清醒过来时看见这样的画面，也难怪会变成这样。他不停地对着张羽嚷着，拼命地挣扎不停。

“你……还记得之前的事情么？”张羽没有马上为张彦解开禁制，而是沉声问道。

张彦大叫着：“之前的事情……什么之前的事情？我刚才一醒来就在这里了。哥我动不了了，你帮帮我啊哥！”

张羽心中虽然狂喜，但还存着一丝谨慎：“你不记得……自己身为杨影之时的事情了？”

“什么杨影？你在说什么啊哥！是你把我捆起来的么？绳子呢？绳子在哪？我怎么看不见？”张彦还在疯狂地挣扎着，冲着张羽大叫，“你到底在弄什么鬼啊哥！！”

看着弟弟面上焦急而惊惶的样子，他已经完全不记得之前的事情了。这么说来，杨影的人格已经彻底消失了。

这样也好。等回到了世界之后，再想办法编个谎话，将张彦骗过去就好。比如……这是电影拍摄现场之类。若是张彦依旧存留着身为血神子时的一切记忆，只怕那才是个麻烦。

张羽深深吸了口气，伸出手为张彦解开了禁制：“以后再慢慢跟你解释吧，先……让我带你回家。”

张彦终于重获了自由，在地上蹦蹦跳跳了两下，左右扭着脑袋，确定了自己的身体没什么问题之后，才抬起头皱眉问张羽：“哥，这到底是哪儿？发生了什么？”

“这是……”张羽也不知道该如何回答。他不想让张彦知道事情的真相，就让他保持着无知或许是更好的选择吧。

看着正活动着四肢的张彦慢慢靠近，张羽更头疼的反而是他的外貌，依旧保持着之前血神子的模样。赤红色的皮肤与黑色的图案，怎么看也不像个正常人。回到了世界以后，会不会自动恢复……？

等等！

张羽心中猛地一惊。如果说因为海眼全部被毁，万虚空与张彦身体之间的联系被切断了的话，那么……为什么被消灭的只有血神子的人格，却不包括血神子的力量？

张彦的身体为什么依旧保持着血神子的模样？！

张羽脑中刚刚转念，还未来得及细想，原本一脸惊惶的张彦突然满脸化作了狰狞，一条血龙已经在手中凝聚，重重轰在了张羽的胸前。

这一击如山如岳，超乎一切想象，更快如雷霆霹雳，让人连躲闪都来不及。

血芒乱飞中，张羽的胸口一阵剧痛，被轰得远远飞了开去，而心中只剩下一个念头。

他还是杨影！我被骗了！

这一次，杨影再不给张羽留出半点机会，手中的血龙一条又一条被召唤出来，向着张羽狂轰滥炸过去，口中还在不断地狞笑：“怎么样？我装得像不像啊？哥哥！这种演技，你还是第一次见到吧！”

张羽被第一条血龙轰中之时，就已受了重伤，而后续的一波又一波攻击只能苦苦招架，虽然立刻在身前张开了一片金光，但既然已经失却了先机，便再也架不住杨影的猛攻。金光越来越稀薄，而张羽胸口的真灵每一次转动膨胀，都让胸前剧痛不止。

但他却只能死死咬着牙关，硬扛着杨影的攻击，同时心中不断自责着。

与其说是杨影奸诈，倒不如说是他太蠢了，刚刚看到弟弟恢复神智，便立刻轻信了他，也没有想着等到王孚等人抵达这里，确认海眼已经被全部摧毁。

而杨影的表演，也确实太过逼真。他的脑中本来就保存着张彦的全部记忆，自然能够顺理成章地模拟出原本张彦可能有的反应。无论语气还是神态，都与张羽记忆中的张彦一模一样，根本没有办法分辨。

杨影的心中已是得意万分。

在听到张羽说，已经让王孚前去毁掉其余海眼之时，原本张狂的他也不禁惊惶了起来。他虽然不知道若是海眼全部被毁，断去了自己与尊主的联系之后，自己的意识会不会消失，但杨影绝不愿意去赌这一把。

但张羽的这一举动，却还是可以利用的。

从那一刻起，杨影便开始了布局。

他一开始破口大骂，正是为了让张羽坚信，“杨影”一定是疯狂地憎恨着他。而正因为如此，后来他让自己伪装成张彦时的反差，才会让张羽更容易轻信。

而现在，杨影终于达成了自己的目的！

他身上的禁制已经被解开，而张羽也在猝不及防之下身受重伤。那个叫颜色的雪山派女弟子，实力根本不值一哂。

而在解决了张羽之后，余下的王孚也不会是杨影的对手。先去找到王孚，杀掉他之后再解决其余六大宗派之内的所有人，血海便可以将整个蜀山界都彻底淹没。

而到了那时，无论海眼还剩下几个，尊主都依旧可以重新降临在这个世间！

杨影的眼中仿佛已经看到了这蜀山界被血海淹没的模样，忍不住再度张狂地大笑了起来：“白痴！不要再痴心妄想了！你的弟弟早就死了！

他的记忆已经完全归我所有了！拯救？你谁都拯救不了！你救不了凌未平！救不了张彦！救不了整个蜀山界！更救不了你自己！”

张羽死死咬着牙关，竭尽全力催动胸口的真灵，补强着身前的屏障。然而在血龙无穷无尽的轰击之下，连支撑都几乎快要做不到了，又何谈反击？

再这样下去，张羽送命也不过是时间问题了，但就在这个时候，他身边绽放了朵朵青莲，让张羽濒临崩毁的真灵，骤然一缓。

“小子……”

程远真在张羽脑中叹息了一声：“你未免也太草率了。”

张羽苦笑了一下，没有回答，他又何尝没有后悔？但此刻再说这些，也已经无济于事了。

何况……程远真自己不是也没早出声提醒么？

只不过程远真却似乎不只是叹息而已，他继续道：“你还想不想击败他了？”

“击败……”又是一条血龙将张羽身前的屏障撞得摇晃不已，他连忙对程远真问道，“你有什么办法？”

“办法倒是有，只不过……要付出代价啊。”程远真笑了笑道。张羽连忙大吼了起来：“都这种时候了，还卖什么关子！”

“好吧好吧……”虽然张羽已经危急万分，但程远真却还是轻松异常的样子，“天皇金经中有一种催化潜力的法门，可以将你的潜能完全发挥出来，达到平时的十倍以上，那时候你要击败眼前这家伙，简直易如反掌！”

“什么？那你为什么不早点告诉我！”张羽低声怒吼道。

程远真叹了口气：“因为代价就是……你的命。”

他顿了顿，继续道：“你可知道，人体的潜能远远超出了肉体能够承受的极限。而为了保护自己的肉体，不让它受到无可逆转的伤害，每个人都会本能地压抑自己的力量。若是那本能的限制一旦解除，虽然可以将力量完全发挥出来，但自己的肉体也会同时崩溃。在力量被发挥出来之前，自己便已经先丧命了。”

“在力量被发挥出来之前？那还有什么意义！”张羽闷哼一声，“就是说，我还没来得及变强，就已经先死了！？”

“别那么急躁啊……”程远真被张羽打断，有些不满地道，“一般而言，确实是如此。但若是单纯如此，我还有什么必要跟你说这些？天皇金经的妙用就在于，即便解放潜能，也可以暂时压抑住你肉体的崩溃。在半个时辰之内，足以保证你的肉身完好。”

“半个时辰……也就是一个小时么？”张羽笑了笑，“那么久，远远足够了，快告诉我怎么做吧。”

程远真讶然笑道：“这么快就决定了？我还以为你要苦苦斟酌很久呢。”

张羽闷哼一声：“你觉得现在还来得及么？少废话，快教我怎么做！再晚点就没机会了！”

两人的对话全是在神识中进行，杨影自然没法听见。一条条血龙被他召唤出来，向着张羽不停飞去，眼见着那屏障便要被轰成碎片。

“好！从现在开始，把你的真灵向内压缩。”程远真见张羽已经下定了决心，也不再拖延。

“压缩？这怎么可能做到！”

张羽讶然问道，自从修成天皇金经之后，那真灵已经变得无比巨大，仿佛恒星一般不住地释放着光与热，要将它压缩下去，谈何容易？

“少废话，照做就是！”程远真厉声催促道。

张羽只能硬着头皮，按照程远真的教授做着。内视之中原本膨胀得巨大的真灵，被张羽强行压缩下去，向着中央的核心开始塌陷。

那塌陷原本艰难无比，稍稍压缩一点，便感受到了无比强大的反弹，必须竭尽全力才能够将真灵挤压下去一点点。

张羽的胸中沸腾如火，面色却寒冷如冰。他的每一步落下，都仿佛重重的巨锤敲打在杨影的心头上一般。而随着他的一步步前进，气势也高涨到了滔天的程度。

终于，张羽就这样缓缓地走到了杨影面前。杨影咆哮一声，血焰剑高高举起，迎头向着张羽劈下，但剑只劈落到了张羽的额头处，便再也落不下去。

然后，一记拳头重重砸在了杨影的脸上。

杨影嘴里狂喷着鲜血，被张羽重重砸飞。但依旧是和此前一样——哪怕他已经被张羽力贯千钧的一拳砸得向后直飞出去，但他与稳稳站定的张羽之间的距离却依旧半点不变，还是只有一臂的距离而已。

然后，是第二拳，狠狠捣在了杨影的小腹上。尽管成为了血神子之后，体内只有黏稠的血浆，没有任何器官，但杨影还是有了一种自己的五脏六腑都碎裂了的感觉。

"醒来。"

张羽的面色凶煞如厉鬼，第三拳再一次砸在杨影的喉结之上。清脆的格格声响彻云霄。

张羽没有用剑，没有用法术，他只用一样东西，那就是拳头。而他的拳头每一次落下，都伴随着同样的两个字。

"醒来。"

"醒来。"

"醒来。"

淡淡的，没有任何感情，仿佛只是机械地念出一般。但张羽的拳头却重得可怕，而且——完全无法躲避，更无法招架。

好可怕！张羽——竟然强得那么可怕！

杨影第一次真正地感受到了恐惧。他不但没有想过竟然有人可以击败现在的自己，更没有想过击败自己的，竟然只是一双拳头。

一声惨号中，杨影的一条胳膊已经被张羽的拳头砸断，以一个诡异的角度扭曲着挂在身侧。

“还不醒来？”

张羽的脸上仍旧没有表情，继续一拳砸下。拳头砸在折断的部位，干脆利落地将胳膊的下截整个打飞。

“哥！你怎么了？不要打我，哥！”

杨影猛地大叫了起来，伸出另一只手无助地想要挡住张羽的拳头，脸上瞬间变成了惊恐，双眼中甚至流下泪来：“哥，好疼！”

张羽停下了拳头，望着眼前的杨影。他的眼神无助而惶恐，又充满了对哥哥的期待和求助，那是属于张彦的眼神。

但张羽的拳头却只是停了一瞬，随后摇了摇头，冷冷道：“假的。”

然后，拳头再一次重重砸在杨影的脸上，一道冲天血柱从杨影的嘴里喷出。

“哥！不要再打了！”

“醒来。”

“哥！你为什么要打我！”

“醒来。”

“张羽，你不得好死，尊主会杀了你的，一定会杀了你，杀了所有的人！”

“醒来。”

“饶……饶了我……”

“醒来。”

“张羽……你杀了我，你弟弟就再也回不来了……”

“醒来。”

“哥……”

“醒来。”

张羽的眼中充满了浓重的杀气，一拳又一圈地砸着。杨影的四肢已经尽数消失，变作了一团团烂肉与血浆的混合体，而他的脸已经完全看不出形状来。

“最后再问你一次，怎样让张彦回来。”

张羽拉起杨影，将头凑到了自己面前，声音寒冷如冰。

杨影的两只眼睛都化作了深深的血洞，嘴里的牙齿也一颗不剩，含糊的呢喃声几乎难以分辨，但张羽却还是勉强能听出他在笑。

“嘿嘿……嘿嘿……杀了我吧……你弟弟已经死了……永远地死了……宁叱咤还留着凌未平的一点点人格，但张彦早就被我完全吞噬……就算你杀了我，他也永远回不来了……”

杨影的声音已经虚弱到了极点，但却仍旧在笑。这一次，张羽本能地知道他说的是真的。

自己的弟弟，真的已经消失了。只剩下记忆留存在这个血神子的意识之中。

“杀了我吧……你可以杀了我，不过……尊主依旧会重生！哪怕海眼全部被毁灭，他也依旧会回来！到了那时……你们都会……”

一阵巨大的无力感吞噬了张羽的全身。他微微偏了偏头，望着杨影的眼睛里只有可怕的虚无。

“好。”

张羽淡淡地只说了一个字，然后一拳击碎了杨影的头颅。

丢开了手中杨影的尸体，张羽突然觉得一阵巨大的空虚袭来。全身明明仍旧充满了力量，但却虚弱得仿佛随时都会死去一般，就连呼吸都难以为继。

他扶着地面，缓缓蹲了下来，大口大口地喘息着。

凌未平死了……张彦也死了……原本为了拯救他们而来到这个蜀山

界，然而到最后，他却什么也无法拯救。

不过那已经不再重要了，因为他也马上就要死了。

“张羽！”

两个声音同时急促地响起。张羽抬起头，看见王孚和洛姬瑶两人出现在身前。

“你……怎么样了？你弟弟恢复了没有？”王孚刚问出口，便看见一旁杨影已经不成人形的尸体正在一点点融化成脓血，已经得到了答案。

“海眼都毁去了？”张羽抬起头，淡淡问道。

“都毁去了。”王孚扶着张羽低声道，看来和他们之前料想的不一样，即便是毁去了海眼，也无法让血神子恢复原来的人格。

“那就好，我可以放心地去死了。”张羽点了点头，无论表情还是语气都是一片漠然。

“死？”王孚吓了一跳：“你不是打赢了么？张羽！”

张羽淡淡一笑，也不想再多解释了，反正他的生命只剩下不到一个小时。

“不，你不会死。”

洛姬瑶走到张羽面前，轻声道。

“你不知道的。”张羽淡淡一笑，对洛姬瑶摇了摇头。他能看得到自己体内的真灵还在不断地收缩着，尽管放出的光热越来越炽烈，但也意味着如同恒星一般的燃烧已经走到了尽头。

“张羽，我再说一次，你不会死。”

洛姬瑶再一次提高了点音量，指着两人面前出现的门对张羽道。她的目光清澈如水，直视着张羽的眼睛：“你可以回去了。”

第十八章 尘埃未定

“回去？什么意思？”张羽这才想起洛姬瑶可以知道任何世界中发生的任何事情，自己方才与杨影的那一战自然也在其中。

洛姬瑶轻声道：“宁叱咤和杨影都死了，也就意味着……从他们身上所延伸出的因果线已经被斩断。蜀山界与世界的联系，在方才那一刻已经被切断了。现在只要我将你带回世界，在这蜀山界里，你身上所发生过的一切事情都会相当于没有发生一样。”

“这是什么意思？也就是说，当我回去的时候，凌未平和张彦也都会回来么？”张羽眼睛突然一亮，像是看见了救命稻草一般仅仅抓住了洛姬瑶的手臂。

“不……”洛姬瑶为难地咬着下唇，“不是这样的。宁叱咤和杨影死去，也就意味着凌未平和张彦的死去……这是不可能逆转的。而即便是你回到了自己的世界，他们两人也不可能再回来……或者说，若不是他们死去……因果线也不可能被斩断……但你回到了自己的世界之后，你的身体也会回到来到蜀山界之前的那一刻，从没有修炼过任何功法。当你重新成为一个普通人的时候，没有修炼过天皇金经的你，自然也不用因为反噬而丧命了。”

“最终，还是只有我一个人能够活下来么？”张羽凄然一笑。

洛姬瑶摇了摇头："不，至少……你已经拯救了两个世界，如果不是你，两个世界都会毁灭，你已经做得足够好了。"

"是这样啊……那么……蜀山界呢？万虚空可还没有死啊！"张羽皱眉道。

洛姬瑶道："具体的原因我也不清楚，但既然因果线已经被斩断，那就说明万虚空已经没有办法再对蜀山界施加什么影响了。"

她想了想，又道："我猜……或许是这样的：万虚空在建立了血海之后，就舍弃了自己的肉身，只留下魂魄藏在虚空之中。他将自己的七窍化作了海眼，或许正是为了将整个蜀山界都作为自己未来新的躯体。而那七个海眼，便是他处在虚空中的魂魄与蜀山界联系的通道，那通道被斩断了之后，万虚空便也失去了与蜀山界的联系，换句话说……他已经被永远放逐在了虚空之中了。"

"这样啊……"张羽点了点头，认同了洛姬瑶的推断。

洛姬瑶轻轻拍了拍张羽："好了，我得带你回去了，还有什么想要做的事情，就抓紧时间吧。"

张羽深吸了一口气，点点头，转过身向着颜色走去。颜色抬起头，看着走到自己身前的张羽，脸上重新变得没有任何表情。

"我要走了。"张羽直视着颜色的眼睛轻声道，"你还有什么话要对我说吗？"

颜色静静看着张羽，摇了摇头，仍旧不说一个字。

张羽心底还有无数疑问，但是他知道，自己已经没有机会问出来了，有些事情，似乎只能够成为遗憾。

张羽对着颜色露出了一个微笑，随后转过头走向了王孚。

他掏出了怀里的玉牒，放在掌心中递到了王孚的面前："帮我将这天皇金经交给峨嵋派的人，告诉他们，成功修炼的秘诀是……"

张羽刚要说出口，想起了程远真曾对自己说的话，摇了摇头，微笑道：

“算了，还是让他们自己寻找吧。”

“好。”王孚也没有再多追问，同样微笑着对张羽伸出了手，“洛姬瑶告诉我，这是你来自的那个世界的礼节。谢谢你，拯救了这个世界。”

张羽一愣，随后紧紧握住了王孚的手。

他告别了王孚，走到了洛姬瑶的身前：“走吧。”

洛姬瑶轻轻牵住了张羽的手，微微一笑：“那么现在，是回家的时候了。”

洛姬瑶牵住了张羽的手走进门。张羽第三次经历了那半梦半醒的状态，等他从门里走出，周围的景色已经完全变了个样。此刻正处在两人离开时的那个公园，甚至面前就是当时面对的那条河。

抬起头，他终于又看见了熟悉的蓝天白云。

“看看你体内的真灵吧。”洛姬瑶转过脸，对着张羽笑了笑。张羽这才想起这一节，然而却发现就连内视的状态都无法进入了，更何谈体内的真灵？

果然如同洛姬瑶所说的，因果线已经被切断，自己曾经在蜀山界所经历的一切，除了记忆之外，都已经烟消云散了。

“现在是什么时候了？”张羽确认了自己不会再死去，转头对着洛姬瑶问道。

“距离你离开家正好十日。换句话说，也就是上一次离开世界的时候。”洛姬瑶笑笑道，“我不是告诉过你么，当你身在蜀山界的时候，世界的时间流逝对于你是停止的，只有你在厄瓜多尔那十天，我没有办法纠正。”

张羽这才突然想起自己曾经为了修炼日月玄光鉴，在世界待了十天之久，而那十天里，世界的时间自然是正常流逝的，也就是说……

“我……失踪了十天？”张羽骇然对着洛姬瑶叫了起来。

“没错，我以为你会想到的啊。”洛姬瑶耸耸肩。

“坏了……”张羽一顿足，拔腿向着公园的出口跑去。自己一声招呼都没打，就消失了十天之久，父母此时只怕已经急得快死了吧！

“张羽，等等！”洛姬瑶在张羽身后挥着手大叫，但心急如焚的张羽已经顾不得那么多了，三两步就跑出了公园，招手拦了一辆出租车向着家开去。

爸爸心脏不太好，妈妈高血压。他们两人若是有个什么三长两短的话……张羽坐在车上，不停地催促着司机，心急如焚。

好容易到了家门口，张羽飞快跳下车，三两步跑到了家门口，却惊讶地看见洛姬瑶已经站在了门口，笑眯眯地看着他。

“你……”张羽愣在当场，指着洛姬瑶说不出话来，好半天才一巴掌抽在自己脑袋上。

洛姬瑶是万千世界的巡查者，他竟是忘了这件事，还自己巴巴地从公园打车跑回家，浪费了那么多时间。

“你看你，我还没说完就跑掉，别担心了，不会有事的。”洛姬瑶看着张羽紧张的模样，笑着对他道，“你爸爸妈妈半点事情都没有。”

张羽正掏着钥匙要开门，闻言抬头愕然：“没事？我消失了十天，他们怎么可能没事！”

“你忘了凌未平和张彦了么？”看到张羽的脸突然黯淡了下去，知道自己又勾起了张羽难过的记忆，洛姬瑶连忙拉住了张羽的手，“别多想。我的意思是，之前这段时间里他们眼中的你，就像是之前的凌未平和张彦一样，完全从记忆中消失了。而直到你斩断了因果线，重新回到世界的那一刻，也就是刚才，他们才会重新想起你。”

“那现在他们对这十天的回忆呢？”张羽急切地问道。

“这十天对他们来说，依旧存在，但是他们不会意识到这十天里他们身边没有你的存在。”洛姬瑶笑了笑，“这下可以放心了么？”

张羽心中还是有些担心，没有亲眼见到爸妈时，毕竟不敢完全确信。

正当他要开门时，门却突然从里面被打开了。

张羽妈妈站在门口，惊讶地看着门外的张羽和洛姬瑶，随后立刻笑了起来："我说谁在门口嘀嘀咕咕的呢，原来是小羽和……哎，姑娘你叫什么名字来着？"

"妈……"张羽连忙仔细观察着妈妈的表情，但无论他怎么看，都看不出半点担忧或是久别重逢的样子来。

"哎呀，还愣着干什么？这么让人家姑娘家站在门口像什么样子，快请人家进来啊！"张羽妈妈满脸堆笑地望着洛姬瑶，一边拍了一下张羽的脑袋。

张羽这才松了一口气，看来父母果然没有意识到自己在他们身边消失了十天之久。

"那……我走了。如果以后还有什么事，你知道怎么联系我的。"洛姬瑶冲着张羽笑了笑，又对着张羽妈妈摆了摆手，"阿姨再见。"

张羽妈妈望着洛姬瑶远去的窈窕背影，用力掐了一下张羽，脸色一下子就沉了下来，嘀咕道："小羽，这姑娘到底是怎么认识的？你跟颜色已经那么多年了，可不能对不起人家，我可是把颜色当儿媳妇了，你再招惹一个回来，看我不打死你。"

"颜色？妈，你怎么认识颜色？"

张羽大吃一惊，只直视着她的脸，看到张羽妈妈都别扭了起来："小羽你……咋了你？"

张羽用力抱住了妈妈："妈，我好想你！"

"这孩子，怎么一下子这么黏糊！这才……才……"张羽妈妈笑了起来，然而话说到一半，却迷迷糊糊了起来，"才多久没见来着？"

张羽紧紧抱了一下妈妈，才松开向着自己房间里走去："妈，我太累了，要去睡一会，吃饭别叫我了。"

将自己关进房间里，张羽看见之前拿到了房间里的相册依旧摆在书桌上。他静静拉出椅子坐下，一页一页地翻动起来。

依旧和之前一样，曾经出现过张彦和凌未平的每一张照片，都失去了他们的痕迹，只剩下张羽自己一个人灿烂地笑着。但是看在张羽眼中时，每一张照片里原有的他们两人，却还是自动地浮现在脑海之中。

已经消失的人，终究还是不可能再回来了……

张羽怔怔看着相册，两行泪水默默滑下，滴落在相册之上，他想要找个纸巾，随后一摸，却发现了另外一本相册，他完全没有印象的东西。

张羽很好奇地翻了几页！

“颜色？”

让他感觉到难以置信的是，里面居然都是他和颜色的合影，各种姿势都有，很多照片都非常亲密，看背景至少分别拍摄于十多个城市，显然照片里的人是一对热爱旅游的情侣。

张羽整个人都毛骨悚然了起来，他实在想不通，为什么自己和颜色会变成情侣？

不知道看了多久，张羽的手机突然响了起来，打破了房间里的寂静。拿起一看，来电的又是赵麟。

张羽接起来，便听见赵麟欢快的声音：“羽子，还没走吧？晚上出来吃个饭吧！”

“我……”张羽现在心里百感交集，实在是不想再见到往日的朋友，再给自己添上几分烦闷，刚要拒绝，赵麟那头已经不由分说地嚷嚷道：“别跟我说没空啊！我这儿可是有要紧事的。必须到场，听懂了没？必须！到场！”

张羽还来不及说话，赵麟那头已经报出了时间地点，接着匆匆挂掉了电话。

张羽苦笑了一下，摇了摇头。赵麟永远都是这样，自作主张，独断专行，霸道得不给别人拒绝的机会。既然这样，那便还是去一趟吧。

上了床躺了一会儿，到了晚上赵麟说的时间，张羽翻身起床，给爸妈打了个招呼，便出门向着约定的地点而去。

地方是个档次还不错的菜馆，张羽心中还奇怪，如果还是上次那群同学聚会，大家关系那么近，一般都会选个随意点的地方，撸撸串喝喝酒闹腾闹腾，不知道赵麟今天为什么要安排在这里，他说的要紧事，又是什么？

到了馆子里，张羽扫了一圈，没看见人，掏出手机给赵麟打了个电话，只听赵麟在电话里让他在大堂里等着别动，他马上就出来。

张羽略微等了片刻，看见赵麟匆匆从楼梯上跑下来。张羽心中正纳闷他为什么不直接告诉自己包间号码，赵麟已经跑到了张羽面前，嬉皮笑脸地勾住了张羽的肩膀，却没有马上往楼上走。

“羽子，来啦！”

张羽纳闷道：“什么好处？你干吗不让我直接上去？”

赵麟嘿嘿一笑：“你上去了就知道了，有个特别漂亮的姑娘在等你，今天可不是我安排的！”

张羽傻了眼：“今天……不是老同学聚会？赵麟！你小子连招呼都不打一声，就把我拉来相亲？你吃错药了吧！”

赵麟一瞪眼：“说什么呢说什么呢！什么相亲不相亲的！我是那种做媒婆的人吗？何况我也不可能对不起弟妹……”

赵麟好像知道说漏了嘴，再也不肯开口，就拉着张羽往楼上走。

“行行行……”张羽无奈地挥了挥手，跟在赵麟身后上了楼。

推开一间包间门，张羽意兴阑珊地走进包间里，听见身前的赵麟冲房间里打了个招呼：“张羽来了。”

然而身前的赵麟刚刚闪开身影，还没来得及给张羽介绍房间里的人，张羽便整个人僵硬在了当场。

仿佛冰雕一般，过了好几秒钟，张羽才骇然伸出手，指着桌前坐着的那个女孩，用尽全身力气才从喉咙里挤出了两个字：

“颜色？”

坐在赵麟媳妇马丽旁边的那个女孩，竟然是颜色！

在听见了张羽诧异的叫声之后，颜色笑嘻嘻地看着张羽，一双大眼睛忽闪忽闪，满是笑意，就好像是要给自己男朋友一个惊喜，半点也不像是见到了陌生人。

看着张羽愣住的样子，赵麟呵呵笑道：“啊！张羽……颜色对你不错吧？她说要给你一个惊喜，特意从外地跑回来陪你的。”

张羽怎么也没有想到，自己竟然会在这里再一次见到颜色，她……她不应该是在蜀山界的么！

张羽面前的那个女孩，脸上却丝毫没有那份漠然，她微微偏过头，望着张羽，流露出的只有喜悦和天真。

张羽被硬按在颜色的身边座位上，每个人都觉得这是理所当然，颜色轻轻地掐了他一下，动作说不出来的暧昧和亲昵，就好像每个女朋友都喜欢这么玩弄男朋友，还压低了声音问：“怎么样！你有没有想我？最近是不是又去追别的女孩子了？都没有给我打电话？小王八蛋，你还想始乱终弃本姑娘吗？”

张羽完全不知道该怎么应付这种情况，幸好这时服务员推门进来，拿着菜单请客人点菜，张羽连忙打了个哈哈，低下头假装研究起菜单来，暂时躲过了颜色的追问。

然而当服务员拿着点完的菜单关门离开之后，张羽抬起头，却发现颜色依旧双手托着下巴，目光好奇地盯着自己。

张羽的心中不知从何而来的一阵紧张，连忙重新低下头，连看都不敢多看一眼颜色。

然而颜色却好像对张羽有着极大的兴趣一般，整个晚饭从头到尾，都是她在不停地向着张羽找着话题，她对张羽的情况了如指掌，也跟他的朋友非常熟悉，显然已经早就融入了张羽的生活圈。

一顿饭吃完，在酒楼门外，张羽勉强挤出一丝笑容，对着三人告别。而颜色却大大方方地拉着他，半点也没有打算分手的意思。

张羽根本不知道该如何甩脱这个女孩子，他只能把颜色带回家，本来他还很忐忑，却没有想到，父母都似乎司空见惯，跟颜色很熟络了打了招呼，就自己看电视去了。

张羽回心里仿佛乱麻一般，找了个借口出门买东西，在没人的角落里，连忙按住了自己的左手背，呼唤起洛姬瑶来。

过了不多时，洛姬瑶便出现在他的眼前，笑眯眯地看着他："怎么？又找我什么事？你知不知道我可是很忙的！"

"那个……我今天认识了一个女孩……"张羽刚说到一半，就被洛姬瑶嘻嘻笑着打断："很漂亮么？有我漂亮么？参谋感情问题这种事情，没有必要找我吧？"

"不是漂亮不漂亮的问题！"张羽没好气地瞪了一眼洛姬瑶。虽然她确实是张羽见过最美的女孩子，但除了最初的惊艳之外，张羽对她倒是没有别的什么念头。

张羽深吸了一口气："她是颜色。"

"颜色？"洛姬瑶先是一愣，随后想了起来，"雪山派的颜色么？"

"没错。"张羽点了点头，面色严肃，"她好像跟我很熟，我的生活里全都是她的影子，连家里都多了一本，跟她合影无数的影集！你能告诉我，这是怎么回事儿吗？"

"什么？我来看看！"洛姬瑶顿时被勾起了好奇心，闭上了眼睛。片刻之后她再睁开时，上下打量着张羽，一脸诡秘的笑容。

张羽被洛姬瑶看得浑身发毛，连忙问道："到底是怎么回事？你看出什么来了？"

"这个嘛……"洛姬瑶晃了晃脑袋，一副吊人胃口的样子，看见张羽满脸着急的表情，才扑哧一笑，“好啦！告诉你吧，那就是你认识的那个颜色！不过……又不是你认识的那个颜色。而且，还是你把她带到这个世界来的。”

“什么？你到底在说什么啊？”张羽皱着眉头，完全不理解洛姬瑶的意思。

“是这样的……”洛姬瑶嘻嘻笑道，“你还记得你曾经回到过你的世界十天，为了修炼日月玄光鉴吧？当时我在另一个世界处理另一个危机，正忙得焦头烂额。你让我带你回来，我就也没顾上多想。但这一趟回来，却让两个世界的因果线被稍微扯乱了一些。”

看见张羽一脸紧张，洛姬瑶连忙摆了摆手：“这件事儿说起来，还跟万虚空有关。万虚空被乾选中巡查蜀山界，那时候蜀山界有另外一个大麻烦，而颜色……就是被因果线牵扯的人。那一次，是你在颜色的世界里消失了，她是个很有勇气的女孩子，知道了事情的真相，为了去救你，进入了蜀山界，并且成为了雪山派的弟子。”

张羽完全懵了，忍不住问道：“我呢？我那时候什么样子？”

洛姬瑶叹了口气，说道：“颜色为了救你，前往蜀山界，最终她完成了自己的任务，但是也牺牲了很多。结果就是，你重新活了过来，但是颜色却在你的世界里彻底消失了。”

张羽整个人都炸了，他反复梳理思维，不敢确定地说：“本来是我消失了，颜色为了救我去了蜀山界，她的牺牲让我重新出现，但是她却从我的世界里消失了？”

洛姬瑶点了点头：“对！就是这样。”

张羽忍不住暴怒起来，叫道：“对个屁啊！她牺牲了，我怎么还可能在蜀山界里遇到她？”

洛姬瑶脸色古怪地道：“因为……万虚空叛变了，乾做了一次时空调整，具体怎么回事儿，你就不用知道了，只有一个问题你需要知道。”

张羽盯着洛姬瑶，问道："什么问题！"

洛姬瑶淡淡地道："那就是，你现在回到了你消失之前的时间段。"

张羽更加焦躁："这是什么意思？"

洛姬瑶一字一句："颜色为了救你，前往蜀山界，最终她完成了自己的任务，但是也牺牲了生命。结果就是，你重新活了过来，但是颜色却在你的世界里彻底消失了，但是……这些事情都还未有发生。"

张羽被洛姬瑶说道头脑混乱，他好一会儿才一摆手说："等一下，你的意思是，我还会消失对不对？"

洛姬瑶摇了摇头："这一次，你不会消失了。"

张羽目瞪口呆，良久才忽然问道："我能找回和颜色的记忆吗？"

洛姬瑶笑了："这倒是小事儿，就算我什么也不做，你都会慢慢恢复遗忘的记忆，但我可以加速这个过程，让你几个小时内就恢复对颜色的记忆，不过这样子你就没有办法躲避她了。"

张羽忽然笑了："恢复我跟颜色的记忆吧！我知道自己该怎么选择！我也并不想躲避她。"

"好啦，那我就恢复你的记忆，那我先走了，你做了什么决定再召唤我，你还有一段时间可以思考，我真的好忙的！"洛姬瑶笑嘻嘻地对张羽摆了摆手，消失在了房间中。

张羽回到了家里，抱着后脑躺在了床上，心中怦怦直跳。

颜色……是真的颜色！

虽然在蜀山界时，张羽第一眼见到颜色便产生了奇异的感觉，但他却从来也没有想到，颜色居然跟自己早就有感情，只是被抹去了而已。

但现在，颜色却回到了这个世界！

带着这个世界的痕迹，回到了他身边。

洛姬瑶没有说谎，当他脑海里浮现颜色这个名字的时候，跟这个女孩子的一切记忆，都如潮水一般纷至沓来。

他们如何相识，他如何在见到颜色之后，就惊为天人，拼了命地去追求，其中有过无数笨拙，有过无数的挫折，但终于打动了心目中的女神。

他们一起学习，一起聊天，一起看过很多电影，一起去过很多地方，一起做过很多甜蜜的事情，成了如胶似漆的热恋情侣，甚至两人都已经见过对方的家长，并且在商议婚礼的日期，甚至两人都讨论过什么时候生小宝宝……

只是他真的把这一切都忘记了，颜色还记得，所以在蜀山界的时候，颜色会恼怒，但也只是恼羞成怒，她知道张羽为什么不记得自己，但仍旧不能忍受那结果。

张羽这个时候想起来，忽然明白了，颜色为什么在自己走的时候，显得那么漠然，因为她的心底充满了绝望，明知道自己最爱的人就要离开，而且两人永远都不会再见到，但是她却不可能阻止。

如果颜色开口，把事情都说出来，张羽有可能会留下来，但留下来就是死！

颜色又怎么可能让张羽去死？

张羽叹了一口气，他知道了自己的决定，就如当初这个女孩子，知道必须要进入蜀山界才能救回自己的爱人，就义无反顾地去了，甚至在知道自己没有办法回来的时候，陷入绝望，也没有埋怨过半点。

“颜色！当初你那一击，打得实在有点轻，你为我做出的牺牲，我却不知道，真的该揍啊！”

就在张羽浮想联翩的时候，颜色洗过了澡，一身香风地扑到了他的怀里。

半年过去了……

“喂，你知不知道，我经常做一个梦？”

有一天，颜色笑眯眯地捧着脸，望着餐桌对面的张羽。

张羽微笑着问道："什么梦？"

颜色笑着挑起一侧眉毛："那种特别特别特别少女怀春的梦！在梦里面，你是一个超级厉害的大英雄，独自拯救了一个世界呢！"

"是么……"张羽淡淡笑了笑，"可是我只是个普通的小职员而已。"

"那又怎么样？反正在我的眼里，你就是英雄！"颜色闭着眼睛，笑嘻嘻地仰着脑袋，又陷入了回忆，"那个梦里，有很多很多的怪物，都特别可怕！他们会吃人，吃了许许多多的人。本来，我也快要被怪物吃掉了，但是然后……你就出现啦！你手里有一柄特别帅气的剑，守在我的面前。所有想吃我的怪物，都被你给杀掉了！我本来害怕极了，但只要一看到你，就一下子什么都不怕啦！"

"以后也永远都不会怕了。"张羽伸出手，宠爱地摸了摸颜色的脑袋。

"你会永远保护我的，对不对，张羽？"颜色抬起头，大大的眼睛闪烁着光芒。

"当然，我会永远保护你的。"

"对了，我昨天看到一张沙发很漂亮！等新房子装修好了，我们就买那个吧！"颜色伸手抱住了张羽的胳膊。

"好。"张羽点了点头，笑着答应道。

下午的家具城里，张羽正跟颜色逛着，身后突然被重重一巴掌拍在了肩膀上："羽子，看沙发呢？"

张羽回过头，看见赵麟和马丽两人站在他的身后，连忙笑着打了个招呼。

"哟，新女朋友啊，长得挺不错的嘛，你小子真是有福气！"赵麟扫了一眼颜色，嘿嘿一笑，对张羽挤了挤眼睛。

"是啊……等等，你说什么？"张羽面色一变，瞪大了眼睛看着赵麟，"什么新女朋友？"

"呃？"赵麟一愣，随后被马丽暗暗掐了一下，脸上顿时露出了尴尬之色来，“啊，对对对，好像以前见过的！是我给记岔了！”

马丽瞪了一眼赵麟，连忙笑着插口打圆场：“张羽啊，你别理赵麟，这家伙整天嘴上没把门的，弟妹真漂亮，咱们改天一起吃饭啊！”

说完，张羽还没来得及反应，马丽已经连忙拖着赵麟远远走开，一边走，张羽还能听见她一边小声训斥赵麟：“以后不会说话别乱说！什么新女朋友旧女朋友的！”

张羽转脸看着颜色，见颜色也是一头雾水：“赵哥、马姐……这是怎么了，不认识我了？”

张羽连忙强笑了一下：“可能……可能是开玩笑吧……赵麟有时候就这样。”

但说着这话时，他却只觉得自己的内心已经被一股巨大的不安所吞噬，甚至就连身体都开始微微颤抖了起来。

赵麟和马丽方才绝对不是在开玩笑，绝对不是！

这种情况曾经发生过，他现在还刻骨铭心！

“怎么了？不舒服么？”颜色抬起头，看见张羽的脸色有些不对，连忙关切地问道。

“嗯……有点……我先回家休息会儿吧。”张羽点了点头，心中怦怦乱跳。

送颜色回了家，张羽自己回到家中，心中的恐惧越来越浓重。这种身边的人被他人所淡忘的事情，在他的记忆中自然深刻无比。

失去的好友凌未平和弟弟张彦，就算别人都已经忘记，张羽又怎么可能忘记？

转头看着坐在沙发上的爸爸，张羽心中斟酌了再三，才鼓起勇气试探着问道：“爸，婚期的事情……你看定在下半年十一月行么？”

“婚期？”张羽爸爸将目光从电视上移开，疑惑地看着张羽，“什么婚期？”

张羽的心中轰然巨响，如遭雷击，骇然大声道："我……我和颜色的婚期啊！你忘了么？"

"什么颜色？"张羽爸爸奇怪地摇了摇头，"你连女朋友都还没找到，怎么突然嚷嚷起结婚来了？"

"怕是着急了吧。"张羽妈妈笑眯眯地从房间里走出来，"没事，儿子，妈来给你介绍。最近刚巧有个朋友的亲戚跟我说，女儿单着，妈之前看你一直说不急着找对象，都没跟你说。"

张羽刷地一下从沙发上站起来，死死瞪着眼前的父母两人，已经说不出话来。

他早已带着颜色见过了父母，更是早就在筹办结婚的事情。而现在……他们竟然好像完全不知道自己有着颜色这个女朋友一般！

张羽心脏怦怦直跳，狂奔回了自己的房间之中，重重锁上门，向着洛姬瑶发出了讯号。

当洛姬瑶出现在张羽面前时，看到的是一张如同死灰般的面孔。

"怎么回事……告诉我，怎么回事！"张羽死死瞪着洛姬瑶，"有人开始不记得颜色了，这是怎么回事！"

洛姬瑶静静看着张羽，半晌没有开口。

"你说话啊，到底怎么了？为什么他们会不记得颜色！"张羽扑到了洛姬瑶面前，像是要吃人般咆哮起来。

"你冷静一下……"

洛姬瑶轻轻叹了口气，将张羽拉到了椅子前坐下。

张羽重重甩开洛姬瑶的手："你让我怎么冷静？颜色要消失了，像凌未平和张彦一样消失了，你知道这件事么！"

"我……知道……"洛姬瑶艰涩地点了点头。

"你知道？"张羽不敢置信地看着洛姬瑶，"你知道，为什么没有告诉我？"

洛姬瑶低垂下眼帘，轻轻叹了口气：“因为……告诉你，对你并没有什么好处。你确定……你真的要知道？”

张羽死死盯着洛姬瑶：“说！”

洛姬瑶苦笑一下：“因为……万虚空还活着！”

张羽只觉得自己快要窒息一般，从椅子上猛地站起：“怎么可能！你不是告诉过我，蜀山界如果毁灭，世界也一样会毁灭么！为什么我不受影响？”

洛姬瑶微微摇头：“不，之前这个世界会因为蜀山界的毁灭而毁灭，只是因为因果线的纠缠而已。现在因果线已经被你斩断，蜀山界和这个世界之间，已经不再有任何关系了。所以……无论万虚空在蜀山界再做什么，哪怕血海淹没了整个蜀山界，也不会对这个世界造成任何影响。”

“谁说不会！”张羽不敢置信地看着洛姬瑶，大声吼道，“颜色，我的颜色会消失！”

洛姬瑶摇了摇头，说道：“这一次，你不会消失了，你还会活着，所有的人都会活着。”她叹了口气，“你可以选择忘记她，彻底地忘记，就当生活里从没有出现过。只要再有一段时间，时间线调整，颜色就会从你的世界里消失，然后你的生活就会恢复原状，再也不会有什么变化，甚至就连你都会再次忘记颜色。”

张羽死死盯着洛姬瑶，随后缓缓冷笑了起来，笑声越来越响：“你觉得……这可能么？”

“不然呢？”洛姬瑶轻声道，“蜀山界现在的情形比原来更糟糕了，其余的五大宗派已经全部被灭门，只剩下雪山派还在苟延残喘，谁也救不了蜀山界了。”

张羽握紧了拳头：“你的意思是，蜀山界已经被放弃了，是么？”

洛姬瑶迟疑一下，点了点头：“因果线已经被斩断……那里无论发生什么，都已经无关大局了，所以……”

“所以个屁！”

张羽断喝一声，眼睛一片赤红：“那里有我的颜色在！”

洛姬瑶抬起头来，目光惊讶：“你……你难道……”

“带我回去。”张羽用力一挥手，斩钉截铁。

“你会死的，张羽！”洛姬瑶不敢置信地看着张羽，“你以为你还能拯救蜀山界第二次么？你修炼出的道行已经全部消失了，现在回去，你就只是一个普通人！”

“带我回去。”张羽完全不理会洛姬瑶的话，只坚定地重复了一遍。

“你……你疯了么，张羽？”洛姬瑶摇着头，“你根本救不了蜀山界！那里只有绝望，没有希望！”

“没有希望么？”张羽笑了起来，站起身走到了窗口，看着窗外的蓝天白云，轻声道，“就算我看不到拯救世界的希望，但至少，我能看见颜色。”

“好吧……”

洛姬瑶低垂下头，承认了自己被张羽打败：“我……我带你去。你真的确定了么？”

张羽点了点头：“确定了。”

这时，张羽手背上原本已经消失不见的印记突然浮现出来，金光大盛，满室生辉。

在张羽惊讶的目光注视下，洛瑶姬表情严肃，用古朴而包含着深重的韵味的动作对他行了一礼，“受命于天，承乾之命！欢迎你，新的天选者，我的伙伴。”

“受命于天，承乾之命！天选者？”张羽疑惑地问道。

“是的，我的伙伴，恭喜你完成了试炼，成为了我们的一员。”洛瑶姬抬起了左手，手背上浮现出了同样的印记，“我们是天选者，乾的使者，负责维护多元世界的平衡。这是天印，天选者的徽记，你的天印已经完全激活，证明试炼已经顺利完成，正式成为了我们新的伙伴。

“相信你也发现了世界中很多的矛盾！但情况紧急，我长话短说，你所在的世界并不是本源世界，它因为时空处在不稳定的节点，成为了被朔望所入侵的目标，被乾从本源世界中剥离出来，成为了一个分支世界。朔望入侵世界的武器就是血魔，而蜀山界就是他们设计的血魔培养皿，乾为了保护这个世界，制造了蜀山界的仙道门派。我知道你还有很多疑问，但是我们的时间不多了，必须马上行动阻止朔望的血魔培养计划，其他的事情，我们就在路上说吧！”

张羽有些不可思议地问道：“还需要什么路上，你不是能把我直接带去蜀山界吗？”

洛姬瑶轻轻一笑：“你现在没有力量，必须重新取回力量，所以我们要先去厄瓜多尔！”

“那么，走吧……”洛姬瑶对张羽伸出手，却看见他没有牵住，而是掏出了自己的手机，拨出了颜色的电话。

“喂，张羽，你好点了么？”颜色清脆的声音在电话那一头响起。

“颜色……还记得你对我说过的，你的那个梦么？”张羽对颜色轻声道。

“当然记得啊！最近梦见的次数越来越多了呢！那个英雄模样的你，实在是太帅气了。对了，你问这个做什么啊？”颜色笑着问道。

张羽轻声对着电话的那头，说出了自己在离开这个世界前的最后一句话：“那就让我……再做一次那个保护你的英雄吧！”